谷崎潤一郎と書物

山中剛史

秀明大学出版会

序にかえて

——書物あるいは古書という視座

谷崎潤一郎と書物

明治末に作家デビューし、戦後、昭和四十（一九六五）年に没した谷崎潤一郎の半世紀近い作家活動の中で刊行された書物は、明治四十四（一九一一）年十二月に刊行された最初の著書『刺青』（籾山書店）から、その後の文学全集ものや文庫なども含めると、ゆうに二百冊を超える。それらの書影を橘弘一郎編『谷崎潤一郎先生著書総目録』全四巻（ギャラリー吾八）で眺め、眺めるばかりではなく実際に明治、大正、昭和と刊行され続けてきたそれら著作を古書店で探し、購い、揃え、手に取っていくと、種々の画家たちとのコラボレーション、はた工芸品かのような豪華本など、谷崎の著作は文章のみならず書物自体が装幀造本と相まって一個の作品＝オブジェとしてそこに現前することを改めて実感させてくれる。「私は自分の作品を単行本の形にして出した時に始めてほんたうの自分のもの、真に「創作」が出来上つたと云ふ気がする。単に内容のみならず形式と体裁、たとへば装釘、本文の紙質、活字の組み方等、すべてが渾然と融合してひとつの作品を成すのだと考へてゐる」と「装釘漫談」（昭和八（一九三三）年六月、初出タイトルは「装幀漫談」）で語る谷崎であってみれば、著書の凝りようや装幀のバラエティも自然と頷けるものであろう。

それればかりではない。そうした多くの谷崎本を見渡したとき、往々にして幾つかの凝った装幀に目を奪われがちになるが、ひとつひとつ見ていくと、明治から戦後にかけて、それらは谷崎の著作であるということとは別に、印刷、造本、装幀の近代、あるいはまた出版の近代ということをも雄弁に語ってくれる。

たとえば最初の『刺青』。初期短篇を収めた作品集である。叢書名はないが、橋口五葉の胡蝶をあしらった装幀によって胡蝶本という名で一般に知られているシリーズの一冊として刊行されたこの本は、四六判函入という体裁、発色のよい木版印刷された和紙表紙の角背上製本である。その後、大正五（一九一六）年九月に同名の単行本が『刺青 外九篇』と副題を付し多少中身を入れ換えて春陽堂から刊行されている。こちらは布表紙に山村耕花による木版印刷の表紙、菊半裁判の角背上製本で活字の号数も小さくみっちりと詰まった本となっている。体裁からいえばいわゆる縮刷版である。といって胡蝶本の縮刷というわけではない。現在の文庫本のように、当初は中身の廉価版としてスタートした縮刷本が、後には廉価版という位置づけを超えてひとつの刊行スタイルとなっていった端境期のものとしても見ることができる。さらにまた、同書は大正十三（一九二四）年十月の二十五版になると四六判の丸背上製クロス装貼函入となりまったく異なったありようで刊行されている。つまり『刺青』と名を冠した作品集は、明治末から大正にかけてだけでも、異なるバージョンとしてそれぞれ違った版元から姿を変えて刊行されていったわけである。

谷崎の書物は、現在新刊として書店に並ぶ全集や文庫本のみならず、図書館蔵書や古書市場での古本を含めて、あれこれの刊本、バージョンが同時に市場に流通し読者を経めぐっている。上製本か並製本か、紙装か布装か、あるいは縮刷版や文庫本といった廉価版、凝りに凝った豪華版等々、そうした書物のバリエーションがバリエーションとして定着していく装幀、そして造本の近代化の過程にこそ谷崎のそれぞれの書物がある。

谷崎文学がいかような書物として形となり、流通し、受容され、いまあるような「谷崎文学」として形成されていったのか。否、むしろ谷崎本のそれぞれがいかに流通し、買われ、読まれ、「谷崎文学」が「谷崎文学」として広まっていったのかを古書から辿り直すこと。宮川淳のいうように、「本の存在理由はそこに閉じ込められた意味の亡霊にではなく、本の空間にあるべきではないだろうか。鳥の羽のように折りたたまれ、本を開くことによって象徴的にくりひろげられる空間（1）」にあるとすれば、書物という文学のいわば現象形態であるところの物的存在、つまりいま目の前にある古書に立ち戻り、それら谷崎本から何が見えてくるのかは興味深い問いである。あるいはまた、紅野謙介のいうように「書物は、小説を支える生態系としてある」(2)ならば、書物自体へフェティッシュに迫ることによって、本文を顕現させるところの書物が本来持ち得ていた意味とその可能性を探ることもまたできるはずだ。つまり広義の書誌学である。

書誌学的アプローチから、書物を文学の「生態系」として考えていくこと、もっといってしまえば、厳密な文献データの科学としての書誌学というよりも、そうした既定の枠を逸脱したところで、趣味的側面と学問的側面の両面から書物という物体自体へ迫ることもできるだろう。あれこれの来歴を背負った古書というその空間に進んで飛び込み、耽溺し、その渦中にありながらまたそれを理知的に捉え直すような、古書趣味と学問的理知のアマルガムである。

こうした視点からの研究状況の俯瞰図として、数年前に執筆した「谷崎と装幀」という文章を次に掲げておきたい。

＊

近年、谷崎作品と挿絵に注目が集まり、芦屋市谷崎潤一郎記念館での「谷崎潤一郎と画家たち」展図録（平成二十（二〇〇八）年三月）収録の各文章を見てもわかるように、挿絵や画家たちの基礎的な研究も徐々に出てきた感がある。が、著者自装も少なくないにもかかわらず、その装幀についてはといえばいまだ研究の緒に就いたばかりという状況といってよい。

谷崎と装幀について考えるとき、さしあたり「装釘漫談」（昭和八年六月）が指標となる。こと改めてジュネット『スイユ』など持ち出さずとも、谷崎の「私は自分の作品を単行本の形にして出した時に始めてほんたうの自分のもの、真に「創作」が出来上つたと云ふ気がする。単に内容のみならず形式と体裁、たとへば装釘、本文の紙質、活字の組み方等、すべてが渾然と融合してひとつの作品を成すのだと考へてゐる」との言明をどう捉えるか。昭和八年時点の文章ということは注意を要するが、作品の全体性《トータリティ》という見地からしても、装幀はゆるがせにできない要素であろう。

ここ三四年著書は自装しているという谷崎だが、それを裏付けるように昭和に入ってからの装幀に和風テイストが強まるのは、装幀が作家の美意識や小説の傾向とも連動した結果であることを見るのは容易い。谷崎は「原則として自分の本は自分が装釘するのに越したことはない。殊に絵かきに頼むのは最もいけない」ともいう。表紙の派手なケバケバしさは時間経過とともに薄汚くなるというのである。明里千章「谷崎は小出楢重をいつ意識したか」（小出龍太郎編『小出楢重と谷崎潤一郎』春風社、平成十八（二〇〇六）年六月）がその「絵かき」は誰なのかを谷崎と装幀を考察しつつ問うているが、読書後に書棚に置かれた後の書物の物理的変化という時間性までをも考慮に入れている谷崎の装幀観からすれば、手に持ったときの重さからコットン紙、その後の古色具合を考えザラ紙をといった素材や、とかく無視されがちな印刷から書体にいたるまでのこれら審美眼は谷崎の装幀美学とでも称すべきものである。それらは創元社の潤一郎六部集《りくぶしゅう》や『自筆本 蘆刈』といった工芸作品的装幀に結実する。

とはいえ、装幀をめぐっては谷崎の芸術観のみならず、いわば外部的要因も考慮にいれなければなるまい。大まかにいって谷崎著作の装幀テイストは大正末年までと昭和以降とに区分できるが、あるいはそれをこの時期に谷崎の著作を支える版元として中央公論社に拮抗する形で勢いを持ってきた創元社との関係に見ることもできよう。大谷晃一『ある出版人の肖像』（創元社、昭和六十三（一九八八）年十二月）や矢部文治「谷崎潤一郎と創元社」（『谷崎潤一郎記念館ニュース』平成九（一九九七）年六、十月）によれば、創元社は谷崎の煩いほどのこだわりを引き受けた末の『春琴抄』ヒットによって出版社としての社会的信頼を得て、横光利一や川端康成らの著作を出版し関西一流の文学系出版社となっていく。私家版『細雪』作成が創元社であるのもその信頼ゆえだろう。装幀を考えることは、たとえば谷崎の各種編集者宛書簡などにも明瞭にうかがえるように、必然的に作者と出版社の関係や出版史にもリンクするものであり、出版と経済という観点からそのありようを考えることも必要とされてくる。装幀は作家・作品のみならず時代を映す鏡でもあるのだ。

では「装釘漫談」以前はどうかといえば、叢書類など予め装幀フォーマットがあるものは除くとしても、明治期ボール紙本を体現させた小村雪岱装幀『近代情痴集』や、「装幀界における浮世絵趣味の復活」なる宣伝文句で発売された山村耕花装幀『お艶殺し』、「絵本」として大判挿絵を盛り込んだ水島爾保布装幀『人魚の嘆き 魔術師』などが大正期谷崎装幀本としてとりわけ目を引く。装幀が単に表紙デザインなのではなく、書物となって新たにコンセプトのある自立性を持った正に装幀家とのコラボレーション作品となっているからである。そうした装幀の意味を問うものとして、すでにそれぞれ、磯田光一「『近代情痴集』私考」（『国文学』昭和五十三（一九七八）年八月）、山中剛史「挿画本『人魚の嘆き 魔術師』考」（『芸文攷』平成十一（一九九九）年一月）、日高佳紀「谷崎潤一郎『お艶殺し』の図像学」（『国文』平成十八年三月）、木股知史『『近代情痴集』をめぐって」（五味渕典嗣ほか編『谷崎潤一郎読本』翰林書房、平成二十八（二〇一六）年十二月）といった考察がある。また『自画像』などタイトルに作品名ではなく一冊の書物としてのコンセプトを示すような本の意味を論じた山中「谷崎潤一郎著『自画像』私考」（『初版本』平成二十年六月）、橘書誌から漏れた谷崎本情報を補完する同「谷崎本書誌の余白に」（『日本古書通信』平成二十八年五月～）などもある。

挿絵自体については触れないが、たとえば初出から各刊本における挿絵の差異や有無など、基礎的データも新たに整備される必要があろう。谷崎との共著『歌々版画巻』や『鍵』『瘋癲老人日記』などの装幀で知られる棟方志功については、装幀の観点からは真銅正宏「棟方志功の版画と谷崎」（前掲『谷崎潤一郎と画家たち』展図録）があり、松尾理恵子「「瘋癲老人日記」の挿絵をめぐって」（『谷崎潤一郎記念館ニュース』平成十四（二〇〇二）年三月）や高井祐紀「描かれること」（『近代文学研究と資料』平成二十六（二〇一四）年三月）が初出時と初刊時の挿絵について言及している。志功は谷崎後期代表作を支える画家として、受容の面からなどもっと考察される余地がある。たとえば全集装幀による谷崎作品のイメージ構築とその流布といった問題設定も可能であろう。また横井孝「谷崎潤一郎「検印」による略年譜のこころみ」（『実践国文学』平成十八年三、十月）のように検印から谷崎の著作の流れを追ったものがあるが、『春琴抄』や『都わすれの記』における松子の題字や揮毫の意味の考察など、ほかにも装幀にまつわる課題は残されている。

書物論あるいは古書論として

ところで、特定の文学者と書物ということを考える場合、とりわけ日本近代文学においては、もっぱら、夏目漱石と橋口五葉、泉鏡花と小村雪岱、芥川龍之介と小穴隆一など、装幀家（または挿絵画家）と作家によるイメージのコラボレーションという側面から捉えられてきた。文学を彩るきらびやかな、あるいはまた個性的な書物のありようを通して、文学または文学をめぐる諸問題を捉え直そうというわけである。谷崎の「装釘漫談」を改めて引くまでもなく、自著の装幀にまで心を配り、狙い通りのオブジェとして書物を上梓してきた作家たちは、自ら装幀、扉絵、題字を担当した『こゝろ』（岩波書店、大正三（一九一四）年九月）の夏目漱石を始めとして、芥川龍之介や室生犀星そして堀辰雄、あるいはまた北原白秋や萩原朔太郎といった詩人たち等々枚挙に暇はないだろう。作者の精魂込めた文章をあり得べき最上の形態として書物という形に具現化すること。そこにこそ、文学者の表現の最終的な形がある、と。

だが、それがどうしたというのか。古書や豪華本などではなくとも、すぐに入手できる文庫本や、谷崎の著作権が切れた現在であるなら、谷崎の作品自体はネット上の青空文庫でも読めるではないか。初版本であったり限定本であったりする過去の刊本に特別な意味はなく、重要なのは本文であって、付随的な意味はあるかもしれないが、むしろ書物それ自体にこだわることはただの趣味的なフェティッシュ以上の何物でもないのではないか。書物のオブジェ性を語ろうとすればするほど、即座にこうした反問が頭の中で反芻される。たとえば、「書物にもよい衣裳を私は着せてあげたいと思う。書物の内容に応じた衣裳というものがあるはずだ。作品もまたそれを求めているのではないか」(3)という素朴な見方はしかし、書物自体は衣裳であり、あくまで副次的なものであるという捉え方が根本にある。

ある作品を上質の紙のページのうえで、みごとに割付られた鮮明な活字印刷で読むことと、粗悪な紙質のうえのぼけた印刷で読むことと、文庫版の小さな活字で読むこととは、断じて同じではない。読みやすさ、読みにくさを超えて、書物の質感と、それのもたらす物質的想像界のちがいがそこにある。(4)

清水徹はかつて書物を論じて右のように述べたが、これは「重要なのは本文で書物など何でもよい」という安易な考えを覆すだろう。つまり読者の実際的読書を抜きにして文学を語ることができるのであろうかというわけである。機械が読むのではない。五感と想像力を持つ人間による実際的読書である。豪華本であろうがはたまた文庫本であろうが、作家の本文は、紙、インク、活字、割付、製本材質、質感、重量……すなわち書物という物質を抜きにして読むことはできない。かつて純粋造本として装飾を限りなく廃した書物があった。夾雑物を除き作家の裸形の言葉へと接近する試みである。だがそれも逆にいえば、そのように接近させる仕立てがあって初めてなしうるものであり、仕立てとはそう企てられた組版と装幀造本にほかならない。装飾過剰本と純粋製本では同じ本文でも印象、体験は全く異なるものとなる。読書とはすべて具体的な読者それぞれの体験としてあるのならば、書物というオブジェへのフェティッシュは、むしろ当然ともいえる。

では、そうであったとして、しかしまたこうもいえる。かつて自費出版で『破戒』（明治三十九（一九〇六）年三月）を世に問うた島崎藤村は、版元と著者の隷属的な関係を自費出版することで改めようとしたことはよく知られている。「これまでは小説家と編集者あるいは出版社との共同作業――と言えば聞こえはいいが、実際は版元への「情実」によってつながった支配・被支配をめぐる暗黙の闘争――が前提とされていたのに対して、自費出版は小説＝書物を完全に掌握する主体としての作家像を生み出した」(5)。確かにそれはそうに違いあるまい。だが、書物において作家が主体化していく過程の中でいつしかそれを媒介する書物自体、というよりもむしろ、書物の背後にあってそれを支えてきた種々の要素は後景に退けられ、作品と実は分かちがたい存在である書物が書物として問われることは、多少ならず文学研究において置き去りにされてきたきらいがあるように思われる。

くわえてまた、書物はあくまで作者の文章の延長線上にある作品でもあって、中身のみならず一冊丸ごとその時々に作者が望んだ美的意匠の形象化である、といい切ることができるであろうか。作曲家の執筆した楽譜が、演奏者によって演奏されなければ楽音が楽音として現前せず、上演を前提とした戯曲が俳優によって舞台上で演技されその台詞が口から発声されなければ、それは演劇ではなく文学の一分野としてのレーゼドラマに留まるように、口承文芸や吟遊詩人の時代ならまだしも、近代において書物という物質性（商品性）なくして文学作品は「文学作品」として現前することはない。紙にインクで刻印され、紙束は綴じられ、タイトルや作者名が記され、一定の造本のもとに書物というオブジェとしてそれはある。

どんな美的意図がそこに余剰投資されるとしても、パラテクストの主たる掛金はテクストを「ひきたたせる」ことではなく、作者の意図に合致する運命をテクストに保証することなのだ。(6)

ジェラール・ジュネットはその著『スイユ』で、タイトル、作者名、序文、注や装幀まで含めて、本文そのものではないが外部のものでもないそれらを一冊の書物を構成するパラテクストとして位置づける。作品本文の延長線上のものとして、パラテクストはなくてはならない内部と外部の媒介的な領域(スイユ＝敷居)であるが、ジュネットは「パラテクストはテクストの補助であり、その付属物にすぎない」(7)とする。だが、ハイデガーではないけれども、存在者がなければ存在という概念もなく、存在という概念がなければ存在者もないのと同じように、そもそも作品と書物とは不即不離の関係、というよりも、一にして不可分の存在ではなかったか。

もちろん、インクや紙、組版や書体すらもパラテクストだと捉えることもできよう。ただここでは、一冊の書物に相対するとき、そこに印字された著者名がすべてではないという角度から捉え直してみたい。一冊の本が本としてできあがるためには、当然ながら著者のほかに編集者、校正者、印刷者、製本者、装幀家、版元の宣伝、営業からさまざまな人間が関わっている。書物という作品において、著者の本文はいわば画のなかの透視図法の消失点としてあるなら、すべては本文に収斂するものであるかもしれない。それがよしんば「補助」であったとしても、作品は「補助」なくして存在できない。

鈴木一誌は『ページと力』のなかで、次のようにいう。

いったん作品にしてしまったあとでは著者は、その作品を個人としての自分に奪回できない。なぜか。

作品には作者名がついてまわる。本には著者名が必要だ。だがその名前は、特定の個人に所属する固有名詞なのではなく、集合名詞なのである。携わった多くの人間の総称なのだ。

（中略）

作品をつくるとは、集合名詞としての作者名を作りだすことである。著者とは、集合名詞にすることで自分の名を自身から離脱させうるもののことを言う。集合名詞のもとに発表された作品は、個人としての作者のもとには二度と戻らない。だから、作品の受容とは作者個人の制作意図をたずねることではない。著者の趣旨は、集合名詞の一端を照らすかもしれないが、作品全体を照らしているわけではない。(8)

先ほど、演奏や上演にたとえた話をしたが、ある楽譜や戯曲に対してこれぞ唯一真正の演奏、上演というものはない。もし仮に作者がそう認めたものがあったとしたところで、それが唯一真正でありほかはすべてまがい物であるとなった瞬間、その楽譜なり戯曲は、時代を超えて受容者をゆさぶり刺激を与え続ける芸術ではなく、博物館の埃をかぶった遺物となり時間の堆積のうちに埋もれてしまうだろう。歴史を超えて無限の解釈に耐えうる強度こそ芸術作品の価値のひとつであるとするならば、作家の作品はその都度提供されながら、毎度その移り変わる時代のなかで批判に耐え改めて解釈され、何度でも問い直されるべきであり、繰り返される問い直しのなかで何度でも蘇りさまざまに新たな息吹を吹き返すものである。出版においてそれは、「すでに存在しているものに新しい価値を付加するエディターシップ」、「第二次的創造」(9)の実践のなかにこそあると別言してもよい。

作家の本文に対して書物という物体がそういった位置にあるとすれば、あくまで作品の刊行物、商品としてのパッケージでありつつも、鈴木のいうように、書物における著者名は「集合名詞」なのであって、本文は著者のものであったとしても、作品の現象形態としての出版はその都度のスタッフワークの結晶として、あるいは新たなエディターシップの実践として捉えるべきであろう。いってみれば、書物こそが、作品本文に対するその都度その都度の批評であり回答なのである。一度作者の手を離れて、書物として出版された作品は、すでに作者からは切断されたものとして、数多の読者に共有されながら世に流通し続けていく。

流通はむろん、新刊書や図書館蔵書としてばかりではない。読者を渡り歩きながら古書としても書物は流転していく。そのとき、複製技術時代の産物である書物は、複数同時に生産される商品の一冊であるに過ぎないにもかかわらず、一冊一冊が個別具体的な顔を持つアウラを身にまとうこととなる。古書市場においては、古書のコンディションによって古書価は大きく上下する。古物、骨董的商品としては当然である。ただし、だからこその話であるが、古書であることによる傷み、汚れ、書き込み、蔵書印や残された蔵書票などは書物自体の本質的な価値を減ずるものではない。

スーザン・ソンタグは写真を論じて、「写真はべこべこになったり、変色したり、汚れたり、ひび割れたり、褪色したりしても、依然としてよく見えるし、往々にしてかえって上等に見えたりする」(10)と述べたことがある。同じネガからいま焼いた新品のそれよりも、撮影された「美的瞬間」に時間的に近く、複製物でありながらもその写真が写真として個別的な歴史を経過してきたものとして捉えるとき、傷や変色によって複製物は個別的なアウラをまとうというわけである。これはそのまま、ある程度古書についてもいえるだろう。百年前に出版された本が、当時著者が手にしたそのままのような状態で百年後のいまあることも古書の価値であるならば、その後の百年という時代の堆積を背負い、それぞれの読者を経てきたという履歴のある傷だらけの古書もまた、ほかに代えがたい価値がある。一冊一冊がそれぞれの顔を持つとはそういうことである。

谷崎潤一郎の『自筆本　蘆刈』（創元社、昭和八年四月）に付せられた「お願ひ」と題する紙片には、「著者の希望により、お買上の後は必ず此の紙函をお棄て下さい」とある。同様の文言は、堀辰雄『風立ちぬ』（野田書房、昭和十三（一九三八）年四月）の函にも記載されていることはよく知られているだろう。出版流通の必然的パッケージから読者が書物を解き放ち、かくあれと冀われた本来の姿で繙かれ、架蔵されることを意識した刊行者たちの狙いが、そしてまた架蔵された後の書物の行く末までを見通した意識が、ここにはある。いま現在売れるか売れないかといったビジネスとは別次元の地平にこそ、そうした書物の制作、刊行といった営為がある所以であろう。

いま例に挙げた『蘆刈』にせよ『風立ちぬ』にせよ、それぞれ少部数の限定出版であり、凝った装幀造本のいわゆる豪華本で、もちろん価格も一般的なそれよりも高価となる。昭和四十年代後半から五十年代にかけて出版界に限定本ブームが巻き起こり、古書として高騰することを見越した投機目的の豪華本が種々刊行されたということもあったことから、現代からするとそれら限定本もある種の成金趣味、当て込み商売と見られてしまうこともしばしばある。が、繰り返すが、そもそも限定本とは、いかにしてベストセラーを狙い、重版を稼ぐかといったビジネスとは真逆の、選ばれた読者だけへ向けた極めて排他的な出版であり、むしろ商業主義的出版へのカウンターとなるべくして刊行されたものである。カウンターとはつまり、博文館に春陽堂、大日本雄弁会講談社、新潮社といった文学系出版を牛耳る大手版元への抵抗であり反逆であり、すなわち近代出版体制への、しいては大文字の「近代文学」への書物からの問い直しともいえる、オルタナティヴな模索の試みであった。(11)

小尾俊人は『出版と社会』のなかで、「反・円本現象」としての「少数の読者層のための出版活動」として第一書房の長谷川巳之吉を取り上げているが、(12)関東大震災を経て大正十五（一九二六）年の改造社『現代日本文学全集』刊行をきっかけとする円本ブームに対する反動としての出版は、何も長谷川に限らない。「時流にこびず、おもねず、入念な努力と良心的な準備、材料の精選等による、いわば手作り的な造本を心がけ限定版・豪華本の刊行を試みるもの」[13]としては、江川正之（江川書房）、野田誠三（野田書房）、あるいはまた在野の書物学者として「震災以後の書物ブームのあらゆる人脈が流れ込むターミナル・ステーション」[14]であった齋藤昌三（書物展望社）を代表格として、以士帖《えすてる》印社を創立、版画荘や昭森社の編集者でもあった秋朱之介、書誌学者でもある寿岳文章（向日庵）、好色・地下出版の分野で西欧美装本の知見を活かした限定本を刊行していた梅原北明や酒井潔等々バラエティに富み、挙げていけばきりがないが、それら小出版社が、本は読めればよく安く耐久性があれば十分といった一般的読者を相手にせず、限られた読者へ向けて採算の合わない限定本を刊行していたことは知られている。

ちょうどそれら小出版社の勃興と同時期、大正末から昭和の初期にかけては、吉野作造や石井研堂らを中心として震災によって見失われた明治文化を文化として改めて捉え直そうという明治文化研究会が発足（大正十三年十一月）し、明治という近代初頭への問い直しと検証がノスタルジーも含めて各方面で盛り上がっていくが、それは同時に、明治期刊行の文学書への注目を促すことにもなり、古書業界の活性化と飛躍的な発展を後押し[15]し、「古書即売展も、関東大震災を契機として急激に回数が多くな[16]」っていく。つまりこの時期は、関東大震災を契機として、改めて明治からの出版が書物の視点から見直され、造本・装幀を中心とする書物文化、そしてまた古書文化が文化として胎動を始め根付いていく過程でもあったのである。齋藤昌三や秋朱之介、庄司浅水といった在野学者あるいは趣味人たちが自らの書物趣味、古書趣味を以て頭角を現しメディアで活躍しはじめ、たとえば大正十三年創刊『書物往来』、『愛書趣味』、昭和六年創刊の『書物展望』、昭和九年創刊『書物』、翌年創刊の『書窓』といった雑誌が発刊され、そこで書物論や古書の考察から新刊書の装幀月評までが喧しくやり取りされていたということからもそれは裏付けられるだろう。『読売新聞』や『朝日新聞』といった大手一般紙でも、文学欄において装幀家や挿絵画家らの記事が目立つようになっていく（『読売新聞』初出の谷崎「装釘漫談」もそうした流れに位置する）。

先のような出版人が、読者が購入し架蔵された後までを見越した出版を心がけていたのであれば、古書と密接に関わってくるのは当然のことである。その限られた読者が愛読、愛蔵の果てにそれを売却し、古書としての流転のなかで新たな読者の元へめぐっていくからだ。もちろん、それは限定本だけの話というわけではない。豪華本であろうが文庫本であろうが同じである。古書は流転し時空を超えて読者を繋ぐ。読書とは孤独なものであるにもかかわらず、人は読書を、というよりも、複製物としての書物を通して、共時的平行的地平のみならず過去未来を問わない通時的な時間の垂直的地平とに切り結ばれ、どこかにいる自分と同じ読者、かつて接しあるいは未来に接するであろう彼方の読者と想像力によって繋がることができる。そして書物は、とりわけ過去を背負う古書は、そうした力を秘めている古くて新しいメディアであるといってよい。

装幀は古本と姿をかへる時に初めてその味や渋みを表現すべきものであつて、すくなくとも十年見通しの装幀に取りかゝるのがその順序であらう。眼前流行の書物はそれ自身で亡びてしまふのだ。書物はその父が子の代にも、子がその父となる世にも残存してゐるもので、装幀の堅牢典雅たるべきは目前の興趣や、読者への単なる心づくしではなく、実に或意味では作品よりも一層後世に残すべきものである。(17)

これは著者自装も多く手がけていた室生犀星の言葉だが、装幀をめぐる犀星の見識をうかがわせて興味深い。読者に購入され、読まれ、所蔵され、果てに売却されて世を流転する古書に、すなわちその垂直的時間の拡がりのなかにある古書にこそ、価値を見ている。来し方行く末といった時間性のなかにある存在として書物を考えていくこととは、まさに古書文化の基底にあるものであろうが、一冊一冊が来歴という顔を持ち、それぞれの孤独な読者を繋いでいく古書というものを視座として改めて書物を考えるとき、そこには本文の精査だけでは見ることができなかった書物のそして文学をめぐるまた異なった展望が開けてくるはずだ。いま手許にある古書からどんな展望が開けてくるのか。本書はわたしにとってそれを問う最初の書物である。

◉註

(1) 宮川淳『引用の織物』(筑摩書房、昭和五十(一九七五)年三月)、函文。
(2) 紅野謙介『書物の近代——メディアの文学史』(ちくま学芸文庫、平成十一年十二月)、12頁。初刊はちくまライブラリー、平成四(一九九二)年十月。
(3) 大屋幸世『書物周游』(朝日書林、平成三(一九九一)年四月)、193頁。
(4) 清水徹『書物について——その形而下学と形而上学』(岩波書店、平成十三(二〇〇一)年七月)、348頁。
(5) 紅野前掲、120頁。
(6) ジェラール・ジュネット(和泉涼一訳)『スイユ』(水声社、平成十三年二月)、458頁。
(7) 同右、461頁。
(8) 鈴木一誌『ページと力』(青土社、平成十四年十二月)、95~96頁。
(9) 外山滋比古『エディターシップ』(みすず書房、昭和五十年二月)、98頁。
(10) スーザン・ソンタグ(近藤耕人訳)『写真論』(晶文社、昭和五十四(一九七九)年四月)、87頁。
(11) 近代出版におけるオルタナティヴ出版の系譜については、郡淳一郎企画構成「日本オルタナ出版史」(『アイデア』平成二十四(二〇一二)年九月)、「日本オルタナ文学誌」(『アイデア』平成二十六年十一月)、「日本オルタナ精神譜」(『アイデア』平成二十七(二〇一五)年一月)の三部作に大きな示唆を受けた。
(12) 小尾俊人『出版と社会』(幻戯書房、平成十九(二〇〇七)年七月)、362頁。第一書房の長谷川巳之吉については、長

谷川郁夫『美酒と革嚢　第一書房・長谷川巳之吉』（河出書房新社、平成十八年八月）を参照。
(13)　庄司浅水『日本の書物』（美術出版社、昭和五十三年六月）、212頁。
(14)　郡淳一郎「齋藤昌三」（前掲「日本オルタナ出版史」）、92頁。
(15)　たとえば、明治文化研究会と連動するような形で展開した明治文学への再注目を促すイベントとしては、「明治文芸研究資料展覧会」（昭和二（一九二七）年一月銀座松屋）が催され好評を博した。同展については、それを特集している『愛書趣味』（昭和二年三月）を参照。
(16)　八木福次郎『新編　古本屋の手帖』（平凡社ライブラリー、平成二十年八月）、32頁。初刊は東京堂出版、昭和六十一（一九八六）年三月。
(17)　室生犀星「書物の装幀――「鏡花全集」の箱について」（『読売新聞』昭和二年四月十三日）、4面。

谷崎潤一郎と書物　目次扉

I

谷崎本書誌学序説……3

Ⅱ

Ⅲ

Ⅳ

◉凡例

・引用は二段下げまたは「」でくくり、その都度引用元を註に記した。また作品名などにも「」を、新聞や雑誌、単行本については『』を用いた。

・引用に際して、正字は新字へと改め、ルビは特別なもの以外は略した。ただし固有名詞の一部では正字を用いている箇所がある。

・谷崎の引用は基本的に『谷崎潤一郎全集』（中央公論新社）に依った。ただし書簡は原則的に旧版『谷崎潤一郎全集』（中央公論社）、水上勉・千葉俊二『増補改訂版 谷崎先生の書簡』（中央公論新社）を中心に用い、これらに未収録の逸文や書簡、座談会などに関しては発表媒体より引用し、出典を示した。

・「装幀」については、装丁、装釘などの表記もあるが、引用を除き本書では「装幀」で統一した。

・年数表記は基本的に和暦に続き西暦も記したが、引用文中や、ひとつの章のなかで一度記したものについては西暦表記を略した。

造本　真田幸治

I

谷崎本書誌学序説

1　谷崎本から見えてくるもの

昭和四十（一九六五）年に亡くなった谷崎潤一郎の著作権は、ＴＰＰ発効による著作権法改正前である平成二十七（二〇一五）年、死後五十年を以て切れ、晴れてパブリックドメインとなった。谷崎の著作がネット上の青空文庫で読めるようになると話題になり、かたや中央公論新社では『谷崎潤一郎全集』全二十六巻（以後、『決定版全集』）の刊行もスタートした。前の全集刊行以後に見つかった逸文や日記などが新たに収録されたほか、従来の谷崎全集になかった初出から初刊、その後の本文との校訂も新たになされ、書簡の巻がないという欠陥はあるものの、それまでの全集を一新したものとなった。

谷崎の場合、研究論文・参考文献の書誌はこれまで幾つも編まれてきたが、しかし、谷崎著作の書誌としては、そのボリュームと充実度において、いまだに半世紀以上前に刊行された橘弘一郎編『谷崎潤一郎先生著書総目録』（ギャラリー吾八、以下『総目録』）が唯一の抜きん出た存在であるといってよい。もちろんこの『総目録』とて、限定部数の豪華版であり、近年はさすがに古書相場も落ち着いてきたものの、一昔前までは古書価十万円前後はする高嶺の花で容易には入手しがたいものであった。図書館蔵書を眺めるなり必要な箇所をコピーして折りにつけ参照するなりしていたものである。それから幾年月、近年の全体的な古書相場下落によってか、時たま往時の半額以下で古書目録に掲載されるようになり、これこそ最安値だと一万円で揃いを購入したのが平成二十五（二〇一三）年のことであった。限定二百三十四部、編者署名の入った和装本四冊が函に収まっているというものなのだが、こうした趣味的な作りが、基礎的な資料としてのその後の復刊を阻んでいたとしたら皮肉である。

もちろん、詳細な活字による著書目録はすでに存在はしている（芦屋市谷崎潤一郎記念館発行の『谷崎潤一郎資料目録図書・逐次刊行物篇』『北川真三収集谷崎潤一郎資料目録』『近藤良貞収集谷崎潤一郎資料目録』、日本近代文学館発行の『橘弘一郎収集谷崎潤一郎文庫目録』、そして『決定版全集』二十六巻所収の「著書目録」）。データとしてはそれで十分なのかもしれない。しかしなんといってもこの橘編『総目録』の特徴は、ほぼすべての著作について外装を含めた書影を掲載していることで、写真は一部カラー印刷のほかはセピア一色刷だが、外装や材質、装幀等々、書誌データでは往々にして無視されてしまう要素についても詳しい記述があり、パラパラと紐解きながら写真を眺めるだけでも楽しめるものになっている。

楽しめる、というよりはむしろ、文学がひとつの形として世に現れるところの書物をまとめるにあたって、その姿を伝える書影は実は必須要素であるといえるだろう。書誌を無味乾燥なデータからすくい上げるものは、それぞれの書物のたたずまい、ありようそのものであるからだ。四冊に分冊されているが、四冊が同時刊行ではないために付帯情報に加え追加訂正情報も巻末に掲載され、草稿、初出誌から外装や異装の有無などまでの情報が細かに詰まっているのもまた魅力である。研究者ばかりでなく、いやむしろ、外装のひとつひとつにこだわり、読むばかりではなく所持し、揃え、眺め、手にすることを追求する古書コレクターにとっての隠れたマストアイテムとして長年君臨してきた所以である。それというのも、資料提供に往年の谷崎本の大コレクターY・Kこと近藤良貞を迎え（先の『近藤良貞収集谷崎潤一郎資料目録』は近藤蔵書を、『橘弘一郎収集谷崎潤一郎文庫目録』も橘蔵書を基に作成）、何より編者が研究者ではなく谷崎ファンのコレクターであり、本書が「谷崎先生の偉大な業績を示し記録するものであると同時に、先生の古書を探し求める人に対してよき参考書であることを願つ〔ママ〕てまとめたもの」(1)だからという点にある。

近年ではさすがにそういったことはなくなってきたが、近代文学研究においては、かつて、初版本の装幀だの外装だのましてや異装版などという事柄はマニアたちのフェティッシュに過ぎないと顧みない空気があったことは否定できない。むしろ近接するタイポグラフィや印刷史、出版・流通史、読書・受容史や社会学、または美術史では研究を積み重ねてきており(2)、近世までの文学研究では精密な実証研究が定着しているにもかかわらず、「近代書誌学という語は文化界に未だ市民権を得ていない(3)」のが実態であった。「書誌学は、本来、内容を論じる前の「基礎工事」であった。しかし、現状では、作品から外に出ていく手がかりとして機能している。本や雑誌に目を注ぐとき、向こう側には読者が見え、メディア・社会・文化が望める(4)」。そうした展望のもとに、文学研究における、文献学というよりは書物それ自体の印刷、製本、装幀、出版を基軸としたアプローチとしては、たとえば、紅野謙介『書物の近代——メディアの文学史』や木股知史『画文共鳴——『みだれ髪』から『月に吠える』へ』といった成果はすでにあるし、近年増えてきているといっていい。戦前の齋藤昌三や庄司浅水から存在しているさまざまなアプローチを引き継ぐような形での在野の研究家、趣味人たちによる蓄積に目が向けられるようになったのも、ごく最近のことである。

それというのも、趣味的であることで顧みられなかったそれらの蓄積は、特定の画家などとのコラボレーションといったようなことは別として、往々にして極めてマニアックな事象についてであることが多く、たとえば本におけるそれら後版やら異装やら色違いやらといった微細な装幀等の差異が作品の「解釈と鑑賞」を左右することはないからなのだろう。だが、である。そういったマニアックな差異は、しかし、コレクターたちの「趣味」ではなく「意味」に転換されるときにこそ資料としての価値を発揮する。谷崎作品を読むのに、初版本だろうが文庫本だろうが変わりはなかろう。変わりはないけれども、本文は書物という身体を得て初めて物体――オブジェとして読者に顕現する。具体化された文学の身体なくして実際の読書が叶わないのだとすれば、印字された言葉そのものは変わることはないだろうが、その趣は違ってくる。書物を手にしたときの感触、重さ、版面の視覚的効果等々、全く異なった読書体験、存在感を放つものとなるはずである。

たとえば、「蓼喰ふ虫」には各種文庫本のほかに、小出楢重の木版装幀による初刊本（改造社、昭和四（一九二九）年十一月）、潤一郎六部集シリーズの一冊として和紙に挿絵が多数入り、横長で大和綴という造本の限定本（創元社、昭和十一（一九三六）年六月）、また戦後になってから、シンプルながら重厚感のある装幀で全冊毛筆書名入りの限定本（新樹社、昭和三十（一九五五）年五月）などがあるが、同じ作品であったとしても、これらはすべて異なる存在感を漂わせ、書架でそれぞれのアウラを発する。同じ小出楢重装幀で三種も別の本があるということ、これは何事かを意味していよう。しかも生前の谷崎による装幀や造本に対するあれこれの注文があって、それぞれのスタッフの協働によって完成した書物であるなら、同じ文学作品のそれぞれ異なる顕れ、異なる完成体として捉えるべきものである。文学作品の最終形態としての書物は、無機質なデータではないのである。

といってまた、ここでは何も贅を凝らした限定版や手数のかかった煌びやかな美的装幀本の頌を謳歌したいわけではない。谷崎本でいえば、よく美しい装幀を特集する雑誌で取り上げられることのある先の小出楢重装幀『蓼喰ふ虫』（改造社）だが、たとえば戦前すでに「あの立派な小出楢重の装幀の下にこれは又なんとひどい組版であることか、その粗雑さに一驚を喫せられたことと思ふ」(5)などともいわれていた。美しい書物といって、とにかく金をかけさえすればいいというのは下品な考えである。書物は印刷、用紙、組版、製本から装幀そして中身とトータルに捉えなければならない(6)。そしてまた、普及版や廉価版、文庫本であっても、書物として研究上の価値に変わるところはない。種々のフォーマットや制限のもとそれぞれにそれぞれの特色があり、価値がある。たとえばあえて微細な差異を挙げるならば、金星堂名作叢書版『恐怖時代』には『総目録』掲載の初版のほかに表紙ロゴデザイン違いで別の発行日付を持つ初版本があり、しかもそれぞれ上方屋と金星堂と検印紙が異なっているものが存在する。なぜ同じ本に発行日やデザインの異なる初版本が二種あるのか。叢書の一冊として、同作初刊本ですらない廉価な刊本のあまりにも微細な差異かもしれないが、ここには、金星堂という版元と上方屋という取次との関係と往時の書籍の流通、または検印紙の違いと印税との関連、谷崎文学の普及と受容などといった問題へアプローチするための手がかりがある。

ことほどさように、書物とは、作者のみならず出版社、編集者そして装幀家、また印刷・製本所そして取次から小売書店といった流通サイクルや、また書物が商品として各々の時代にいかように宣伝、売買され読者に受容され版を重ねて浸透していったのか等々の問題について、それぞれの時代における文学のありようと、その中で作者や作品の位置はいかにあったかを示唆してくれる実態的な生き証人でもある。そしてまた何よりも、「自分の作品を単行本の形にして出した時に始めてほんたうの自分のもの、真に「創作」が出来上がつたと云ふ気がする」(「装釘漫談」)という谷崎を思えば、内容と一にして不可分であり、作品の身体ともいうべき書物というオブジェこそ、改めて「趣味」的にばかりではなく資料として実証的にクローズアップされるべき対象であろう。

しかし考えてみれば、谷崎最晩年から没後すぐにかけて作成、刊行されたこの『総目録』が、かように充実しほかの追随を許さないものであったからこそ、その後半世紀に渡ってこれを超えるような谷崎書誌が出なかったようにも思われる。『総目録』は、明治四十四（一九一一）年の谷崎最初の単行本『刺青』から始まり、昭和三十九（一九六四）年の『新々訳源氏物語』で閉じられているが、その後増補すべき現在にいたるまでの著書はかなりの数になるのではないかと思われる。とりわけ改版や図書館用まで含めた各種の文庫本、またセット売りや多少装幀を変えただけで奥付を変えたりする文学全集ものなど、もしいまから改めて谷崎書誌を作成するとなると、近藤蔵書などがあるにせよ、外装を含めた実見確認にはほとほと手を焼くに違いない。

『総目録』刊行後五十余年を閲したいま、さすがにこの橘書誌に新たに追加すべき谷崎生前の書物や情報も幾つかある。前置きが長くなったが、ここでは敢えて谷崎潤一郎の書物にフェティッシュに迫ることで、それぞれの書物のありようとその背景について改めて考えていきたい。広義の書誌学的な視点、すなわち刊行された書物を基軸にして作家と谷崎文学、そのイメージや、出版と古書をも含めた流通といった要素を浮き彫りにさせようというわけである。

そもそも、いま『総目録』に追補するべき谷崎生前の書物があるとすれば、大まかにいって二系統に分かれるだろう。ひとつは、初版異装や重版異装といったおそらくは出版社都合による異装版の存在である。これらは、版元による製作の現場や流通の過程で出来したものであろうし、作者のあずかり知らぬものであろうとひとまずは考えてよいだろう。そしていまひとつは、作者のこだわりによって作成された限定版や異版である。わたしの大まかな印象だが、前者は昭和初期までの本に目立つのに対し、後者はそれ以降のもの、具体的には主に創元社と谷崎の出会い以降の出版物に見られる傾向がある。

創元社からの最初の出版は昭和七（一九三二）年の『倚松庵随筆』だが、谷崎が「装釘漫談」を発表した昭和八年（一九三三）の少し前あたりから、たとえば昭和六（一九三一）年四月の『卍』（改造社）など、谷崎の意向を受けたであろう造本、装幀の出版が出始めてくる印象があり、その後は、昭和七年二月の『盲目物語』(中央公論社)、翌年十二月の『春琴抄』(創元社)や昭和十(一九三五)年五月の『攝陽随筆』(中央公論社)、そして創元社による凝りに凝った限定本『自筆 本蘆刈』、種々の画家たちとのコラボレーションになる潤一郎六部集といった装幀、造本共に凝った書物が刊行されていく。大正末年からの円本ブームによって、書物がマスプロダクションとなっていく状況に対するこうした反時代的ともいえる姿勢は、いわば「装釘漫談」の実践であるといっても過言ではない。

では出版社都合のものにはどういったものがあるのか。『総目録』の画期的な点として、重版異装を追ったということがある。現在では、漱石であれ鏡花であれ、著作書誌に初版のみならず重版の情報を掲載することは珍しくなくなったが、重版異装を書影付きで紹介するのは、当時としてはコレクター橘だからこそのものであっただろう。初版本はコレクターにも需要があり、それなりの古書価で古書として流通するが、それに対して重版本は初版本コレクターからも収集対象から除外され、研究者にとっても興味の埒外、無視されがちのものであった。

たとえば籾山書店の胡蝶本『刺青』初版なら、谷崎最初の書物ということで古書店でも人気商品であり需要も多いが、しかしでは、胡蝶本『刺青』はどのくらい版を重ねたのかということについてはまず意識されることはない。わたしは明治四十四年の初版から翌年発行の第五版までを各版揃えて所持しているが、それ以後は未確認である。重版に関する版元の資料がいまだ発見されているわけでもない現在、おそらく五版が最終重版だろうと推定されるのだが、ただ六版はないという証拠もない。では探せばよいといって、特定の重版を古書市場で探索するのは困難を極める。実際、存在するかどうかもわからない六版を探すのは雲を掴むような話だが、大正三(一九一四)年十二月に刊行された現代代表作叢書『麒麟』(植竹書院)に『刺青』収録作全作が再録されているので、ひとまずはそれ以後の重版はないと考えることができるだろう。

だが、それでは六版は存在しないと断言できるかといえば、そういい切れないのがいわば古書の世界である。永井荷風『ふらんす物語』天下一本伝説や堀辰雄『ルウベンスの偽画』古賀春江肉筆画本贋作伝説など(7)、実際、この界隈には古くから胡散臭い古書伝説やいわく付きの贋作などがあるものの、伝説を払拭する実際のブツこそが多くを語る、いわば実証性がものをいう世界であり、文献や証言では存在しないはずの本が、現実にひょっこりと古書市場に出現してしまうといったことは、ほかはともかく古書の世界ではままあることである。まさに古書の世界の深淵ともいうべきことだが、同時にこうしたこともあり得るのが、図書館のデータだけでは知ることのできない、古書の世界の奥深い魅力でもある。

いま触れた『麒麟』や、大正期の幾つかの本、すなわち大正二(一九一三)年十月の『恋を知る頃』(植竹書院)、大正五(一九一六)年九月の『鬼の面』(春陽堂)、翌年四月の『人魚の嘆き』(春陽堂)、大正十三(一九二四)年一月の『肉塊』(春陽堂)などといった本については、『総目録』でも重版(後版)異装について言及されている。そのなかには、装幀材料の不足による異装もあるであろうし、廉価版的な意味合いで軽装に改めたものもあるであろう。または版権譲渡に伴う異装、版元や印刷所の変更、検印違いなど、当時借金を重ねていた谷崎を考えれば、おそらく抵当として版権があちこちに移っていったことを反映しているという解釈を容易に導く。

またそれらとは別に、初版に複数の装幀があるものもある。たとえば『総目録』に記載のないところでは、大正九(一九二〇)年二月に刊行された『恐怖時代』(天祐社)は、函の地が無地のもののほかに柄地のものがある(これは同じく天祐社刊の佐藤春夫『美しい町』でも同じ柄地函の異装を見たことがある)。また、同じく天祐社で前年三月に出た『ウインダミーヤ夫人の扇』には函平に題箋貼付のものと直に印刷されたものとがあったり、大正十五(一九二六)年九月の『赤い屋根』(新潮社)は背表紙箔押の一部に色違いがあったりする。終戦後の昭和二十一（一九四六）年十二月に出た仙花紙本『卍』の外装は函だが重版でカバー装のものも見かける。これらのおおかたは製本時の材料不足や在庫や返品分の再出荷処理といった要因によるものだろう（しかし『総目録』は重版異装にはこだわるのに、なぜか帯については一切言及しない。『総目録』第三巻口絵写真には帯付書影もあるのだが、いまとなっては惜しい瑕瑾である）。

他方、『武州公秘話』（昭和十年十月）のように函のタイトルデザインが二種あるものもある。また有名なところでは、『春琴抄』（昭和八年十二月）に数十部の朱色表紙、二、三部限りといわれる桐函入金蒔絵署名の特装本がある。桐函入本は、『総目録』にもカラー写真で紹介されているし、数百万の古書価で古書目録を飾ったこともあるのでよく知られてはいるだろう。この「数十部」「二、三部限り」というのは『総目録』以来の言い回しで、たとえば『決定版全集』でも繰り返されている。川島幸希『初版本講義』によれば、従来三部といわれてきた桐函入本を「私だけで六部の現存を確認している」という。(8) つまり、五十年間誰もこの「数十部」「二、三部限り」という言説を実証しようという人間がいなかったということである。人によっては朱色表紙を特装版と書くものもあり、こうした言説は荷風の発禁本『ふらんす物語』の現存部数と同じく、長年のうちに尾鰭がついて伝説化していくものなのかもしれない。

作者のこだわりによるものとしては、たとえば先にも挙げた潤一郎六部集の一冊である『蓼喰ふ虫』は、『総目録』には「ごく少部数のみ漆塗り木箱入りがある」とされているが、谷崎家で一時お手伝いさんをしていた久保一枝旧蔵のそれを譲り受けた人がかつて雑誌に入手経緯と共に書影を公開したことがある。(9) 題簽は松子夫人によるものだろうか。写真すらほとんど出てこない本だが、もともと限定本のうちさらに贈呈用の別版など谷崎の限定本にはこうしたものはまだ幾冊かある。

限定本といえば、谷崎戦後最初の限定本は『細雪』であった。むろん、限定千部作者自筆題簽の「帙入特製

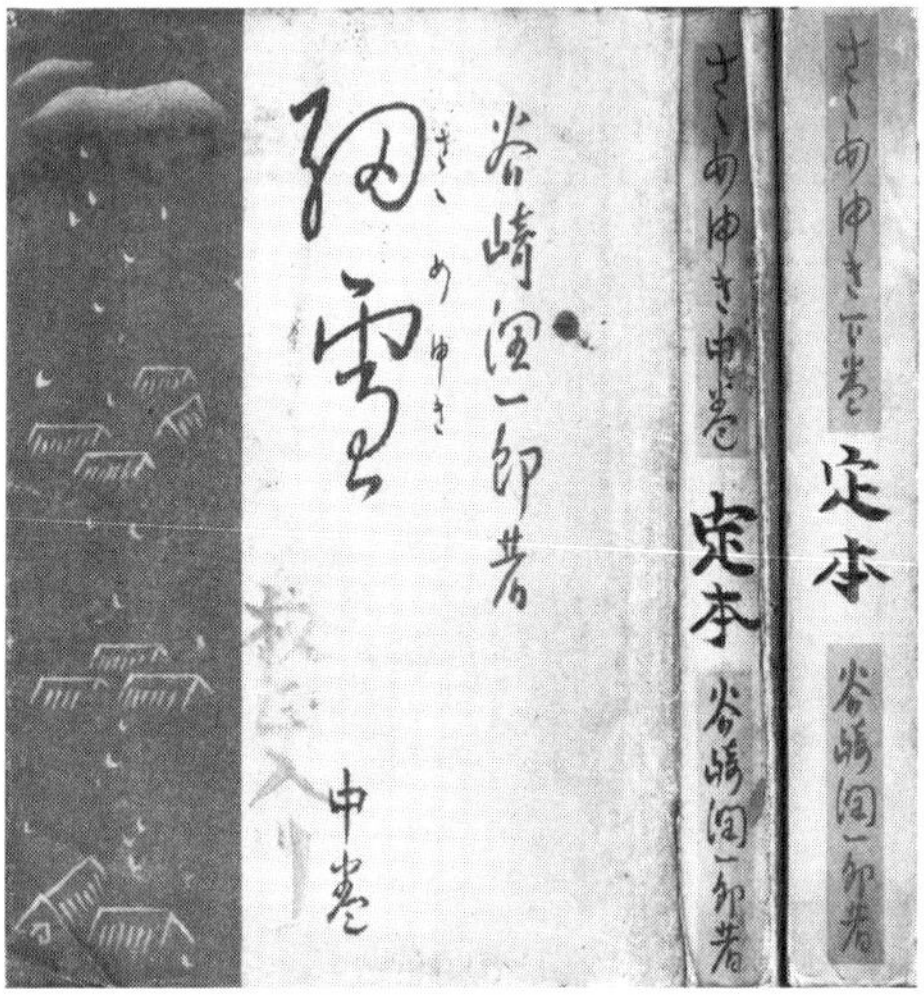

谷崎自筆校訂本『細雪』中下巻背表紙　谷崎自筆で定本とある。

愛蔵本」角背上製本三冊セットではない。パッと見は機械函入並製の初版本と同じようでありながら、本文用紙は上質であり、売価もそして発行日も一部初版本とは異なる「特製本限定参百部」上中下三冊である。この本についてはすでに『決定版全集』でも触れられているし御存知の方も少なくないだろうが、数カ所本文が改訂されていることはあまり知られていないのではないか。

わが書棚にも、神楽坂の元芸者宅から谷崎の自筆校訂本やゲラが古書店に売却され、数年前それが古書目録に掲載された際に注文し、(10)そこから『細雪』中下巻の「校訂本」を入手し架蔵しているが、これなどを見てみても、この時期谷崎は推敲に余念がなく、僅かながら刊本ごとに本文改訂をしていたとすれば、戦中の私家版（上巻のみ）から、初版本、「特製本限定参百部」本、「帙入特製愛蔵本」、角背上製貼函入の「特製本」、上中下三冊を合本した縮刷版までを並べてみると、新たな刊本によって作品自体が成長していくような、そんな面白さをすら感じられる。

以下、谷崎潤一郎の本すべてに渡ってなどは土台無理ではあるが、図書館、文学館の蔵書ばかりでなく、古書店や古書即売展を渡り歩いてきた経験を踏まえ、谷崎本の幾つかについて古書を視座としてアプローチしていきたい。

◉註

（1）橘弘一郎「はしがき」（同編著『谷崎潤一郎先生著書総目録』第一巻、ギャラリー吾八、昭和三十九年七月）、頁数刻印無し。
（2）たとえば、片塩二朗『秀英体研究』（大日本印刷、平成十六（二〇〇四）年十二月）、小宮山博史『日本語活字ものがたり――草創期の人と書体』（誠文堂新光社、平成二十一（二〇〇九）年一月）、清水文吉『本は流れる――出版流通機構の成立史』（日本エディタースクール出版部、平成三（一九九一）年十二月）、柴野京子『書棚と平台――出版流通というメディア』（弘文堂、平成二十一年七月）、浅岡邦雄『〈著者〉の出版史――権利と報酬をめぐる近代』（森話社、平成二十一年十二月）、永嶺重敏『雑誌と読者の近代』（日本エディタースクール出版部、平成九（一九九七）年七月）、『モダン都市の読書空間』（同、平成十三（二〇〇一）年一月）、岩切信一郎『明治版画史』（吉川弘文館、平成二十一年七月）、山本和明『近世戯作の〈近代〉――継承と断絶の出版文化史』（勉誠出版、平成三十一（二〇一九）年二月）等々。
（3）谷沢永一『日本近代書誌学細見』（和泉書院、平成十五（二〇〇三）年十一月）、1頁。
（4）清水康次「書誌学的研究の地平」（『日本近代文学』平成二十五年十一月）、222頁。
（5）足立欣二「著者の呼吸」（『本』昭和八年九月）、26頁。
（6）書物を全体的なバランスから評価するコブデン＝サンダスン（生田耕作訳）『この世界を見よ』（奢灞都館、平成三年九月）参照。
（7）『ふらんす物語』については、長尾桃郎「『ふらんす物語』切抜私話」（『本の虫』昭和四十六（一九七一）年六月）が所持しているという人間の記事を集め現存部数の伝説を検証している。『ルウベンスの偽画』贋作伝説については、小寺謙吉『宝石本わすれなぐさ』（西澤書店、昭和五十五（一九八〇）年一月）が紹介して有名になったものである。
（8）川島幸希『初版本講義』（日本古書通信社、平成十四（二〇〇二）年十月）、44頁。
（9）座談会「大阪と限定本」（『目の眼』昭和五十六（一九八一）年一月）にモノクロだが書影が掲載されている。また最近カラーの詳細写真を見る機会を得た。
（10）『古書かわほり堂目録』（平成十六年四月）。また同時期、同じ出元という一冊本『細雪』自筆校正入りゲラの束もほかの古書店で見せてもらったことがある。

2　植竹書院版『麒麟』の位置

谷崎潤一郎最初の単行本は籾山書店の胡蝶本『刺青』（明治四十四年十二月）であったが、胡蝶本の一冊になったことによる、作家としてのある種の格付けは、『三田文学』に「谷崎潤一郎氏の作品」（明治四十四年十一月）を寄せた荷風の激賞と共に、無名に近い若き小説家にとって天啓だったに違いない。たとえ『三田文学』が籾山書店発行でありそこにプロモーション的な側面があったとしても、それまで同人誌『新思潮』に発表していた「刺青」「幇間」などに加えて、文壇の登竜門『中央公論』に初めて掲載した「秘密」、『三田文学』へ出した「少年」などの諸作が、鏡花や鷗外、荷風といった面々の著作が連なる胡蝶本の一冊として初めて単行本となったのである。それはまた、文壇および出版界などの力学が取り巻く当時の文学場における谷崎という作家の立ち位置をも決定づけたであろう。

とくに叢書名として胡蝶本と銘打って刊行されていたわけではないが（橋口五葉の胡蝶デザインからそう通称されるようになる）、明治四十四年一月の泉鏡花『三味線堀』をはじめとして、同年三月に永井荷風『すみだ川』、六月に正宗白鳥『微光』、七月に『牡丹の客』、十一月に『紅茶の後』と荷風が続いてから、十二月に『刺青』が発売されている。大正二年五月の吉井勇『恋愛小品』まで全二十四冊刊行された胡蝶本だが、谷崎の場合は六冊目にあたり、発売当時の明治四十四年には鏡花や荷風、そして当時新進作家として売れていた白鳥と並んでの上梓という絶妙なタイミングでもあった。

現在までにわたしが確認している『刺青』奥付の発行日を並べると、初版（明治四十四年十二月十日）、二版（明治四十五（一九一二）年二月一日）、三版（明治四十五年二月十八日）、四版（明治四十五年四月一日）、五版（大正元（一九一二）年八月二十五日）といったように順調に版を重ねていた。明治四十五年二月に二度も版を重ねているのは、当時、文部省の文芸委員会による「文芸選奨」候補に『刺青』が入ったことが影響していよう。

政府主導の文芸院構想の実践として明治四十四年に発足した文芸委員会による「文芸選奨」候補とは、上田万年、芳賀矢一、森鷗外、饗庭篁村、上田敏、島村抱月ら委員によって、夏目漱石『門』、島崎藤村『家』、永井荷風『すみた川』、正宗白鳥『微光』、与謝野晶子『春泥集』、沙翁劇翻訳の坪内逍遙、プラトン翻訳の木村鷹太郎、それに谷崎『刺青』の八人が最終候補に残され話題になったことをいう(1)。結局受賞者はなく、文芸功労賞として文芸協会主催者の坪内逍遙が授賞することとなった。しかし右のラインナップに新進作家である谷崎が入ったことは大きく、「文部省の推奨問題は古本屋に迄影響して「門」が盛に売れ、谷崎潤一郎永井荷風も中々に出たが推奨がオヂヤンになるとバツタリ減じて終つた(2)」などという新聞記事を見ると、古書の売れ行きにすら影響を与えていたことがわかる。

大正二年一月、未完に終わった新聞連載長篇『羹』（春陽堂）を「一先ず三分の一を纏めて PART1. として」（「序」）の刊行を挟んで、同年同月、谷崎は胡蝶本第二弾の作品集として今度は『悪魔』を上梓する。こちらは現在までのところわたしは二版までしか確認していないが、現在でも評価の高い『刺青』収録作品群に比べ、『悪魔』収録作は「悪魔」「悪魔続篇」「THE AFFAIR OF TWO WATCHES」「朱雀日記」と比較的地味な印象がある。「悪魔」などは谷崎が悪魔主義などと呼称されるきっかけの作品であろうが、版数から比較しても、すなわち流通度からいって当時から『刺青』の影に隠れていたことが知られる。もともと『刺青』の売れ行きからの第二弾という版元の判断での刊行であったのだろう。もし仮に『刺青』初版が千部で重版はその半数とするなら、『刺青』は『悪魔』の倍の本が世に流通していたことになる(3)。

胡蝶本のほかには、先に言及した『羹』、作品集『恋を知る頃』（植竹書院、大正二年十月）、作品集『甍』（泡鳴社、大正三年三月)、『甍』と同内容の『小説二篇』(同体裁で大正四(一九一五)年十一月二十七日初版の日付を持つやなぎ書房、三生社と版元違いの二種があるが、『甍』以降版権転売したものか)と、表向きは作家として順調に単行本を出していく谷崎だが、いまから見ると、『刺青』の受容に比べてそれらはマイナーに過ぎ、本人にとっても身過ぎ世過ぎの仕事だったような節があるように感じざるを得ないところがある。何しろ『羹』は小説自体未完であり、借金を重ねていた当時の谷崎によって『甍』『小説二篇』は金銭目当てに版権がたらい回しされた印象を受けるし、『恋を知る頃』は戯曲メインの作品集であった。そんな折に刊行されたのが、植竹書院の現代代表作叢書第三編として大正三年十二月に出た作品集『麒麟』である。

作品集といっても、作者の序文にあるように「今日迄の予が作品の全集とも見る可き」本であり、広告文によれば「著者が自ら会心の作として選集せられたるもの」であって、正に当時の谷崎の自選全集なのであった。同書の「序」には「「刺青」の版権授受に関する籾山仁三郎氏の好意を感謝して措かざるものなり」と、籾山書店への版権授受に関する謝辞があるが、つまり当時の谷崎にとって『麒麟』はただの縮刷本ではなく、一年あまりで重版の止まってしまった『刺青』に代わって、新たに作品を網羅した名刺代わりともいえるような単行本であったのだ。

売れれば印税による収入も馬鹿にならず(4)、何より己の作品を世に問い普及させるという点でも作家にとって単行本は重要である。仮に、読者に読まれることがなければ作品は存在しないも同じこととするなら、コンスタントに新聞雑誌に作品を発表してもその日その月で消えてしまうそれらより、息が長く、たとえ絶版となっても世に貸本や古書として流通し続ける単行本こそ、とりわけ新進作家にとっては自分を代表する作品としてなくては始まらないものであったろう。前述したような華々しい単行本デビューから数年、一般に不遇の時代と評されることの多い大正前半の谷崎潤一郎の文学を、その出版系譜という観点から考えるとき、縮刷本として従来注目されてこなかった植竹書院の『麒麟』がそうした位置を担っていたことはもっと注目されてもよい。

そもそも植竹書院の現代代表作叢書とは、その叢書名の通り著者の代表的作品を縮刷でコンパクトな一冊にした傑作選集というコンセプトのシリーズである。元々は複数冊に分かれるものやぶ厚い単行本を、廉価版として袖珍判や菊版裁判といったサイズで文字通り本文を小さく凝縮した縮刷本は、文学書では明治末年の大倉書店『吾輩ハ猫デアル』や春陽堂『美妙集』『紅葉集』といったあたりから目立ち始め、着実に版数を伸ばしてくれるヒットアイテムとして大正に入ってからはさまざまな本が刊行されていく。

『麒麟』初版函、表紙

現代代表作叢書は、一般的に外見が廉価版的簡素なイメージがある縮刷本としては、菊半裁判角背上製貼函入という基本フォーマットのほかは、各冊いろいろな装幀家を用いた表紙絵や、布やクロスなど表紙素材が全冊それぞれ異なってバラエティに富み、廉価版という枠を超え単行本そのものとしての魅力をたたえている。[5]

この叢書は、菊半裁であつたが、それでも、六号であつたから、一頁に七百余字つまつてゐるので、ふつうで、七百枚ぐらゐの分量があつて、九十五銭ぐらゐであつた。中でももつともやすいのは、草平の『煤煙』四巻を一冊にしたのが、一円六十銭であらう。ざつと、さういふ本であつたから、古本でかへば、定価のはんぶんぐらゐで、買へたのでびんぼうな文学書生の私などには、これらの植竹の叢書は、翻訳書とともにありがたかつた。(6)

これは宇野浩二の回想(『文学の青春期』)だが、当時の文学青年に植竹の縮刷がどう受け止められていたかの一例とも読むことができる。

ここで改めて現代代表作叢書のラインナップを紹介しておくと、刊行順に、森田草平『煤煙』、鈴木三重吉『珊瑚樹』、谷崎潤一郎『麒麟』、田山花袋『小春傘』、正宗白鳥『まぼろし』、長田幹彦『舞姫』、田村俊子『あきらめ』、泉鏡花『菖蒲貝』、小山内薫『一里塚』、上司小剣『お光壮吉』、徳田(近松)秋江『閨怨』、中村星湖『少年行』の全十二冊。

第一編の森田草平『煤煙』は、元は春陽堂から菊版の四冊組みで出された単行本を改めて単体の縮刷本一冊として植竹書院で刊行したもので、その重版時に装幀を変えてこの叢書に組み入れられたもの。二編の鈴木三重吉『珊瑚樹』は当初「三重吉傑作選集」と銘打って刊行、そして、三編『麒麟』も「潤一郎傑作選集」と銘打ちながら、このときに初めて現代代表作叢書とシリーズ名がつき、『煤煙』『珊瑚樹』の重版にも叢書名が踏襲されシリーズに組み入れられ、(7)そして四編の田山花袋『小春傘』以降へと続いていくこの叢書は、『煤煙』以外は基本的に先行する元版のないオリジナル編集の傑作選集として刊行されていく。

つまり縮刷とはこの場合、始まりこそ元版四冊本の廉価普及版的『煤煙』ではあったが、途中から、先行する単行本の中身の廉価普及版(長大な本文を小さい活字でぎっしり詰め込み価格的にも物理的にも縮小した本)ではなく、著者の代表作を縮刷本というフォーマットにまとめ直すという、つまり単なる廉価版ではなくて造本体裁としての縮刷本なのである。当時すでに春陽堂から『紅葉集』や『鏡花集』といった縮刷全集的な刊行物は出てい

出版広告（『東京朝日新聞』大正3年12月6日）

たが、植竹の本シリーズもまた、縮刷本の意味合いが先行本の廉価版から、必ずしも先行本のない刊行フォーマットのひとつとなっていった端境期のものとして興味深い[8]。

とはいえ『麒麟』の場合、収録十六作のうち当時の新作「捨てられる迄」「饒太郎」「春の海辺」の三編は本書が初刊であった。たとえば「饒太郎」の初刊がこの全集的書物であったことによってマゾヒスト谷崎という印象がより拡散したというような一面も想像させるが、それはともかく、本書は『刺青』を更新する己の代表作として若い谷崎の出版系譜の中ではかなり重要な本であったと位置づけられよう。それは造本面からもうかがわれる。

次に掲げるのは昭和二十三（一九四八）年三月におこなわれた、谷崎と横山大観らによる鼎談の一部である[9]。

谷崎　横山先生には私、三十幾年ぶりでお目に掛かります。たしか芝の紅葉館だったと記憶しています。それから私は五浦へも行ったことがあります。その頃あそこへ院展の家を御建築中でして、岡倉天心さんが見えておられて工事を――植木屋などを――熱心に指図しておられました。

大観　明治三十九年ですな。
谷崎　そうですね。その時分私はまだ大学生でしたから。
大観　僕は忘れちゃってるな。何かあなたの本に絵を描いたように思いますが。
谷崎　描いて頂きました。孔子のことを書いた本でしたよ。

ここで言及されている「孔子のことを書いた本」というのが短篇「麒麟」のことだが、「麒麟」は初出も初刊（胡蝶本『刺青』）も挿絵はついていない。植竹書院で『麒麟』を刊行するにあたって新たに挿絵を入れたのである。右で谷崎は大学時代すでに「院展の家を御建築中」という茨城・五浦《いづら》海岸の日本美術院を訪ねたことがあるというが、岡倉天心の六角堂は明治三十八（一九〇五）年十一月下旬に完成している。当時谷崎はまだ一高の学生であり、「大学生でした」というのは記憶違いであろうが、わざわざ五浦を訪ねているということは、谷崎の同時代美術への関心をうかがわせる。

『麒麟』のために横山大観に挿絵を描いてもらっているのは、タイミング的にはちょうど大観らが大正三年九月に岡倉天心没後の日本美術院を心機一転再興し始めたばかりの頃にあたる。(10) 大観が孔子を描いた「麒麟」のほか、安田靫彦の「誕生」、長野草風の「信西」の三枚がコロタイプ別刷挿絵として本書に挿入されているのは、当時としてもなかなか凝ったものであったろう。ただし本文中の「捨てられる迄」「恋を知る頃」凸版挿絵は、装幀を担当した結城素明《そめい》の友人・平福百穂《ひやくすい》による。

この叢書は作者のこのみで、装釘がいちいちかはつてゐて、その頃からぜいたく屋であつたらしい潤一郎の『麒麟』は、結城素明の装釘で、横山大観、安田靫彦、平福百穂、長野草風、の四人の挿絵がはひつてゐる。これは、植竹書院主、植竹喜四郎がたいていの事は、ほとんどなんでも、著者のいふ通りになつた人であつた、といふ例の一つである。(11)

先に引いた宇野浩二の回想にこんな一節があるが、谷崎のそれまでの単行本で挿絵の入ったものはなく（『羹』の橋口五葉による扉絵は別として）、またこの叢書十二冊中挿絵のあるのは本書のみという点から、たしかに、版元の指示というよりは作者の意向によって挿絵が入った可能性が強いといえるだろう。

画家四名による書き下ろしの挿絵、それらとは異なる画家による装幀と、こうした側面からも作者の並々ならぬ力の入れようがうかがわれ、書物それ自体を作品とする後年の谷崎を思わせる端緒がすでにここに見て取れる。また、大観は「麒麟」を題材に描いたが、本書のタイトルが「刺青」でも、はたまた「少年」でもなく（胡蝶本『刺青』は当初出版広告で『少年』と予告されていた）(12)、『麒麟』であることをも合わせ考えると、当時の作者にとって同作が占めていた位置などはまだ一考の余地があるといっていいだろう。

ところで植竹書院は大正初年に現代傑作叢書、現代代表作叢書、植竹文庫、文明叢書といったシリーズを刊行していたが、大正四年頃に何らかの理由で出版業を廃したようで、数々の刊行物は東光堂出版部、三陽堂出版部、三星社出版部（すべて発行者は簗瀬富次郎）といった版元から改めて版を重ねていった。植竹書院版『麒麟』は、初版のほか、再版（大正三年十二月七日）、四版（大正四年二月十日）、五版（大正四年三月一日）を実見確認したが（三版は四版の奥付表記によれば大正三年十二月二十日だが未見）、紙型は変わらないものの、初版と再版は表紙が青の羽二重だったものが四版五版は朱色の羽二重になったり扉が変わったり挿絵画家クレジットがついたり等といった変化がある。三版未見なので、この変化が三版からなのか四版からなのかはわからない。しかしこれが大正七（一九一八）年五月刊行の三陽堂出版部版となると、材質や印刷など全体的にグレードの下がった

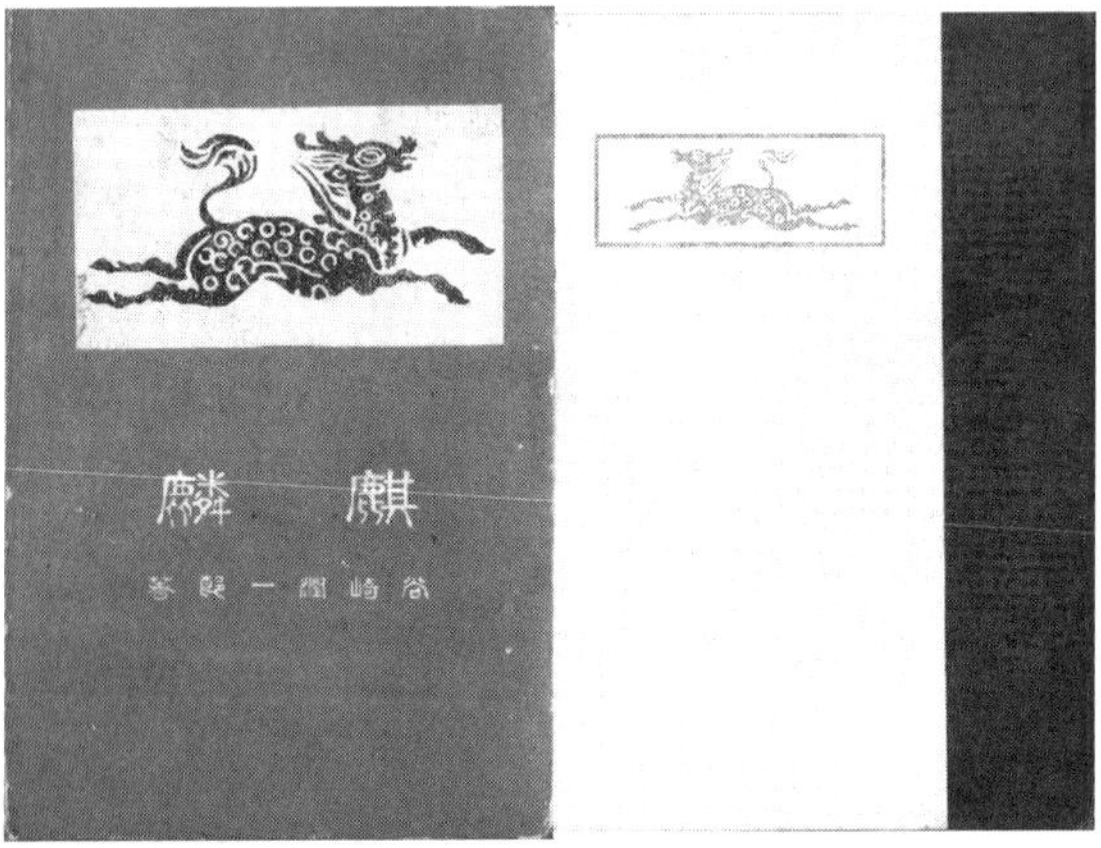

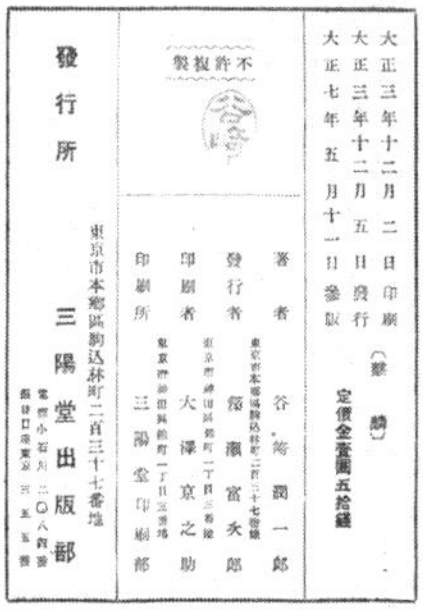

三陽堂版『麒麟』3版函、表紙、奥付

ようなたたずまいになり、叢書名が消え表紙は羽二重から背継クロス装になり（クロス色は背が青に平が白だが、平がオリーブ色の本も確認）、挿絵も本文挿入の平福百穂のものはそのままだが、別刷口絵は大観のもの一枚のみになる（これは同叢書のほかの本も同じで、紙型を流用しながら全体的な造りがチープになっている）。

しかし不思議なのは、植竹版五版が大正三年刊行にもかかわらず三陽堂版は奥付が「大正七年五月十一日第参版」となっていることである。おそらく参版＝三陽堂版初版だろうが（ほかの版未見）、なぜ『麒麟』の三陽堂版初版は植竹版を一版と数えたとしても二版ではなく（そして六版ではなく）三版なのか。ほかにも、同じく元・植竹書院の現代傑作叢書『恋を知る頃』となると、東光堂出版部から第六版（大正六（一九一七）年三月十五日）が、三星社出版部から第八版（大正九年四月十五日）が、翌年には同所から十二版（大正十（一九二一）年五月二十五日）がそれぞれ紙型は同じだが各々全く異なる装幀で刊行され続けている。実は谷崎本に限らない植竹書院本の後版重版のこうした複雑な異装の存在は、いまだに不明な点を残している。ただ谷崎はこの後大正五年九月にも、胡蝶本『刺青』収録作に「悪魔」正続と「法成寺物語」を加え、広告に「著者自選の傑作集」と謳っ

『刺青 外九篇』8版函、表紙（大正8年10月15日）

た『刺青 外九篇』を春陽堂から出しているのだが、八割方内容のかぶる三陽堂版を「第参版」以降見かけないのは、ひとつには『刺青 外九篇』出版にからむ権利関係に起因しているようにも思われる。『刺青 外九篇』もまた『麒麟』と同じく菊半裁判角背上製函入の本で、縮刷全集的な趣があることを申し添えておく。

谷崎はその後縮刷全集的な『麒麟』の第二弾とでもいうべき作品集『人魚の嘆き』を大正六年四月に春陽堂から刊行、こちらも順調に版を重ねた(13)。共に縮刷的体裁で新たに挿絵を入れたものだが、谷崎の出版系譜という観点からすると、『麒麟』、『刺青 外九篇』、『人魚の嘆き』は、春陽堂から大正十年一月から刊行され始める『潤一郎傑作全集』（全五巻）前の全集的単行本として、明らかに書物としての連続性を指摘できる。傑作全集的な内容面と縮刷本という形態面からの二点からである。とりわけ『麒麟』『人魚の嘆き』はそれぞれ新たに挿絵を加え、全集前の傑作集正編続編のような趣があろう。そう考えてみると、別に個々の著作はほかにもあるものの、大正初期の谷崎にとって己のベストワークをまとめた全集的書物として、これら縮刷版の書物には作者にとってのある切実さと目論見が込められているように思われ、挿絵にいたるまで作者が気を遣ったのも頷けるのである。

◉註

（1） 無署名「選奨作家と作品　結局は骨抜選奨か」（『東京朝日新聞』明治四十五年二月三日）、5面。文芸委員会については、和田利夫『明治文芸院始末記』（筑摩書房、平成元（一九八九）年十二月）を参照。

（2） 黒「古本町」（『東京朝日新聞』明治四十五年三月十六日）、5面。

（3） 宇野浩二「三田派の人々――あの頃の事」（『文芸草子』竹村書房、昭和十年十一月）によると、同じく胡蝶本の松本泰『天鵞絨』が「確か一千部発行して十七八部しか売れなかつたと誰かから聞いた」（280～281頁）とあり、同じく新人作家であり初の単行本であった『刺青』も初版一千部と推測した。

（4） 『麒麟』奥付には谷崎印が捺してあり印税制であったと思われる。鈴木敏夫『出版　好不況下興亡の一世紀』（出版ニュース社、昭和四十五（一九七〇）年七月）によれば、日本で最初の出版印税契約は明治十九年の小宮山天香のものと知られているが、春陽堂など買切制を長く続けた出版社もあり、「印税制が確立したのは、大正末から昭和初期にかけての、円本全集の全盛時代」（95頁）ともいわれている。明治期における文学書の版権と印税については浅岡邦雄『〈著者〉の出版史――権利と報酬をめぐる近代』（森話社、平成二十一年十二月）を参照。

（5） たとえば、装幀展覧会としては初期のものであろう読売新聞社主催「現代書籍雑誌装幀展覧会」（読売新聞社本社、大正五年二月十～十六日）でも展示されている。無署名「現代装幀競べ」（『読売新聞』大正五年二月十一日）、「愈よ本日限り」（同十六日）参照。

（6） 宇野浩二『文学の青春期』（乾元社、昭和二十八（一九五三）年六月）、128頁。

（7） たとえば『読売新聞』（大正三年九月二十八日）掲載の『珊瑚樹』再版広告では、「三重吉傑作選集」とあるばかりで、併記の『縮刷煤煙』八版にも「現代代表作叢書」の文字はないが、同紙（十二月六日）掲載の『麒麟』広告には、「潤一郎傑作選集」の文字とともに「現代代表作叢書第三編」とあり、併記されている『縮刷煤煙』九版には「第一編」、『珊瑚樹』四版には「第二編」の表記がある。

（8） ここでこうした傑作選集の先行刊行物として想起されるのが、菊版丸背上製クロス装機械函入、約千頁といった体裁で、明治四十二（一九〇九）年六月の『露伴叢書』を皮切りに十二冊刊行された博文館の名家小説文庫シリーズで、個人の傑作選集を全集とは異なる形でまとめた最初期のシリーズと思われる。

（9） 品川清臣編『鼎談餐』（柏書房、昭和五十八（一九八三）年八月）、14頁。

（10）　日本美術院は、五浦移転以来最初はともかくその後はほとんど廃墟に近いありさまで、かねてから東京再建を考えていた大観が天心の死をきっかけに再建計画を進め、東京谷中にある前東京美術学校校長久保田鼎の旧邸を買い入れ、大正三年九月初めに日本美術院を再興した。近藤啓太郎『大観伝』（中公文庫、昭和五十一（一九七六）年十一月）、217～218頁。

（11）　宇野前掲。

（12）　『刺青』刊行と荷風「谷崎潤一郎氏の作品」の関係については、中島国彦「作家の誕生――荷風との邂逅」（『国文学解釈と教材の研究』昭和五十三（一九七八）年八月）、瀬崎圭二「永井荷風『谷崎潤一郎氏の作品』の欲望――谷崎潤一郎処女小説集『刺青』をめぐって」（『名古屋近代文学研究』平成十（一九九八）年十二月）、椎名健人「作家間の師弟関係と承認の機能――永井荷風『谷崎潤一郎氏の作品』を手がかりに」（『教育・社会・文化（京都大学）』平成三十（二〇一八）年三月）といった研究がある。

（13）　川島幸希『私がこだわった初版本』（人魚倶楽部、平成二十五年十二月）、46頁。

3　植竹書院小伝

いま『麒麟』を取り上げたが、植竹書院刊行のあれこれのシリーズについては紅野敏郎『大正期の文芸叢書』（雄松堂出版）を中心としてすでに紹介済みとはいえ、その後の調査により判明した事実もあり、小伝というては大げさかもしれないが、この際改めてここで植竹書院についてまとめておきたい。

栃木県で醤油醸造業を営むかたわら植林事業を展開、また黒羽銀行を創立するなど地元の名士であり多額納税議員である植竹三右衛門の三男である社主の植竹喜四郎は[1]、漱石書簡や鷗外の日記にその名が見えるほか、植竹書院廃業後は生活派論争の歌人・岸良雄としても一部では知られている。長男次男は実業界や政界入りを果たしたなかで一人喜四郎だけが文学青年であったと思われ、もともと日本中学卒業後に仏教書の森江書店で働いていたようである。(2)

植竹がなぜ出版を志したのか。たとえば、植竹文庫の一冊として『サニン』(大正三年十月)を翻訳刊行する武林無想庵の『むさうあん物語』には次のような記述がある。

植竹喜四郎は栃木県黒羽の多額納税議員植竹某の四男坊《〔ママ〕》だが、最近結婚したものの、三十になって無為無職では新妻にたいしてあまりにも腑甲斐ないような気がして出版を思いたった男であった。

父の多額納税議員から金を引出し、とうくあの「漢文大系」という大出版を成功させた鶴川某のやり口をそばで見ていた彼は、これなら自分にも出来そうな気がしたからだった。(3)

『漢文大系』は冨山房から明治四十三(一九一〇)年より刊行されたものだが、果たして植竹が殿様商売、または一攫千金を狙った商売として出版を選んだものかどうか。あるいは無想庵は、大正九年から刊行の始まった国民文庫刊行会(鶴田久作)の『国訳漢文大成』と取り違えているのかもしれず(漢文大成を漢文大系、鶴田を鶴川と)、無想庵晩年の口述筆記であることを差し引いても、右の記述はどうにも参考程度にしかならないようでもある。

ともあれ、植竹が出版に手を染めた最初は、シェンキェヴィチ(松本雲舟訳)『復活の武士(前篇)』であった。大正元年十二月の刊行だが、序文に「今春植竹喜四郎君から出版物を依頼された」、「植竹君は出版界には初陣である」(4)とある。植竹書院の創業は明治四十三年というが、(5)大正改元が七月だから明治四十五年春には実際的な活動を開始したと見てよい。その後植竹は、舟木重雄らで九月に創刊されていた同人誌『奇蹟』の発売元を翌年三月から損得折半という条件で引き受けている。『奇蹟』自体は五月には廃刊となるが、これはそもそも、広津和郎、谷崎精二、葛西善蔵、相馬泰三らと「コネをつけておこうという出版社の深慮遠謀」から植竹が引き受けたものという指摘もある。(6)発行所を引き受けて以降、同誌にはすでに最初のシリーズ物である現代傑作叢書の広告が毎回掲載されている。

現代傑作叢書は胡蝶本を思わせる橋口五葉による装幀で、菊半裁判角背上製本にカバーが外装として付く。菊版裁判という小ぶりな体裁ながら、黄、朱、銀、青など鮮やかな色彩が印象的で五葉の存在感を印象づける装幀となっている。大正二年五月から十二月までに正宗白鳥『心中未遂』、島村抱月『影と影』、岩野泡鳴『ぼんち』、田山花袋『楽園』、谷崎潤一郎『恋を知る頃』、泉鏡花『紅玉』と六冊を刊行。無名の植竹が白鳥や鏡花を始めとする作家たちを五葉の装幀になるシリーズに収め立て続けに刊行しているが、『奇蹟』人脈のみならず、谷崎や鏡花といった反自然主義的作家を加えたことによってより多彩なシリーズとなっている。(7)あるいはまた、このラインナップに鷗外も入っていたかもしれなかった。

というのも、鷗外の日記によれば、大正二年四月八日、植竹は、同書院で刊行する鷗外著『軼事篇』(植竹の申入れで翌日『意地』と改題)収録のために「興津弥五右衛門の遺書」改稿原稿を鷗外から受け取っている。(8)原因は不明だが、結局この『意地』は植竹からではなく籾山書店で刊行されることになる(大正二年六月刊)。時期的に見て、現代傑作叢書に加える心づもりであったろうか。ともあれ植竹は、この叢書をきっかけに一気に文学出版の世界に頭角を現していく。ほかに同年、先の早稲田人脈を活かして広津和郎訳『女の一生』や光用《みつもち》穆《きよし》の紹介による加藤朝鳥訳『犠牲』などの翻訳ものを刊行している。(9)

翌大正三年は、前年の勢いをさらに加速し植竹の出版活動は大きく飛躍していく。アカギ叢書やら新潮社の近代名著文庫やらを意識した文明叢書、植竹文庫など、植竹書院の約四年の出版活動の中で、一気呵成、シリーズ物、縮刷版というのがいわば三大特徴といえよう。それが後追い企画であったにせよ、これらは、内実はともあれ、廉価に有名作をコンパクトにまとめた知の合理化的出版がビジネスとしても駆動していた時代のありようを示している。大正三年十月刊行のアルツイバシエフ（武林無想庵訳）『サニン』を第一編とする植竹文庫は、ロンブロゾオ（辻潤訳）『天才論』、ドストイエフスキイ（生田長江・生田春月訳）『罪と罰』など、六号活字をぎっしりと詰め込んだ「六号縮刷」と海外長篇の縮刷廉価版を売りに次々刊行されていく。それら植竹の数ある縮刷本だが、もともとは森田草平『煤煙』を嚆矢とする。

それまで翻訳物など主に小四六判で刊行していた植竹だが、菊半裁判の現代傑作叢書を引き継ぐように、もとは菊版四冊組の単行本であった『煤煙』を菊半裁判六号活字という体裁で、「四巻合本」と廉価を謳い文句に大正三年四月『縮刷煤煙』を角背上製本カバー装で刊行（カバーの表記は『縮刷合本煤煙』）。扉裏に「包紙意匠安藤兵一氏／表紙意匠沢枝重雄氏」とあるが、包紙とはカバーのことだろう。表紙とカバーと異なる画家を用いて、本体は天小口は青染という凝りようである。これが順調に版を重ねていく。六版では限定二百部特製本まで作成[10]。九月には鈴木三重吉『珊瑚樹』を、『煤煙』と同じく縮刷の体裁を踏襲し、津田青楓装幀の角背上製本函入りで「三重吉傑作選集」として刊行する（函背題簽のみ『縮刷珊瑚樹』と表記）。

だが、先にも書いたようにこの時点ではいまだ広告や本自体には現代代表作叢書という叢書名はない。というのは、十二月刊行の谷崎潤一郎『麒麟』を現代代表作叢書第三編として刊行するのを機に、すでに出ていた『煤煙』と『珊瑚樹』をシリーズの第一編第二編として組み入れ、廃業まで続くシリーズとして全十二冊を刊行していくからだ。つまり、当初からシリーズを目論んでいたわけではなく、同様の体裁での刊行を続けるうちにシリーズとなったというわけであるらしいのである。なお、広告には叢書名が記されているが、本シリーズは函に叢書名があるのみで表紙や扉、奥付など本体のどこにも叢書名は記されていない。なお『煤煙』については、現代代表作叢書としての刊行を機に、『珊瑚樹』『麒麟』と造本体裁を合わせ、天小口青染、カバー装をやめて、貼函入りとした。(11)

ところで植竹書院最初の縮刷がなぜ森田草平の『煤煙』だったのかといえば、おそらく雑誌『反響』での縁によるものだったろう。『煤煙』刊行少し前の大正三年三月十四日、生田長江、森田草平を中心とする雑誌『反響』の披露会に植竹は参加している。植竹が発売元を引き受けた同誌は翌月創刊。創刊号は執筆陣に漱石門下や徳田（近松）秋江、宗教家の伊藤証信などが顔を揃え、批評に重点を置いた政治や宗教問題も扱う文芸雑誌として独自の存在感を示していく。以下、いくつかの文献を参考にしながらこのあたりの流れを整理しておく。(12)

『反響』は、もともと愛知県安芸の僧侶・安藤現慶（枯山）が、金を出すから雑誌を出したいという話を森田に持ちかけたことに端を発する。森田とは明治四十四年一月、安藤が私淑する伊藤証信がやっていた無我愛運動機関誌『無我の愛』読者懇話会で同席して以来の仲らしく、その後森江書店時代の植竹と安藤が旧知であったことから植竹を頼って上京したのが大正二年。雑誌創刊の話を森田が生田長江に持ち込んだところから現実化したものだ。安藤は上京前にも岡本霊華らと雑誌を出し小説などを発表、『反響』創刊後は本楽寺住職を務める

『煤煙』特製版広告（『反響』大正3年9月）

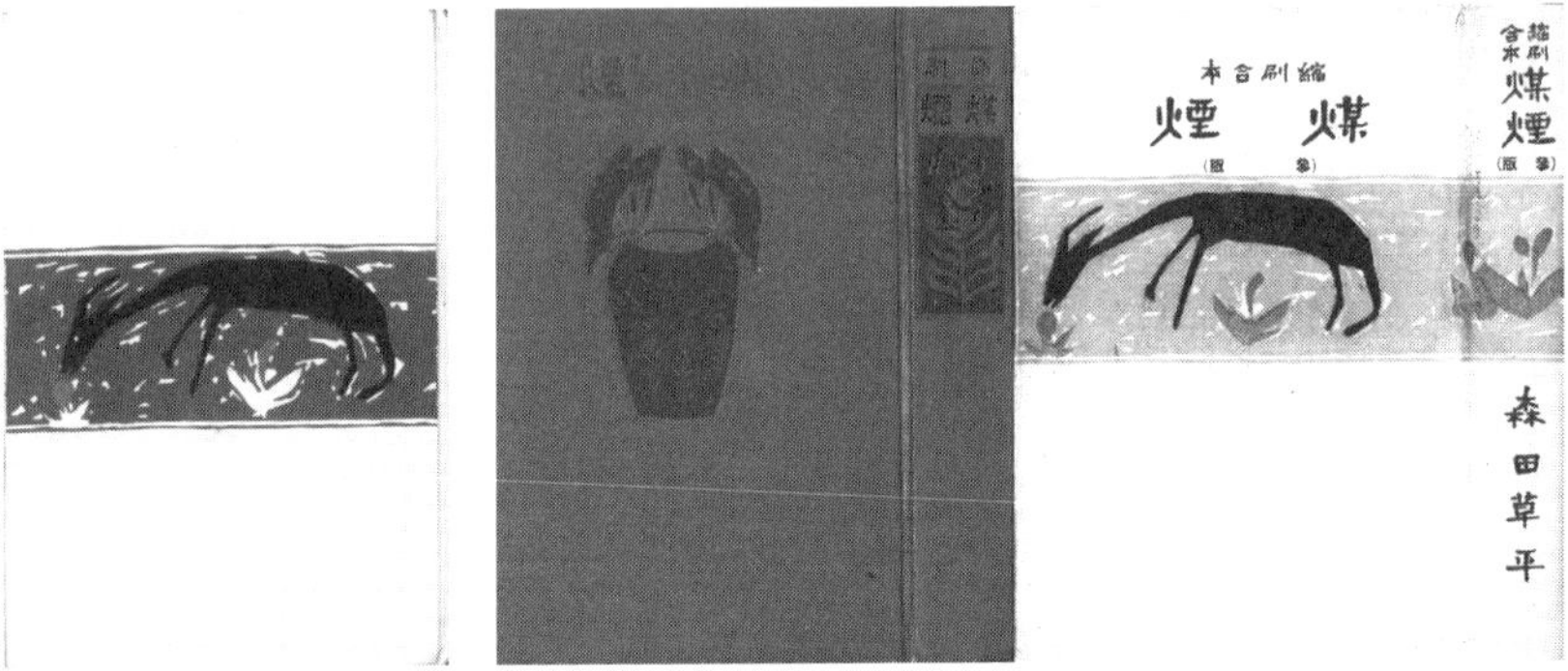

右が『**煤煙』3版カバー、表紙**（大正3年4月28日）、左が**12版表紙**（大正4年3月10日）

傍らしばしば上京しては編集や書評の執筆、また森田の伝手で漱石の木曜会にも出入りしていた。大正三年秋には植竹との共同経営で日月《じつげつ》社を設立、当初は事務所を植竹書院内に置き発行者名義も植竹となっていたが、大正三年十一月頃から独立し本郷元町に移転、『反響』の発売も日月社が引き受け、翌年一月には安藤の妻子も上京し出版に本腰を入れ始める。

日月社は反響叢書として同人らの本を五冊出したほか、植竹の文明叢書と同型（文庫判よりもやや小さい）のシリーズ物である現代百科文庫として宗教叢書、梗概叢書、文芸思潮叢書を三大叢書と銘打って刊行。また、詩歌叢書に警世叢書といったシリーズに加え、高浜虚子『子規居士と余』、片山伸『無限の道』等を出版。大正四年五月の『反響』から長江一人の編集となり日月社との縁が切れたのは経営状態によるものか、日月社は『新公論』や『青鞜』の発売元も引き受けるが、大正五年頃に倒産。借金を背負った安藤は妻子を伴い帰郷した。大正五年二月に日月社から出た真下醒客『あゝ宗教の危機』[13]奥付発行人名義は安藤ではなく住所も変わっていることから、当時社自体すでに人手に渡っていたのかもしれない。

他方、植竹の方はといえば、文明叢書を約五十冊、翻訳縮刷の植竹文庫四冊に薔薇叢書六冊、小品選集二冊、現代和歌選集叢書六冊（広告表記による）等々、大正四年八月に社を解散するまで正に一気呵成に刊行していく。とりわけ鈴木悦《えつ》を主任に迎えた翻訳物には力を入れ、翻訳に関しては「鈴木悦を植竹書院の専属とすると、広津［和郎］と相馬［泰三］は植竹書院の客員であった(14)」。ところが九月以降、矢継ぎ早の出版が祟ったのか、植竹は廃業を決心し、精算に向けて麹町区三番町に移り精算事務所を開くことになるのだが、たとえば現代代表作叢書の中村星湖『少年行』、竹久夢二絵『絵入歌集』、『花袋全集』（一巻のみで途絶）、島村抱月・片上伸共訳『ドン・キホーテ』など、おそらくは破綻以前の企画であろう新刊は秋まで出続け、既刊在庫の広告と発売も継続していた。そして翌年、事件は起こる。

　大正五年、生田長江、武林無想庵、森田草平を理事とした

『文芸雑誌』創刊号表紙
（大正5年4月）

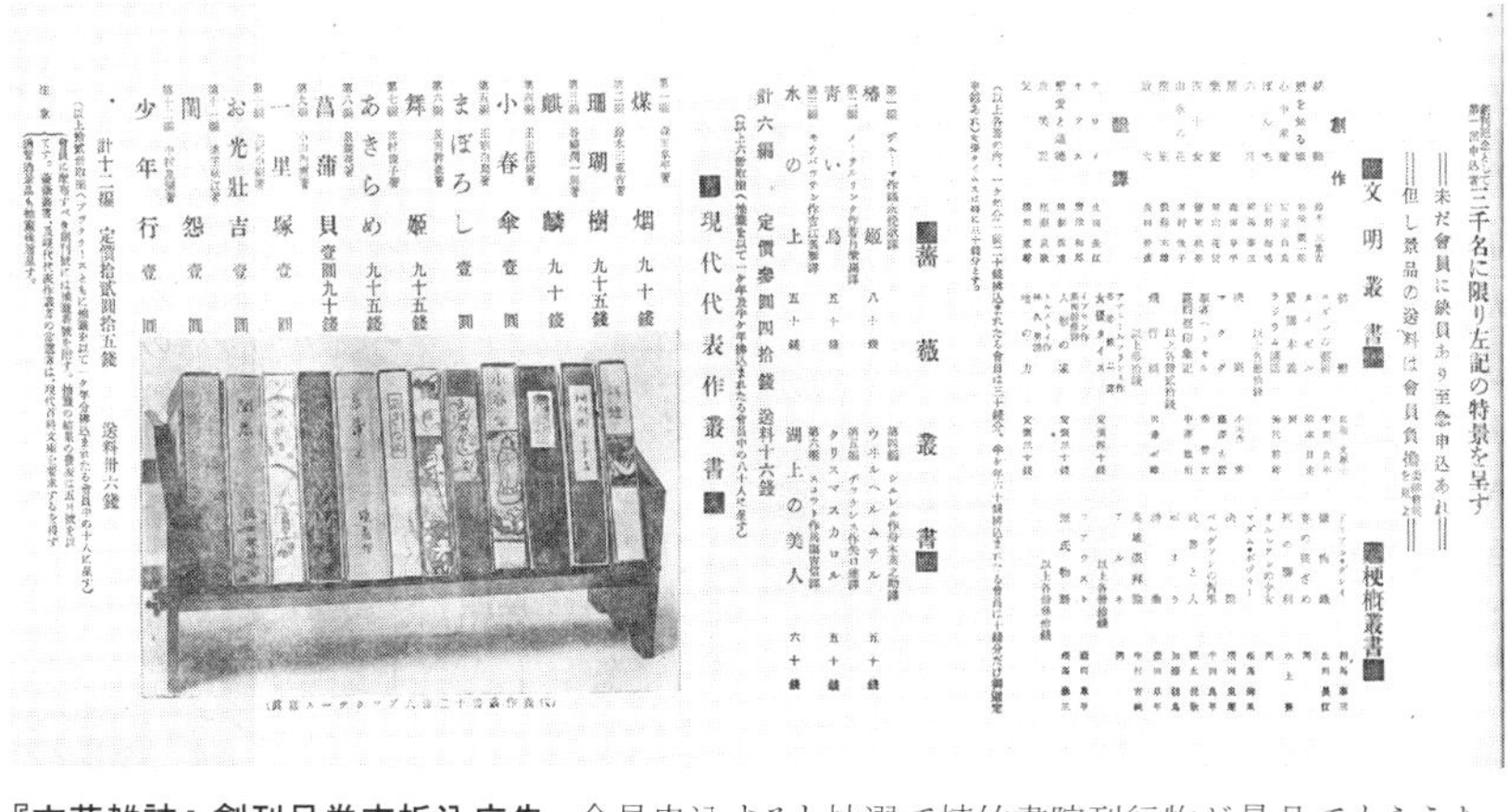

『文芸雑誌』創刊号巻末折込広告　会員申込すると抽選で植竹書院刊行物が景品でもらえた。廃業にあたっての在庫処理であろう。

日本文芸協会が事務所を植竹書院に置き発足、植竹で『敏郎集』（大正四年七月）を刊行していた生方敏郎を編集発行人として招き、四月に会員向け投稿雑誌『文芸雑誌』が創刊される。創刊号には各理事や生方のほか、正宗白鳥が小説「電報」を、谷崎も談話「学生時代」を寄せている。「千五百円の大懸賞」を大々的に謳い、在庫処分か現代代表作叢書一揃いの景品や植竹の出版物の割引販売なども告知して会員を募ったせいか約四千人が会員となった。しかし第二号は刊行遅延し三号の音沙汰がないまま、七月に突然「文芸雑誌の破綻・経営者植竹訴へられんとす」といったような見出しが各新聞に踊ることとなる。刊行遅延や景品未発送に苦情が殺到、千五百円という誇大な懸賞金に集まった会員たちの会費の行方もあやしく、生方や理事たちは植竹に詰め寄ったが、植竹は逃亡、理事たちは（無想庵を除き）植竹の地元宇都宮地裁に告訴手続き中というのである。次に、いくつかの事件記事のなかから、植竹のコメントが掲載された記事の一部を掲げておこう。(15)

●植竹氏の言ひ分

△文芸雑誌の紛紜について

『文芸雑誌の破綻』――その実際の経営者植竹喜四郎氏の行為が不都合とあつて、同誌発行の名義人生方敏郎氏、理事生田長江、森田草平氏等が『会員から前納させた会費ハ怎うする』とて会員に頼んで植竹氏を告訴させ、生方氏等ハ告発せんとしてゐる、といふ事ハ曩きに記した、これに対して▲植竹氏はいふ『文芸雑誌ハ元来自分と生方との間で計画されたもので、細大となく生方が相談に与つてゐた、会員募集後都合あつて麹町区三番町六三上田武夫兄弟の手に経営方を譲つたが、それハ理事四名の承認を得たのである、然るに其後上田氏の経営宜しきを得ず、二号を発刊した限り続刊の望みなきに至つたので私ハ累を会員及理事に及ぼす事を気の毒に思ひ、会費の残部ハ上田兄弟から会員に返却すべきであ

るが、同氏にハ其余裕がないから
▲計画者であり最初の経営者であつた自分が徳義上全責任を負つて弁済することゝし、精算そのほかの後事を友人山田男爵、阿部弁護士に一任し、非常に健康を害してゐた私ハ居を宇都宮へ移したのである、其後生方から会員に返却すべき会費を引き継いで自ら経営したいといふ申込があつたが、交渉が調はずに終つた、それハ六月の三十日である従つて会費返却も遅れはしたが、今着々と其準備中である（後略）

新聞での続報や九月に出た『文芸雑誌』復活号掲載の記事で事情は明らかになったが[16]、どうも植竹が経営を丸投げしていた経営代理人による非現実的な誇大広告や資金浪費が原因で、植竹は責任を感じ金策に奔走していたのであった。『万朝報』の記事を見るとその間にも行き違いがあったようだが、その後告訴は取り下げられ、すべてを生方に委譲する形で事件は終息した。とはいえ、これで植竹書院としての活動は完全な終止符を打った。生方が引き継いだ『文芸雑誌』は翌年四月に廃刊。植竹の刊行物はそのまま簗瀬富次郎に移譲され再刊されていく[17]。

現代傑作叢書や現代代表作叢書など植竹書院の出版物は古書として現在も人気があるが、その出版活動は、実のところ約四年という短期間であった。起業したばかりの青年が、一気に数々の叢書シリーズを刊行していったさまは、生き急いだ大正の文学青年の夢の軌跡だったともいってよいかもしれない。その後植竹はもっぱら歌人・岸良雄として活躍。大正十三年の『歌』をはじめ、『自然』『立春』といった短歌雑誌を創刊。一冊の歌集『花蓮』（下野短歌社、昭和三十二（一九五七）年八月）を残して、昭和三十八（一九六三）年に八十歳の生涯を閉じた。没後の昭和四十一（一九六六）年には地元の黒羽神社境内に歌碑が建立されている。

◉註

（1）阿久津正二・大町雅美「植竹三右衛門」、渋谷行雄「岸良雄」（栃木県歴史人物事典編纂委員会編『栃木県歴史人物事典』下野新聞社、平成七（一九九五）年七月）を参照。

（2）植竹が森江書店で働いていたことについては、柏木隆法『伊東証信とその周辺』（不二出版、昭和六十一（一九八六）年十月）にある、「植竹は森江書店で働いていたころ、社用で無我苑に出入りしていたので」（233頁）という記述による。無我苑とは伊東証信の無我愛運動の施設。

（3）武林無想庵の『むさうあん物語』四十（無想庵の会、昭和四十二（一九六七）年三月）、229〜230頁。

（4）シェンキエヴィチ（松本雲舟訳）『復活の武士（前篇）』（植竹書院、大正元年十二月）、（序）1頁。

（5）『日本出版百年史年表』（日本書籍出版協会、昭和四十三（一九六八）年十月）、田村紀雄『鈴木悦――カナダと日本を結んだジャーナリスト』（リブロポート、平成四（一九九二）年十二月）。

（6）田村前掲、56頁。同書には「二〇部しか売れなかった『奇蹟』は七号で消えてしまったが、植竹書院は、かれらと知己になるという果実は、ちゃんと手に入れていた」（56〜57頁）という記述があるが、『奇蹟』自体は大正元年九月創刊号から翌年五月終刊号まで全九冊刊行されているうち、植竹書院が発行所となったのは後半三冊のみである。また二十部しか売れなかったというのは、『奇蹟』第一号は二百部刷ったらしい。そのうち、百部を市場に出したが、売れたのが二十八部、という伝説が伝わっている」（紅野敏郎「『奇蹟』解説」、『解説『奇蹟』復刻版別冊』日本近代文学館、昭和四十五年十二月、12頁）ことを指すものか。なお、『奇蹟』は実物ではなく右記復刻版を参照したことをお断りしておく。

（7）田村前掲書は「植竹書院は、大正二年、全六巻からなる自然主義派、「早稲田党」の『現代傑作叢書』が成功すると」（58頁）と書いているが、同叢書六冊のうち谷崎と泉鏡花があることを考えれば、翻訳方面では「早稲田党」を足がかりにしているとしても、必ずしもそうはいえない。

（8）鷗外日記の大正二年四月に、「八日（火）。雨。暖。植竹喜四郎に軼事篇の原稿をわたす。／九日（水）。雨。植竹喜四郎が来て請へるにより、軼事篇を意地と改む。寒甚し」とある（『鷗外全集』第三十五巻、岩波書店、昭和五十（一九七五）年一月）、591頁。また、浅岡邦雄「籾山書店と作家の印税領収書および契約書」（『〈著者〉の出版史――権利と報酬をめぐる近代』森話社、平成二十一年十二月）が籾山書店刊『意地』の契約書を示して、この出版が植竹から籾山に移った経緯を記しているが、なぜ籾山書店刊行になったのかはわからない。

(9) 大正三年春から六年初夏まで、植竹が『万朝報』を退職した鈴木悦を翻訳部主任として迎え入れた経緯と、鈴木の活躍ぶりについては田村前掲書を参照。また植竹書院の翻訳書については藺島亘『ロシア文学翻訳者列伝』(東洋書店、平成二十四(二〇一二)年三月)も詳しい。

(10) 『反響』(大正三年六月号)掲載の広告によれば、特製は第六版のうち二百部のみ「表紙に上等の画布を用ひ、新進青年画家安藤兵一、沢枝重雄氏が一々清新の肉筆を揮ひ、著者草平先生が自ら筆をとつて、「煤煙。森田草平」の六字及第一号より第二百号に至る番号を揮毫せられたるもの」(頁数無刻印)とある。稿者は実物未見だが、高橋啓介『珍本古書』(保育社、昭和五十三年八月)に、「沢枝重雄肉筆油絵装、題字・著者名が墨書されている」(70頁)としてカラー写真の書影が掲載されている。濃いベージュのキャンバス表紙に表紙背表紙裏表紙に続く植物が描かれているものだが、これは鈴木三重吉『櫛』(春陽堂、大正二年四月)の津田青楓肉筆油絵が表紙に描かれた特製限定二十部本と見かけも類似している。『櫛』特製も同書に書影が掲載されているが、四六判という判型以外は、表紙素材と色、角背上製、表紙に植物を油絵、題字と著者名の著者による肉筆という点など、これを見る限り植竹が『櫛』特製本を真似て『煤煙』特製本を作ったと見てもよいだろう。

(11) 重版での叢書組み入れの際に装幀を沢枝重雄から安藤兵一に変えたと推測していたが(現代代表作叢書版では「包紙意匠安藤兵一氏」との表記のみになり、本体表紙が『縮刷煤煙』カバーと同一意匠となる)、先頃、沢枝重雄装幀の初版カバー装と同一の初版奥付を持つ安藤兵一表紙の函入本が古書として出現した。稿者は写真だけを見て実見確認したわけではないのでここでは参考として申し添えておくが、その函入本の函には叢書名が印刷されている。これは、叢書刊行にあたってあたかも『煤煙』初版からシリーズであったかの如く見せかけるために初版の奥付本をインチキ的に造ったというような憶測を招くところもあるが、この辺を確認するには『縮刷煤煙』と叢書版とさらに多くの初版重版を実見確認しなければならない。

(12) 根岸正純『森田草平の文学』(桜楓社、昭和五十一年九月)、柏木前掲書、岡田洋司「一真宗僧侶・安藤現慶の思想と行動――大正期における自我状況の一断面として」(『日本歴史』昭和六十三(一九八八)年七月号)、田村前掲書、中川剛マックス『峯尾節堂とその時代――名もなき求道者の大逆事件』(風詠社、平成二十六(二〇一四)年一月)を適宜参照した。

(13) たとえば、大正四年四月十五日発行の江部鴨村『夢遊病者』奥付発行人は住所は「東京市本郷区元町二丁目二十五番地安藤現慶」だが、真下醒客『あゝ宗教の危機』の発行人は「東京市本郷区元町二丁目四十七番地小原篤純」となっている。

(14) 宇野浩二『文学の三十年』(中央公論社、昭和十七(一九四二)年八月)、60頁。

(15) 『万朝報』(大正五年七月六日)、3面。同紙ではほかに「文芸雑誌の破綻△経営者植竹訴へられんとす」(同年七月一日)、「文士と植竹氏△武林無想庵氏の申立批判」(同十二日)がある。

(16) 『文芸雑誌』(大正五年九月)は復活号と称し、生方は「告訴まで」「明暗の境に起つて」「訴への旅」と事件の経緯を三つの文章で記している。また同号には植竹の「理事諸氏及会員諸君へ」なるお詫び文が掲載され、「会員より」投稿欄にも事件に関する投稿が目立つ。復刻版解説において福田久賀男は、「『反響』廃刊のあと、当時投書雑誌として圧倒的人気のあった『文章世界』(明治三十九(一九〇六)年三月創刊、博文館)に対抗して、新しい文学投書雑誌の発刊を考えていた植竹が企画したのが、すなわちこの『文芸雑誌』であり、たまたま前年の七月、植竹書院から『敏郎集』を出版していた生方が、見込まれてその参謀として迎えられたのが実情であったろう」と指摘している(『社会文学雑誌叢書 復刻版文芸雑誌』不二出版、平成元年九月、(解説)3頁)。

(17) 簗瀬については、紅野敏郎『大正期の文芸叢書』(雄松堂出版、平成十一(一九九九)年三月)や小田光雄『近代出版探索II』(論創社、令和二(二〇二〇)年五月)が言及しているが、詳細は不明。

4 改訂版『武州公秘話』について

谷崎的伝奇ロマンともいうべき『武州公秘話』は、初出時に未完に終わっていたものに手を入れ[1]、昭和十年に中央公論社から刊行された。初版の奥付発行日は昭和十年十月十五日。そもそも初出の『新青年』連載時には木村荘八による挿絵を伴い十二回連載（昭和六年十月〜翌年十一月、途中休載あり）され頓挫、初出から三年の時を経ての単行本化であった。木版を用いた襖紙薄表紙の分厚い角背上製本で、一見、貼函入のズッシリとした風格のある本だが、本体はコットン紙を使用していて和本のように意外と軽い。

この本に、なぜかタイトルロゴ違いの二種類の函があることは古書展などで見かけていて以前から知ってはいた。初版本は所持していたが、もう一種類の方の初版本には出くわすこともなく、そのままになっていた。重版本はたまに見かけたが、重版には興味がなかったのである。それが、少し前にロゴ違いの重版美本を格安で見つけ、重版でもよいかと購入したのであった。そして、所蔵の初版本と比較したところ、いろいろと細かな違いがあることに改めて気がついた。『谷崎潤一郎先生著書総目録』で確認してみたがこの差異についての記述は一切なかったので興味の赴くままに調べていくと、おそらくいままで言及されてこなかった本作をめぐる事実にたどりついた。初版に二種のタイトルロゴデザインがあると思い込んでいたが、そうではなく、初版と重版が異なっての二種、重版異装本ということであるらしいのである。どうりでロゴ違いの初版本が見つからなかったわけである。事実それだけのことに過ぎないのだが、しかしなぜ二種類あるのか。そして何版から変わったのか。それを知るためには、順を追ってその「本作をめぐる事実」を説明しなくてはならない。

単行本化に際しては、先に述べたように本文が改められたほかに、初出時の挿絵は削除、正宗白鳥の跋文を青色和紙に刷り、里見弴による題字「天下第一奇書」揮毫をアート紙刷の口絵として新たに挿入したほか、連載第一回での「緒言」がカットされ、そのおおよその内容は攝陽漁夫という号を用いた「武州公秘話序」という漢文に短く書き改められた。

で、タイトルロゴ違い二種であるが、初版の函平には字体の角が丸みを帯びたロゴが用いられ、その脇に「里見弴氏題字／攝陽漁夫序／正宗白鳥氏跋」と記されているのだが、重版のそれでは、全体的な意匠はほぼそのままでありながら、タイトルロゴ等の字体が鋭角なものとなり、「攝陽漁夫序」が削除されている。加えて、本体表紙背表紙題簽および扉の字体も異なっており、重版のみ目次の最後に「表紙及び扉文字　菅虎雄」と記載されている。[2]

差異といってもこれだけである。あまりにも単純な、些細な差異に過ぎないといっていい。だが、しかし、

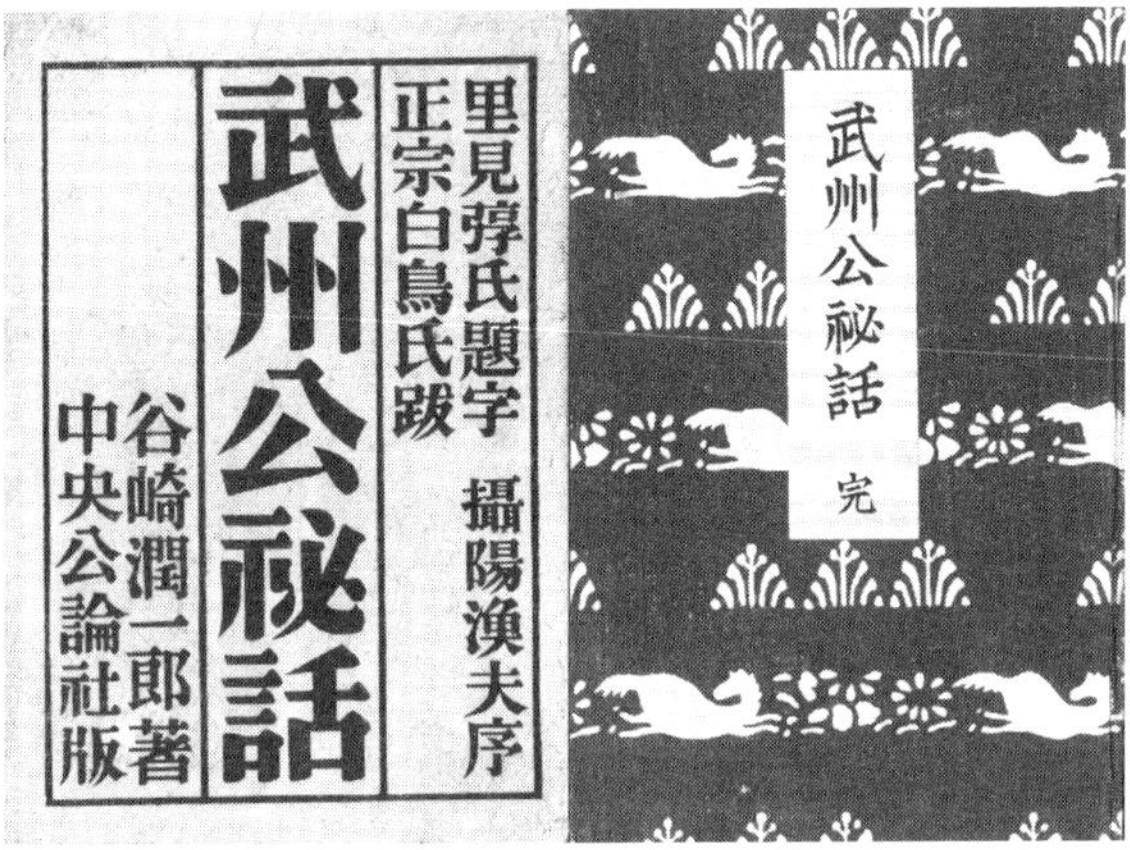

『武州公秘話』初版函、表紙

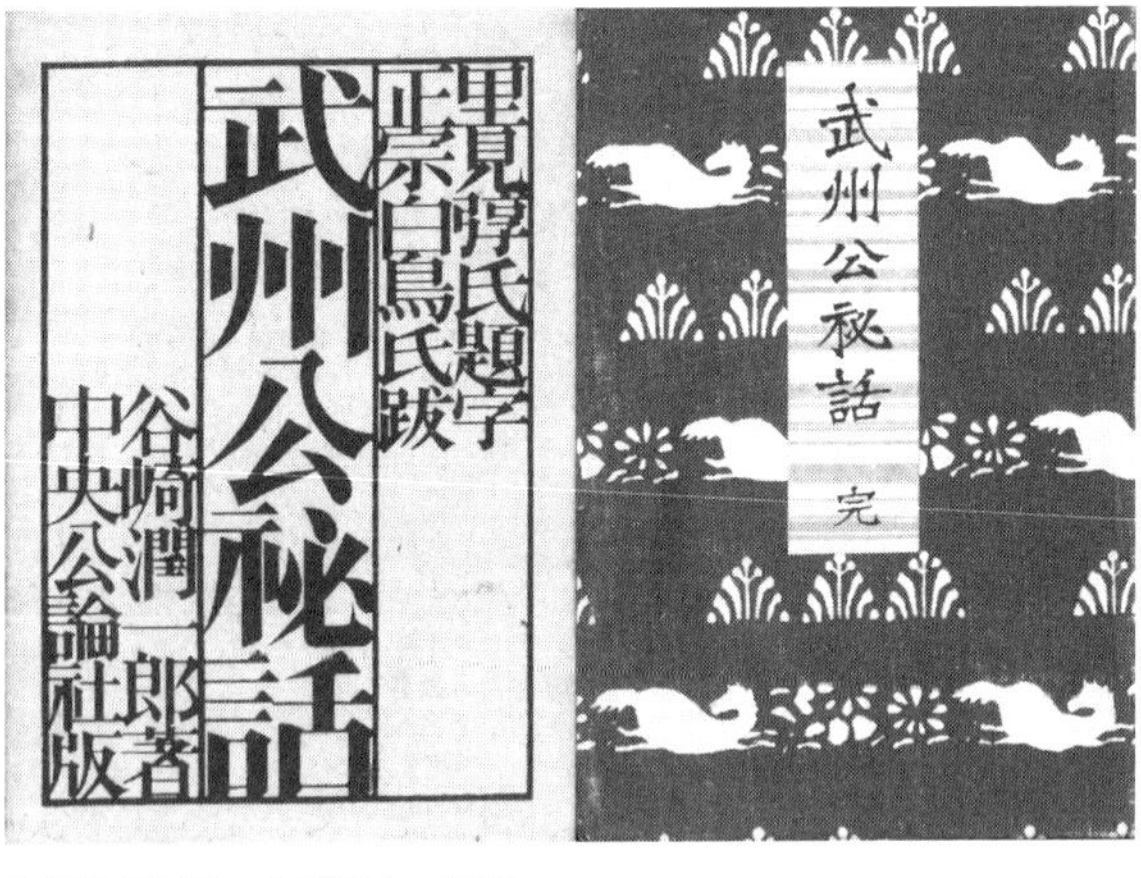

『武州公秘話』22版函、表紙

である。ここでは前者を初版、後者を改訂版としておくが、では、どういう理由で、何版から改訂版へと変わったのかというと、これが正直わからないのである。各地の図書館蔵書を確認した上で、自ら古書店で本書の重版を片端から買って確認していけばなんとかなるのではないかとも思われようが、ことはそう単純にはいかない。インターネットを活用し古書探索が格段に効率化された現在でもなお、本書の重版本は初版本に比べ決して多くはなく、特定の重版ばかりしか見出すことができない。実は、遂に二版を見つけることはいまだにできていないし、むしろ後述する理由から存在しないのではないかとすら考えている。

では問いの矛先を変えて、そもそも本書はどのくらいの間隔で重版していたのかを見ていこう。それには当時の出版広告がわかりやすい。最初の出版広告は『中央公論』（昭和十年九月）掲載の「中央公論社五十周年記念出版」としての折り込み頁となっている広告で、同時刊行の里見弴『荊棘の冠』と並んで出ている。同誌にはこの折り込みの広告のほかに、正宗白鳥による跋文が掲げられ、里見弴の揮毫もカットとして掲載。「五十周年記念出版」として広告にも力が入っているように見える。で、折り込み広告中のタイトルロゴだが、「祕」が「秘」になっているのを別としても初版のそれにほぼ近いデザインが使われている。

これが最初の新聞広告（『読売新聞』および『朝日新聞』昭和十年十月二十五日）となると、より一般向けとなった広告だからであろうか、「新青年以来渇望の書竟に出づ。猟奇探偵味は国際水準を遥かに抜き燻金の色床しきエロ味は天下一品」というゴシック書体のコピーが踊り、猟奇とエロを売り物とした扇情的なものが使われている。読者層を考えた上での営業戦略であろうか、『中央公論』の広告と趣が全く異なっているのが興味深い。一方で、本体の表紙写真も入り、装幀者名はないものの、「表紙・古代模様、手刷り襖紙。見返し・青貝入白地襖紙。扉・白雲龍紙。題字・アート石版刷」といった造本素材の概要や「著者好み贅沢本」といった記載もあるより詳細なものとなっている。写真に見える表紙題簽はわたしが見る限り初版本と同じで、「中央公論」

上段　**『中央公論』折込広告**（昭和10年9月）、**中段**　**出版広告**（『東京朝日新聞』昭和10年10月25日）、**下段**　**重版広告**（『読売新聞』昭和10年11月28日、部分）「今重版三度び、廿六版のレコード」とある。

の広告と同様にここにも「題字・菅虎雄」の記載はない。「題字・菅虎雄」がひとつの売りになるにもかかわらずである。とすれば、初版は菅の手になるものではなく、改訂版になってから菅虎雄による題字となったと考えるのが自然であろう。

だが翌月の重版広告（『読売新聞』十一月二十八日）となると、「題簽菅虎雄氏」と記載され、タイトルロゴなどが変わったことが示唆されている。さらにその翌月の重版出来広告（『朝日新聞』十二月三日）では、広告の本作タイトルロゴが改訂版に近いものへ変化、ばかりか、「初版で遺憾だつた点は一切改正完璧を期しました」の一言が添えられている。「初版で遺憾」とは、何が遺憾なのか。まさかタイトルロゴのデザインが遺憾ということではないだろう。となれば、本文中の誤植か。その可能性も十分あるが、(3)それならロゴデザインをわざわざ変更することはないはずだ。そうであるなら、考えられる原因は初版と改訂版でのデザイン以外の違い、つまり函や扉での「攝陽漁夫序」という表記の有無ではないか、それを白鳥や惇と同等に列べたことに何かしら問題があったのではないかと絞り込まれてこよう。

つまりいってしまえば、攝陽漁夫という名が谷崎の号であることを知らない人間には、あたかも攝陽漁夫という第三者が序文を執筆しているように見えてしまうということが問題だというわけであろう。それだけなら、おそらく版元社内のデザイナーの手による初版タイトルロゴから「攝陽漁夫序」の文字を削ればよい話だが、そこは改めて菅虎雄のものに差し替えて一新したといったところだろうか。

一方で、出版広告を調べていくうちに新たな謎にぶつかった。先にも引いた十一月二十八日付『読売新聞』重版広告には、広告文中に「今重版三度び、廿六版のレコードをつくつて世に送る」という一文があるのである。重版三度で二十六版とはどういうことなのか？　初版から版を三度重ねて四版となるのではないのか？　調査で二版を見つけられなかったこともあって、本当は四版相当であるのに表記は二十六版と水増し表記にして、いかにも売れているように見せかけるインチキ奥付の手合いかと早合点しそうなところで、ここでいわれているのは、単に初版から二十六版を刷る間に摩滅した鉛版を三度交換したということではなかろうかとも思われてきた。そもそもprintとeditionの厳密な区別はあまりなされず、近代日本の出版界では往々にして刷のことを版と混同して使用されていることを考えれば(4)、すなわち、この場合はトータルで二十六刷だが四版重ねているということになろうか。

それともまたこうも考えることができようか。これは本書の重版を数年の間探索しても決まった版数の重版本しか目にすることができなかったという実感からの当て推量だが、仮に初版、二十二版、二十六版といったように、版数は実際重ねていても奥付表記への反映は各版ごとにはせず、ある程度数がたまってからまとめた分を加算して表記したためにその途中の版は本としては存在せず、あたかも版数を飛ばしているように見えるというような特殊なやり方を当時の中央公論社が採用していたのかというものである。

それでもどうにも腑に落ちないと『武州公秘話』重版本のことを考えていたとき、現在までに活字化されていない小滝穆《あつし》宛谷崎書簡（谷崎潤一郎記念館所蔵）に、この問題の手がかりとなるような記述があることを知った。それは第二次大戦後、昭和二十一年五月九日付書簡の次の部分である(5)。

マツカーサー司令部より昭和六年以後の小生著作品発行書肆、発行部数等問ひ合せ有之候ニ付誠に御手数ながら貴社発行の左記著作品発行部数至急御調査の上御返事被下度候

1万盲目物語　5千攝陽随筆
1千5百青春物語　源氏物語
1万1万5千5千5千5千1万2万文章読本　細雪（これは中央公論の何年何月号に載つたかといふこと、及び当時の雑誌発行部

数）
2000 3000 8000 武州公秘話

小滝穆は、中央公論社で戦後谷崎担当となった編集者で、一時期は谷崎の個人秘書のような立場でもあった人物。(6) 作品名の上に記してある数字（ゴチック体部分）は、小滝による書き込みで、谷崎からの問い合わせに応えたものである。これは初版発行部数と重版回数なのではないかと思われるが、ここに記された数字が版元の元担当編集者による信頼できる数字とすると、極めて興味深い資料である。数字が複数に渡って記されてあるのが重版部数であるとするなら、『盲目物語』『攝陽随筆』『青春物語』はそれぞれ初版止まりであり、『文章読本』は八度の版があり、『武州公秘話』は三度版を重ねたということになろう。(7) いろいろと興味が拡がっていくのを抑え、いまは『武州公秘話』に注目したいのだが、これは初版八千部、二版三千部、三版二千部、ということだろうか。しかもこれだと、重版は二回のみということになる。初版が八千だというのは、昭和十年十月十六日付雨宮庸蔵宛谷崎書簡に、「武州公秘話検印も送りました、八千三百ありました」(8) とある記述が根拠である。三百ほど数が異なるが、小滝が四捨五入した数を記しているのか、何かの手違いかとすると、ここに実に面白い推測が成り立つ。

それはこうである。先の「今重版三度び、廿六版のレコードをつくつて世に送る」とは、初版を含んで三回目の版での二十六刷という意味で、その版とは、現在までに実物を確認しえた初版、廿二版、廿六版のことである。つまり二十六回刷ってはいるが、奥付表記としてはそもそもこの三つの版しか世に流通していない。ゆえに「二版」奥付表記の本は存在しない、ということではないだろうか。そして初版は八千部、廿二版は三千部、廿六版は二千部が発行された、というものである。とここまできて、そうだとするとちょっとおかしなことになると改めて考え直すことになる。というのは、二刷分から廿二刷分までの二十一刷分がトータル三千部となるとすると、百部、二百部と細かく刻んで重刷したということになるが、それはいくらなんでも話に無理がある。

となると、『武州公秘話』重版と部数の実際は初版（初版一刷、八千部）、廿二版（改訂二刷、三千部）、廿六版（改訂三刷、二千部）であり、廿二版や廿六版という奥付表記は実のところ根拠の不明な水増し表記ではないのかという疑念がつのる。「重版三度び」にしても、奥付は別として、八千部、三千部刷ったくらいで鉛版が摩滅して改めなければならないものになってしまうものだろうか。営業的理由からのそうした可能性がいま改めて浮上してくるとはいっても、もちろん、このような見立ては、二版やらほかの重版が出現した時点でたちどころに瓦解するし、そもそも、小滝の書き込みが実際の重版回数と発行部数であるという確証もない。とはいえ、あまりにもほかの重版が古書として流通していないということ、また、発売二ヶ月経たずして廿六版も重ねたわりにはその後重版は急にストップするようであるのも不審であり、どうにも実態から離れた営業的な勇み足が当時あったのではないかという疑いは払拭できない。

そして、実は手許にそれらとは別の三種目となる『武州公秘話』がある。これまた『総目録』には記載のない本で、紙型は改訂版のものをそのまま用いているが、紙質が変わり厚さも半分となった外装もない戦後版である。入手した本は、表紙題箋は初版と同じだが扉は改訂版のもので、奥付は「昭和二十一年十二月十日廿三版発行」となっている。なぜ廿三版表記なのか。廿六版の存在を見落としているのか、単なる誤植か。確認のためにはもっと多数の実見確認が必要ではあるが、やはり元版『武州公秘話』は廿六版（改訂三刷）止まりであったのではと思われる。

尚目下「新青年」連載中の「武州公秘話」は小生近来最も自信あるものにて通俗的にも興味あり、その点「盲目物語」とはちがひ必ず相当に売れるものと確信して居ります、これを出版する契約をすれば初版印税の半分ぐらゐは何処でも貸してくれるものと信じますが、貴社との口約もあること故右出版の条件としてお貸し下されば更に有難く存〔ママ〕ます。

右は、「小生唯今三百円程の金子にて税務署より家財差押へられ何とも方法つかず実に厚顔の至りながら枉げて御救ひ下さるやう切に御願ひ申上げます」という昭和七年四月十八日付嶋中雄作宛書簡の一節である。(9)「この約束が『武州公秘話』単行本化を急いだ直接の原因と考えられる」(10)との指摘もある通り、三ヶ月で一気に重版を稼いだ裏には、あるいは初版刊行年に松子と結婚した著者が前借りを版元に重ねていたゆえの事情も一要素として絡んでいたのかもしれない。

ところで、改訂版ではなぜ菅虎雄が起用されたのか。菅といえば、夏目漱石『文学評論』（春陽堂）や芥川龍之介『羅生門』（阿蘭陀書房）の題字や口絵の書などでも知られるが、谷崎本においては、『武州公秘話』の一年前の刊行になる『文章読本』（昭和九（一九三四）年十一月）のカバー、題簽、扉の題字が菅の手になるものとなっており、共に担当編集者であった雨宮庸蔵の縁により急遽起用されたのだろうと思われる。雨宮庸蔵というのは、中央公論社の谷崎担当編集者。(11)では、雨宮サイドに何か改訂版の手がかりはないか。雨宮の『偲ぶ草』（中央公論社）という作家回想録を読んでも大した情報はなかったのだが、谷崎の雨宮宛書簡に大きなヒントがあった。

芦屋市谷崎潤一郎記念館発行の資料集『雨宮庸蔵宛谷崎潤一郎書簡』を見ると、『武州公秘話』関連書簡では、昭和十年九月七日付書簡が漢文序文を送る旨記しており、以後刊行直前の十月二日付までの書簡がある。

たとえば、九月十五日付の手紙を引いてみよう。

〇再々申上ゲルヤウニ、装釘ノ紙ガスツカリ出来、木版石版ノ文字等モ出来タ上デ必ズ予メ装釘見本ヲ作ツテ見セテ下サイ、ソノ上デ本式ニ製本ニカヽツテ下サイ。播陽随筆ノ製本ガアノヤウニゾンザイデアツタノデ、サウシナケレバ安心ガデキマセン、今度アノヤウナゾンザイナ物ヲ作ラレタラ全部作リカヘテ貰ヒマス

〇装釘見本ヲ見セテ貰フマデハ検印モ出版届モシマセン。殊ニ今度ノハ小生苦心ノ装釘デアリマスカラ尚更デス(12)

同社で刊行した『播陽随筆』の製本がぞんざいであったことを理由に、谷崎は雨宮に白鳥による跋文ゲラや装幀見本を何度もうるさいまでに要求している。同資料集の細江光の注によれば、装幀担当部署の営業部がコスト面で谷崎に文句を付け、雨宮が谷崎と営業部との板挟みになっていたという。

これで思い出されるのが、平成三十年の明治古典会七夕大入札会に出品された中央公論社の藤井武夫宛谷崎潤一郎書簡七通である。それらの書簡も、同社刊行『盲目物語』(昭和七年二月)装幀について、図まで入ったうるさいまでの事細かな指示の書簡であった(一般下見日に会場へ赴き、じっくり手に取って見てきたが、その後落札されたものかどうか。現在のところ残念ながら未公開、未活字化のようである)。

谷崎がこの時期、自著の装幀に異様なまでに心を砕いていたことはこれら書簡からもうかがわれる。ことほどさように、『武州公秘話』は著者会心の自装本であったのだ。だから、ただの一要素ですらゆるがせにはできなかった。おそらくはそれが改訂版発行の理由であろう。しかしここまでしつこくやり取りしてなぜ改訂版

発行という齟齬が生じたのかは謎である。残された書簡からはうかがえないが、谷崎も自身要求していた装幀見本を前もって手に取っていたのではないのか。そしてまた改訂版も、おそらく谷崎の強硬な指示があったのであろう。雨宮も営業部も面喰らったに違いない。

こうした経緯がわかってみれば、回収にはならなかったものの、初版は「遺憾」であり急遽装幀を「改正」、広告に一言添えるほどの事態であったこともいまようやく納得がいく。谷崎は、『武州公秘話』の製本形式こそ洋装であれ、題簽や表紙意匠等を見ても、できれば内容に即した和装テイストにしたかったのであろうと思われる。先にも記したように、一見した重厚感に反して、コットン紙使用による手にしたときの軽さは体感的に和本を思わせる。とすれば、そもそも序文をわざわざ漢文に変えたのも、書物のあり得べきスタイル＝装幀があってこその改変だったのではないか。まず作品の完成体としての和装的な書物のあり得べき形態のイメージがあり、それに合わせるために本文自体をも改変する。ここでは書物は本文を包む衣裳ではなく、作品の形象化として本文に先行しイメージされ、書物という形となってはじめて本文が本文たるような事態がある。

本文に優先する装幀……『武州公秘話』は正に、「自分の作品を単行本の形にして出した時に始めてほんたうの自分のもの、真に「創作」が出来上がつたと云ふ気がする」（「装釘漫談」）という谷崎の面目躍如たる一本であったのである。

◉註

（1）　初出から単行本時の本文改変については、千葉俊二「谷崎潤一郎『武州公秘話』について」（『日本近代文学』昭和五十六年九月）のほか、日高佳紀が語り方の観点などから分析している（『谷崎潤一郎のディスクール』双文社出版、平成二十七年十月）。

（2）　後述するように、本書は函と本体（平、背）、扉と、初版と改訂版では類似しているがデザインが異なる。細江光は「扉及び表紙の文字は菅虎雄であるが、初版にはその旨が記載されていない。第二版以降、目次末尾に記載されるようになった」（『雨宮庸蔵宛谷崎潤一郎書簡』芦屋市谷崎潤一郎記念館、平成八（一九九六）年十月、37頁）と記すが、初版が菅虎雄の手になるものである根拠は示されていない。また、実際に「第二版」を実見したのか（あるいは重版の意味で第二版と書いたのか）は不明。

（3）　現在までに筆者が確認しえた重版は二十二版と二十六版だが、二十二版は奥付の定価表記が初版のように「定価一円七十銭」となるべきところを「定価一円五十銭」と誤植、上から訂正紙が貼付されているが（訂正紙にも「一円七十銭」と「武州公秘話定価一円七十銭」と二種を確認）、二十六版では訂正してある。

（4）　たとえば出版事典編集委員会編『出版事典』（出版ニュース社、昭和四十六年十二月）の「版」の項では、「出版関係では英語のエディション（edition）に相当する意味をもつ」とあり、「原版にたいして、単なる誤植訂正の域を越えて、象眼または新組みによる相当の修正を加えて印刷されるときは、（版を改める）と称して版数を変える」、「ところが、書籍を幾回にも印刷発行するとき、各回について版と称する例がまだかなり見受けられる。この場合、版と刷とは区別されない」（369頁）という説明がなされている。

（5）　西野厚志「燃え上がる手紙＝文学《レターズ》――原資料・自筆原稿と言論統制からみる谷崎潤一郎「A夫人の手紙」」（『日本近代文学』令和元（二〇一九）年十一月）、104頁。現在までに書簡全体が活字化されていないようなので、当該書簡を引用している西野論から引用した。

（6）　稲沢秀夫『秘本谷崎潤一郎』第一巻（私家版、平成三年十二月）、90頁。一時期は個人秘書のようなことをしていたが、谷崎と意見を衝突させ出入禁止になったという（同頁）。小滝には「小滝メモ」なる谷崎の詳細を記したメモがあると伝えられているが、現在までに公開されていない。ただし、小滝の昭和二十年から翌年にかけての日記コピーが古書展に出品されたことがあり、ごく一部が目録（『五反田遊古会古書販売目録』令和二年三月）に引用紹介されている。稿者はこの古書展に赴き、出品店主のご厚意により「細雪」に関するやり取りなどを記したその日記のコピーを見せていただいた。

（7）　たとえば『文章読本』（昭和九年十一月五日発行）は、八度の重版で七万部の発行ということになるのだが、手許には一万部発行と明記された「昭和十七年四月十八日第五十刷」がある。おそらくこれが元版単行本の最終重版本と思われるのだが、全く同じ日付で「百四十版」という表記の本も存在する。次章参照。

（8）前掲『雨宮庸蔵宛谷崎潤一郎書簡』所収、41頁。

（9）水上勉・千葉俊二『増補改訂版谷崎先生の書簡――ある出版社社長への手紙を読む』（中央公論新社、平成二十（二〇〇八）年五月）、74頁。

（10）日高前掲、74頁。

（11）雨宮は、昭和七年六月から『中央公論』編集長から出版部長となり、『青春物語』以降『潤一郎訳源氏物語』までを担当した人物。その後、石川達三「生きてゐる兵隊」（『中央公論』昭和十三（一九三八）年三月）筆禍によって退社した。

（12）前掲『雨宮庸蔵宛谷崎潤一郎書簡』所収、38頁。

5『文章読本』版数のゆくえ

谷崎本、とくに大正期から昭和初期の本を追いかけて重版まで含めて集めていると、不思議な重版に出くわすことがある。たとえば植竹書院『麒麟』は、「大正四年三月一日五版」まで実見確認しているが、植竹を引き継いだ三陽堂出版部版は「大正七年五月十一日参版」以外見たことがない。また、漆塗表紙で知られる創元社の『春琴抄』だが、この本は本文中の誤植を間違って直したので訂正を重ね誤植版が二種類に訂正版と、都合三種類の本文を持つ本があるのだが、それらすべてが奥付では初版表記となっている。当時の広告では重版に次ぐ重版を謳い、漆塗表紙の生産が追いつかなくなったので装幀を一新した『新版春琴抄』が刊行されるのだが、漆塗版の重版もまた見たことがない。『麒麟』にせよ『春琴抄』にせよ、私の経験など浅くたかが知れているが、過去二十年古書店・古書展に通って一度も漆表紙の重版本を見たことがないし、管見によればどの図書館や文学館にも所蔵されていない。それこそ明日にでもそれを覆す重版が出てきたらたちどころに瓦解してしまう話なのだが、古書界におけるあれこれの例に接しているなかで、そもそもそんな本は存在しないのではないかという可能性について考えるようになった。

出版法によって刊行者は出版物を出版する前に内務省へ納本しなければならず、その納付期限に合わせるために国会図書館の戦前期の文学書奥付発行日は流布本とは異なった日付が手書きされているものが多いなどといったことは特殊な例なので除外するとしても、近代文学関連でいえば、たとえば会津八一『南京新唱』(春陽堂)や永井荷風『二人妻』(東光閣)は三版が、辻潤『絶望の書』(万里閣)は六版が実は初版であることや、また、与謝野晶子『みだれ髪』(東京新詩社)が初版のあと再版を発行することなく三版を出したことなどは古書界ではよく知られた話である。(1)つまり、奥付表記はうかつには信じられないというわけである。ではそれら重版がすなわち初版であるという確たる物証はあるのかというと、躊躇なくいってしまえば、ない。古書業界で何十年と出てこない上に、戦前は営業的目的からか、こうしたインチキ版数の本が常識的に存在していたので、関係者の証言や物証がなくともおそらく事実その通りではないかと、類推的にほぼそう確定されてきたというところであろう。

こうした版数、刷数について興味を持っていたときに出くわすことになったのが、谷崎潤一郎『文章読本』(中央公論社)の重版本である。たまたま手に入れた重版本は、「昭和十七年四月十八日百四十版発行」とある本。ベストセラーとなったという『文章読本』だが、百版をゆうに越えているのでこれはと参考のために買ったものである。これが最終重版かと興味を持ちネット古書店を漁っていると、実に面妖な奥付を持つ本を見つけ、

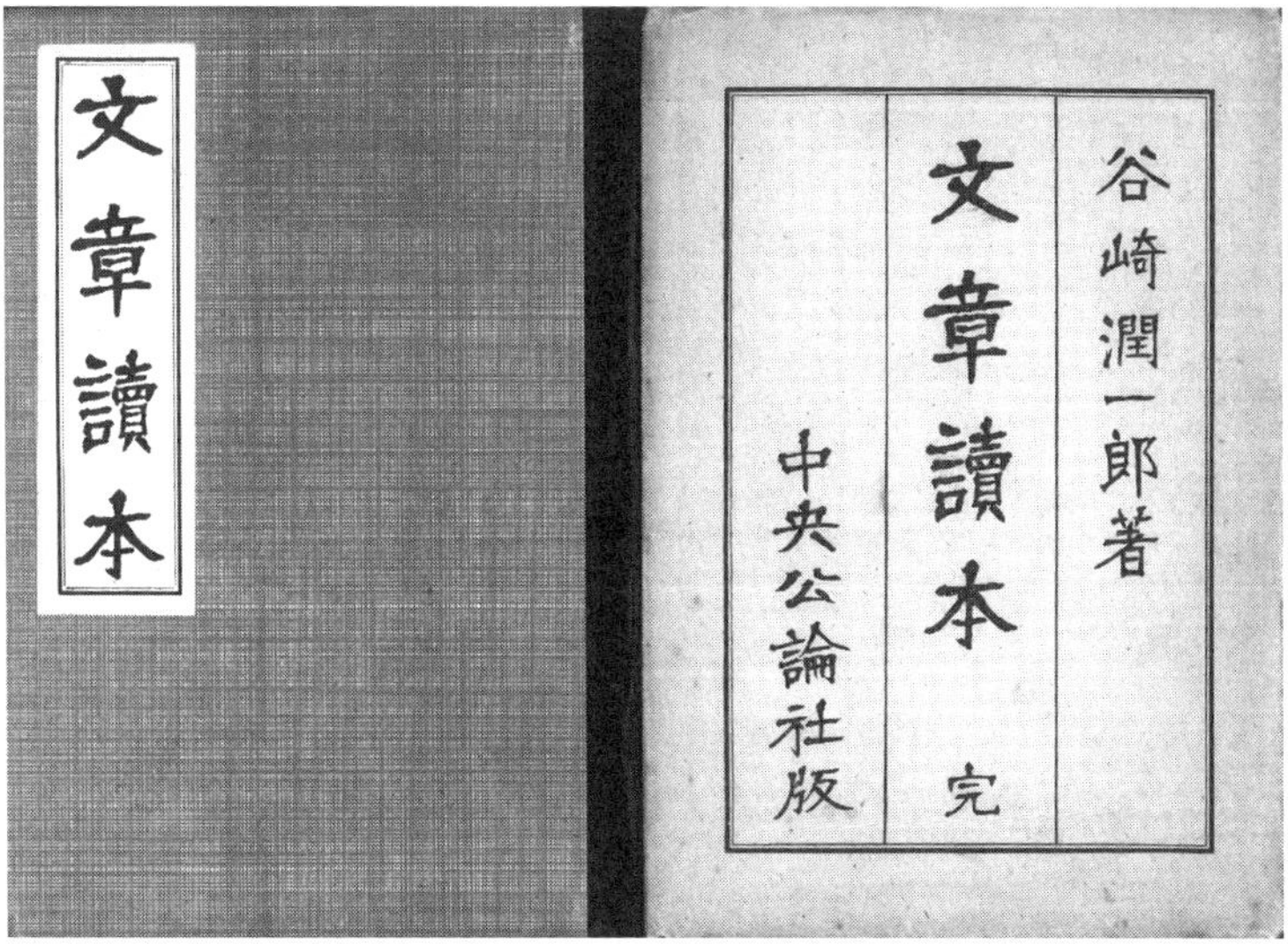

『文章読本』初版表紙、カバー

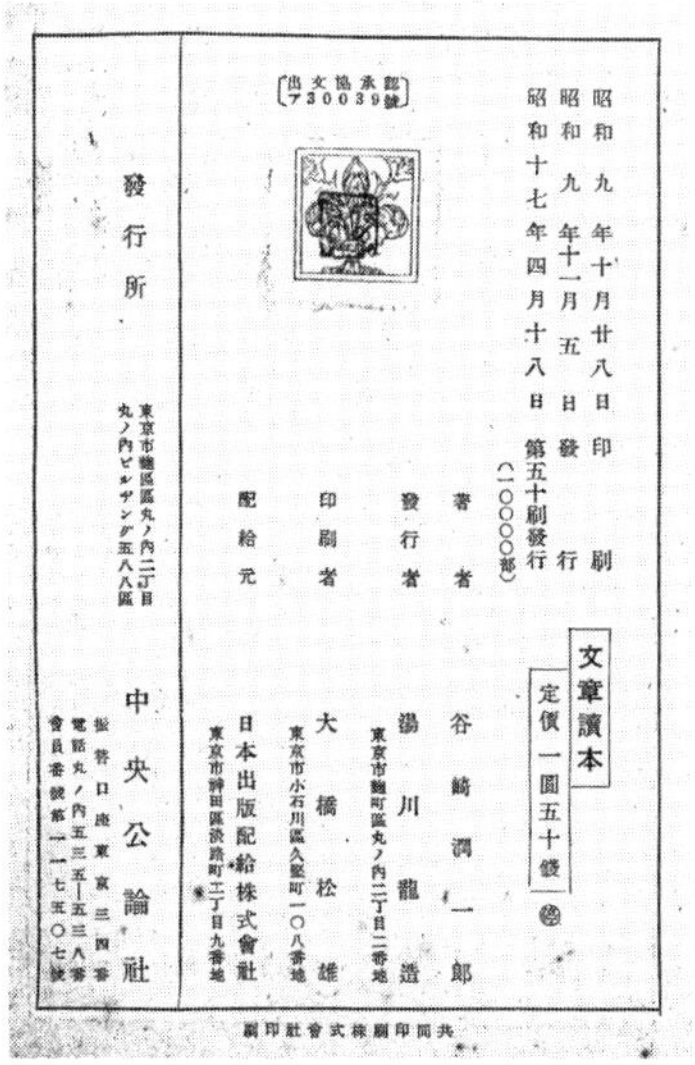

出文協承認 ア30039號

昭和九年十月廿八日印刷
昭和九年十一月五日發行
昭和十七年四月十八日第五十刷發行
（一〇〇〇〇部）

文章讀本
定價一圓五十錢

著者　谷崎潤一郎
發行者　湯川龍造
東京市麹町區丸ノ内二丁目二番地
印刷者　大橋松雄
東京市小石川區久堅町一〇八番地
配給元　日本出版配給株式會社
東京市神田區淡路町二丁目九番地

發行所　中央公論社
東京市麹町區丸ノ内二丁目
丸ノ内ビルヂング五八八區
振替口座東京三四番
電話丸ノ内五三五一—五三八番
會員番號第一一七五〇七號

共同印刷株式會社印刷

『文章読本』50刷奥付

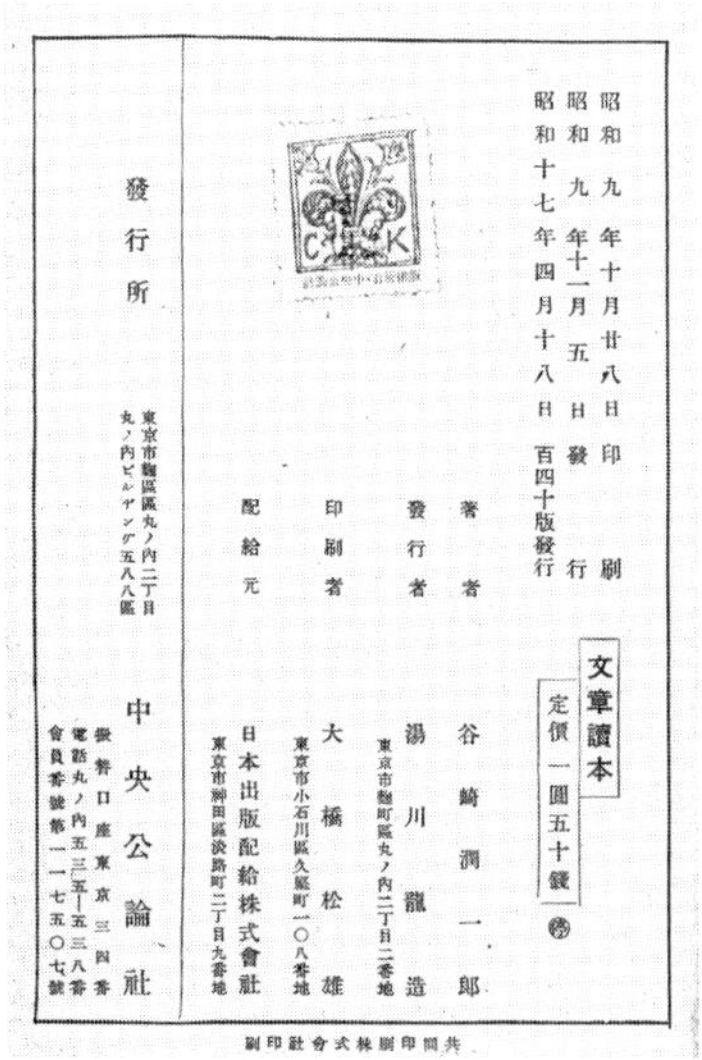

昭和九年十月廿八日印刷
昭和九年十一月五日發行
昭和十七年四月十八日百四十版發行

文章讀本
定價一圓五十錢

著者　谷崎潤一郎
發行者　湯川龍造
東京市麹町區丸ノ内二丁目二番地
印刷者　大橋松雄
東京市小石川區久堅町一〇八番地
配給元　日本出版配給株式會社
東京市神田區淡路町二丁目九番地

發行所　中央公論社
東京市麹町區丸ノ内二丁目
丸ノ内ビルヂング五八八區
振替口座東京三四番
電話丸ノ内五三五一—五三八番
會員番號第一一七五〇七號

共同印刷株式會社印刷

『文章読本』140版奥付

早速注文した。それは「昭和十七年四月十八日第五十刷発行」という発行日付を持つ本である。同年月日発行の記載でありながら、片方は百四十版と版表記、もう片方は第五十刷と刷表記なのである。これはいったいどういうことなのか。この問題について考える前に、まずは『文章読本』刊行経緯を見ておきたい。

まえから社では谷崎潤一郎に『文章読本』を依頼していた。印税はおそらく何万部分を前払してあった。ところが完稿すると谷崎は原稿を中央公論社に渡した。評論社へは『鶉鷸隴雑纂』という雑文集を渡すといいだした。いくら有名作家でも許せることではない。谷崎のところへ抗議に行かせてほしいとたのんだが、社長は事を荒たてではいけないと許さず、泣寝入りになった。『雑纂』は出版するにはしたが、二千部くらいしか出なかった。中央公論社何万部と『文章読本』を売りまくった。谷崎は印税を二重取りしたのである。

これは、もともと『憲法読本』『栄養読本』など『読本』をシリーズ的に刊行していた日本評論社の石堂清倫の証言である。(2) 同社の雑誌『経済往来』に短編を発表した流れでの依頼であったろう。ただし、谷崎側の書簡には「経済往来の方は代りに原稿を書くことにして円満に和解するつもり也」(嶋中雄作宛、昭和九年四月九日付)、「経済往来社の方は先日社長来阪会談仕り将来何か単行本を同社より出すことにして円満に解決仕候」(同宛、昭和九年五月四日付)という文言が見え、(3) また「実は経済往来社より例の文章読本の金を融通いたして貰ふつもりのところ、同社は此の頃大分信用状態が悪く、佐藤などにもまだ原稿料不拂になつて居ります由」(根津松子宛昭和八年九月十四日付)といった書簡から、(4) 谷崎が日本評論社を避けた理由が見えてくる。それらの谷崎書簡を付き合わせながら、千葉俊二は「日本評論社の経営状態を危ぶんだ谷崎が一方的に中央公論社へ乗り換えたというのが、どうもことの真相であるようだ」(5) と指摘している。

結局、昭和九年三月には脱稿を目指しながら手こずり、八月号の『中央公論』に「八月下旬発売の予定」(6)、翌月号に「お待ち兼ねの名著愈々九月三日発売」、「空前の前景気、前註文殺到。初版本獲得の翹望既に高し」(7)と広告を打ちながら、その翌月号には「校正中、内容に不満を覚ゆるところ尠からず」と、「『文章読本』発売遅延について」を発表、そして翌月ようやく刊行にこぎつける。「昭和九年十一月五日発行」、定価一円五十銭である。四号活字の本文を罫で囲み上段には本文とは別に註が入るような組版、表紙には菅虎雄による題簽、背は製本テープで題名、著者名を入れないという簡素な教科書のような造本に、扉と同じ意匠のシンプルなカバーが付く装幀。もともと「学校の副読本用として採用されることを見込み、その売れ行きを期待して新学期に照準をあわせて刊行しようという出版者側の思惑(8)」もあったからか、「「改正小学校読本」の体裁と同じ(9)」ような組版と造本である。

広告では、『中央公論』（昭和九年十二月）が、室生犀星、美濃部達吉、大佛次郎、馬場恒吾、佐佐木信綱、菊池寛の推薦文を載せた四頁の広告を掲載したほか(10)、新聞での広告では、「先づ国語を愛せ」「日本語浄化運動の聖典(11)」、「貴い哉、社稷の護り、立身の礎(12)」といったコピーが踊っている。「広告を担当の編集者が自分で書くのは、滝田樗陰以来、中央公論社の伝統(13)」というから、担当の雨宮庸蔵が執筆したのであろうが、「噫！文章大道の黎明！赫奕古今を照破す該の大炬火！不易流行を喝破して今に築く画時代的純正国語の大旆！茲に言霊は弥幸はひて君が彫龍の技は愈清艶愈簡勁たるものあらん！(14)」といった美文調の文句が続くいかにもな煽り文句などは、「しばしば批判される中央公論社のセンセーショナリズム(15)」であろうけれども、『国語科学講座』（明治書院）、『日本現代文章講座』（厚生閣）といった本が出たばかりの頃でもあり、同社の鈴木三重吉『綴方読本』（昭和十年十二月）とのカップリング広告も散見されるし、また前年に国際連盟を脱退した世相の空気感も

出版広告（『読売新聞』昭和9年11月6日）

出版広告（『東京朝日新聞』昭和9年11月7日） 左下に出荷作業の写真が掲載されている。

伝えているといってよい。

一方で、「是こそ出版界の無敵軍。空前の売れ行きです」という文句を証明するかのごとく、「是は只今、二十分間毎に発送中のスナップです。此の世とも思はれない忙がしさです」と山と積まれた本の発送作業している写真まで掲載されているものもある。(16) すでに五月の時点で印税千五百円分を前借りしている谷崎である（嶋中雄作宛書簡、昭和九年五月四日付）。松子との結婚資金含めて、これらの前借りやその後のヒットでかなり助けられたところがあるだろう。では、実際どのくらい売れたのか。

版数表記があるだろうと新聞広告を追っていくと、発売直後の広告に「曠古の盛観！発売前既に六十版!!」(17) なる広告を見つけた。「発売前既に六十版」とはどういうことなのか。続けて、発売翌月には「文部省推薦」の文字と共に「発売わづか一ヶ月にして早くも七十版」(18)、翌年三月には「竟に百版」(19)、さらにその翌年四月には「百廿版」(20) と、版数を重ねていくのがわかる。ただし、発売一ヶ月後の七十版は、「発売前既に六十版」であるなら十版分に相当するものか。それとも初版は六十版分の出荷在庫があるということか。

その後は、管見による限り、初版から約六年後、太平洋戦争に突入した後の昭和十七年五月三十日の『朝日新聞』の重版広告が本書の新聞広告では最後のものと思われるが、「邦語は東亜と共に外延精度を高めねばならぬ」(21) とのコピーで、時局に合わせて物もいいようといった商魂のたくましさすら感じられる。そしておそらくこれが「昭和十七年四月十八日」の日付を持つ重版の広告なのであろう。いずれにせよ広告ではずっと「版」表示であったわけで、するとなぜ昭和十七年の重版に限って「五十刷」という表記が出てきたのかという謎も改めて目を惹く。なぜ「五十刷」という表記が出てきたのか。

その前に、ここで一通の書簡を紹介しておきたい。前章でも紹介したが、中央公論社編集者の小滝穆宛の谷崎書簡（昭和二十一年五月九日付）である。『文章読本』の版数を考える上で重要なので繰り返しになるが改めて引用したい。

マッカーサー司令部より昭和六年以後の小生著作品発行書肆、発行部数等問ひ合せ有之候ニ付誠に御手数ながら貴社発行の左記著作品発行部数至急御調査の上御返事被下度候

1万盲目物語　5千攝陽随筆
1千5百青春物語　源氏物語
1万
1万
5千
5千
5千
5千
1万
2万文章読本（後略）

ゴチックが小滝記入分である。[22]類推するに、『盲目物語』初版一万部、『攝陽随筆』初版五千部と解釈すれば、『文章読本』は初版二万、二版一万、三版〜六版各五千、七版一万、八版一万部ということになる（前章で見たように重版分を上に重ねてある）。前述したように谷崎が前借りしていた千五百円の印税は初版分（一割）であろう。八版累計七万部、ほかに何の根拠もなく書簡の記述からわたしはこう解釈したのだが、もし仮にそうであってみれば、百四十版など全くのインチキということになる。

あるいは、最初の重版で二版とせずにたとえば十版分まとめて一万部刷り、だから飛び飛びで特定の版数の奥付を持つ本八種類のみ存在するということか。仮に実質八版が百四十版とすると、一度の重版で十八版くらいずつ表記を飛ばして印刷していたことになろう。[23]繰り返すが、もちろん小滝宛書簡以外に根拠もない当て推量で、七回の重版というなら実際に流通しているであろう特定の重版をすべて集めて比較検討しなければならないだろうが、発売一ヶ月で七十版というのは実際の作業を考えても胡散臭い。それでは一日二版以上重ねることになるし、よしんば初版が六十版分で二万部であったとしても、一版百数十部となり、小分けにしてその

都度奥付を付け替え出荷するというのも非現実的である。で、版と刷である。厳密には Edition と print の別でそれぞれ異なるものだが、当時一般的にほとんど混同されており、これがますます問題をわかりにくくしている。では五十刷本とは何なのか。百四十版本との版刷以外の違いは、①五十刷本には発行部数の表記と出版文化協会承認番号が記されており、百四十版本にはそれらがないこと、②検印紙デザインが異なる（百四十版本の検印紙には「版権所有・中央公論社」の文字がある。検印は同じで「我思古人」）と[24]、この二点である。発行部数の表記と出文協承認番号だが、これは、昭和十六（一九四一）年の日本出版文化協会設立によって制定された「出版物配給調整規定」第四条により、出版物は定価、出文協会員番号および配給元（日本出版配給株式会社）、発行承認番号、発行部数の記載を義務づけられたことによる。五十刷本はそれを満たし、百四十版本は発行承認番号と発行部数記載を欠いているのだが、天下の中央公論社がミスで記載漏れをしたわけはなかろうから、明らかに意図的なものと考えられる。

規定を満たしていなければ、日配は品受けしない。「全国小売書店への配給（送本）ルートにのらず、出版社自身の手で直接に小売書店、あるいは読者に送品しなければならなかった」[25]ので、中央公論社はつまり独自の販路を持っており百四十版本をつくったのか。そしてまた、五十刷本には一万部の表記があるが、先ほどの小滝宛書簡では一万部あったはずだと推測したわけで、それでは百四十版本は何部なのか。五十刷本一万部のなかに百四十版本も入っているのか、申請外の本を売ったのか。

いま手許にある創元叢書版『春琴抄』も、「昭和十六年六月十日卅八版発行」という本と「昭和十七年十一月二十日第廿一刷」という本がある。そして後者は版元以外に配給元の日本出版配給株式会社というのと出文協承認番号そして出版部数が明記されている。版から刷への表記変化は、なにも中央公論社だけの特殊な事情というわけではないようだ。実は「出版物配給調整規定」には、出文協が指定したものは承認番号、部数の表記は不要といった記載もあり、出文協は洋紙配給を一手に掌握していたので、版と刷の違いは、あるいは何か抜け道的な処理であったのか、検印紙の違いも怪しく、さまざまな憶測を招くところがある。

発売前に六十版、百四十版に五十刷など『文章読本』の広告と奥付をめぐってささやかな検証を試みたわけだが、確たる事実はなにもわからないとはいえ、この時期の中央公論社の重版表記が一概に鵜呑みにできるようなものではないこと、また営業戦略から誇大な文言の踊る広告において何より人気の指針のように版数が扱われ示されていたことは確認しておきたい。版数も、実際にすべての版が発行されたのかの検証は不可能ながら、そう広告で謳われ、読者は広告を見て購買意欲を刺激され購入し、百四十版などの奥付を持つ本が一般に流布していたのは事実である。といってこれをしょせん「奥付重版」[26]だから、広告はインチキだから無視すればよいというわけにはいかない。刊行時にその本がどのように喧伝され、世に流布し、読者に受け止められていたのか。広告そして重版本は、本を基軸にして作家と出版社、出版社と読者といった関係を考える際の重要な資料でもある。

何度も繰り返すようだが、本稿は『文章読本』をめぐっての壮大な当て推量に過ぎず、事態を見極めていくには、更なる出版制度の資料的調査ともっと多数のサンプルから総合的に判断する必要があるだろうが、円本後の安定した印刷製本環境にあって、広告での言説や制度により変化する奥付の記載自体を改めて検証していくためにも、あくまで今後の問題提起としてこの当て推量を示しておきたい。

◉註

（1）　斎藤助次郎「荷風本祝盃と二人妻」（『書痴往来』昭和三十二年九月）が『二人妻』を調査し国会図書館の納本分は奥付の三版の上から紙を貼り重版表記がないようにしているが、「始めから世に出した方は三版で納本のものだけ貼紙してゴマカした事がはつきりする」（25頁）と指摘している。

また、たとえば『みだれ髪』について、八木福次郎は「戦前、歌集などは八百くらい印刷して五百部を初版とし、すこし発行日をずらして再版の奥付を三百部、同時に印刷しておくようなこともあった。その再版の奥付が紛失してしまい、新らしく印刷したのを三版としたのではないだろうか、というような推理もできないではない」（『明治文学書の稀本』古通豆本、昭和四十五年十一月、46～47頁）と指摘している。

（2）石堂清倫『わが異端の昭和史』（勁草書房、昭和六十一年六月）、196～197頁。当時、日本評論社の『経済評論』『日本評論』編集長をしていた下村亮一『雑誌記者五十年』（経済往来社、昭和五十九（一九八四）年九月）にも同様の回想がある。

（3）水上勉・千葉俊二『増補改訂版谷崎先生の書簡――ある出版社社長への手紙を読む』（中央公論新社、平成二十年五月）、354、355頁。

（4）『日本近代文学館資料叢書　文学者の手紙3　大正の作家たち』（博文館新社、平成十七（二〇〇五）年十月）、180頁。

（5）水上勉・千葉俊二前掲書、358～359頁。

（6）『中央公論』（昭和九年八月）、頁数刻印無し。

（7）『中央公論』（昭和九年九月）、頁数刻印無し。「初版本獲得の翹望既に高し」とあるが、これは当時すでにコレクターをターゲットとして意識した文言であろう。当時、谷崎の初版本コレクターの存在を版元側が知っていたことを示唆する。

（8）水上勉・千葉俊二前掲書、353頁。

（9）田中佳太「谷崎潤一郎の文章観――『文章読本』をめぐって」（『国文学研究』平成十八（二〇〇六）年三月）、119頁。田中はまた、装幀や本文組に冠する嶋中雄作宛書簡を引用しながら、「刊行時から「改正小学校読本」と同じレイアウトにすることで、「文字」の「字面」を際立たせた『文章読本』は読み手に「改正小学校読本」との関連で「読む」よう指示する」（同頁）と指摘している。

（10）『中央公論』（昭和九年十二月）、266～269頁。

（11）『東京日日新聞』（昭和九年十一月五日）、1面。

（12）『読売新聞』（昭和九年十一月十一日）、1面。

(13)『中央公論社の八十年』(中央公論社、昭和四十年十月)、266頁。
(14)『読売新聞』(昭和九年十一月六日)、1面。
(15)加藤禎行「中央公論社出版部の創設とその動向」(『文学』平成十五年三月)、86頁。
(16)『朝日新聞』(昭和九年十一月七日)、1面。
(17)同右。
(18)『読売新聞』(昭和九年十二月十三日)、1面。
(19)『読売新聞』(昭和十年三月二十八日)、1面。
(20)『読売新聞』(昭和十一年四月二十八日)、1面。
(21)『朝日新聞』(昭和十七年四月十八日)、1面。なお、『出版普及』昭和十七年度分を繰ってみたが、『文章読本』重版は五月の「重版・近刊図書目録」にしか記載されておらず、四月十八日奥付本は五月になって出荷されたと思われる。
(22)西野厚志「燃え上がる手紙=文学——原資料・自筆原稿と言論統制からみる谷崎潤一郎「A夫人の手紙」」(『日本近代文学』令和元年十一月)、104頁。
(23)「我思古人」とは中国・明時代の詩人である徐文長によるもの。同時期、堀辰雄も「我思古人」(『甲鳥』昭和十六年四月、初出題名は「一琴一硯の品」)で検印としてこの言葉の印が一番好きであると書いている。
(24)たとえばこれは戦後の例だが、無署名「紙魚の眼通信」(『書痴往来』昭和三十一(一九五六)年七月)に、藤島泰輔『孤独の人』(三笠書房、昭和三十一年四月)の重版を調査した記述があり、「店頭には四月十五日初版四月二十五日三〇版というはりつけ奥付の同書がならんでいるという次第で、其後、四月二十五日四〇版、四月二十八日五〇版という版数のとり方で、全く皆故意に〇をつけたとしか思えない」(10頁)とある。これも実証的証拠があるわけではなかろうが、こうした重版における版数間引き問題はかつてから取り沙汰されていた。
(25)清水文吉『本は流れる——出版流通機構の成立史』(日本エディタースクール出版部、平成三年十二月)、167頁。
(26)布川角左衛門『本の周辺』(日本エディタースクール出版部、昭和五十四(一九七九)年二月)によれば、大げさな重版を謳う広告の本は「事実としてそんな勢いよく増刷を行なわず、もっぱら販売政策上、俗に「奥付重版」といって、いかにも尤もらしく列記しているものがあったりした」(13頁)という。

6　改造社版全集月報と谷崎作品投稿イラスト

谷崎生前に刊行された全集と名をかかげる書物は、大正十年の春陽堂『潤一郎傑作全集』、昭和五（一九三〇）年の改造社『谷崎潤一郎全集』、そして戦後、棟方志功装幀になる新書サイズの中央公論社『谷崎潤一郎全集』までいわば著者自選の全集であった。むろんそれらは生前であるがゆえに必然的に谷崎作品を全作網羅した全集とはいえないが、著者が収録を拒否した作品（「熱風に吹かれて」「金色の死」等々）をも含むものになったのは、谷崎没後に刊行が始まったいわゆる没後版全集からである。いわんや、異同校異や詳細な解題が付された谷崎全集といえば、先般完結を見た中央公論新社の決定版全集が初となる。

没後版全集といっても、昭和五十六年に愛読愛蔵版と銘打ち新発見作品を入れリニューアルする前は、豪華普及版などと記し表紙の色を変えて没後版全集（の内容）は何度か刊行されている。傑作全集、改造社版全集、新書判全集、没後版全集、愛読愛蔵版全集、決定版全集と、ザッと数えても谷崎にはこれだけの全集と銘打った書物がある。(1) もし谷崎の完全な書誌を目指すには、たとえば紙型は同じだろうがこうした全集の各バージョン（没後版全集）や、各文庫の改版、そしてとりわけ文学全集ものの各版を確認する必要があるが、谷崎記念館所蔵のコレクションがあったとしても、これまた異様に手間がかかるに違いない。図書館蔵書では外装がわからない。といって個人で集めるには全集などは嵩張ることこの上ないし、没後の文庫や文学全集ものなどは古書価が付かないために二束三文だが（決定版全集に書簡の巻がないことから、愛読愛蔵版の書簡の巻のみはプレミアがついているようだ）、そのために却って探求は困難となる。戦後の文学全集ブームとその後何度も焼き直しされ奥付だけ変えて出荷されたようなそれらまでをも厳密に収集するコレクターの話はさすがに聞いたことがない。これは谷崎本に限らず、一般的にコレクターにとって種々量産された文学全集ものは魅力が薄く、文学全集ものの奥付違いや外装違いなどはほぼ無視されてきた感がある。

しかし研究だの書誌だの関係なく、ただ趣味的に好んで読むだけのためならば、やはり活版印刷であったり書架に並べたい装幀であったりする全集に自然と興味が赴くのではあるまいか。その意味では小村雪岱の羽二重装袖珍本『潤一郎傑作全集』全六巻はコンパクトでシンプルな気品あるたたずまいで人気がある。そして表紙の薄ベージュ色クロスに深紅の革が鮮烈な印象をもたらす背角革装の改造社版全集も魅力があるが、古書市場では揃いどころか現在では端本すらあまり見かけない。

学生時代、すでに没後版全集は揃えていたにもかかわらず、西部古書会館の古書展でまずまずの状態の函付揃を見つけ思いきって購入したのも、思えばこの背角革装の全集を書架に並べたいがためであった。が、その後に参考文献目録を見て気がつくまで、本来この改造社版全集には月報が付いていたことを知らずにいた。『谷崎潤一郎先生著書総目録』にも月報については未記載であったのである。月報があると知ってからこれはと俄然探求に乗り出したが、国会図書館にもない。日本近代文学館の検索カードにもない（実際は数点所蔵と後に知った。神奈川県立近代文学館も数点所蔵）。古書店でたまに端本を見かける度に手に取るが月報が挟まっているものは皆無。運良く月報のバラを五反田古書展で購入したのはそれから七、八年は経過していた頃だったろうか。結局いまにいたるまで月報第十一号は未見だが、今回はこの本というよりも本の付録物である月報を紹介したい。これがまた資料として興味深いものなのである。

まずは改造社版全集について記しておこう。全十二巻ジャンル別の編集で、昭和五年四月の第一回配本は当時のベストセラー「愛すればこそ」収録の第十一巻、第二回配本は「痴人の愛」収録の第二巻と、改造社での売れ筋（「愛すればこそ」「痴人の愛」共に初刊は改造社）を全集配本の頭に持ってくるのはこうした全集ものの一般的な刊行方法通りで、翌年十月の十二巻で完結した。全巻予約者のみの頒布で一冊二円、円本スタイルの頒布でありながら価格は倍である。広告には「我が大谷崎の諸作は、現代の日本語が有する最高最美の大芸術である」(2)、「一世を風靡悩殺したタニザキニズムの燦然たる大芸術」(3)と「大谷崎」「タニザキニズム」が謳われ、「本全集は大谷崎氏の既刊未刊一切の作品を系統的に集大成したもの」(4)などと記されている。果たして当時、「タニザキニズム」なる言葉が流通していたのかというと、どうも怪しく、宣伝文だとしても多少言葉が浮いている感じは否めない。とはいえいまから見ると、「飈風」（『三田文学』明治四十四年十月）が初出発禁以来初めて単行本収録されたことが目を惹く以外は、一切の作品といっても「金色の死」などは収録されておらず、自選全集であったことがうかがえる。(5)

たとえば、「漱石を後方に、バルザックの巨大を摩し、わが谷崎潤一郎全集　全芸術に君臨す」なる惹句が内容見本にある。漱石、バルザックに並べて谷崎の名前が出されているのが興味深い。漱石のグレードアップバージョンとして「人間喜劇」のように人間と社会を全体的に捉えようとする「タニザキニズム」文学といったところであろうか。それはそうと、漱石の名がここで引き合いに出されているのは、何も文学的な内容からばかりではないかもしれない。矢口進也『漱石全集物語』によれば、全集にはつきものの月報という制度自体、最初の円本である改造社『現代日本文学全集』以前の大正十三年刊行の第三次『漱石全集』投げ込み「謹告」に端を発するようだ。(6)近代作家最初といわれる個人全集『一葉全集』（博文館、明治三十（一八九七）年一月）以来、ようやく現在にいたるいわゆる個人全集の形式が主に戦前何度も刊行されてきた『漱石全集』によって整ってきたとするならば、作品的な意味ばかりではなく、書物として、改造社版全集は近代作家の本格的な全集として『漱石全集』を意識していたこともあったのかもしれない。

第１回配本広告（『東京日日新聞』昭和5年4月16日）

改造社版『谷崎潤一郎全集』内容見本

改造社版全集の出版広告は、昭和五年から六年の雑誌『改造』にチラホラ掲載されているが、版元は自社の雑誌よりも『東京日日新聞』掲載の広告に力を入れたようで、管見による限り発刊月に四回ほど、菊池寛、佐藤春夫、長田秀雄、上山草人、永井荷風、久保田万太郎と六名の推薦文を伴った出版広告が掲載された。(7) 内容見本や『改造』掲載広告にそれらの推薦文は一切使われておらず、ほかの新聞には広告は出していないようだが、一年をかけて刊行するにあたっての広告としては、同時期に同じ版元から配本進行中であった『国木田独歩全集』『牧水全集』『小酒井不木全集』『日本文学大全集』等々の広告に比べて少々物足りないというのが、国会図書館で『東京日日新聞』のマイクロフィルムを延々とチェックし確認していったときの印象である。また、当初四六倍判四頁だった月報は、五年十二月の六号から一枚ペラの二頁に縮小されている。おそらくそれらは売れ行きを反映したものだろう。実際、あまり売れ行きはよくなかったからである。目論見と実際の齟齬という面では、版元側の誤算もあっただろうが、しかし、そもそも改造社にとって『谷崎潤一郎全集』は企画が温め続けられ遂に実現したという性質のものではなかった。それは、次のような経緯によるものであったのである。

関東大震災以後、紆余曲折はあったが関西へ移住した谷崎が昭和三年に兵庫県武庫郡岡本に四百五十坪の土地家屋を購入、転居したことから、その購入代金をめぐって経済的苦境に立たされ、各版元に印税前借りを申し出たが首尾良くはいかず苦労を重ねたことは、水上勉・千葉俊二『増補改訂版 谷崎先生の書簡』での谷崎書簡とその解説に詳しい。同書によれば、この窮地に際して、改造社が『谷崎全集』刊行を持ちかけ、全集出版契約時に印税を前借りしたが、全集は予想の一二割しか売れず、改造社に四万円以上の負債を負う形となった。負債の完済まで全集収録作を別版元で新たに出すこともできず、昭和六年末には岡本の家は売却。その間、古川丁未子との結婚や『改造』連載作の『卍』の刊行、さらに翌七年には根津松子との恋愛が始まりと、谷崎としても激動の季節であったわけである。少々長いが、当時の書簡の一部を掲げておこう（妹尾健太郎宛書簡、昭和六年七月二十四日付）。

小生の全集の件です、これは、こんな不況とは思はなかつたので、改造社より慣例的に、予約出版契約の時印税を取つてしまひました、ソレガ土地家屋購入の費用の一部にもなつてゐる訳です、当時出版屋の予定では、一部を内金として前払ひしたくらいゐに思つたのですが、いよ〱となると、その金の一二割しか売れないといふ始末、依つて昨年、この負債の契約書を公正証書に書き直し、右版権が税務署等に差押へられる場合をも考慮し、（菊池寛の事件がありましたから）その場合を規定して同社へ白紙委任状を渡してあります、いづれ何年か先に又全集でも出して負債を払ふ迄、全集中に収めた今日迄の創作之版権からは小生に対し印税は来ない訳です。（今後の出版物ハ、コレハ小生のものになりますが。ゼイム署へは内証ですからそのつもりで。今後も当分ゼイム署の問題が解決するまで、出版屋名儀［ママ］にしようとおもつてゐます。）

同書で千葉が指摘するように、当時谷崎の作品は、収録作が一作もダブってない『現代日本文学全集』（改造社）と『明治大正文学全集』（春陽堂）、および同時期の作品集でほぼ網羅されており、「改めて全集を購入してまで谷崎作品を読もうとする愛読者はさほど多くなかったようだ[8]」。

で、改造社版全集の月報だが、佐藤春夫、上山草人、後藤末雄、笹沼源之助、谷崎終平による回想、齋藤昌三による谷崎学生時代の肉筆回覧雑誌『学生倶楽部』掘り出し話、岡本かの子、長田秀雄、橋爪健による谷崎論、四回に渡る駿台岳人「関西移住の顛末」などが掲載されている（既発表再録を含む）。駿台岳人は誰の変名か、谷崎を先生と呼び京都や大阪での谷崎の動向をやたら詳しく書いているところを見ると、今東光や訳知りの編集者などの近しい人間による執筆かもしれない。笹沼らの回想もまた読み応えのあるもので、谷崎文献としてもこの月報は見逃すことのできないものであろう。

寄稿文も面白いが、月報には毎号挿絵や舞台写真など二三の図版が入っている。そして寄稿文以上にその挿絵こそがわたしにとっては大変興味深いものであった。いままで改造社版全集月報の寄稿文についてはリスト化されていたが、図版や写真については言及されることもなかったので、ここでそれを加えた一覧を示しておきたい。(9)

【月報号数／配本全集巻数／発行年月日】☆印は絵

月報一号（第一回配本十一巻、昭和五年四月三日）

佐藤春夫「潤一郎と僕（一）——最初に見た潤一郎——」、岡本かの子「谷崎氏の文学」、笹沼源之助「谷崎君の少年時代」、小林朝治「白狐の湯」☆、舞台写真「上演された「愛なき人人」」、「編集後記」

月報二号（第二回配本二巻、昭和五年六月十日）

佐藤春夫「潤一郎と僕（二）——最初に見た潤一郎——」、上山草人「お世話になるばかり（上）——谷崎君との交友二十年の思出——」、岩田専太郎「鎌倉海岸のナオミ「痴人の愛」其一」「大森の自宅に於けるナオミ（痴人の愛）其二」☆、田中てつを「給仕の菊村／「嘆きの門」の人物」☆、「編集後記」

月報三号（第三回配本五巻、昭和五年七月二十日）

上山草人「お世話になるばかり（下）——谷崎君との交友二十年の思出——」、山村耕花「お艶殺し画譜（其一）」、小鹿進「続悪魔——物語の人物——」☆、小村雪岱「お才と巳之助」☆

月報四号（第四回配本七巻、昭和五年九月二十日）
後藤末雄「台頭時代の谷崎君（上）」、齋藤昌三「ひよつこの谷崎氏」（谷崎「五月雨」写真あり）、山村耕花「お艶殺し画譜（其二）」☆、小鹿進「秘密――（物語の人物）――」☆

月報五号（第五回配本八巻、昭和五年十一月三日）
長田秀雄「谷崎君の戯曲（一）」、後藤末雄「台頭時代の谷崎君（下）」、山村耕花「お艶殺し画譜（其三）」

☆、福田正夫（戯作）「潤一郎と金字塔」

月報六号（第六回配本十巻、昭和五年十二月三日）
長田秀雄「谷崎君の戯曲（二）」、橋爪健「谷崎潤一郎論（一）」、舞台写真「法成寺物語の舞台面」

月報七号（第七回配本六巻、昭和六年一月二十八日）
橋爪健「谷崎潤一郎論（二）」、舞台写真「「永遠の偶像」の舞台面」

月報八号（第八回配本一巻、昭和六年三月二十五日）
駿台岳人「関西移住の纏末」、舞台写真『無明と愛染』の舞台面」

月報九号（第九回配本四巻、昭和六年四月二十日）
駿台岳人「関西移住の纏末（二）」

月報十号（第十回配本九巻、昭和六年六月二十日）
駿台岳人「関西移住の纏末（三）」、間司英三郎「物語の人物――恐怖時代――」☆

月報十一号（第十一回配本三巻、昭和六年八月）＊実物未見
「卍緒言」、駿台岳人「岡本――関西移住の纏末（四）」

月報十二号（第十二回配本十二巻、昭和六年十月二十八日）

谷崎終平「高野山の話」、「後記」

　掲載されている山村耕花の「お艶殺し」や小村雪岱の「お才と巳之助」挿絵は、単行本『お艶殺し』（千章館）や『近代情痴集 附り異国綺譚』（新潮社）からの再録。岩田専太郎による「痴人の愛」挿絵は、どこかで見たことがあると思ったら、川口松太郎が『苦楽』（大正十五年四月）誌上で谷崎原作を戯曲化して発表した際に付されたものであった。もちろんそれらはそれらで月報に花を添えているのだが、一方で、たとえば、何やら象徴主義版画のような小林朝治による「白狐の湯」やオーブリー・ビアズレーの影響濃厚な間司英三郎による「恐怖時代」お銀の方の肖像などは、わたしはそれまで見たことがなく、こうした挿絵自体とりわけ印象的であった。また小鹿進による「秘密」「続悪魔」の挿絵は、谷崎の初期有名作でありながらビジュアル化されたことが全くなかったと思われるそれらが昭和初期すでにこうして挿絵化されていたことに、思わず我が意を得たりといった感慨を覚えたものである。興味深いといったのは、世に知られた耕花や雪岱のほかに、おそらくは小林ら若い新進画家たち、いやむしろイラストレーターたちを刺激した谷崎作品のこうした成果が、昭和初期の当時すでにあったのかと改めて蒙を啓かれた思いにさせられたからであった。谷崎挿絵を彩ってきた耕花や雪岱の仕事はむろん良いものだが、現代の世に改造社版全集月報を手に取ったわたしからすると、それら無名画家の仕事に新鮮な魅力を感じたのも正直なところであったのである。

　しかし同時に、これらイラストレーターたちの作品は、わざわざ改造社版全集月報のために描き下ろさせたものなのだろうかという素朴な疑念が浮かんできた。実際、先に見たように谷崎全集の売れ行きも芳しくなく、前述した橋爪論は既発表再録文でもあったので、あるいはこれらの挿絵も再録ではないかと睨んだのである。ひょっとするとここらあたりかと、ある程度の見当をつけていくつかの雑誌を調査してみると、やはり月報に掲載されているイラストレーターたちによる挿絵は既発表のもの、『文章倶楽部』からの再録であることが判明した。のみならず、『文章倶楽部』調査によって谷崎作品のヴィジュアライズに関する面白い副産物をも得ることができた。同誌に投稿された谷崎作品をもとにしたイラストレーションの数々である。

いまイラストレーションといったが、挿絵といえばよいのか、コマ絵といえばよいのか、あるいはまた漫画といってよいのか、ちょうどジャンルの生成期にあるような位置取りにあるそれらについて、多少説明する必要があろう。

たとえばコマ絵とは、「活字とともに紙面を満たした木版の画」のことで、活版印刷普及と共に図版印刷手段としての木版画が見直されるようになっていったが、「原図を写真複写して亜鉛凸版を作る方法が簡便になるとともに、木版はメディアから退場」していったもので、メディア転換の端境期に一時流行した形式である。(10)

明治末期の四十年代に流行したものにコマ画があった。これは独立した小絵画で、雑誌や新聞の飾り絵であるが、今日のカットよりはやや比重の強いものであった。コマ画はまたさしえともいわれ、草画ともよばれたりした。またコマ画の中には漫画とよんでいい種類の画もたくさんふくまれていた。(11)

これは、自ら『文章倶楽部』に投稿していた須山計一が語るコマ絵である。とりわけ『ホトトギス』などはコマ絵に力を入れ、中村不折や津田青楓、石井柏亭らのコマ絵が毎号競うように掲載されている。『ホトトギス』の場合は俳画の流れもあろうが、こうしたコマ絵の隆盛は、明治三十年代のスケッチ・ブームや諷刺漫画の勃興などとも交差しつつ独自の存在感を増していく。いまにも目に浮かぶような、おおらかな太めの線の描き出すいかにも木版といった画調は特徴的だ。不折や青楓が装幀を手がけるようになるのもこの少し後からである。明治末から大正の中頃くらいまで、「近代印刷の作り出す活字の空間に、前時代の技術である木版が組み込まれて、コマ絵というイメージの表現が定着していった(12)」。

また、数年後には一世を風靡する竹久夢二の初期画集は正にコマ絵画集であったことを想起してもらえればよい。夢二もコマ絵の投稿家から出発したのである。最初の画集『夢二画集　春の巻』(洛陽堂、明治四十二年十二月)刊行後、いわゆる夢二学校と呼ばれる若手画家たち、恩地孝四郎や田中恭吉、藤森静雄などが夢二の元に集い、夢二のコマ絵、版画、装幀作品に接しながら、やがて自らの表現を獲得していく。後の『月映』などがまさにそうである(13)。「夢二画の成立前には素明らの自然主義的な挿画やコマ絵の流行があった(14)」わけで、時代の変化と共に表現様式は変化し、コマ絵から創作版画という沃野へ、あるいはまた、挿絵や漫画という方向へ、若き表現者たちは自らの道を模索していった。

では月報掲載のものは、コマ絵であろうか。コマ絵が先に見たようにあくまで木版であるというのならば、それらは異なるというほかない。ここでは仮に、コマ絵的イラストとでもしておきたい。それでは、月報掲載のコマ絵的イラストをひとつずつ見ていこう。

月報第一号に掲載されている「白狐の湯」(『文章倶楽部』大正十二(一九二三)年九月)を描いた小林朝治は、洲之内徹『帰りたい風景』にも取り上げられているし、いまでは畦地梅太郎の名と共に眼科医の版画家として知られているであろう。畦地と知り合ったのも金沢医専時代に『文章倶楽部』コマ絵投稿の常連としてであり、その後畦地の影響で創作版画に積極的に取り組んだ(15)。木訥ながら力強い線で構成された後の作風からは、あたかも永瀬義郎に田中恭吉を掛け合わせたような「白狐の湯」コマ絵的イラストの作風とはかけ離れている印象を受けるが、大正中頃の当時、あえていってしまえば、こうした象徴主義的曲線の様式的流行が画家志望者には盛んであったとでもいうべきであろうか。谷崎の「白狐の湯」に対して、当時こうしたモダンな昇華があっ

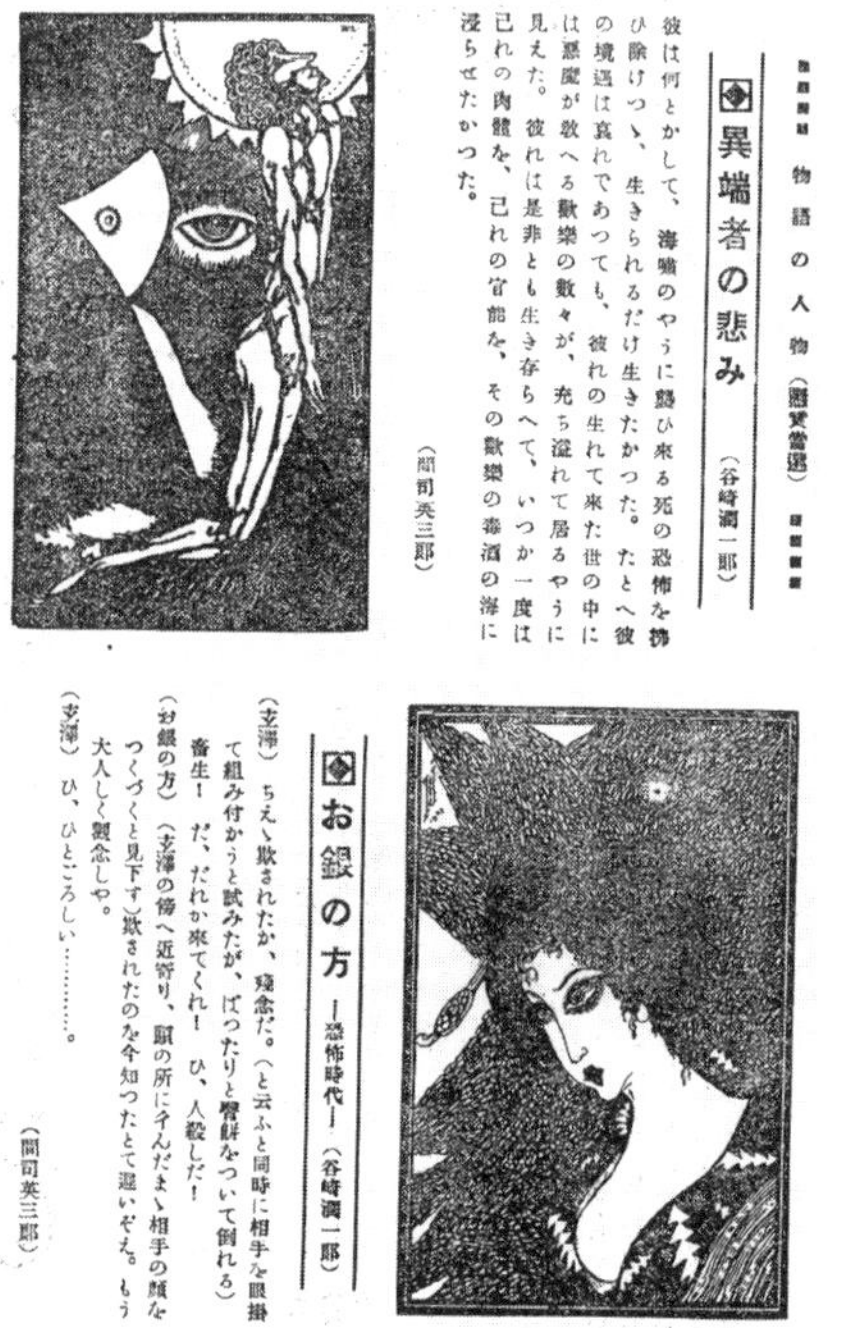

■■■■ 物語の人物（懸賞當選） ■■■■

異端者の悲み （谷崎潤一郎）

彼は何とかして、海嘯のやうに鬩ひ來る死の恐怖を拂ひ除けつゝ、生きられるだけ生きたかつた。たとへ彼の境遇は哀れであつても、彼れの生れて來た世の中には惡魔が敎へる歡樂の數々が、充ち溢れて居るやうに見えた。彼れは是非とも生き存らへて、いつか一度は己れの肉體を、己れの官能を、その歡樂の毒酒の海に浸らせたかつた。

（間司英三郎）

お銀の方 ―恐怖時代― （谷崎潤一郎）

（玄澤）ちえゝ欺されたか、殘念だ。（と云ふと同時に相手を眼掛て組み付かうと試みたが、ばつたりと臀餅をついて倒れる）畜生！　だ、だれか來てくれ！　ひ、人殺しだ！

（お銀の方）（玄澤の傍へ近寄り、頭の所に彳んだまゝ相手の顏をつくづくと見下す）欺されたのを今知つたとて遲いぞえ。もう大人しく觀念しや。

（玄澤）ひ、ひとごろしい………。

（間司英三郎）

間司英三郎「お銀の方」「異端者の悲み」（『文章倶楽部』大正12年4月）

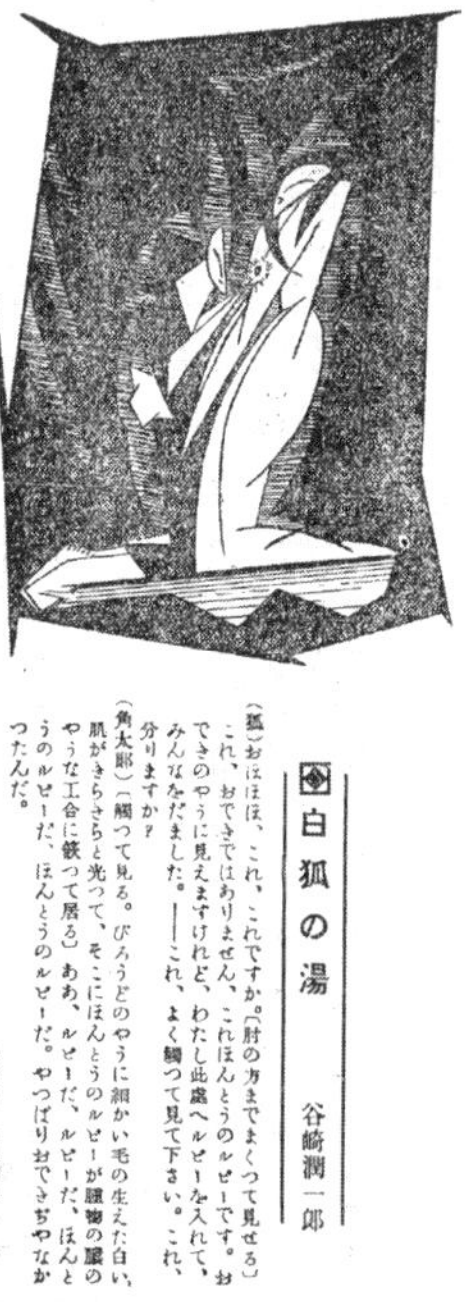

白狐の湯 谷崎潤一郎

（狐）おほほほ、これ、これですか。（肘の方までまくつて見せる）これ、おできではありません、これほんとうのルビーです。おできのやうに見えますけれど、わたし此處へルビーを入れて、みんなをだましました。――これ、よく觸つて見て下さい。これ、分りますか？

（角太郎）（觸つて見る。びろうどのやうに細かい毛の生えた白い、肌がきらきらと光つて、そこにほんとうのルビーが腫物の膿のやうな工合に嵌つて居る）ああ、ルビーだ、ルビーだ、ほんとうのルビーだ、ほんとうのルビーだ。やつぱりおできぢやなかつたんだ。

――金澤市　小林朝治――

小林朝治「白狐の湯」（『文章倶楽部』大正12年9月）

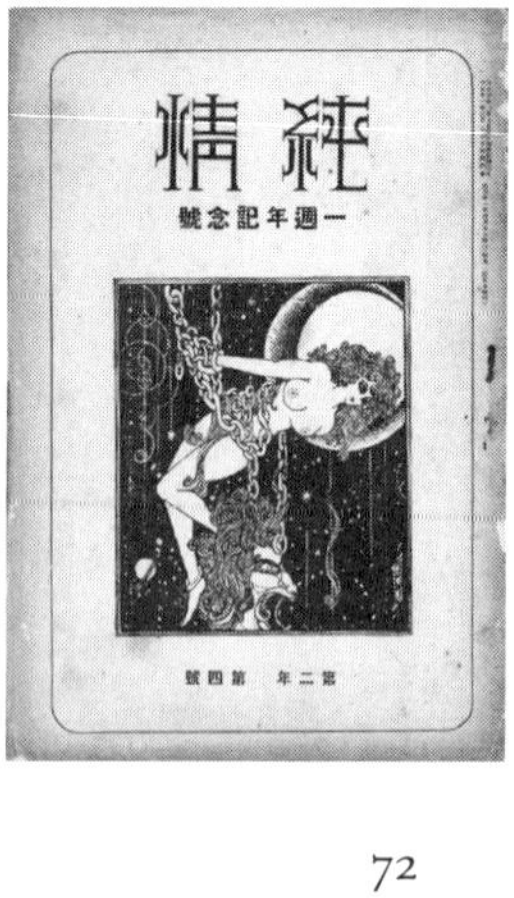

『純情』（大正11年5月）
間司英三郎表紙絵

たことが面白い。

また、月報十号に「恐怖時代」のお銀の方肖像が掲載されている大阪の間司英三郎はまた独特の画風だが、名古屋の詩人井口蕉花の詩誌『青騎士』表紙絵で一部には知られている。間司もまた『文章倶楽部』入選常連投稿者で、先にビアズレー風と紹介したが、神経質で繊細な線使いとバロック的な過剰さ、そして世紀末的モチーフが同居したいまだ知られざる「神秘派の画家」（『青騎士』六号編輯後記）である。[16] 斎藤光次郎『青騎士前後』によれば、元々『文章倶楽部』での投稿コマ絵を見た井口が『青騎士』を始めるにあたって表紙画を依頼したという経緯があり、以来『青騎士』表紙、扉、裏表紙を担当。画業ばかりでなく、北原白秋の『詩聖』においても詩作していたというが、『青騎士』には詩も数篇寄稿している。ただし私見によれば、『青騎士』に先立ってすでに『衝動』や『純情』といった同人詩誌の表紙画にも間司の絵が用いられている。[17]

英三郎には唯一の装幀本があり、それが実兄・間司つねみ（恒美）の詩集『夜の薔薇』（交蘭社、大正十三年九月）である。山名文夫が装幀した同第二詩集『抒情小曲集 海のほとり』（交蘭社、大正十四（一九二五）年十一月）序文によると、英三郎は大正十四年六月に夭折した由。[18] もし英三郎がその後も活躍していれば大正末期のマイナーポエット、

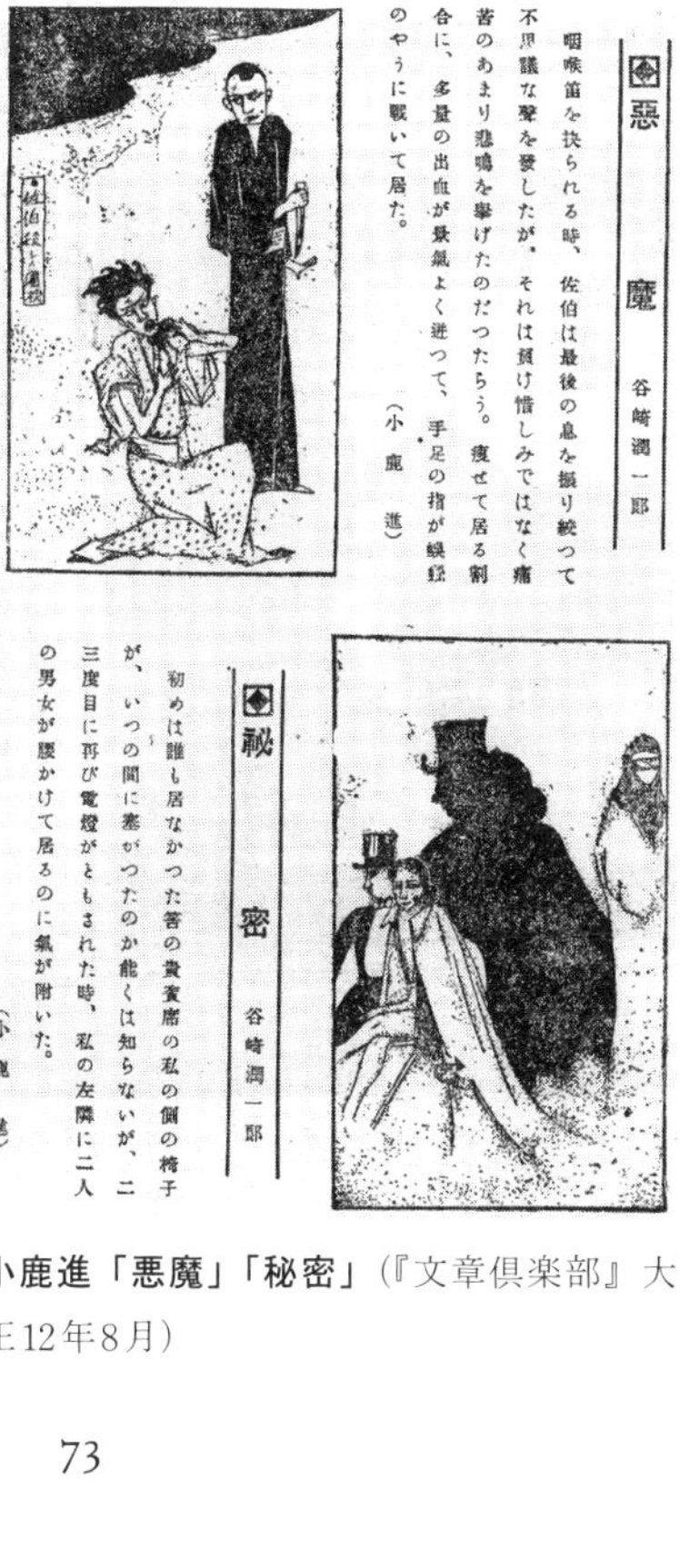

小鹿進「悪魔」「秘密」（『文章倶楽部』大正12年8月）

名越国三郎や初期初山滋のような神経質で線の細い世紀末的感性を引き継いだ特異な画風の一人として名を成したのではないかと惜しまれる。谷崎作品では、「恐怖時代」と共に「異端者の悲み」（『文章倶楽部』大正十二年四月）も描いている。

月報三号四号に「続悪魔」「秘密」（『文章倶楽部』大正十二年八月）の挿絵が掲載されている小鹿進は、前二者とはまた全く異なる画調だが、その後は画業よりも小説執筆の方面に進んだようで、大正十五年一月の『苦楽』に探偵小説を発表してから何度か同誌に短篇を発表、『サンデー毎日臨時増刊　大衆文芸傑作集』（昭和二（一九二七）年四月）には懸賞入選作として連作小品「双龍」が掲載されている。[19] その後の動向は未詳だが、マニアックな探偵小説ファンなら、作家として御存知の方もいるかと思う。

小林朝治、間司英三郎、小鹿進と、駆け足で月報掲載の中から印象的であった三名を選んで紹介したが、三者共に『文章倶楽部』常連投稿者である。改造社版全集刊行当時、『文章倶楽部』はすでになかったが（昭和四年四月終刊）、改造社の担当編集者はそこからそれらの作品を流用したといった形である。

『文章倶楽部』といえば、大正五年に創刊した大正期を代表する投稿雑誌である。ただ投稿雑誌というばかりではなく、それは、作家と文壇と読者を繋いで、ある種独特な場を形成していたメディアでもあった。文芸投稿雑誌としての側面については佐久間保明「『文章倶楽部』の青春群像」が詳しいが、[20] 作家を目指すファンたちが主な読者層なので、作家への生活アンケートや文壇出世物語、筆跡写真の掲載が目立つほかに、コマ絵的イラストでの作家の似顔絵や文壇漫画といったものも多数掲載されている。創刊号から一冊ずつ見ていくと、佐久間も指摘するように、「本誌への投稿においては誌名にうたう文章表現のみならず、表紙絵・扉絵・絵物語・駒絵・漫画という方面の投稿が次第に活況を呈していった」[21] さまがよくうかがえる。コマ絵自体は、先にも見たように明治四十年代の『ホトトギス』あたりから各種の雑誌で見られるようになるが、『文芸倶楽部』

投稿作は、コマ絵（またはコマ絵的イラスト）から、風刺的な漫画、象徴主義風、表現主義風な表紙絵、扉絵などバラエティに富んでいる。

後に新聞や雑誌でこうしたカットや文士のカリカチュアを描いて漫画家として活躍する須山計一や毛利しげる、在《あり》田《た》稠《しげし》らも同誌の常連投稿者である。

須山は後年、著書『漫画100年』の中で次のように語っている(22)。

> しかし、文壇漫画という一つのジャンルをつくったのは新潮社の「文章倶楽部」であった。この雑誌はもともと文芸投書雑誌であったが、また、一種の青春雑誌で――文芸雑誌の少なかった当時は――青少年の一度は購読する雑誌だった。（鈴木信太郎、向井潤吉、田崎広介なども最初はコマ絵でデビューした時代もある。）つぎの世代として、雑誌のコマ絵や漫画で世に出た青年漫画家は以外〔ママ〕に多く、松山文雄、〔ママ〕（プロ漫画家）、奥村秀策（日本画家。土牛の実弟）、帷子進（児童漫画家）、須山計一（文壇漫画、プロ漫画）、池田さぶろ（財界漫画）などは、いずれも、ここをくぐった人たちである。
>
> （中略）
>
> その頃の新潮社は、「新潮」を中村武羅夫、楢崎勤、「文章倶楽部」を加藤武雄、指方竜二がやっている時代で、これらの青年漫画家は、そこの応接室で、出入りの新進作家――たとえば岡田三郎、川端康成、吉屋信子、平林たい子などに接した。また、支配人中根駒十郎の蒐集になる平福百穂のスケッチなどをのぞき見ることが出来た。

須山のいう「一種の青春雑誌」というのがいい得て妙であり、いかにも当時の雰囲気が伝わってくるようで

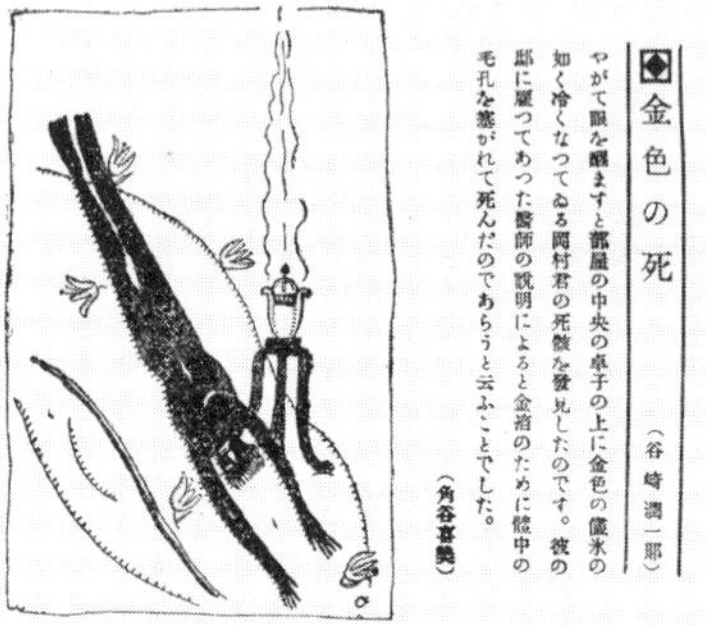
金色の死（谷崎潤一郎）

やがて眼を醒ますと部屋の中央の卓子の上に金色の儘氷の如く冷くなつてゐる岡村君の死骸を発見したのです。彼の邸に雇つてあつた医師の説明によると金箔のために総身の毛孔を塞がれて死んだのであらうと云ふことでした。（角谷喜美）

角谷喜美「金色の死」（『文章倶楽部』大正11年7月）

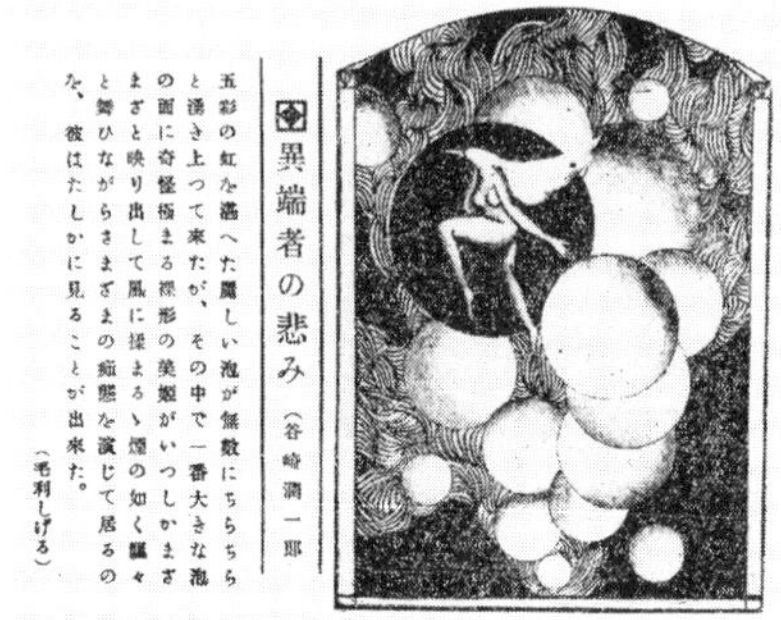
異端者の悲み（谷崎潤一郎）

五彩の虹を湛へた麗しい泡が無数にちらちらと湧き上つて来たが、その中で一番大きな泡の面に奇怪極まる裸形の美姫がいつしかまざまざと映り出して風に揉まるゝ煙の如く飄々と舞ひながらさまざまの痴態を演じて居るのを、彼はたしかに見ることが出来た。（毛利しげる）

毛利しげる「異端者の悲み」（『文章倶楽部』大正11年4月）

女装の女

—谷崎潤一郎氏の「秘密」—

長尻正太郎「女装の女」（『文章倶楽部』大正9年7月）

死んでゆく少年

—谷崎潤一郎作「少年の脅迫」—

「えゝ有難う。だけどね、姉さん、死ぬなんて、ちつとも苦しくも何ともないんですから、そんなに心配して下さらないやうに。」

と云つてそれから直ぐに笑ふのを止めて、蝋の様に白い色をした顔に穏かな表情を浮べて、今死なうとして居る自分丈しか分らない或る貴い神聖な物をじつと視詰めるやうな眼つきで、やゝ長い間瞳を大きく朗らかに瞬いてゐた。

——兵庫　田中てつを——

田中てつを「死んでゆく少年」（『文章倶楽部』大正9年9月）

もある。繰り返すが、漫画家、画家らが投稿しながら競い合い、文芸と交錯する場として『文章倶楽部』は機能していたといえる。

　今回、『文章倶楽部』を図書館や文学館で一通り目を通した限りで、同誌「物語の人物」欄で取り上げられた谷崎作品のイラストは、池田彦作「女装の男（秘密―谷崎潤一郎）」「娘（刺青―谷崎潤一郎）」（大正九年六月）、長尻正太郎「女装の女《ママ》―谷崎潤一郎氏の「秘密」―」（大正九年七月）、今井邑一「人魚―谷崎潤一郎作「人魚の嘆き」―」、田中てつを「死んでゆく少年―谷崎潤一郎作「或少年の怯れ」―」、無署名「お艶と新助―谷崎潤一郎作「お艶殺し」―」（大正九年九月）、無署名「お艶／谷崎潤一郎氏作「お艶ころし」」（大正九年十二月）、毛利しげる「異端者の悲み（谷崎潤一郎）」（大正十一（一九二二）年四月）、角谷喜美「金色の死」（大正十一年七月）といったものがあった。

「秘密」や「お艶殺し」のように複数回取り上げられるものもあり、たとえば夢二式の「秘密」はまだしも、一作全体を夢幻的な一枚のイメージに集約した毛利しげる「異端者の悲み」や、モダンに単純化された角谷喜美「金色の死」ラストシーンを描いたイラストなどは、いまから見てもその解釈と創造性にはある煌めきがあり、往時のコマ絵画家というよりも読者の想像力がいかに豊かであったかを示して興味深い。

　こうした角度から見ると、いわば、そこは画家・漫画家の卵たちの修行と競作の場でもあったのであり、投稿されたイラストは現在からすれば大正時代のファン・アート、二次創作の現場であったといってよいだろう。といってもちろんそれらは、本職の画家、装幀家として活躍していた耕花や雪岱、清方らと比較するべくもないものなのかもしれない。しかしながらまた、文学がどのようなイメージとして形になるのか、小説と読者の想像力がいかように結びつき造形化されるのかといった問題に差し迫るものがこれらの投稿作品にはあり、それは文芸作品の流通と受容といったことばかりでなく、こうした二次創作をめぐって、当時の読者やそのコミユニティの実態的なありようを考える上でも有益な示唆に富んでいよう。

コマ絵と漫画と挿絵が未分化な状態にあるようなイラストレーションということで、先ほどからコマ絵的イラストなる造語を用いているが、言葉とイメージを切り結ぶ文芸作品のヴィジュアライズ作品とでもいった方がより適切なように思われる。読者投稿であるがゆえに、『文章倶楽部』でのこうしたイラストについては従来ほとんど言及されてこなかったが、[23]後に本格的な活動を始める小林朝治にせよ惜しむらくも夭折した間司英三郎にせよ、いわば投稿雑誌を熱き舞台として、谷崎作品を媒介とした新たなイメージのアダプテーション的展開が、かつてあったのである。

◉註

(1) 全集ではないが、全集的な選集としては、『谷崎潤一郎作品集』全九巻(創元社)、『谷崎潤一郎文庫』全十巻(中央公論社)、『谷崎潤一郎文庫』全十二巻(六興出版、新装版もあり)などがある。また中公文庫の潤一郎ラビリンス全十六巻などもここに入るだろう。

(2) 『谷崎潤一郎全集』広告(『東京日日新聞』昭和五年四月一日)、1面。

(3) 『谷崎潤一郎全集』広告(『東京日日新聞』昭和五年四月十六日)、1面。

(4) 『谷崎潤一郎全集』折込広告(『改造』昭和五年四月)、頁数刻印無し。

(5) もちろん本文の正確さ、網羅性といったものが個人全集の一般的な必要条件としてあろうが、著者の自選全集となれば、そうした必要条件も変わらざるを得ない。こうした全集の問題については宗像和重「全集の本文」(『投書家時代の森鷗外――草創期活字メディアを舞台に』岩波書店、平成十六年七月)が示唆に富む。

(6) 矢口進也『漱石全集物語』(岩波現代文庫、平成二十八(二〇一六)年十一月、初刊は青英舎、昭和六十(一九八五)年九月)によれば、最初の漱石全集である大正六年版『漱石全集』第九巻(漱石全集刊行会、大正七年八月)に挟み込まれた「謹告」が「購読者との連絡事項を本冊とは別につけた方式」(14頁)として以後の全集にヒントを与えたものとしてあり、その後、大正十三年からの第三次『漱石全集』（漱石全集刊行会）では「いよいよ月報らしい体裁」（28頁）の「謹告」が付けられたという。
（7）『東京日日新聞』昭和五年四月八日、十六日、二十五日の各1面。
（8）千葉俊二「谷崎先生の書簡　ある出版社社長への手紙を読む補遺篇」（水上勉・千葉俊二『増補改訂版 谷崎先生の書簡』中央公論新社、平成二十年五月）、215頁。
（9）稿者蔵の実物とコピーをもとに作成したが、未所持の十一号については、改造社版全集月報の寄稿文をリスト化している永栄啓伸・山口政幸『谷崎潤一郎書誌研究文献目録』（勉誠出版、平成十六年十月）を参照した。
（10）木股知史『画文共鳴――『みだれ髪』から『月に吠える』へ』（岩波書店、平成二十年一月）、220頁。
（11）須山計一『日本の漫画一〇〇年』（芳賀書店、昭和四十三年八月）、69頁。
（12）木股前掲、221頁。
（13）桑原規子「竹久夢二と大正期の洋画家たち――光風会・ヒュウザン会・二科会の周辺」（東京文化財研究編『大正期美術展覧会の研究』中央公論美術出版、平成十七年五月）では、「恩地、田中、藤森の月映グループが創作版画という版を使った絵画制作に情熱を注いだ下地に、夢二の「コマ絵」や「草画」と呼ばれた出版美術の存在があったことは確かで、彼らは夢二の出版活動を間近に見ることによって「創作版画」という新しい絵画表現に着目し、従来の展覧会とは異なる方法で自分たちの作品を社会に発信する方法を見出したのである」（260頁）との指摘がある。
（14）藤本真名美「『月映』前史――東京美術学校と田中恭吉を中心に」（図録『月映』ＮＨＫプラネット近畿、平成二十六年十一月）、294頁。
（15）洲之内徹『帰りたい風景　気まぐれ美術館』（新潮文庫、平成十一年八月）、62頁。初刊は新潮社、昭和六十年十一月。
（16）井口蕉花「青騎士記事　編輯後記」（『青騎士』大正十二年三月）、42頁。なお、『青騎士』は復刻版（井原あや編『コレクション・都市モダニズム詩誌第23巻　名古屋のモダニズム』ゆまに書房、平成二十四年十月）を参照した。
（17）斎藤光次郎『青騎士前後』（名古屋豆本、昭和四十三年五月）、8頁。『純情』と間司との関係は不明。ほかに、春山行夫らが寄稿していた詩誌『牧人』装幀担当の平松羊も間司ではないかと加藤仁氏よりご教示を得た。
（18）間司つねみ「自序」（『海のほとり』交蘭社、大正十四年十月）、（序文）3頁。亀山巌「青騎士の挿画と間司英三郎」（前掲『青騎士前後』所収）によれば、間司英三郎は二十二歳で夭折。「大阪の非鉄金属をあつかう物持ちの家に生まれたが、耳に疾患があって、十六才ごろから家居して専ら絵の独学と兄にすすめられて詩作をしたという」(43頁)。
(19) 小鹿進「双龍」については、倉光忠義「小鹿進と第一回サンデー毎日「大衆文芸」賞」(『名古屋近代文学史研究』昭和五十九年一月)が詳しい。
(20) 佐久間保明『残照の日本近代文学』(ゆまに書房、平成二十五年三月)所収。
(21) 右同、32頁。
(22) 須山計一『漫画100年』(鱒書房、昭和三十一年四月)、137頁。
(23) 『文芸倶楽部』はマイクロフィッシュ化された際に解説と「投稿者索引」が付けられたが(マイクロ版近代文学館5「文章倶楽部」別冊『文章倶楽部総目次・執筆者索引』八木書店、平成七年三月)、イラスト投稿者は除外されている。

7 札幌版『春琴抄』特製本

古書の世界にいわゆる〝札幌版〟の本というものがある。文字通り札幌(を中心として)刊行された書物、雑誌のことをいう。北海道の出版社から出たものかといえば、そうでもあるしないともいえるが、ともかく、戦後の一時期にのみ存在した本のことで、谷崎本の場合はといえば、現在のところ確認しているのは創元選書版『春琴抄』一冊があるだけである。ただこの札幌版『春琴抄』をめぐっては、いまでも不明な点がある。

単行本としての『春琴抄』は、有名な漆表紙の初版が創元社から昭和八年十二月に出てから、その後収録作や装幀も変わった新版を経て、小林秀雄らの企画で昭和十三年から発刊された創元選書の一冊として、昭和十四(一九三九)年一月に創元選書版初版が刊行された。『春琴抄』は戦時中も順調に版を重ねて昭和二十(一九四

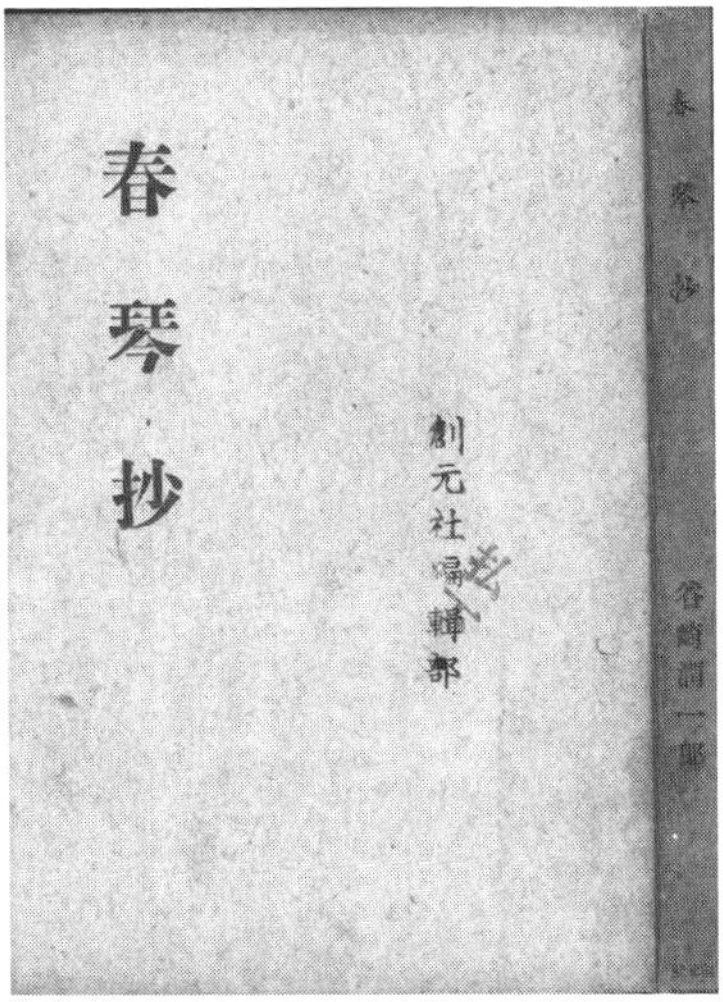

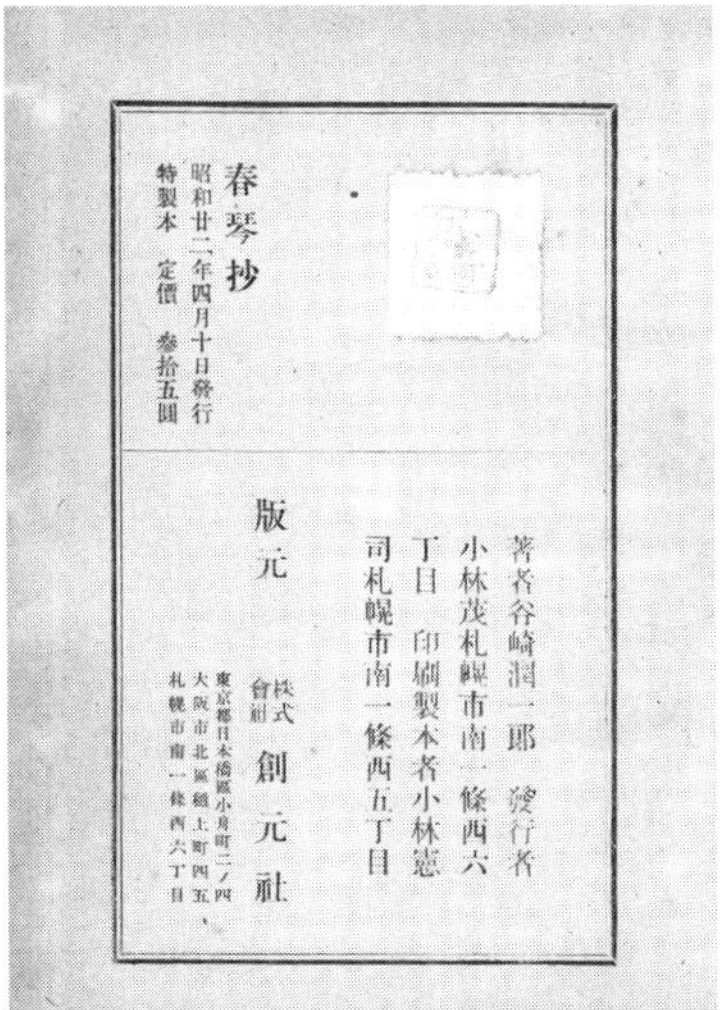

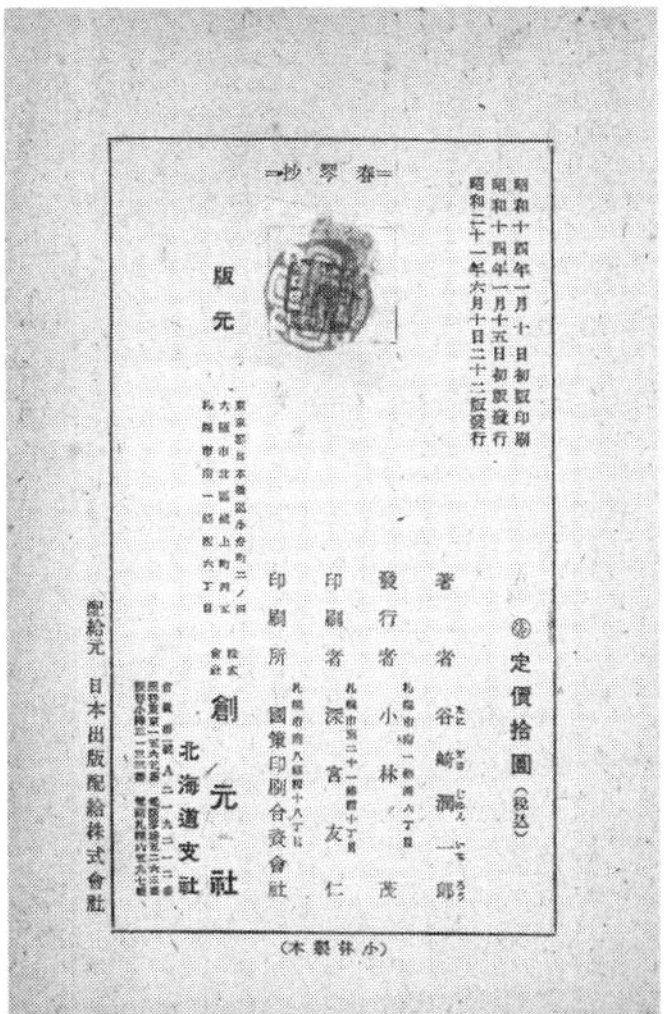

札幌版『春琴抄』特製本表紙、奥付

札幌版『春琴抄』表紙、奥付　22版以外は未確認。

五）年二月の日本出版協会第二次非常用文芸図書十四点の一冊としても選ばれ[1]、戦後も重版していた。何冊か所蔵している創元選書版『春琴抄』を繰ってみると、昭和十八（一九四三）年二月二十日発行の廿二刷が戦中最後の刷のようであり、廿三版は二十一年四月二十日発行である（刷と版に注意、後述）。

といってもこの間に終戦を挟み、この二冊を並べてみると造本に歴然とした差があるのは一目瞭然。戦時中の重版は初版と同じく丸背上製でカバー付だが、戦後のものになると物資難を反映して、並製にペラペラの表紙を付けただけのような製本となり、本文用紙も粗末な仙花紙で厚さは戦中重版の半分以下。それに伴って本文も組み直され、本扉も一色刷となって貼り奥付となっている。創元社の『春琴抄』は、新潮文庫や岩波文庫でそれが刊行されたよりも遅く昭和二十七（一九五二）年五月に創元文庫になっているので、おそらく創元選書版は創元文庫刊行までは版を重ねたのだろうと思われる。

で、札幌版である。札幌版の創元叢書『春琴抄』は、外見や本文は廿三版とほぼ同じだが奥付が異なっている。版元表記が創元社北海道支社となっており、印刷所も札幌のそれになっているというものだ。

そもそも札幌版とは何か。「雨後の筍のごとく簇生し朝霧さながらに消失した戦後北海道の出版社の、仙花紙ザラ紙を手荒に綴じた態の粗雑な〝札幌版〟[2]」などといわれることもあるが、札幌版とはかくの如く主に昭和二十二、三年頃を中心にして札幌で印刷、刊行された書物をいう。なぜ札幌かといえば、紙があるからである。『資料年表日配時代史』の記述に依りながら、以下終戦後の出版状況をごく簡単に概説しておきたい。

第二次大戦末期に主要都市が空襲によって焼かれ、多くの出版社が罹災した。それは印刷所も同じである。全国の印刷設備の約四割が被害を受け、奇跡的に空襲による罹災を免れた大日本印刷市ヶ谷工場がなければ出版の戦後復興はおぼつかなかったともいわれている[3]。また終戦後の深刻な紙不足により、用紙割当は厳しく制限されていた。その反面、終戦直後は『日米会話手帳』（科学教材社）を皮切りに爆発的な出版ブームがおこり、新刊書はたちまち売り切れ、本屋には長蛇の列ができた。昭和二十年十月六日、GHQにより出版事業令が廃止され、翌月四日には内務省警保局検閲課の廃止指令が出て、戦時体制から状況は様変わりした。用紙さえ入手できればブームに乗じて一山当てられるという野望がうずまき、闇屋や旧軍の隠匿物資など紙をめぐる裏取引や詐欺が横行したのもこの時代である。特に終戦二年目になる昭和二十二（一九四七）年は、それまで限られた版元が行っていた製紙会社に石炭や材木を持ち込んでのバーター取引も禁止になり、用紙払底の三月危機説、五月危機説が説かれ、新聞及出版用紙割当委員会出版部会が緊急声明を出すほどで、出版界における用紙事情は極めて逼迫していた状況にあった。

大戦末期の出版社疎開から戦後の紙不足の状況にいたり、各出版社は紙の生産地でもある北海道に白羽の矢を立て、続々と支社や出張所を設立してゆく。すでに昭和二十年五月に出張所を構えた講談社をはじめ、筑摩書房、鎌倉文庫、青磁社そして創元社などである。また、それを受けて北海道の出版界も一気に活性化し、白都書房、柏葉書院、川崎書店といった北海道の出版社からも陸続と出版が続いた。「戦後占領期の本道出版は、疎開系、地元系一二〇余社のもとで展開され、而も凡そ一〇〇社が当時人口二三万の都市札幌に軒を連ね鎬を削っていた[4]」。印刷所の再開や用紙の流通状況の変化によって大手出版社が歯の抜けていくように東京に戻ってしまう昭和二十四（一九四九）年あたりまでの一時期、北海道はさながら出版王国のような活況を呈していた。「北海道は大きな戦災を受けなかったため、市販の出版活動のソフトとハードの条件を具備していた[5]」からである。

では実際、当時の北海道での紙の状況はといえば、「昭和二十一～二十二年当時、書籍・雑誌を印刷する場合、占領軍の発行許可証を得なければ印刷用紙配給割当を受けることが出来なかった」というなかで、「二十二年前半までは、旧日本陸軍・北部軍司令部所有であった印刷用紙が道内に出回り、同用紙で印刷の書籍・雑誌が相当数出回った。また、占領軍印刷物を担当の札幌市内の印刷所では、出版社の求めに応じて占領軍用印刷用紙を使用して印刷を行った。いわゆる隠匿用紙やヤミ用紙が出回っ[6]」ていたという。

札幌版の本としては、多くの詩集を刊行した青磁社の刊行物や、第十四次『新思潮』を刊行した玄文社などは知られたところであろうし、また、太宰治『春の枯葉』川崎書店版などは太宰コレクターのコレクターズアイテムになっているのではあるまいか。鎌倉文庫から昭和二十三年四月に出されたものをほぼ同装幀のまま同年末に出したものである。川崎書店とは伊藤整の畏友・川崎昇が興した版元だが、あるいは鎌倉文庫札幌支社との間に何か契約があったのかもしれない。その鎌倉文庫と共同で札幌に支社を設立したのが創元社である。両社の札幌支社長をしていたのが、「戦争中、島木健作の家に居候をしていた男だが、妙な人なつっこさと、にくめない無鉄砲さで、小林秀雄や川端康成のところにも出入りして重宝がられていた」という「不思議な旋風男[7]」三浦徳治である。三浦は筑摩書房、鎌倉文庫、創元社、日産書房の札幌支社創設に関与し、「戦後日産油脂社員の身分のまま来札、これら疎開出版社の主要事務責任者や支社長役を勤め[8]」ていた（ただし札幌版『春琴抄』奥付での発行者名義は東京支社長の小林茂）。三浦の提案で川端康成や小林秀雄、柳田国男らを本州から招き、昭和二十二年六月に北海道出版文化祭が札幌で大々的に催されたが、これなどは当時の札幌がいかに出版王国であったかを象徴する一大イベントであった[9]。

さて、大谷晃一による創元社・矢部良策の伝記『ある出版人の肖像』には、「『春琴抄』再刊も、北海道の札幌で印刷製本する。このために札幌市南一条西六丁目八番地に鎌倉文庫と共同で支社をつくる」という昭和二十二年四月頃のことを記した一節がある。手許にある札幌版奥付には「昭和二十一年六月十日二十二版発行」とある（札幌版にこれ以前・以後の版があるのかは不明）。しかし、先に言及した創元社の本拠地大阪で印刷された廿三版を思い出していただきたい。そちらは四月発行なのである。先ほどの刷と版もそうだが、これなどは発行日も前後している。因みにいま手許にある六冊の創元叢書版『春琴抄』重版を年代順に並べてみる。

昭和十六年六月十日卅八版　創元社（大阪住所）　印刷井下精一郎（大阪）
昭和十七年十一月二十日廿一刷　創元社（同）　印刷（同）
昭和十八年二月二十日廿二刷　　創元社（同）　印刷（同）
昭和二十一年四月二十日廿三版　創元社（東京大阪併記）　印刷ミスミ（大阪）
昭和二十一年六月十日二十二版　創元社北海道支社　印刷（札幌・国策印刷）
昭和二十二年三月廿五日二十四版　創元社（東京大阪併記）　印刷（大阪・寿印刷、井下精一郎）

右のものだと、札幌版で版数がひとつ戻ってしまったように見えるが、発行年月日および版数刷数の錯誤は、誤認やいい加減な校正をすり抜けた誤植、版と刷の混同か、あるいはまた単純に版＝刷というわけではないということか。前にも言及したが（5『文章読本』版数のゆくえ」）、昭和十七年の刷表記への変化は、前年の出版文化協会設立と洋紙配給をめぐる問題に関係していそうでもあり、そう単純なものでもなさそうだ。井下印刷所が大阪空襲で焼かれ、戦後寿印刷として復活しているなど、表記の推移は興味深いことも教えてくれるが、こういう実例に接していると迂闊に奥付を信用するわけにもいかない気にさせられる。

それればかりではない。実はこれに加えて、創元叢書版『春琴抄』には特製本がある。それまでこの特製本の存在は、『芦屋市谷崎潤一郎記念館蔵 谷崎潤一郎資料目録』『芦屋市谷崎潤一郎記念館蔵 北川真三収集谷崎潤一郎資料目録』にデータとして記載はあったのだが、『谷崎潤一郎先生著書総目録』にも決定版全集でも言及すらされていないもので、書影が出たり谷崎研究で取り上げられたりといったことはなかったのではあるまいか（その後、平成二十九（二〇一七）年四月に日本近代文学館で開催された展覧会図録『新資料から見る谷崎潤一郎』掲載の「谷崎松子氏寄託谷崎潤一郎蔵書目録」にも掲載）。

偶然入手する機会を得たものの、この本は一体なんだと、初めて見るそれはどういう経緯で出されたものなのか全くわからなかった。特製本は創元選書版の紙型を流用したもので判型や厚さは同じだが、角背上製で背文字は箔押し、表紙平にはタイトルが大きく茶箔押しされている。本文用紙も同時代の重版本よりはわずかに上質で、扉はデザインも異なれば用紙も雲母引紙を用いている。創元叢書の文字はどこにもなく、奥付発行者、印刷製本ともに札幌の住所で、「特製本」「定価三十五円」「昭和廿二年四月十日発行」とある。

この特製本はつまり、札幌版のみの特製本というわけである。札幌版はすでに昭和二十一年には刊行されているが、先の矢部伝の記述は時期的にこの特製本と符合する。そしてまた、わたしの入手した本の表紙には、創元社編輯部のゴム印に払下印が捺されているのもいろいろな想像を膨らませる。あるいはこの特製本は社内試作版的な本であって実際には刊行されなかったものではないのか、奥付には谷崎の検印も貼付されているのだが、それにしてはあまりにも情報に乏しいし本も見ないと思っていたところ、平澤秀和「疎開出版社と〝札幌版〟」にこの本についての記述を見つけた。

平澤は創元社の札幌版三十三冊を確認した上で、特製本について言及している。札幌版『春琴抄』と、同じく創元選書で出ていた『河上徹太郎評論集（上）』（昭和二十二年十二月）が特製本として『河上徹太郎選集』（昭和二十三年四月）となった二点である。(10) 少し上質な紙が入手できたから創元選書の売れ筋をということで『春琴抄』の特製本を作成したものかどうか。河上徹太郎ものはその一年後の発行だが、創元社の大阪での出版物（『春琴抄』）を出したのだから今度は東京支社のもの（河上徹太郎著）をといった具合なのか、あるいはまた前述した北海道出版文化祭に河上が来て講演したことに関係あるのか、詳細はわからない。しかしいまから見れば、当時の逼迫した状況のなかで、戦前に贅をこらした本を作ってきた創元社の余裕というふうにも見える。出版界の戦後復興は案外早かった。「戦後占領期の北海道の出版活動は、昭和二十三年の後半頃から、下降線を辿るようになった。本州系出版社が東京方面の印刷所再開や印刷用紙調達の好転で札幌から東京へ移転したこと、加えて昭和二十四年三月の日本出版配給株式会社の解散による出版物流通の変化によるものであった(11)」。またすでに中央公論社は『細雪』三百部特製本を昭和二十一年に刊行、創元社も同年に吉井勇『短歌風土記』百部特製本を刊行と、特製本、限定版の刊行は終戦直後の極度のインフレのなかで始まっていたのである。

ともあれ、創元叢書『春琴抄』特製本は、用紙窮乏のかたわら、札幌という地の利を得て創元社版戦後最初の谷崎特製本をという目論見による刊行であったのかもしれない。創元社は、翌二十三年三月には総手摺多色木版刷で定価千円という超豪華本『都わすれの記』を刊行しているが、いずれにせよ、いままでほとんど顧みられることのなかった札幌版特製本は、だからその前哨戦的試金石とでもいった存在として谷崎本の出版系譜のなかで位置づけることもできるかもしれない一本といってよいだろう。それはまた、札幌版という極めて特殊時代的な本、時代の証言者としても存在しているのである。

◉註

（1）大谷晃一『ある出版人の肖像――矢部良策と創元社』（創元社、昭和六十三年十二月）、187頁。昭和二十年二月四日に漱石の『こころ』などと共に決定したという。昭和十六年に創設された日本出版文化協会とその推薦図書制度については、中野綾子「〈柔らかな統制〉としての推薦図書制度――文部省および日本出版文化協会における読書統制をめぐって」（『Intelligence』平成二十七年三月）が要領よくまとめている。

（2）小笠原克「粗描・いわゆる〝札幌版〟の書物」（『日本近代文学』平成四年十月）、103頁。

（3）荘司徳太郎・清水文吉編著『資料年表日配時代史』（出版ニュース社、昭和五十五年十月）、57頁。
（4）平澤秀和「戦後占領期の出版社と出版活動——昭和二十二年・二十三年を中心に」（北海道の出版文化史編輯委員会編『北海道の出版文化史』北海道出版企画センター、平成二十年十一月）、173頁。
（5）出村文理「戦後北海道の出版事情——昭和二十一年から二十四年まで」（図録『思いがけない文藝復興《ルネサンス》——戦後北海道出版事情』市立小樽文学館、平成十一（一九九九）年二月）、4頁。
（6）出村文理「戦後占領期・札幌市の出版ブームについて」（『札幌の歴史』平成八年二月）、25頁。
（7）巌谷大四『瓦板・戦後文壇史』（時事通信社、昭和五十五年五月）、33頁。
（8）平澤秀和「疎開出版社と〝札幌版〟（承前）」（『譚』平成十二（二〇〇〇）年九月）、12頁。
（9）北海道出版文化祭については、出村文理「覚書・昭和22年開催の北海道出版文化祭——戦後占領期・北海道出版ブーム下の読書週間——」（『北海道大学大学文書館年報』平成十八年二月）が詳しい。
（10）平澤前掲、9頁。
（11）出村前掲「戦後占領期・札幌市の出版ブームについて」、32頁。

8　谷崎本唯一の謄写版刷本

まずは私的回想から始めたい。平成十五年七月二十五日、建替中だった現東京古書会館が落成し、工事中の代替古書展会場であった日本教育会館から移って最初の古書展であった和洋会古書展が催されたときのことである。会場に到着早々注文結果を確認すると、小島書店へ目録注文していた谷崎潤一郎の梅田書房版『月と狂言師』（昭和二十四年七月、限定三百部）の抽選は当たっていた。当時の古書相場は三万円前後と把握していたが、その半額で目録に出たのである。そうはいっても貧乏書生にとっては大金。どうしたものかと逡巡したが、いま逃せばこういう値段では出ないのではないかと、勢いで注文したのであった。

帳場で出された本は元セロもついた極美本。といってもカバーは紺色無地の和紙である。中身を確認すると、扉には印があり、遊び紙には旧蔵者らしき署名がある。古書界では、一般的に旧蔵者の蔵書印や書き込みは、それが著名人でもない限りダメージ扱いとなる。相場の半額ではあるし、そこで何かおかしいと気がつくべきであったかもしれないが、もう致し方ないと、無知なわたしは多少残念がりながらも、嬉しいことには変わりなかった。いまではこの本もちらほら見かけ古書価も落ち着いたようだが、当時はあまり見ない本であったのだ。帰宅してから改めて本を取り出し、印をよく見てみる。明らかに谷崎のものではない。署名の方はというと花押があり、随分と古めかしい。名前は、茂山……と読める。これはまさかもしかしてと、このときになってようやく気づくのであった。署名は、「茂山千作／八寿六翁（花押）」と読める。「月と狂言師」のなかに出てくる狂言師その人である。

兵庫県武庫郡魚崎の家を空襲で焼かれた谷崎は、戦後、焼かれていない土地をと京都へ移住。南禅寺下河原町に居を構えた。昭和二十三年、地唄好きと茂山千五郎贔屓の趣味が通じ親しくしていた近所の「山内さん」に、月見にお呼ばれした谷崎夫妻が、茂山千作、千五郎親子の狂言を間近に見ながら月見を楽しむ……という随筆のような小説が「月と狂言師」である。大蔵流の狂言師・茂山千作は、数年前に四世が亡くなったが、「月と狂言師」には襲名したばかりの二世千作が出てくる。つまり、描かれた人物その人の署名と花押なのであった。本書奥付には「昭和二十四年七月二十八日完成発行」とある。二世千作は翌年二月五日に八十七歳で逝去しているので、刊行直後に署名されたものであろう。

二世千作と共に「月と狂言師」に描かれている二世茂山千之丞は、後年次のような回想を記している。

その頃、南禅寺金地院の隣に、父から一家中で狂言の稽古をうけていられる方がありました。その方の数寄をこらした庭園をバックに、谷崎さん御夫妻を招いて小さな狂言の会をやり、そのあと、月見の宴が開かれました。その狂言会に出演した私どもは、主賓の谷崎さんそっちのけのどんちゃん騒ぎをやらかしてしまったのです。（中略）

先生夫妻とのおつきあいは父が狂言謡の稽古に伺いはじめてからでした。近所づきあいをされていた奥村富久子さんという人からの家の古い弟子の武藤達三を通じて依頼があったのです。松子夫人は以前から父のファンだったとかで大層喜ばれました。(1)

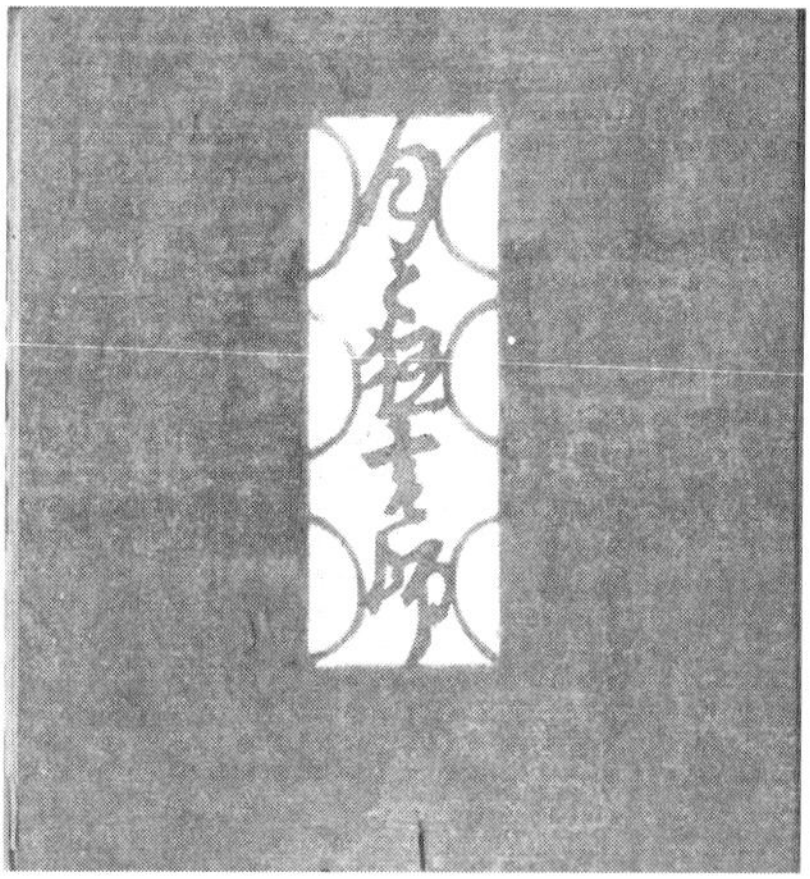

梅田書房版『月と狂言師』表紙

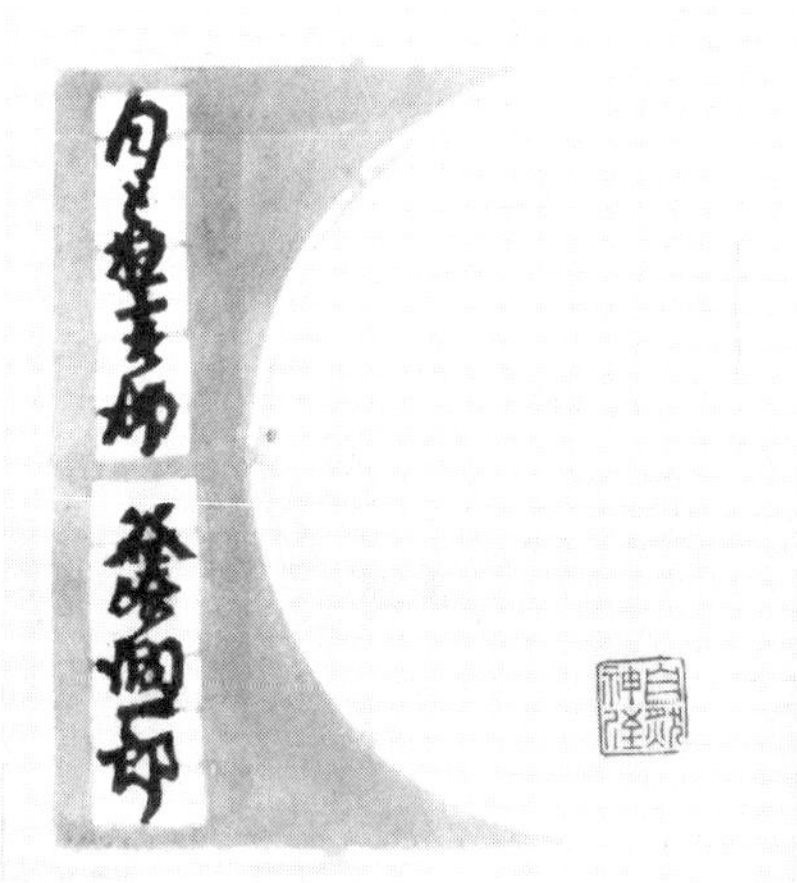

梅田書房版『月と狂言師』扉

一方、扉の印はといえば、学のない悲しさ、パッと見て篆書体が読めない。旧蔵者のものでなければあるいは右の内の誰かの雅号か何かと思っていた。そもそも本書は、表紙や見返しは木版刷ではなく柳宗悦に師事し民芸創作で知られる三代澤本壽による染紙を用いている。おそらく染紙を用いた本は谷崎本で本書が唯一であろう。唯一といえば、本文もまた謄写版刷である。加えて、筆耕担当の山内斧生が、袋綴じで山折りにした本文耳付和紙の裏から手彩色を加えた十点の挿絵を描いている。染紙、謄写版、手彩色と、まさに一冊全体が精巧な民芸品のような趣味豊かな造本で、パッと見は終戦後の粗末な小冊子に見えるが、このような仕立てに活版印刷ではなく謄写版刷であることが却って現在からすると手作り的な贅沢さを際立たせており、まことに職

茂山千作署名花押「茂山千作八寿六翁」と読める。

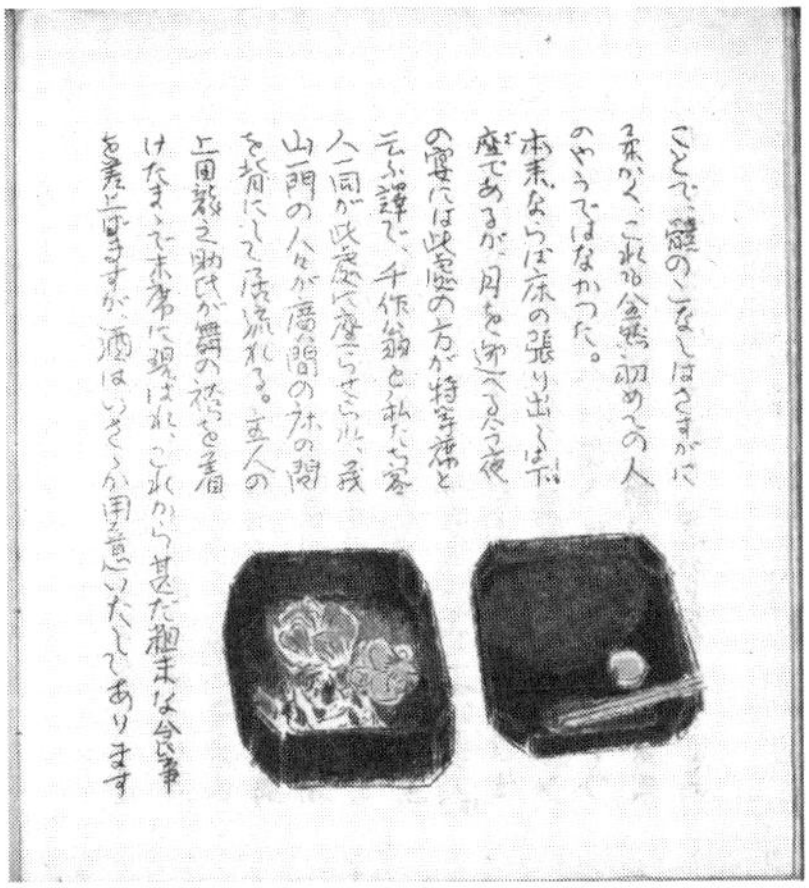
ことで、饗應のもてなしはさすがに
来かく、これは今晩初めての人
のやうではなかつた。
本来ならば床の張り出した
座であるが、月を迎へる今夜
の宴には此處の方が特等席と
云ふ譯で、千作翁と私たち客
人一同が此處に座らされ、我
山門の人々が廣間の床の間
を背にして居流れる。主人の
上田敬之助氏が舞の袴を着
けたまゝで末席に現はれ、これから甚だ粗末な食事
を差上げますが、酒はいくらか用意いたしてあります

梅田書房版『月と狂言師』本文と挿絵(手彩色)

人的業の映えた一本であるといってよい。また、本書は正に手作り本ならではの特色ともいうべきか、濃紺カバーに表紙薄灰色で金題字のものと、茶色カバーに表紙薄茶色で黒題字のものと二種があることも記しておく。

本書はこのように特徴ある本として知られてはいるが、しかしまた謎も少なくない。だいたい売価は幾らでどのように頒布されたのか。本作を収録した決定版全集第二十巻の解題を見ると「定価は未詳」(2)とある。紅野敏郎「志賀直哉宛署名本」でも本書の志賀宛本を取り上げているが「定価は不詳」(3)。それではと、『谷崎潤一郎先生著書総目録』を繰ってみても「定価不詳」(4)。記述がそのまま引き継がれているが、研究上おそらく誰も気にも留めることがなかったのであろう。

それではと、調査にとりかかった。『総目録』には、山内金三郎が昭和四十年の『これくしよん』二十六号に発行経緯を書いているというので、まずは『これくしよん』を探して取り寄せ、そこに掲載されている山内金三郎「谷崎さんと「これくしよん」」を読んでみる。『これくしよん』とは、山内の経営していた梅田書房より昭和二十二年から三十一年まで（第一次『これくしよん』）、その後は（第二次として）『総目録』発行元でもあるギャラリー吾八が発行していた雑誌的古書目録とでもいえばよかろうか。各種の書誌やエッセイをも掲載した耳付き和紙刷り（終戦直後はザラ紙？）の、それ自体凝った少部数限定の古書目録である。

山内は大正改元の頃に大阪で画廊・吾八を経営、「東京から大阪に来る若い芸術家の倶楽部のような役目も勤め《ママ》」ていたという。(5)そこに長田幹彦と共に訪ねて来た谷崎と知り合い、以後交流を持つ。明治四十五年四月から五月にかけて発表された京阪旅行エッセイ「朱雀日記」に描かれた頃であろう。

昭和四十二年二月の『これくしよん』山内金三郎追悼号や、山内について語られている「肥田皓三坐談」によれば、山内金三郎（神斧、斧生）は明治十九（一八八六）年八月大阪生まれ、四十二年に梶田半古門下となり東京美術学校を卒業。大阪に戻り、奈良絵や郷土民芸に興味を持ち平野町で趣味の店である吾八を経営、小林古径や里見弴と親交を深くする。「文壇人、特に里見とは親交が深く「吾八ッあん」と呼ばれ、白樺派同人もそう呼んでいました。弴は山内に装丁を多く依頼しています。また大正十一年に絶交していた弴と志賀直哉の仲を取り持った話は文壇史の一風景」であったという。(6)

昭和になってから東京に出て『主婦の友』編集長を勤めた後、小林一三に呼ばれ阪急美術部を任せられ、美術雑誌を刊行。その後、阪急百貨店内で梅田書房、吾八の経営、そしてまたコマ絵の分野でも活躍した。つき合いのあった里見弴『三人の弟子』（春陽堂、大正六年五月）、『毒蕈』（同、大正九年八月）見返し絵や、上山草人『煉獄』（新潮社、大正七（一九一八）年十月）の装幀でも知られている（ちなみに『煉獄』は谷崎潤一郎の序文がある）。

戦後、谷崎に『これくしよん』を送り続けていた山内だが、あるとき、谷崎との雑談中「君、僕のものをこれくしよん風に孔版印刷にして出して見る気はないか、出す気があるなら原稿をあげてもいいよ」といわれ、「そのまゝ半年は経ったろう、突然書留小包で原稿が届いた」という。(7) あるいは、谷崎の『磯田多佳女のこと』（全国書房、昭和二十二年九月）に山内は挿絵を提供しているので、こうしたつき合いが取り結んだ縁があったのかもしれない。「谷崎さんと「これくしよん」」の該当部を引いておこう。

ある日谷崎さんと雑談を交していた時、突然君、僕のものをこれくしよん風に孔版印刷にして出して見る気はないか、出す気があるなら原稿をあげてもいいよと言い出された。このお話何処まで本気なのか、出したいのは山々だが、一般の出版社では、谷崎さんの原稿を得るために、どれほど苦労しているかを知っているので、お話をあわす程度のお返事しか出来ずにお別れした。

その後もお会いしてはいたが、先日の原稿？とこちらから切り出すことも出来ず、そのまゝ半年は経ったろう、突然書留小包で原稿が届いた。それが「月と狂言師」である。恐縮した、あの日の座談は単なる座談ではなかったのである。こうしたことからこれくしょん版「月と狂言師」の発行を見たのであるが、随分めくら蛇におじずの出版であった。

ならば、当時の『これくしょん』を見れば何かわかるに違いない。同誌二十七号（昭和二十四年四月）の「書房通信」欄に次の出版プランとして『月と狂言師』があり、谷崎から話があってすでに原稿をもらった旨が書いてある。(8) 同作初出は『中央公論』昭和二十四年一月号（単行本も昭和二十五（一九五〇）年三月に中央公論社から刊行、こちらは菅楯彦が装幀で、「磯田多佳女のこと」や「疎開日記」なども収録）。初出誌の実際の発売が前年末としても、山内のいう半年は大げさか、同年初春にでも原稿を受け取ったのであろう。

続いて、同誌二十九号（同年六月）には「表紙と見返しは三代沢本壽氏に依頼した、大きさは総て斎藤昌三氏の『交遊録』と同形にし大和綴り、枡形本の形式によりたい」(9) とある。『交遊録』とは前年十二月に刊行された齋藤昌三『少雨荘交游録』のこと。これも耳付き和紙の枡形本で本文は謄写版刷り限定三百部の本。造本としては『少雨荘交游録』を踏襲しているわけである。

同誌三十号（同年七月）には、「谷崎潤一郎氏の『月と狂言師』月末には出来上る筈で予定価一冊三百円でお頒ちする」(10) と出て、次号三十一号（同八月）には「昭和の奈良絵本」と謳った本書完成の報告が掲載される。

●谷崎さんの『月と狂言師』が漸く出来ました。昭和の奈良絵本、筆写本とでも申しますか、山内斧生が筆写し挿絵を加へ、それに手彩色をほどこしました。自分で鉄筆を持つたりするのも、実は如何かと思ひましたが、谷崎さんが、『貴方がやらなければ』と云はれたので、いゝ気になつて筆を執りました。

●出来は兎に角として楽んで筆写し本にした事だけは事実ですから、見て下さる方もいくらか楽んでいただけるやうな気がして居ります。
●表紙と見返しと扉は、信州にゐられた三代沢本壽氏にお願いして染めて頂きました。参百部限定で、うち四十部は献呈に当てられますので、後二百六十部を実費で御同好に取つていただくことにしました。
●谷崎さんの署名をと云ふことでありましたが、目下長篇の執筆に精進して居られますのでそれに代わるものとして巻頭に谷崎さんの愛印『自然神至』を朱肉で押して頂きました、お通りがかりに御覧下さい。(11)

三十一号の裏表紙は本書の広告になっており、「実費三百八十円（送料共）」とあって、広告にも印刷ではなく朱肉で印が捺されている。『これくしよん』自体限定三百部であるからこそできたことだろう。「目下長篇の執筆」とは「細雪」と思われる。山内の文章では谷崎が印を捺したかのようだが、広告にもあるので山内が借り受けて捺したのだろうと推察される。

価格に部数内訳、そして印の謎もこれで一気に解けた。しかしもうひとつ、この本をめぐって実は謎がある。『総目録』や紅野前掲文に出てくる番外本のことである。

『総目録』や山内前掲回想に書影が出ているが、本体は背布装で表紙意匠も異なり、奥付に「本書は発行のお世話になつた方々に御愛読願ふため作成しました表紙装幀に用いた小裂は茂山千作翁着用の由緒あるものを特に乞ふて御割愛いたゞいたものであります」と記した紙片が貼付されているという。橘は「数十部発行されている由(12)」と書いているが、これが先に出て来た献呈四十部ということなのか、はたまた三百部とは別に誂えたものなのか。

紅野の紹介する志賀宛献呈本は奥付の部数の箇所に番外と記されたものだという。献呈四十部というのが番外本なのではないかというような推理を招くところもあるけれども、番外本であることを考えれば、前述の献呈四十部を含んだ三百部以外に番外本が作られたと考えるのが自然だろうか。小裂といっても四十部分となれば着物一着分ではとても済まなさそうでもあり、「数十部」というのも多くて二十部前後ではないかと思われる。

しかし一般向けの流布本は中央公論社という大手から刊行し、しかも自分の提案で別にこうしたきわめて趣味的な形で自作を刊行するというところがいかにも谷崎らしいといえる。先の引用にもあるように、山内に筆耕を「貴方がやらなければ」と持ちかけるところなどは、本文は提供するが、あとはその本文に対していかような印刷、造本で応えて料理してくれるのかと刊行者へ敢えて挑むような姿勢もうかがわれ、本を造るという

『これくしよん』31号裏表紙　印は実物が捺してある。

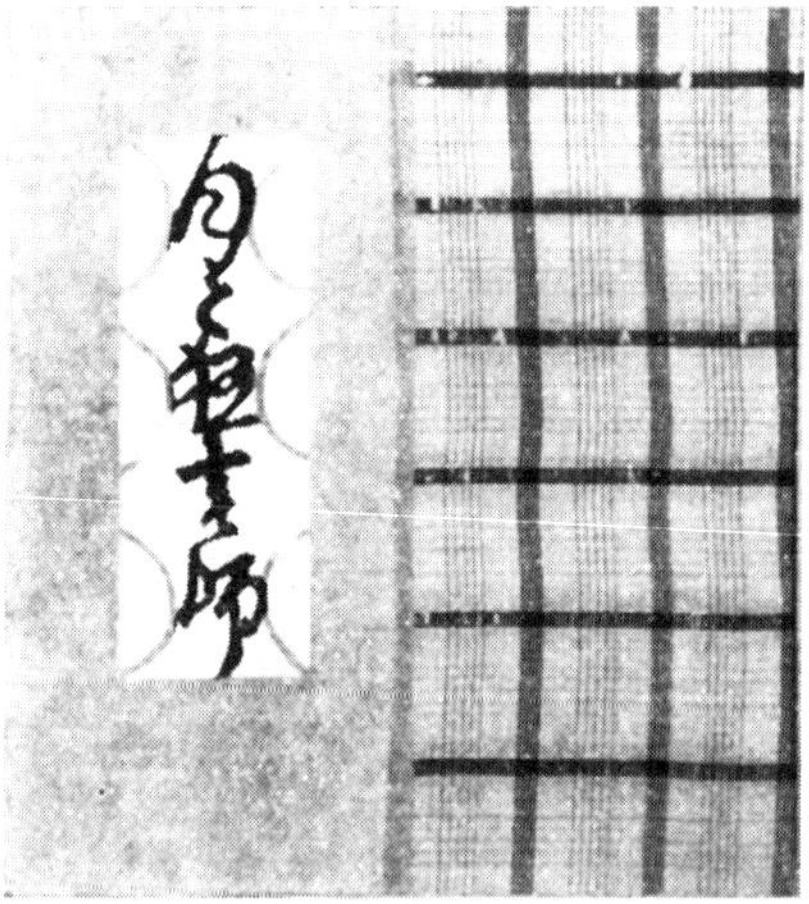

梅田書房版『月と狂言師』番外本表紙　橘編『総目録』3巻より。

ことの見事なセッションがあったといえるだろう。
さもあらばあれ、番外本はいまだ実見叶わないが、往時の目録注文品である『月と狂言師』はいま思えば残念どころか喜ぶべき掘り出しものだったのだ。

◉註

（1）茂山千之丞『狂言役者――ひねくれ半代記』（岩波新書、昭和六十二（一九八七）年十二月）、56～57頁。同書によれば、その後の昭和二十七年、二世千作の還暦記念に「ささめ雪」という狂言小唄の歌詞を谷崎に作詞してもらい、プログラムに発表したようである。
（2）西野厚志「解題」（『谷崎潤一郎全集』二十巻、中央公論新社、平成二十七年七月）、619頁。
（3）紅野敏郎「志賀直哉宛署名本24――谷崎潤一郎の『初昔 きのうけふ』『月と狂言師』『過酸化マンガン水の夢』など」（『日本古書通信』平成十二年十二月）、14頁。
（4）橘弘一郎編『谷崎潤一郎先生著書総目録』三巻（ギャラリー吾八、昭和四十一年一月）、142頁。
（5）山内金三郎「谷崎さんと「これくしよん」」（『これくしよん』昭和四十年十月）、頁数刻印なし。
（6）肥田皓三「肥田皓三坐談」（『藝能懇話』平成二十一年十一月）、62頁。
（7）山内前掲。
（8）「書房通信」（『これくしよん』昭和二十四年四月）、12頁。
（9）「書房通信」（『これくしよん』昭和二十四年六月）、12頁。
（10）「書房通信」（『これくしよん』昭和二十四年七月）、13頁。
（11）「書房通信」（『これくしよん』昭和二十四年八月）、13頁。
（12）橘前掲、「巻末」の35頁。

9　全国書房の和紙限定本

古書市場でも、谷崎の戦後の本はあまり人気があるとはいえず、とりわけ戦後五年くらいの戦前作品再刊本はいままで言及されることすら少なかったといっていい。これは書物全般にいえることだが、終戦から数年間の本は紙質も装幀も粗末なものが多い。戦争による物資不足、出版社や製本所、印刷所の罹災などを考えれば当然である。太宰治など戦中戦後に活躍していた作家や三島由紀夫の初期の本などを特例として、古書コレクターの間では、仙花紙本、とりわけ再刊本は、材質も粗末で書物の物質魅力に欠けるのである。

ただし、そんな状況にあっても贅沢な本が出されていたのも確かである。戦後の経済状況は、昭和二十一年の新円切替の後もインフレ状況は改善せず、たとえば昭和二十二年には「インフレ高進により、安価な粗悪本が出回る一方では、数千円の豪華本が企画されるという出版価格面でも乱世の傾向が続い」ていた(1)。谷崎本でいえば、創元社から昭和二十三年三月に出た『都わすれの記』などは、帙も表紙も本文もすべて和田三造の総木版刷によるもので、さながらひとつの工芸品のようでもある豪華本である(2)。定価は千円。大卒銀行員初任給が五百円の時代である。

もちろん、だからといって金をかけた書物だけが贅沢な本というわけではない。粗末な材質であろうがなかろうが、限られた材料を用いながら細部へのこだわりとその内容とマッチした書物のたたずまいといった書物の全体にこそ書物本来の贅沢さを見るべきとするなら、物資不足とインフレ、バカ売れと返品ラッシュという右往左往する出版状況のなかで、ゆうゆうと贅沢な谷崎本を送り続けていた出版社として全国書房を挙げたい。

全国書房は、「大阪で文芸出版を始めた出版社で、経営者が岡本ノートの責任者だった田中秀吉で、和歌山県出身の池田小菊を相談役として」、文芸、歴史、哲学ほか「約二八〇冊の本を出版している」[3]。出版物は「昭和十六年から四十七年までの刊行物が確認できるようだが、とくに活発だったのは昭和二十一年から二十四年までの四年間」[4]で、また織田作之助らの『大阪文学』を引き継ぐ形となった『新文学』や、志賀直哉ゆかりの人々が中心となった『天平』といった雑誌も発行。文学作品では、池田小菊、網野菊、中里恒子ほかの女流作家叢書、吉川英治、志賀直哉、広津和郎、瀧井孝作や谷崎らの作品を刊行している。『天平』掲載の上司海雲「志賀直哉《しがさん》氏とともにした私の訪京日記」の一節に、「有り余る紙と金から出版を思ひついた岡本ノートの田中秀吉さんが、フト昔読んだ「かへる日」の著者を想ひ出して池田さんに相談と助力とを持ち込んできたのがきつかけで、池田さんが顧問格になり、女流作家叢書が出る、広津さんのものが出るといつたわけでだんだんよいものが出はじめて、今日の全国書房になつたらしいのです」[5]とある。

元は大阪を本拠地としていたが、昭和二十一年には京都へ住所を移し、以後、混乱極める出版界にあって、戦後数年の間、全国書房は凝った書物を次々と刊行していくのだが、いままで雑誌『新文学』や女流文学叢書といった観点から全国書房が取り上げられたり、田中秀吉家の調査なども行われたようだが[6]、一大特徴であるところの装幀や造本といった面からはほとんど取り上げられてこなかったのは、やはり終戦後の粗末な本を出していた出版社というイメージがあったからだろうか。

それはさておき、まずは全国書房の谷崎本ラインナップを記しておきたい。

『鮫人』昭和二十一年十一月廿五日発行

『聞書抄』昭和二十一年十二月廿五日発行

『私』昭和廿二年三月廿五日発行

『刺青』昭和二十二年六月廿日発行
『お艶殺し』昭和二十二年六月廿日発行
『二月堂の夕』昭和二十二年六月廿五日発行
『磯田多佳女のこと』昭和二十二年九月十五日発行
『アヹ・マリア』昭和廿二年十月二十五日発行

と、昭和二十一年十一月から約一年間のあいだに八冊を刊行している（数字表記は奥付のママ）。小磯良平装幀の『鮫人』、荒井龍男装幀の『聞書抄』、東郷青児装幀の『アヹ・マリア』と、それぞれシンプルながら仙花紙本の氾濫した状況にあって節度のある書物である。ただし今回見ていきたいのはそれ以外の五冊で、それというのも五冊共に本文用紙に和紙を用いているからである。それぞれ凝ったものだが、メインに取り上げたいのは、この短篇集『私』の別版、『谷崎潤一郎先生著書総目録』に未掲載の印刷署名入り限定版である。

昭和二十二年三月廿五日発行の短篇集『私』は、古書市場でも比較的よく見かける本なのだが、「限定版」の記載はどこにもない。ただしこの『私』には「昭和二十二年五月廿五日発行」という日付を持つ異版があり、扉の前に「短篇集　私／限定版　壱千部」と印刷された薄紙に谷崎の毛筆署名の印刷と潺湲亭の落款が捺されているものがある。全く同じ本で、異なるのは扉の前の印刷署名頁、奥付の発行日、定価くらいである。しかしこれは、よくあるように、どうも通常の版とその特装版として限定版を作成した、というものではないようなのである。それを説明するには、まずは全国書房による毛筆署名印刷本を紹介しなければならない。

全国書房は、昭和二十二年あたりを中心に、耳付き和紙を贅沢に用いた本を何冊か刊行している。特に志賀直哉の本にそれはあらわれており、たとえば昭和二十二年七月と同じ年月に刊行された志賀直哉『蝕まれた友情』や瀧井孝作『志賀直哉対談日誌』はその代表的なものである。『蝕まれた友情』は本文耳付き和紙、表紙は草木染めという装幀。Ａ５変形の枡形に近い『志賀直哉対談日誌』の本文も耳付き和紙でフランス装、両者ともにまことに和紙の風合いをよく活かした造本となっている。後者の奥付には二千五百部とあるが、用紙払底でどの版元も右往左往していたこの時期に、当時であってもお金のかかりそうなこの用紙をどのように確保したのだろうか。

先に掲げた谷崎の『お艶殺し』『二月堂の夕』の二冊も、同じく本文に耳付き和紙を使用。『刺青』や『磯田多佳女のこと』は化粧裁ちしてあるが和紙の袋綴じという造本となっている。表紙や函もすべて種類の異なる和紙を用いており、素材の持ち味を存分に活かそうというつくりとなっている。『刺青』『お艶殺し』はＡ５判、角背上製、貼函入、題字は谷崎の筆で、『二月堂の夕』も角背上製、こちらは函ではなく帙入。おそらく戦前の署名入限定本を意識した意匠であろうけれども、『刺青』『お艶殺し』『二月堂の夕』の三冊すべて、扉の前に先述したような限定版〇〇と記載し谷崎の毛筆署名の印刷と潺湲亭の落款が捺されている頁がある。

しかしその揮毫はすべて同じものが印刷されている。『総目録』で橘弘一郎は「印は潺湲亭であるがこれも朱肉押印ではなく印刷(7)」と記しているが、わたしが見たところ落款は印刷ではなくどれも朱肉で押印してあるようだ。いずれにせよ、著者の署名落款を印刷であったとしても挿入してあるというのは、現在からすれば印刷は惜しいところではあるが、この時代状況を考えれば精一杯の工夫であったといえる。奥付では『刺青』『お艶殺し』は昭和二十二年六月二十日発行、『二月堂の夕』は同二十五日発行でほとんど踵を接しており、この三冊はほぼ同時刊行のようなものである。

そうであってみると、『私』が二種あることに関して、次のような推測が成り立つ。昭和二十二年三月、和紙を用いた装幀で『私』を刊行した後、全国書房はさらに凝った装幀造本の刊行を予定、印刷署名を入れる本

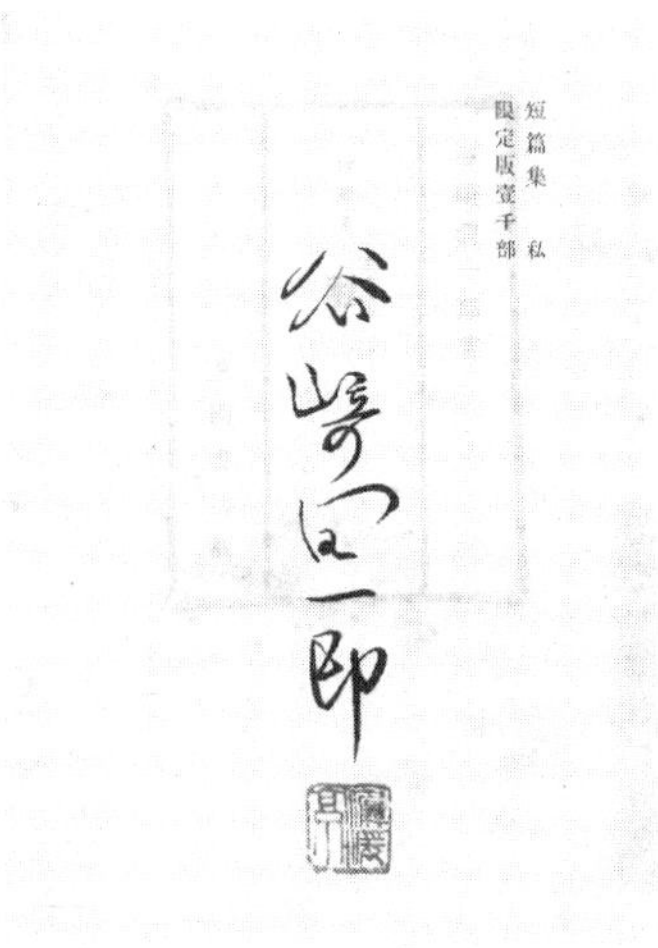

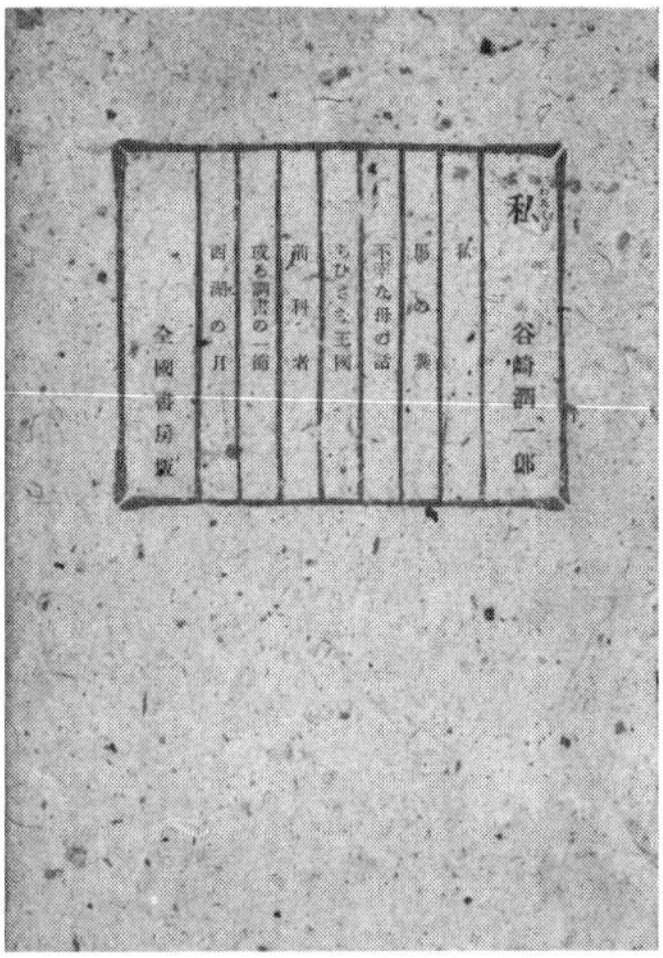

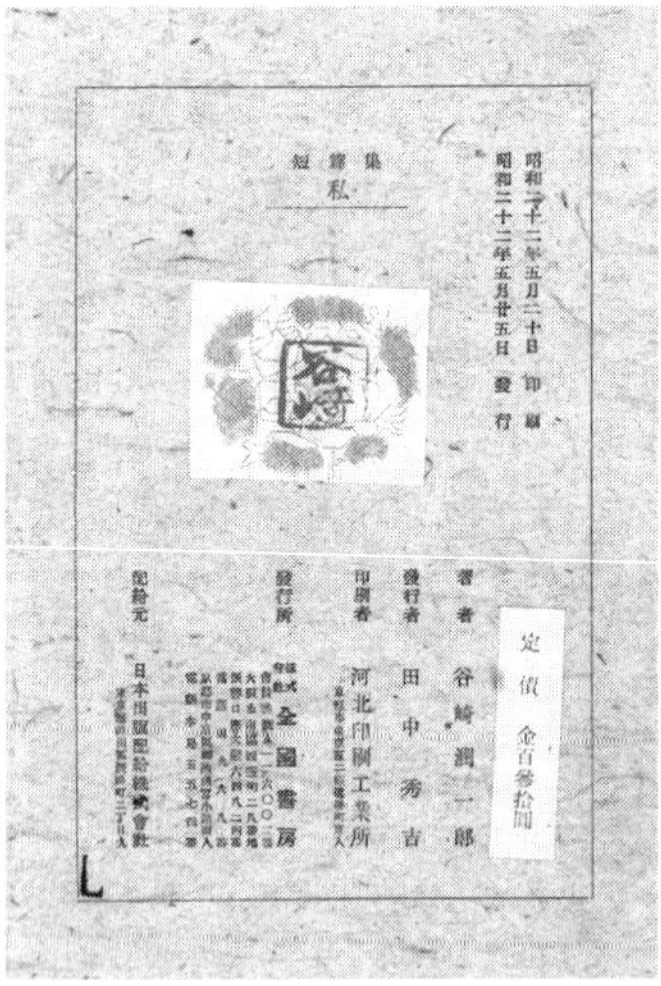

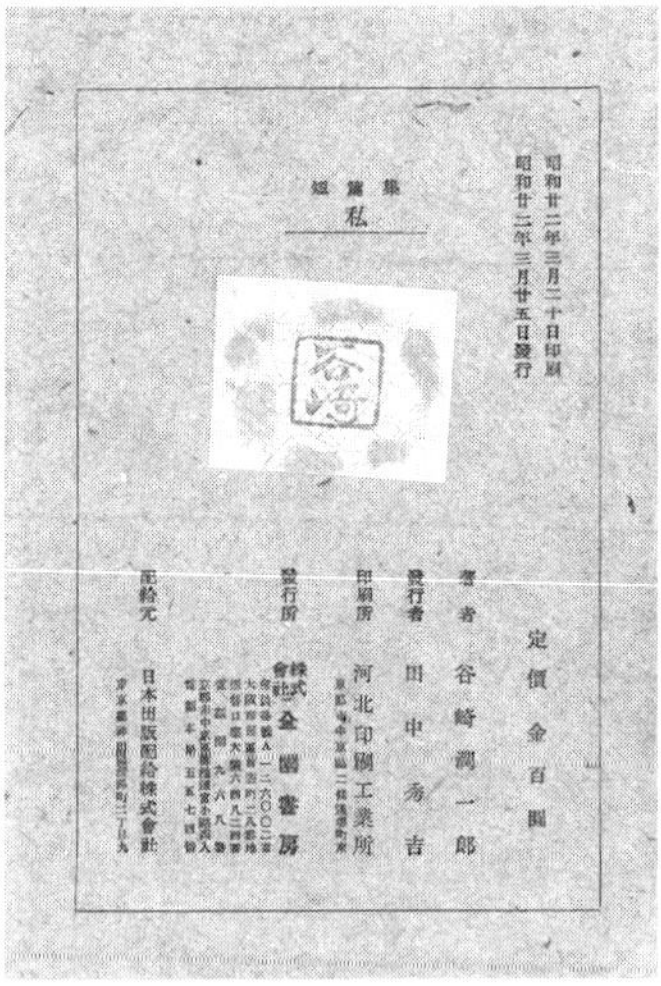

『私』5月初版の印刷署名頁、奥付

『私』3月初版函、奥付

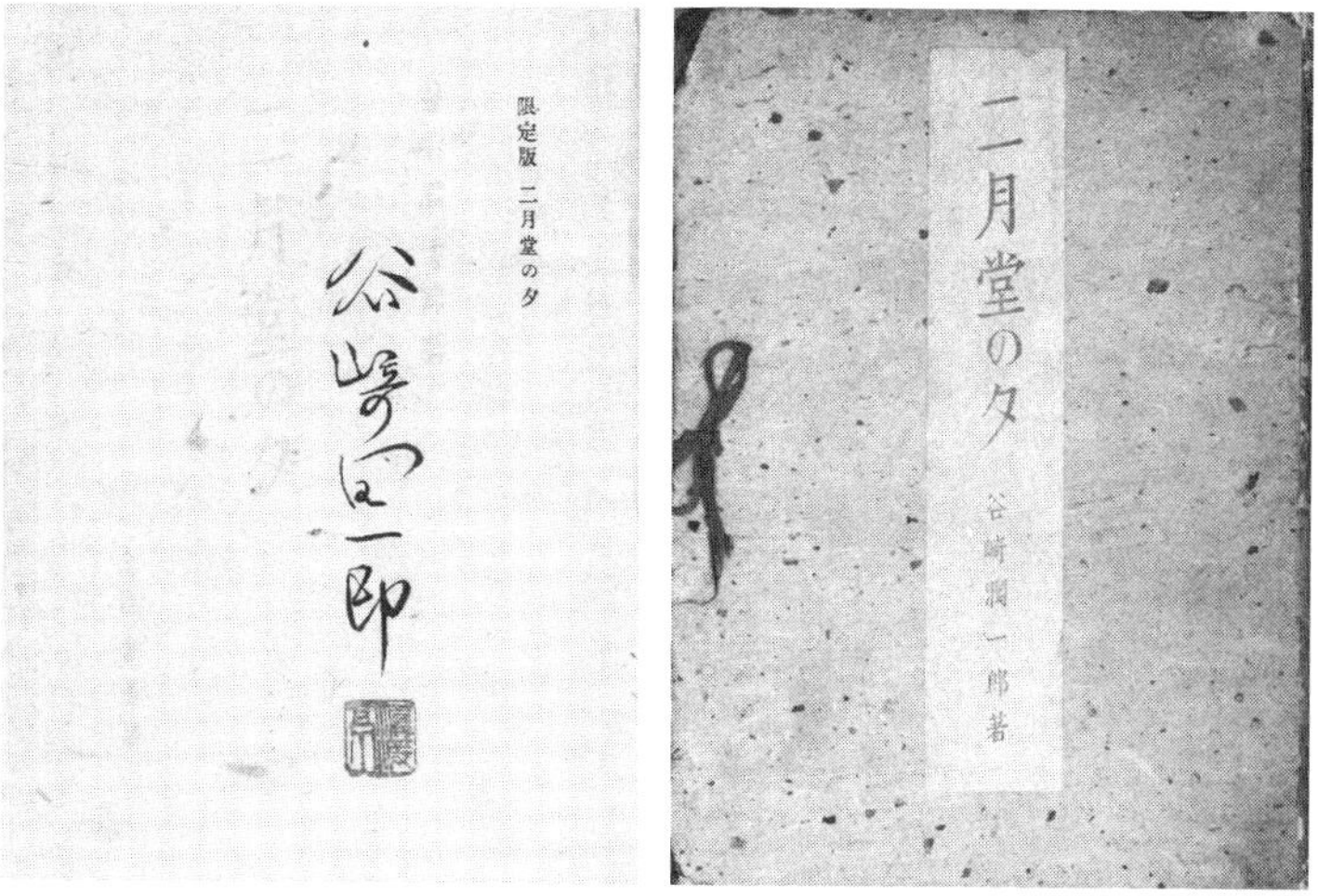

『二月堂の夕』帙、印刷署名頁

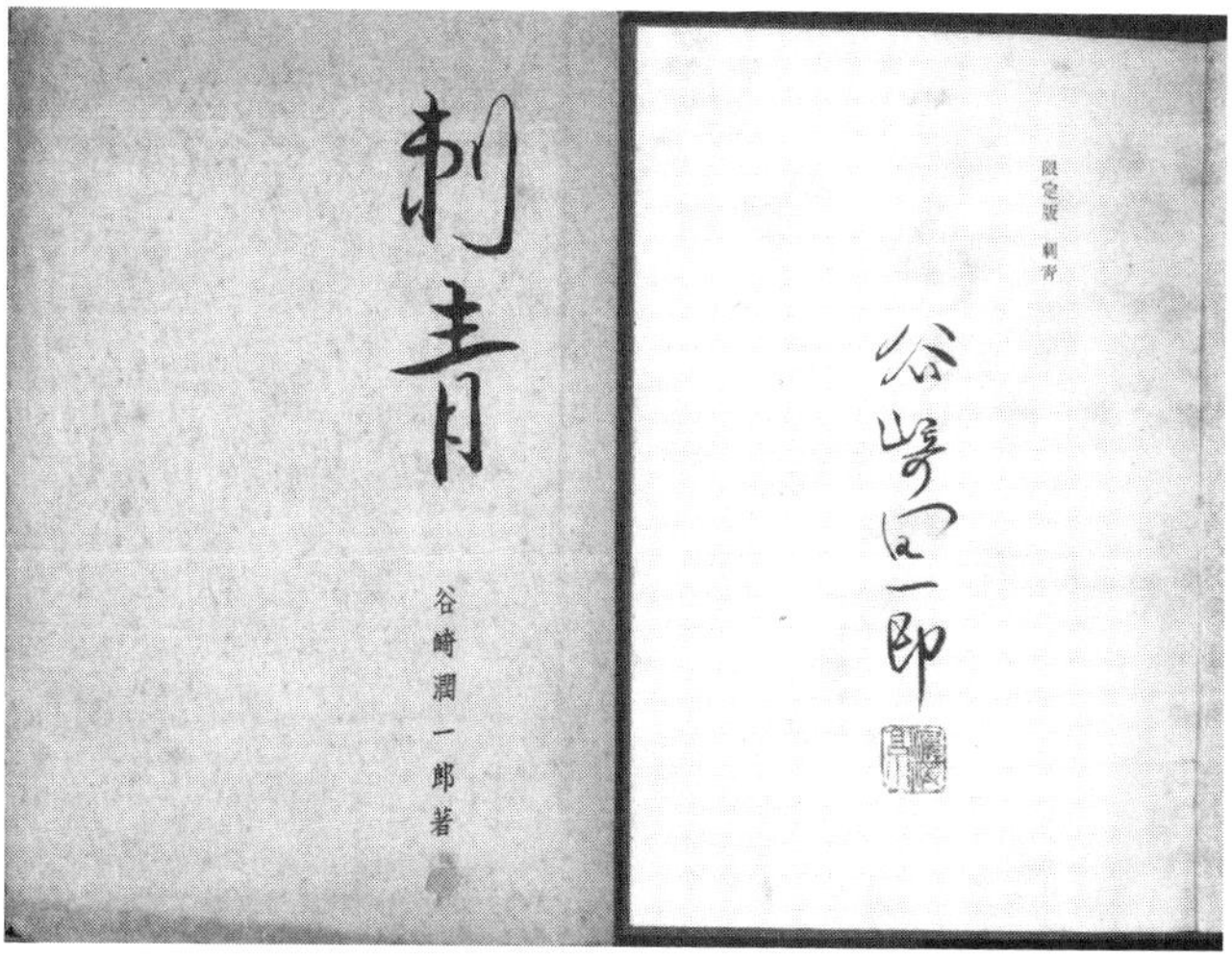

『刺青』函、印刷署名頁

のプランを立てたが、まずは『私』の在庫分（あるいは新たに刷ったものか）に印刷署名を入れて改めて五月に刊行。いわば印刷署名入り限定版シリーズとしてその後に三冊が一気に刊行されたのではないか、というものである。通常よくある普及版と特装版といったものではないと先述したのは、こうした推測があったためである。

昭和二十二年二月の『新文学』には、谷崎本の既刊『鮫人』『聞書抄』のほかに、近刊として短篇集『私』の広告が掲載されている。「谷崎文学の珠玉を蒐めた短篇集」として収録短篇が列記されているというものだ。定価は未定となっているのだが、この後、通常版の『私』が定価百円で刊行される。これが同年五月の『新文学』掲載の広告となると、『私』の紹介文が、「これは特に著者が会心の作を自選したものである。本文に和紙を使用、箱入りで、装幀にもまた充分に意が用ひられてゐる」といったように、内容というよりもその装幀について訴えかけるようなものへと変化しており、定価も百五十円となっている。限定版は新たに印刷署名頁を挿入したわけで、その分広告で本の造りを押し出そうとしたのであれば、つまり五月の広告は限定版のものと

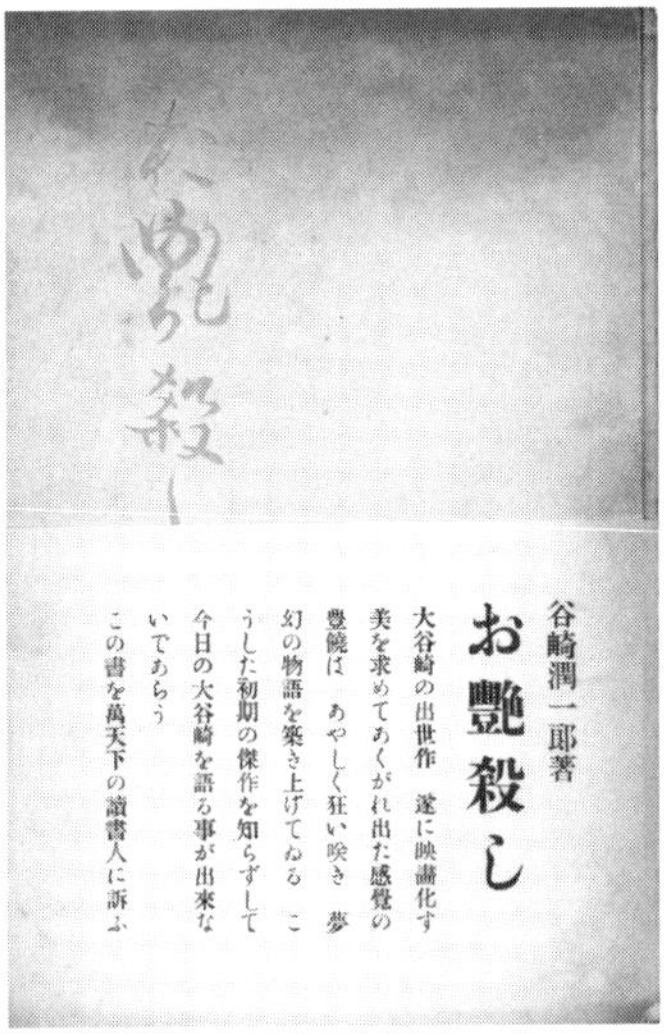

『お艶殺し』帯　本来外装は函だが、帯文から昭和26年2月封切の映画「お艶殺し」に併せた再出荷分と思われる。

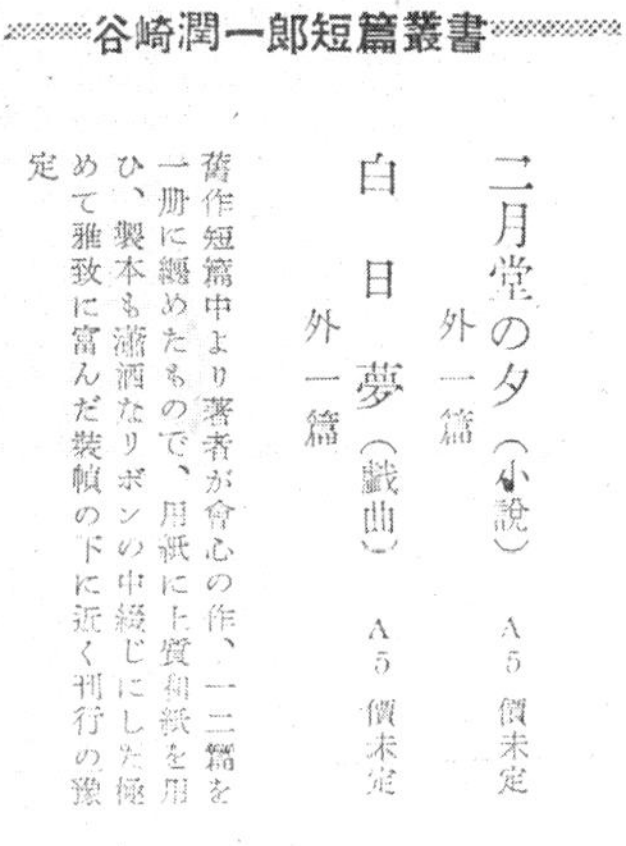

「谷崎潤一郎短篇叢書」広告（『新文学』昭和22年2月）

考えられよう。通常版と限定版の定価の違いは、超インフレ状況下での変化ともいえなくもないが、所持している限定版二冊のいずれも奥付の価格表記は上から訂正紙を貼付したもので百三十円となっている。広告と価格が異なるのは、物価上昇の予想が外れたからか。

先に見たように、限定版『私』の刊行に続き全国書房はいわば印刷署名シリーズ三冊を刊行しているが、限定何部かは『私』以外記されていない。限定版といっても、同じく各千部として、『私』のみ三月初版の在庫を流用したのでなければ通常版と合わせて二千部といったところだろうか。

また『新文学』二月号には別に谷崎潤一郎短篇叢書と銘打った広告があり、『二月堂の夕』のほかに『白日夢』が掲げられ、「旧作短篇中より著者が会心の作、一二篇を一冊に纏めたもので、用紙に上質和紙を用ひ、製本も瀟洒なリボンの中綴じにした極めて雅致に富んだ装幀の下に近く刊行の予定」とある。結局『白日夢』は『刺青』『お艶殺し』に変更になった。ただしこの時点では印刷署名については言及されていないので、やはりそれは通常版『私』刊行以後のアイデアだったのであろう。

それからまた、『私』から『刺青』『お艶殺し』『二月堂の夕』と、これらには装幀者名は記載されていない。一体誰が装幀したのかというのも謎である。『刺青』『お艶殺し』の題字を谷崎が書いていることから、おそらくは担当編集者が谷崎の意向を汲んでこうした装幀になったものではあろうかとも思われるが、ハッキリした谷崎の意見があったのであれば、「著者意向の装幀本」云々と広告に使わない手はない。手持ちの和紙を最大限に活かす形で、谷崎の意見を聞きながら担当編集者、あるいは田中秀吉が工夫した結果であろうか。

こうして印刷署名シリーズともいうべき本が四冊刊行されたわけだが、といって、同じものばかりの繰り返しというのも芸がない。昭和二十二年九月十五日発行の『磯田多佳女のこと』になると、また違う意味での凝った造本となる。こちらは磯田又一郎が装幀、題箋を担当。本文中には本書のために書き下ろされた吉井勇の色紙が写真版で掲げられているほか、磯田多佳女にまつわる書画や山内金三郎（第八章「谷崎本唯一の謄写版刷本」参照）による多佳女の部屋の淡彩画など（磯田又一郎による本文中の挿絵は一部二色刷、口絵として別刷貼付されている絵はアート紙に多色刷）、合計十一の図画写真が挿入されている。もともと「磯田多佳女のこと」は『新生』（昭和二十一年八〜九月）に発表されたものだが、この本によって完全版を期すといったような体裁となっている。

その後、全国書房の谷崎本は昭和二十二年十月の『アヱ・マリア』が最後となる。この頃になると、いわゆる大手の中央公論社のほかに、生活社、臼井書房、雪月花書房、清流社、愛翠書房といったような版元からも旧作が続々と再刊されているが、昭和二十五年あたりからはメジャーどころの出版社からのものが多くなっていき、終戦後の出版ラッシュも落ち着きを取り戻していく。相次ぐ旧作の再刊は、この時代でも贅沢嗜好の谷崎の生活費のためだったかもしれない。

ところで、全国書房はどうして凝った和紙の本を次々と刊行していたのか。先の上司は「有り余る紙と金から出版を思ひついた岡本ノートの田中秀吉」と述べていた。また「岡本ノートとの関連性が深く、配給紙以外にも、紙を多く保有していた(8)」ともいわれている。幾つかある全国書房にまつわる先行研究でなぜか言及されていないものに、矢部良策の伝記がある。その昭和十六年三月頃の記述に、「大阪の岡本ノートが出版もやりたいと、社員の今井龍雄に調べさせた。今井は創元社の『春琴抄』漆本を見て驚嘆し、こんなすごい本をつくった良策にひそかにあこがれる。だが、とても文芸出版は無理と考えた。で、絵本を出しはじめる(9)」という箇所がある。昭和二十一年三月の記述には、日本出版協会大阪支部副支部長として、岡本ノート出版部などいくつかの版元が統合して絵本出版を手がける昭和出版の社長・岡本美雄が出てくる。昭和出版は同年五月、ひかりのくにと社名変更するが、この岡本が岡本ノートの経営者であったのか。昭和十六年十二月の記述には、「大阪の全国書房がこの十二月に池田小春の『来年の春』を出した。岡本ノートにいた田中秀吉がはじめた出版社である。文芸物をやりたいと、良策を訪ねて来た。「大阪で自分に続くものが出た」と良策は喜び、いろいろと教えた」[10]ともある。

つまり、もともと文芸出版に興味を持った岡本ノートが、創元社に接近するも文芸書は諦め、絵本の道に進み、昭和十九（一九四四）年の会社統合で昭和出版へ、そして戦後ひかりのくにへとなっていく傍ら、文芸出版を志した岡本ノートの田中秀吉は独立して全国書房を立ち上げ[11]、戦争中に創元社社長の矢部から文芸出版のあれこれについて教えを請うていたというわけである。あるいは矢部を通して戦時中すでに谷崎と面識があったかもしれず、創元社刊行の谷崎本の装幀造本を目の当たりにして、書物趣味を養ったということもあったかもしれない。先行文献でいわれるように、田中は岡本ノートに在籍したことによって豊富な紙材を持っていたともいわれるが、資力か用紙確保のコネクションがあったのか、なぜこの時期のみ手漉き和紙をふんだんに用いることができたのかは杳としてわからない。たしかに和紙は洋紙とは異なり統制外のためにこの時代自由に取引できたのだが[12]、大阪にあった全国書房が戦後移転した京都は、昭和十一年に新村出や寿岳文章らによって「和紙研究会」が発足した土地でもあり、黒谷和紙の産地としても有名である。終戦後の一時期は手漉き和紙の供給も活発だったようであり[13]、あるいは制限のある製紙工場からの用紙よりも個人的コネクションでの手漉き和紙の方が入手が容易かったのかもしれない。

終戦後の物資も技術も困難ななかで、むしろその困難を逆手に取ったようなところで、全国書房はシンプルに和紙という素材の風合いを活かした趣味豊かな装幀造本の書物を生み出していった。同じように終戦後の物資難のなかで美的造本を心がけた版元としては、野田書房に影響を受けた細川叢書[14]を発刊していた細川書店の方が全国書房よりも知られているだろうが、全国書房の田中秀吉も印刷、造本、装幀についてはそれなりの見識を持っていたと思われる。谷崎の和紙本五冊に関していえば、革やクロスといった素材を用いず敢えてシンプルな和紙づくしにしたことが、却って本造りの精神を色褪せさせない存在感を生み出していまに伝えているといっていいだろう。いまその本を手にすると、七十余年を閲したいまでも、そもそも贅沢な本とは何ぞやと問いかけてくるような気にさせられる。

◉註

（1）荘司徳太郎・清水文吉編著『資料年表日配時代史』（出版ニュース社、昭和五十五年十月）、70頁。

（2）『都わすれの記』と和田三造のかかわりについては、品川清臣「『都忘れの記』不忘抄」（品川清臣編『鼎談餐』柏書房、昭和五十八年八月）に詳しい。

（3）増田周子「『新文学』（全国書房）の大阪出版時代研究」（『日本近代文学』平成十七年十月）、171～172頁。

（4）林哲夫編『書影でたどる関西の出版１００明治・大正・昭和の珍本稀書』（創元社、平成二十二（二〇一〇）年十月）、241頁。

（5）上司海雲「志賀《しが》直哉氏《さん》とともにした私の訪京日記」（『天平』昭和二十二年三月）、94頁。

（6）日高佳紀（代表）による科学研究費助成事業「全国書房ネットワークの総合的研究」（平成二十五～二十九年）においておこなわれた。

（7）橘弘一郎編『谷崎潤一郎先生著書総目録』第三巻（ギャラリー吾八、昭和四十一年一月）、126頁。

（8）増田前掲、173頁。

（9）大谷晃一『ある出版人の肖像――矢部良策と創元社』（創元社、昭和六十三年十二月）、153～154頁。

（10）同右、159頁。

（11）吉川仁子「池田小菊と全国書房版女流作家叢書」（『叙説』平成二十五年三月）によると、昭和十六年の事業をまとめた『書籍年鑑（昭和十七年版）』（協同出版、昭和十七年八月）に、全国書房の住所として「大阪市南区西賑町一九岡本ノート株式会社内」となっていると記している（233頁）。

（12）戦後の洋紙払底の際に仙花紙が多く用いられたことは、たとえば鈴木敏夫『出版 好不況下 興亡の一世紀』（出版ニュース社、昭和四十五年七月）では、「パルプがないために故紙を主原料とした、粗悪な機械抄きの和紙ですが、和紙は統制外のため自由に取引ができ、出版社は争ってこの仙花紙にとびつきます」（274頁）と説明されている。

（13）　久米康生『和紙文化誌』（毎日コミュニケーションズ、平成二（一九九〇）年十月）によれば、終戦後、仙花紙と共に手漉き和紙も「羽が生えて飛ぶ」といわれるほどの売れ行きを示した」が、「社会情勢が安定すると、整備統合されていた機械ずき和紙が息を吹きかえし、洋紙の生産も復興して、手漉き和紙の販路狭くなって」（220頁）いったという。

（14）　曽根博義『岡本芳雄』（エディトリアルデザイン研究所、平成九年十二月）によれば、細川書店の雲井貞長が「野田書房のファンで、「細川叢書」は彼の発案になるものだったらしい」（36頁）とある。

10『鍵』イメージの流転

谷崎潤一郎の『鍵』（中央公論社、昭和三十一年十二月）というと、すぐに棟方志功のイメージが浮かぶ。あの極めて特徴的な挿絵、函には楮を用い、それらに彩られた菊版角背上製本の表紙は手漉きの鳥の子紙を使用、見返しや扉の強烈な色彩等々、棟方志功装幀になる本はほかの作家にもあるにもかかわらず、白と黒の一種強烈なイメージとしてそれはある。といってそれは、ほかの谷崎本に比べれば、という話ではない。それというのも、『鍵』が重版を重ねていた昭和三十二年十二月には、同じく棟方装幀・検印印刻になる新書判『谷崎潤一郎全集』（奥付発行日は翌年一月）の発刊が続く。さらに、昭和五十六年から発刊される愛読愛蔵版全集でも新書判全集の棟方装幀は踏襲されることになる。『鍵』や新書判全集の広告でも棟方の版画はあちこちで使用され、昭和三十年代の当時であっても、谷崎といえば棟方志功のイメージを分かちがたく結びつけていたと思われる

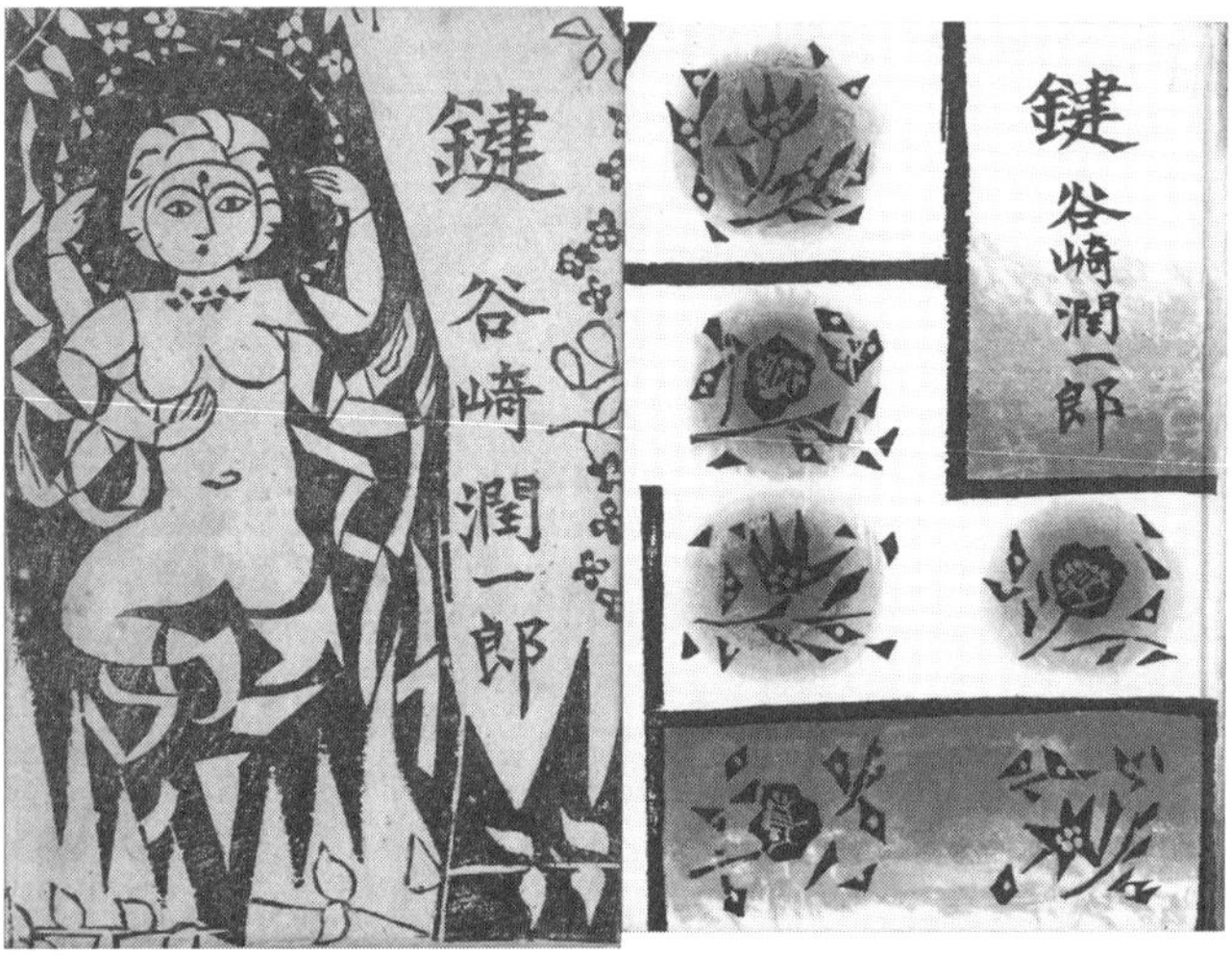

『鍵』初版函、表紙　著者により昭和32年2月15日発行9版より本文が一部改訂されている。

『瘋癲老人日記』初版函帯

『夢の浮橋』初版函

新潮文庫版『鍵』初版カバー

からだ。全集の装幀もしていることもあってか、谷崎というと棟方のイメージがすぐにわいてくるという人も少なくないだろう。

　では、谷崎本の棟方装幀はいつからなのかといえば、実のところすでに昭和二十一年刊の『痴人の愛』（生活社）が棟方装幀であった。とはいいつつも、やはり一目でわかる谷崎・棟方のコラボレーションといえば、『鍵』連載中に発売された『過酸化マンガン水の夢』（中央公論社、昭和三十一年四月）を端緒として、[1]『鍵』、谷崎・志功の共著である『歌々版画巻』（龍生閣、昭和三十二年七月）、『夢の浮橋』（昭和三十五（一九六〇）年二月）、『瘋癲老人日記』（昭和三十七（一九六二）年五月）の装幀が知られているだろう。とりわけ『鍵』の大ヒットによってであろう、中央公論社の『鍵』、『夢の浮橋』、『瘋癲老人日記』の三冊は体裁もほぼ同じで装幀だけ見れば三部作のようでもあり、谷崎・棟方のイメージを決定づけたものといってよい。

　そればかりではない。たとえば、昭和三十四（一九五九）年六月に封切られた映画『鍵』（大映、市川崑監督）も、広告やポスターなどの宣材は棟方を思わせるような図柄やロゴデザインを大々的に用いていた。『鍵』最初の文庫化は昭和三十九年十月発行の新潮文庫であり、こちらには棟方の挿絵は挿入されていないのだが、初版カバーのタイトルロゴは棟方によるそれに類似している。[2]挿絵、装幀のみならず、広告や映画ポスターなどによるイメージの流布、また、『鍵』が発表、単行本発売当時に巻き起こしたスキャンダラスな社会的話題によって、その結びつきはより一層強固になり浸透していったと見て間違いはないだろう。ここでは谷崎戦後の代表作でもあり、棟方の挿絵装幀によって強烈なイメージを形成した『鍵』を取り上げ、その結びつきとイメージの流転を跡づけてみたい。

もともと谷崎は「絵かきに頼むのは最もいけない」(「装釘漫談」昭和八年六月)として、昭和初期あたりからは自装本あるいは自らの意向を反映した他者による装幀本ばかりであった。例外的に、連載時に挿絵を描いた小出楢重装幀による『蓼喰ふ虫』(改造社、昭和四年十一月)があったが、しかも小出装幀の『蓼喰ふ虫』は改造社版のほかに、潤一郎六部集版、戦後の新樹社版と三種もあるけれども、『鍵』『夢の浮橋』『瘋癲老人日記』といったように、棟方の場合は立て続けに、先に述べたようにほぼ同一の意匠によって装幀されているのは、『刺青』にはじまる谷崎本の系譜のなかでも異例中の異例といっていい。「昔私は「蓼喰ふ虫」の小出楢重君の挿絵によつて少からず力づけられ、励まされたが、棟方君の場合も同様である」(「「板極道」に序す」昭和三十九年九月)という谷崎である。もちろん、当時の谷崎がそれだけ棟方を気に入っていたというのもあるであろう。

ただし、『鍵』刊行時には挿絵を流用したものではない棟方版画による出版広告もあり(3)、続けて出た全集でも棟方の版画を広告に用い、単行本刊行直後の昭和三十二年一月には棟方志功「『鍵』挿絵板画」展(中央公論ギャラリー)が開催され、また全集発刊に併せて開催された「谷崎潤一郎名作原稿挿絵展」(日本橋三越、昭和三十三年一〜二月)でも、その広告では棟方版画は筆頭に掲げられていた。「鍵」連載前年の昭和三十年七月にはサンパウロ・ビエンナーレで版画部門最高賞を、連載中の翌三十一年六月にはヴェネチア・ビエンナーレで国際版画大賞受賞と、棟方にとっても国際的な名声を勝ち得たタイミングでもあった。図らずもスキャンダル的に「鍵」が話題となったその熱が冷めぬうちに、中央公論社は棟方装幀の全集第一回配本に「鍵」を収録し、さらに、『鍵』単行本をそのままコンパクトにしたような新書判の普及版をも別に刊行していく。売れ筋を第一回配本にするのは営業的な常識であるとしても、さらに穿った見方をすれば、作品を棟方の挿絵とともにイメージづけて大家の久々の長編小説を新たなイメージで世に流通させていった抜け目のなさと見ることもできなくはない。

『鍵』出版の十年後、大江健三郎は同書のヒットについて分析し、「谷崎潤一郎＝文豪という輝かしい印象」「中央公論社＝硬派の大出版社という印象」「棟方志功の亜クラシックなグッド・デザイン」の三つを、その作品内容に比して売り上げをカバーした要素として指摘している。棟方装幀については、「エンサイクロペディア・ブリタニカを書斎にすえつけておくスノッブの安心感に、もっと廉価な投資によってたどりつくことのできる感覚である」(4)という。たしかにそれは、スノビズムの心理に訴えたところもあろうが、大江の手厳しい腑分けは、むしろ棟方挿絵、装幀によって書架へ並べたいという当時の動向を反証しているともいえる。

そもそもでは、『鍵』はどのくらい売れたのか。まずは連載から単行本発売までの流れを確認しておこう。『中央公論』への連載は昭和三十年一月に第一回、その後谷崎の体調不良により休載となり五月号には第一回分をも再録し十二月号まで全九回連載、十二月に単行本が発売された。嶋中鵬二によれば、昭和三十年の夏頃から執筆の話が具体化し十月には翌年一月号用の原稿を受け取っていたという。(5)

五月号を受けて、まずは『週刊朝日』(同年四月二十九日号)が「ワイセツと文学の間――谷崎潤一郎氏の「鍵」をめぐって」という巻頭特集を組み、二回分の要約を載せて批判的に取り上げた。売春禁止法案を取り上げた同年五月十日の衆議院法務委員会で、「老人が文藝に名をかりてああいうものを作るのは遺憾」「春画を文章にしたようなもの」(6)といった「鍵」への言及があったと報道され、いや増して「鍵」に対してマスコミは喧しい反応を見せていく。ちょうど昭和三十一年十月号『主婦の友』が谷崎をモデルとした中川与一「探美の夜」の連載を開始しそちらも話題となっていた。(7)単行本発売後では、昭和三十二年一月に石川達三が「自由の敵」(8)で「もうろくした老大家の排せつ物みたいな作品」と書き、こうした作品なら検閲が復活しても当然なのでむしろ表現の自由を脅かす自由の敵だということを述べて波紋を呼び、論争に発展していく。『中央公論』

一月号でも「鍵」論特集を組んだほか、タイミング的に石原慎太郎『太陽の季節』（新潮社、昭和三十一年三月）とも関連して、新聞や雑誌でそれぞれ特集を組んで「芸術かワイセツか」は当時大きなトピックとなった。

そうした世相を受けてか、当時中央公論社の出版部長であった篠原敏之は出版を喜ばず、「意気込む嶋中鵬二と、慎重な出版部長の板ばさみにあった栗本（和夫、引用者註）専務は、この作品だけを出版部の管轄からはずして社長直属で製作させることにし」、嶋中は『荷風全集』担当者であった高梨豊を担当者に指名したという[9]。嶋中はその後、昭和三十二年九月に「荷風・潤一郎作品刊行室」責任者となり、新書判全集の発刊にいたるのだが、これも『鍵』の成功があったからであろう。

『鍵』広告（『朝日新聞』昭和31年12月13日）

『谷崎潤一郎全集』広告（『朝日新聞』昭和32年12月11日）

では単行本の売れ行きは、実際どうだったのか。「鍵」最終回掲載『中央公論』には十二月五日発売と地味な広告が出ているだけだが、新聞では、十二月十三日に棟方の木版による発売広告が出て以来、翌年正月には五版出来広告が、一月三十一日には「二十万部突破」、二月十一日には八版出来広告が掲載されている。『中央公論』掲載の『鍵』出版広告を見ると、昭和三十二年三月号には二十万部突破、五月号には二十九万部突破、七月号には三十万部突破と記載されている。内訳の詳細は不明ながら、発売約半年で三十万部といった売り上げである。では次に、それらの広告を単行本の奥付発行日から裏付けてみよう。以下に列挙するのは、わたしが確認しえた限りでの『鍵』重版発行日付である。

昭和三十一年十二月十日　初版発行
昭和三十一年十二月十五日　再版発行
昭和三十一年十二月二十日　三版発行
昭和三十一年十二月三十日　四版発行
昭和三十二年一月七日　五版発行
昭和三十二年一月十七日　六版発行
昭和三十二年一月二十五日　七版発行
昭和三十二年二月一日　八版発行
昭和三十二年二月十五日　九版発行
昭和三十二年二月二十五日　十版発行
昭和三十二年三月十日　十一版発行

昭和三十二年四月五日　十二版発行
昭和三十二年四月十八日　十三版発行
　十四版（未確認）
　十五版（未確認）
昭和三十二年八月十日　十六版発行
昭和三十二年十月十日　十七版発行
昭和三十三年一月二十日　十八版
　十九版（未確認）
昭和四十二年十二月三十日　二十版
　二十一版（未確認）
　二十二版（未確認）
昭和五十二年六月三十日　二十三版
昭和五十四年二月十五日　二十四版
（以降未確認）

これを見ると、一月三十一日には二十万部突破広告が出ているので、七版総計二十万部ということであろうか。『中央公論』三月号に二十万部という記載があるのは、三月号は二月頭の発売だからである。となると、五月号の二十九万部は十二版までのことか。初版から七版までで二十万部、その後の五版分で九万部、十四、十五版は確認できなかったが、おそらくその後三版分で一万部ということであろうと推測される。比較のために書いておけば、石原慎太郎の『太陽の季節』（新潮社、昭和三十一年三月）は初版刊行約一年で二十二万五千部[10]、原田康子『挽歌』（東都書房、昭和三十一年十二月）は七十五万部を売り上げている[11]。原田までとはいかないが、『鍵』は同時期に同じ版元から刊行された深沢七郎『楢山節考』（昭和三十二年二月初版）とともに当時としてはかなりのベストセラーであったといえる。社史によれば、『鍵』『楢山節考』の好調により、中央公論社では昭和三十二年三月に臨時ボーナスまで支給されたという[12]。昭和三十一年の「今年の文壇十大ニュース」一位は『太陽の季節』、二位は『鍵』であった[13]。

十九版を確認できなかったので確たることはいえないが（十九版は谷崎逝去の昭和四十年の発行ではないかとも思われる）、二十版が谷崎没後になっているのには理由がある。先に言及したように、昭和三十二年十二月には全集が発刊され、第一回配本に「鍵」が収録されていたからである。つまり「鍵」は、初刊本に続いて全集本に引き継がれて売れて行くのであり、ここで単行本の方の売り上げはトーンダウンする。

昭和三十二年十二月発売の『中央公論』一月号には「愈よ十二月十日発売！」と新書版『谷崎潤一郎全集』の広告が出、十二月十日、十一日と『朝日新聞』『毎日新聞』には一頁大広告が掲載され、次いで一月十日の第二回配本広告では、十万部突破が謳われている[14]。全集のベストセラーということが珍しいものであったためか、この刊行について取材した記事には次のようにある。

> 版元たる中央公論社では五万部の売行きを大体に確実視する造本・宣伝・販売の諸計画をたて、採算上にもこの五万部を最低限界としていたが、発売するや俄然読書界の人気を得て、暮の十二月下旬という発売以来十余日で八万部を突破し、十万から十五万という小型全集としては画期的な売れ行きをみるのではないか［ママ］ろうかと早くも予想されるにいたっている[15]。

縮刷普及版『鍵』初版カバー、帯

『鍵』によって話題も十分なうえに、ちょうど十月には谷崎がノーベル文学賞候補であると報道され(16)、売り上げを後押ししたことであろう。また中央公論社は全集発刊記念として「谷崎潤一郎全集刊行記念中央公論社愛読者大会」（昭和三十三年二月五日、大手町・産経ホール）を開催、谷崎の挨拶に続いて正宗白鳥、円地文子、伊藤整、三島由紀夫の講演もあって盛況であった(17)。

もともと中央公論社版の谷崎全集は昭和二十一年に企画されたものの、話が具体化したのは『鍵』が好調であった昭和三十二年四月であったという(18)。おそらく嶋中鵬二による判断であろう。版元も全集とはいえ判型は新書判、本文は二段組、定価も『鍵』単行本半額近い百八十円として「豪華普及版」を謳ったが、第一回配本が十万部を超えて以降はそこまで伸びなかったようでもある(19)。

とはいえ、それで棟方装幀挿絵『鍵』はそれきりになってしまったのかといえば、そうではない。新書判全集「鍵」収録巻刊行一年が経過した昭和三十三年十二月、前に述べたように縮刷普及版と称した挿絵入の並製カバー装の新書判が刊行され(20)、管見によれば重版は昭和三十五年二月発行の二十版まで確認できる。となると、当時は単行本版、全集版、縮刷普及版と『鍵』は三つのバージョンが一般に流布していたことになろうが、やはり棟方の挿絵のあるなしで売れ行きに違いが出ているということになる。

そして翌年の昭和三十四年、『鍵』をめぐってまた別方面から一悶着起きることになる。昭和三十四年六月十七日夕刊の『朝日新聞』『毎日新聞』『読売新聞』『東京新聞』各紙に次のようなお詫び文が掲載された(21)。

お詫び

このたび谷崎潤一郎氏原作の「鍵」を映画化するにあたり誇大な宣伝をなして同氏の芸術性を傷つけ、かつ宣伝用印刷物中にて実在人物とは全然関係のないに〔ママ〕かかわらず「モデルと目された谷崎夫人」なる文句を使用するなど、谷崎氏ならびに同夫人に対し多大の迷惑をかけましたことは、甚だ遺憾であり、深く陳謝するとともに、今後ともかかる手落ちのなきよう十分に注意を払うことをお約束いたします。

昭和三十四年六月十七日

大映株式会社

谷崎潤一郎殿

映画『鍵』新聞広告（『読売新聞』昭和34年6月18日夕）　ベッドがもらえる懸賞もおこなわれた。

概要を述べれば、大映が作成した扇情的な宣材に小説作中の妻・郁子は谷崎夫人がモデルと目されると書いて谷崎が激怒、大慌てで大映が謝罪したというものである。このほか、出演俳優に対する不満もあったようだが、(22) 谷崎は映画化許可に際して、契約書に「〃鍵〃は超大作としてほしい。かつ特殊な内容をもつものだから、完成後公開までに、原作者としても正当な理解が得られるように十分吟味いたしたく一ヶ月間の期間をおかれたし　谷崎潤一郎」という一項を付け加えたのだという。(23) その一ヶ月を待たずして宣伝が過熱化したというわけである。映画化は、たまたま『鍵』単行本を読んで「ああ、これは映画になるのやないかと先ず思った(24)」市川崑だが、最初の原作者への打診は断られた。その後、淀川長治が映画世界社の橘弘一郎と、市川崑および大映の藤井浩明製作担当を連れて谷崎へ紹介し、昭和三十四年になって許可を得たものであった。

　問題となった宣材とは、『鍵　名挿画集』と題したB7判パンフレットで、単行本装画や挿絵を流用しながら原作小説のさわりを掲載した、いかにも扇情的なもので、「公称三千部（実際は三万五千部）印刷され、劇場、報道関係、一部のバーなどへも配られた(25)」もの。映画ポスターや新聞広告には、一部のバージョンで棟方の挿絵のようなイラストが用いられていたり、宣材として作成された手ぬぐいには、いかにも棟方っぽいが棟方のものではないイラストが用いられている。「芸術かワイセツか」騒ぎで話題になった際の「鍵」イメージとして棟方的イラストがこのような形で用いられているのが興味深い。

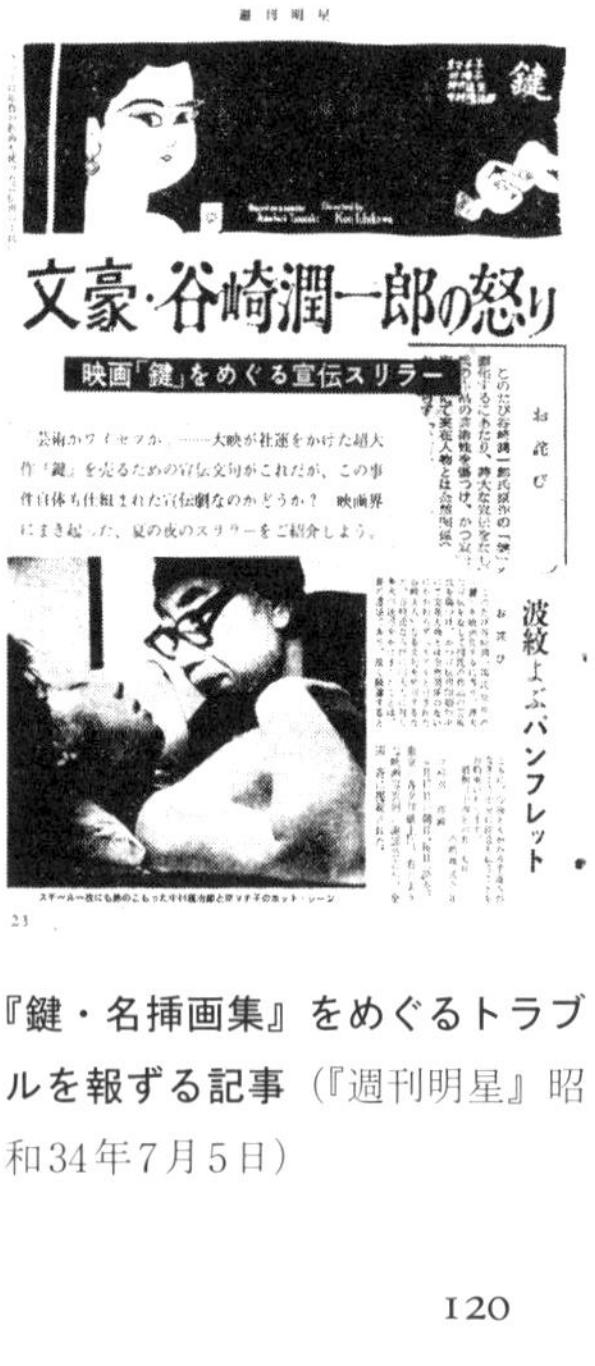
週刊明星

鍵

文豪・谷崎潤一郎の怒り

映画「鍵」をめぐる宣伝スリラー

「芸術かワイセツか」——大映が社運をかけた超大作「鍵」を売るための宣伝文句がこれだが、この事件自体も仕組まれた宣伝劇なのかどうか？　映画界にまき起こった、夏の夜のスリラーをご紹介しよう。

波紋よぶパンフレット

『鍵・名挿画集』をめぐるトラブルを報ずる記事（『週刊明星』昭和34年7月5日）

こうした「鍵」と棟方のイメージが流用されていく例では、単行本『鍵』のパロディともいうべき獅子文六『べつの鍵』（中央公論社、昭和三十六（一九六一）年七月）も挙げなければならないだろう。帯文に「ベストセラー「鍵」をユーモアと諷刺で彩った「べつの鍵」ほか五篇を収録」とあるように、脳出血を起こした老年医師が夫婦生活改善のために妻に協力を頼むという「べつの鍵」が表題作だが、老年夫婦の性を扱った内容ばかりでなく、谷内六郎による装幀がどことなく『鍵』の装幀を思わせるような棟方テイストになっているのである。

そのほか、（奥付が元よりないので発行時期は特定できないが）『鍵』（神田書房）と題する地下出版ポルノも刊行されていた。[26]「芸術かワイセツか」で喧しかった当時であれば、早速羊頭狗肉的にそのイメージを用いる地下本が出てもおかしくはない。ベストセラーのパロディ本といえば、明治期から徳冨蘆花『不如帰』やら漱石作品などであったけれども、『べつの鍵』が装幀まで

獅子文六『べつの鍵』初版函帯表紙

地下本『鍵』表紙（神田書房、発行年月日未記載）

意識しているのは、やはり単行本『鍵』のイメージがその後数年間強く残っていたことの証左といえよう。

女性を菩薩として描いたり、しばしば「鍵」挿絵でも仏教的意匠があらわれることについて、谷崎作品と棟方挿絵の関係を論じた高井祐紀は、「『鍵』は描かれることによって、物語にとって重要な肉体描写と「事実」を得、結果として宗教性（仏教性）という形で谷崎潤一郎の「大きな流れ」との連結を強固なものにもした」と論じているが、棟方による独特なテイストによって、小説「鍵」は視覚的な形を得、挿絵、装幀とイメージづけられ一体化し、それは作者の元を離れて、いつしか時代のなかでイメージがイメージを再生産していくことになっていったといえるだろう。むろん『瘋癲老人日記』も棟方挿絵、装幀で発売され、映画化に際してはポスターなどの宣材にまた棟方的イラストが用いられているが、『鍵』発売から六年後という時代の流れにおいて、すでに「芸術かワイセツか」という話題性も「鍵」ほどではなく、文学的な評価は別として、単行本は『鍵』ほどの売れ行きというわけにはいかなかった。先に見てきたように、「鍵」はさまざまな絶妙的タイミングで発表された作品なのであり、棟方のイメージと一体化することによってほかの谷崎作品にはない受容とイメージの拡散があったといえる。

単行本『鍵』は、当初江戸川乱歩『犯罪幻想』（東京創元社、昭和三十一年十一月）の特製本のように棟方の版画そのものを挿入した限定本も考えられていたようだが、結局刊行されることはなかった。

◉註

（1）臼田捷治は『〈美しい本〉の文化史――装幀百十年の系譜』（Book&Design、令和二年四月）で、『過酸化マンガン水の夢』を、谷崎「装釘漫談」の「四六なら四六でも、現在のやうに縦に使わずに、あれを横にすべきである」という持論を具体化した著書のひとつであると指摘している（224頁）。

（2）カバー表紙の題字。カバーは米良道博。
（3）管見による限り、昭和三十一年十二月十三日朝刊『朝日新聞』『毎日新聞』掲載の出版広告、昭和三十二年一月一日朝刊『読売新聞』掲載の出版広告は、挿絵の流用ではなく、広告用に棟方が改めて作成したものと思われる。
（4）大江健三郎「谷崎潤一郎　鍵　エロティシズムの実験小説――戦後ベストセラー物語28」（『朝日ジャーナル』昭和四十一年七月十日）、37頁。
（5）特集記事「ワイセツと文学の間――谷崎潤一郎氏の「鍵」をめぐって」（『週刊朝日』昭和三十一年四月二十九日）内の「苦悩や喜びを掘り下げる――中央公論嶋中編集長と一問一答」（9頁）。同特集は、巻頭に「――君、谷崎さんの『鍵』（中央公論五月号）をよんだかい？／「ひどいね。どういうんだろうな。あれは。」／――僕も、そう思ってるんだ。どういうんだろうね。／「これでいいのかな。何だか、ひどく悲しくなったよ」／国電の車中での二人の中年サラリーマンの会話である。／ほんとに「これでいいのかな」――文壇も、編集者も」と掲げており、全体的に批判的スタンスのものである。
（6）無署名「小説にも質問の矢――売春問題審議の衆院法務委」（『読売新聞』昭和三十一年五月十一日）、7面。この法務委員会での議事録は『新潮』（同年七月）に転載され議論を呼んだ。なお、稲沢秀夫『秘本谷崎潤一郎』二巻（私家版、平成四年一月）には、「中央公論元編集部員で社会党代議士だった佐藤観次郎は雲行きを逐一谷崎へ知らせていた。このため、途中から潤一郎は作品の構成を初案とは変えて行ったと伝えられている」（頁数無し）とある。
（7）記事「谷崎潤一郎をモデルに」（『出版ニュース』昭和三十一年十月上旬）では、『主婦の友』十月号より連載が開始された中河与一「探美の夜」を取り上げ、婦人雑誌として類例のない編集者プロデュース企画であると報じている。記事によれば、中河への執筆依頼は六月である由。『鍵』の話題に便乗した企画である。
（8）石川達三「自由の敵」（『東京新聞』昭和三十二年一月二十二日）、1面。
（9）『中央公論社の八十年』（中央公論社、昭和四十年十月）、343頁。
（10）『新潮社一〇〇年』（新潮社、平成十七年十一月）、505頁。
（11）盛厚三『「挽歌」物語――作家原田康子とその時代』（釧路市教育委員会、平成二十三（二〇一一）年十月）、161頁。
（12）前掲『中央公論社の八十年』、493頁。
（13）「今年の文壇十大ニュース」（『読売新聞』昭和三十一年十二月二十八日夕刊）、3面。

(14)『中央公論』(昭和三十三年二月)、『読売新聞』(昭和三十三年一月一日)掲載広告。

(15)無署名「谷崎潤一郎全集とその反響」(『出版ニュース』昭和三十三年一月上旬号)、21頁。

(16)たとえば『朝日新聞』では、昭和三十二年十月四日がUPの、十月十六日にAPの配信記事を伝えている。

(17)たとえば『中央公論』(昭和三十三年四月)掲載の全集広告には愛読者大会当日の写真入りで大会の概要が説明され、翌月号の全集広告には大阪大会(四月二十四日梅田・産経ホール)の告知が掲載されている。

(18)前掲「谷崎潤一郎全集とその反響」。

(19)昭和三十二年十二月二十五日三版以降の重版は未確認。

(20)この本は、奥付には「普及版」とあるが本体背表紙には「中央公論文庫」とシリーズ名があり、また初版帯には「縮刷普及版」「新装普及版」といった文字が並んでいる。ここでは「縮刷普及版」の名称を用いた。

(21)『朝日新聞』『読売新聞』『毎日新聞』(昭和三十四年六月十七日夕刊)、6面。この事件に関しては、無署名記事「文豪・谷崎潤一郎の怒り――映画「鍵」をめぐる宣伝スリラー」(『週刊明星』昭和三十四年七月五日)を参照した。

(22)前掲「文豪・谷崎潤一郎の怒り――映画「鍵」をめぐる宣伝スリラー」によれば、谷崎は主役は中村鴈治郎ではなく森雅之にやらせたかったとある。平成二十一年四月十八日にわたしが藤井浩明プロデューサーに直接うかがったところによると、「瘋癲老人日記」映画化の際も鴈治郎主役で打診したら、それを聞いた谷崎は猛烈に怒り、山村聡に変えざるを得なかったという。それというのも、鴈治郎が谷崎夫人に色目を使ったとかで、毛嫌いしていたからとの由。

(23)無署名記事「映画「鍵」をめぐって」(『毎日新聞』昭和三十四年六月十九日夕刊)、3面。

(24)市川崑「文学と映画の間――「鍵」演出前記」(『芸術新潮』昭和三十四年五月)、222頁。ただし無署名記事「『鍵』市川崑監督で映画化」(『読売新聞』昭和三十四年二月三日夕刊)では、「中央公論に連載された原作が終ると、市川監督はすぐ谷崎氏に映画化の許可を求めたが、このときはOKが出ず」(4面)と、異なる経緯が記されている。

(25)前掲「文豪・谷崎潤一郎の怒り――映画「鍵」をめぐる宣伝スリラー」、24頁。ただしこの手のパンフは、『瘋癲老人日記』映画化の際にも作成された(『秘本 瘋癲老人日記』)。映画は映倫によりベッドシーンなど四箇所指摘され撮り直しの後に完成。成人指定として公開され、フランスベッド十台が当たる懸賞なども企画された。

(26)わたしが古書で入手したのは著者名のない新書判の『鍵』で、裏表紙に「神田書房」とあり、扉に「鍵/限定版/現代小説」とあるもの。内容は団地での暴行殺人事件をきっかけに団地住民の乱れた関係が明らかになっていくというポルノ小説である。奥付がないことから地下本と判断した。ほかに根拠はないのだが、あえてこうしたタイトルを付けたのは谷崎の作品が話題になっていたからであろうと思われる。

（27）高井祐紀「描かれること――谷崎潤一郎『鍵』と棟方志功」（『近代文学研究と資料』平成二十六年三月）、206頁。高井には「〈フィルム〉ダイアリー――谷崎潤一郎『瘋癲老人日記』と棟方志功」（前同、平成二十七年三月）もある。

（28）座談会「大阪と限定本」（『目の眼』昭和五十六年年一月）に、「中央公論社から『鍵』の特製本が出ると何べんもきかされ葉書ももらっています。とうとう出ずじまいでしたけど……。画家の人選でやはり棟方志功でしたが、出すからには手摺りの木版で出したいと云われていましたが、とうとう不発に終わってしまいました」（71頁）という谷崎本コレクターである西田秀生の発言がある。

II

『人魚の嘆き 魔術師』挿絵とイメージの展開

1 挿絵本の意図

初出時には挿絵が付けられていなかった「人魚の嘆き」（『中央公論』大正六（一九一七）年一月）は、単行本刊行時に新たに挿絵を付けた形で、しかも二種類の挿絵を付されて刊行されている。まずは短編集『人魚の嘆き』（春陽堂、大正六年四月）である。これは「今日迄の予が作品の全集とも見る可き」とその「序」にある大正三（一九一四）年十二月刊行の短編集『麒麟』（植竹書院）と同じ判型（菊半裁判）であり、体裁からいっても縮刷全集的な、いわば『麒麟』の増補分のような趣がある。またそれとは全く別に、絵本とも例うべき四六倍判という大判の作品集『人魚の嘆き 魔術師』（春陽堂、大正八（一九一九）年八月）がある。これは、四号活字一段組、水島爾保布《におう》による原色刷口絵を含む一頁大の豊富な挿絵入りという体裁である。

現在までに刊行された『谷崎潤一郎全集』には、当然ではあるが、作品発表時にあるいは単行本上梓の際に添えられた挿絵は収録されていない。とはいえ、編集者サイドが作者の意向に関係無く添えたものにしろ、はたそうでないものにしろ、挿絵というものは、読者に作品のイメージを補助しまたは指示し、あるいはまた如実に植え付けることに本来の目的があるとするならば、作者が画家や絵を指定して作品に添付させるというこ

『人魚の嘆き 魔術師』巻頭多色刷口絵（ほかに「魔術師」もある）

『人魚の嘆き 魔術師』初版表紙　8月25日再版まで確認。

『人魚の嘆き 魔術師』「人魚の嘆き」挿絵

『人魚の嘆き 魔術師』「人魚の嘆き」挿絵

とは、そこに作者側の明瞭な意図が作動していることは自明である。否、挿絵ばかりではない。ひとつの作品集を上梓する場合には、書物の装幀や編集といった問題もあり、作家にとって当の作品がどの程度に扱われていたかをうかがい知るためにも、改めて挿絵や装幀について考えることは無益ではない。

大正中期、映画という視覚メディアに興味を寄せていく谷崎が、自らの作中に芸術家として画家を設定し、可視的形態で美を感受してゆく姿勢がこの時期しばしば描かれる。やがてそのような観念中の可視美とでもいえるようなものが、「金と銀」「襤褸の光」といった作品を通過して「アヱ・マリア」や「青塚氏の話」へと結晶してゆくともいい得ようが、このような映画＝観念の可視化への著しい傾斜に際して作者がまず何を措いても自分の作品の挿絵に刮目しなかったわけはあるまい。主に視覚的要素からこの時期の谷崎の美を考えるとき、『人魚の嘆き 魔術師』という挿絵本が、やがて映画へと到る道程を少なからず暗示していたものであったとしても過言ではないのではあるまいか。

殊に『人魚の嘆き 魔術師』は、この時期の潤一郎作品の特徴ともいい得る、怪奇幻想趣味、西洋憧憬、そして外来思潮の影響等が如実にあらわした、「人魚の嘆き」及び「魔術師」だけを収めており、その大判の書物を手にしたときにビアズレーの挿絵になるワイルドの英訳版『サロメ』を直ちに想起させるこの挿絵本は、谷崎の数ある著作のなかでも正に異例に属する特徴的な一本であるといってよい。ここでは特に特徴的な『人魚の嘆き 魔術師』に絞って、「人魚の嘆き」の人魚がどのようなイメージで挿絵として描かれているか、なぜに「人魚の嘆き」に挿絵が付いたのか、そしてこの一本が谷崎の如何様な意図の下に出されたのかということについて、具体的に当時の著作を手に取りながら考えていき、「人魚の嘆き」のひとつの視覚表象としての挿絵が本作とどういう相関関係があったのかということを見ていきたい。

2　作家と装幀

まず、これから「人魚の嘆き」の挿絵について考えて行くにあたって、作家と自著の装幀との関係について触れておきたい。

作家が、作品のいわば衣装あるいは身体として、自らの書物自体に並々ならぬ興味を寄せるということは至極当然の話であるといってよかろう。己の出版物の装幀造本にまで意匠を凝らし、本文のみならず装幀から挿絵まで、その一冊全体で初めて全き芸術作品を完成させている、という場合がまあるといってもよいが、谷崎などもこのような意志を強く持っていたのではなかろうか。たとえば「装釘漫談」（昭和八（一九三三）年六月）には次のようにある。

私は自分の作品を単行本の形にして出した時に始めてほんたうの自分のもの、真に「創作」が出来上がつたと云ふ気がする。単に内容のみならず形式と体裁、たとへば装釘、本文の紙質、活字の組み方等、すべてが渾然と融合して一つの作品を成すのだと考へてゐる。

潤一郎の著作、殊に戦後中央公論社から上梓された、『鍵』（昭和三十一（一九五六）年十二月）、『夢の浮橋』（昭和三十五（一九六〇）年二月）、『瘋癲老人日記』（昭和三十七（一九六二）年五月）の三冊は、棟方志功の装幀・挿絵によって広く人口に膾炙しているが、戦前においても谷崎の単行本は、たとえば漆塗表紙の『春琴抄』（創元社、昭和八年十二月）、小出楢重装幀による『蓼喰ふ虫』（改造社、昭和四（一九二九）年十一月）など、華麗な造本装幀で世に問われていることはよく知られている。潤一郎の色とりどりの単行本群のなかでも、大正四（一九一五）

年に刊行された『お艶殺し』（千章館）と大正八年の『近代情痴集 附り異国綺談』（新潮社）は、正に美術的装幀の白眉といってよいであろう。表紙を石版画で飾る『近代情痴集 附り異国綺談』の装幀は、泉鏡花の木版画装幀など秀麗な装幀で知られる小村雪岱である。この雪岱の装幀になる書物は、本文は子持罫で囲み、背は赤クロース、表紙は多色刷石版画、小口は三方マーブル染めと、まるでボール紙本を彷彿とさせる、如何にも明治初年代風の造本であり、挿絵から文字の書体まで黄表紙趣味が故意に意識されていることは、論を俟たない(1)。もう一方の『お艶殺し』になると、一人の作家の作品というよりも、画家・装幀家との共同作品というような感を禁じ得ないところさえある。函の背には「お艶ころし 潤一郎作 耕花画」と作者のみならず画家の名前も入っており、扉にも「お津やころし／たにざき作／やまむら画」（／は改行）と、谷崎の友人で画家の山村耕花の名が作者と同等に並べられて印刷されている。この書物は、函に貼られた画、表紙、見返し、扉、さらに十五枚ある挿絵すべてが、和紙への木版刷であり、「お艶殺し」一篇のみの単行本としては実に贅沢なつくりになっている。このように贅沢な造本にもかかわらず、価格は九十五銭と当時としては安価といえる方であり、果たして、売れ行きも相当なものであったようで、次のような文章を戦後の「雪後庵夜話」（昭和三十八（一九六三）年六〜九月）に見ることができる。

「お艶殺し」は中央公論に発表後間もなく、故山村耕花氏の装釘挿画で千章館と云ふ店から単行本として出版されたのであつたが、その頃としては相当の印税が這入つた。当時私は本所（今の墨田区）の小梅町の路次の奥の借家に住んでゐたが、家主の了解を得てその印税でさゝやかな風呂場を増築したところ、忽ちそのことが評判になつて「お艶風呂」などゝ云はれた。

広告によれば千章館版『お艶殺し』重版は第三版までのようであり、右の回想は谷崎の勘違いで、新潮社の代表的名作選集版『お艶殺し』（大正五（一九一六）年二月）ではないかと思われるが、それはそうと、世評に反し谷崎自身は小説「お艶殺し」を当時あまり好んではいなかったようである。また『お艶殺し』が出版された約半年後に、竹久夢二の抒情的な木版画装幀で全篇彩られた新潮社の「情話新集」シリーズの一冊として上梓された『お才と巳之介』（大正四年十月）も、単行本の売れ行きに反し、自信作ではなかったことを谷崎は発売後半年を経て述べている。むろん、世評に対する照れ隠しもあったであろうが、次の文章には、当時の潤一郎の文学的信念と同時に、作家としての野心と苦悩がほの見えていよう。

人気少きにも拘らず、予は彼の二篇より此の三篇を好むものなり。「お艶殺し」と「お才と巳之介」とは、執筆中に知らず識らず人情本的興味に引き擦られ、予が濃厚なる主観の色を自由に純粋に盛り上ぐる能はざりき。殊に「お才と巳之介」に於いて、脱稿の後予は我ながらその旧臭堪へ難きを感じたりと記憶す。（中略）「お才と巳之介」の世評喧しかりし時、予は寧ろ不当なる人気に対して反感を抱きつゝありしかど、而も猶胸中の嬉しさを禁ずる能はざりき。予は予の浅ましさを後悔せるが故に斯く自白す。後悔は改悛を伴ふものなり。予は改悛せんとするなり。

これは大正五年六月に出版された短篇集『金色の死』（日東堂）に寄せられた作家自身の序文である。『金色の死』には、「金色の死」「創造」「独探」と三つの短篇が収められているのだが、ここで谷崎は、戦後、新書判全集出版の際削られたこれら三篇を、新書判全集に収録した二篇すなわち「お艶殺し」「お才と巳之介」よりも、「好む」としているのだが、この点に注目したい。いわゆる大正中期の作品群を、数作を除いて戦後あれほど嫌った谷崎であるが、「お艶殺し」と「お才と巳之介」に関しては、どうも作者自身の評価が逆転したようである。正確にいえば、すでに昭和三（一九二八）年二月に刊行された春陽堂の「明治大正文学全集」谷崎の巻での自筆解説で、潤一郎は己の後悔を翻し「お艶殺し」に肯定的評価を下しているのである。

書いた当時は下品な講談のやうな気がして我ながらイヤであり、世間でもさう云ふ悪評を下す人があつたけれども、今では必ずしもさうは思はない。ただ文章が生硬で、なまな文字が使つてあるのが不愉快である。いつか暇があつたらさう云ふ所を書き改めて、性格などは描けてゐないでも美しい一篇の恋物語として読まれるやうにしたいと思ふ。

「今では必ずしもさうは思はない」けれども、出版当時は単行本の売り上げに「嬉しさを禁ずる能はざ」る反面、その「浅ましさを後悔」し、「お艶殺し」を自ら心よくは思っていないような筆ぶりを見せている。「世間の批評は兎に角として、自分自身で好かないものは、活字にする事がほんたうに苦痛です」（「創作前後の気分」大正五年二月）という谷崎である。とすれば、山村耕花装幀挿絵による『お艶殺し』は、潤一郎が自らのいわゆる「真の「創作」」としてこの出版に積極的に取り組んだとはいい難いとされそうだが、己の言辞に反して『お艶殺し』の華麗な装幀は、売れ行きと自身のポーズとのディレンマに挟まれた作家の状況を物語っていよう。(2)「情話新集」の『お才と巳之介』に関しては、全十二冊すべて表紙は竹久夢二であり、挿絵もなく、シリーズのひとつとして組み込まれたに過ぎないわけであってみれば、この場合は己の手に成る望まれた「真に「創作」」であると一概に見ることはできないだろう。

ところで、「自分の作品を単行本の形にして出したときに始めてほんたうの自分のもの、真に「創作」が出来上がつたと云ふ気がする」という潤一郎にとって、異例の大判で刊行された単行本『人魚の嘆き 魔術師』とは、真の「創作」としてどのようなことが意図されていたのか。

3 散文詩として

ここで、この単行本に収められている二つの作品の、ほかの単行本への収録状況などを確認しておきたい。「人魚の嘆き」(『中央公論』)及び「魔術師」(『新小説』)は、共に発表は大正六年一月であるが、初めて単行本に収録されたのもまた同時で、大正六年四月に刊行された短篇集『人魚の嘆き』であった。表紙には名越国三郎による身を捩らせた人魚が描かれ、髑髏が酒杯を傾けているという扉絵が入ったこの菊半裁判の短篇集は、いままで潤一郎唯一の発禁単行本といわれていた。しかしながら、内務省警保局編『禁止単行本目録』には記載されておらず、禁止理由も明らかではないが、大正五年九月に発表した「亡友」(『新小説』)と「美男」(『新潮』)が立て続けに風俗壊乱で摘発された直後であり多少は当局に目を付けられていたとするならば、(3)警告的な意味で禁止にされたのではないかとも思われる。しかも、この場合は作品本文ではなくその挿絵、収録短篇の挿絵四枚(「人魚の嘆き」「魔術師」「病蓐の幻想」「鶯姫」)の内、「魔術師」と「鶯姫」の挿絵が禁に触れたといわれている。古書市場には挿絵四枚の無削除本のほかに、この二枚の削除痕のある初版本や二枚がはじめから無い重版本が流通しており、挿絵削除によって発売は許可を得たものであるらしい。(4)

ただ、この大正六年版『人魚の嘆き』に収録されている挿絵について述べておくなら、それは『人魚の嘆き 魔術師』におけるほど特別な意図があったわけではないと思われる。というのも、造本や本文活字の小ささ、近作短篇の収録ぶりなど、体裁からしても『人魚の嘆き』は植竹書院の代表的傑作選集版『麒麟』(大正三年十二月）に次ぐ縮刷選集的な趣があるが、その『麒麟』にも横山大観らによる挿絵が五作品分挿入されていたが、(5)『人魚の嘆き』でも『麒麟』のときと同じく一作品一枚の挿絵のみであり、作品とその挿絵との関係のあり方が、『人魚の嘆き 魔術師』ほど密接ではないからである。ともかく、この『人魚の嘆き』の後も、大正八年の『人魚の嘆き 魔術師』、昭和二（一九二七）年五月に春陽堂から刊行された、いわば新装版である短編集『人魚の嘆き』（大正六年版と同一作品を収録しているが本文新組、異装幀、挿絵無し）、昭和三年の「明治大正文学全集」の谷崎篇と、その後の単行本で「人魚の嘆き」が収録される際はことごとく「魔術師」も同時に収録されるという、発表も同時期なら、単行本収録も一緒という、正にペアになった作品なのである。

現在から見れば、かつて中井英夫がいみじくも「文体も古風なら見慣れぬ漢語も多く(6)」と評したように、この二篇は、特に中国が舞台の「人魚の嘆き」などは、古風な語彙を意識的に使用していることは明らかである。作家自身も些か古風過ぎると感じてか、次のように寿命云々と後に語っているが、畢竟、この二篇の共通項として、漢語を随所に鏤めた華麗な文体という要素が挙げられるだろう。

作者が真に鏤心彫骨の苦しみを以て書いたものであり、当時の文壇では随分評判の高かつた作品であるが、今読んでみると、苦心して書いた物が必ずしも寿命が長いとは限らないことを発見する。

これは「明治大正文学全集」自筆解説での谷崎の言である。だが、この「鏤心彫骨の苦しみ」は、単にそのディレッタンティズムを発揮したわけでも、徒に美文調の反時代的ポーズをとったわけでもない。谷崎がこれらのことについて述べたものを次に列挙してみる。

音韻以外に、もう一つ大切なのは文字の形態である。漢字の如き形象文字は勿論のことアルファベットや片仮名のやうな音標文字に於いても、猶且全然意味を離れて、文字の形態その者から来る快感の存在することを否認する訳には行かない。

（「反古箱」大正六年二月）

人あり、予が作物の文章を難じて曰く、新時代の日本語として許容し難き漢文の熟語を頻々と挿入するは目障りなりと。予も此の批難には一応同意せざるを得ず。されど若し、文字の職能をして或る一定の思想を代表し、縷述するに止まらしめば則ち已む。苟も其れに依つて、或は其れ等の結合に依つて、思想以外の音楽的効果を所期せんと欲せば、誰か純日本語の語彙の貧弱なるに失望せざる者あらんや。（中略）漢字に多種多様なる字画あるは、恰も宝石に千態万状の結晶あるが如し。即ち知るべし、実用的に最も不便なる漢字は、芸術的に最も便利なる事を。（中略）漢字の装飾的、絵画的方途を閑却するは、宝石を棄てゝ瓦礫に就くに等しと云ふべし。

（「詩と文字と」大正六年四月）

文字には単にその発音から来る美感があるばかりでなく、字形から来る美感がある。文字の美は音楽的であると共に絵画的である。

（「梅雨の書斎から」大正七年七月）

漢字そのものの美感、快感とは、「絵画的」つまり視覚的要素から文章を見た場合のものである。読者が書物を開いて、視界に入る字面の美、とでもいい得ようか。このような部分にまで神経を使った作品、ここで言及している作品が、その古風な語彙をふんだんに盛り込んだ「人魚の嘆き」と「魔術師」に相当すると推理しても怪しむには足りぬだろう。ここまでくると、日夏耿之介の詩句さえ想起させるものがある。

だがしかし、それも故なきことではなかった。そもそもこれら二篇の初出を繙いてみると、「人魚の嘆き」は、タイトルの上に角書で「無韻長詩」とあり、「魔術師」の方は、タイトルの後に、副題的に「A Poem in Prose」と表記されているのである。(7) 目次には、『魔術師』(散文詩)」と記されており、発表当時は、「無韻長詩」そして「散文詩」と、いわば作者にとっては散文の「詩」としての扱いを受けていたことがわかる。この二篇については、その後「散文詩」「無韻長詩」との表記が二度と記されていないせいか、先行研究においてもこの点に注目したものはあまりないようである。しかしながら、この初出時の表記を念頭に考えてみれば、この二篇の作品というものが、谷崎が「鏤心彫骨の苦しみ」を重ねに重ねた、同時期の他作品とは少々異質な作品であったということが理解されよう。もちろん、谷崎の文章の華麗さは、デビュー時の荷風の評言(「谷崎潤一郎氏の作品」明治四十四(一九一一)年十一月)を想起するまでもなく、潤一郎の特徴のひとつであったわけであるが、これら二篇がそもそも「散文詩」として書かれていたのであってみれば話は別で、元来の華麗さということとは別の観点から『人魚の嘆き 魔術師』という本を考察しなければならぬであろう。けだしこの挿絵本は単なる短篇小説集ではなく、「散文詩画集」という性質を帯びることになるからであり、潤一郎の出版物の系譜のなかでも特殊な位置を占めるかなり異例な一本となるからだ。

先にも述べたが、この『人魚の嘆き 魔術師』は、ビアズレーの挿絵によって飾られたワイルドの英訳版『サロメ』を意識してつくられたものであると思わせるようなところがある。ワイルドの『サロメ』は、元々フランス語で執筆されたものが出版されたのだが（Librairie de l'Art Independant, 1893）、その時点では挿絵はなく、意匠担当の画家フェリシアン・ロップスによる小さなスフィンクスの絵が扉頁に入っていただけに過ぎなかった。ビアズレーによる有名な挿絵が入ったのは、アルフレッド・ダグラス訳の英訳版『サロメ』（Elkin Mathews and John Lane, 1894）からである。この初版は、緑色絹装の特装版と青色布装の普及版が限定数印刷刊行されたのであるが、その後も、初版でカットされた挿絵を増補し、新たな装幀で世に問うた第二版（John Lane, 1907）、第二版発行の前に挿絵を増補した異なる出版社から出された版（Melmoth, 1896）、海賊版（Leonard Smithers, 1904）、日夏耿之介が翻訳の際に使用した版（John W.Luse, 1907）、ビアズレーの挿絵のみの大判の画集（John Lane, 1906）と、十数年の間に立て続けに出版されている。(8)『人魚の嘆き 魔術師』が上梓された大正八年、潤一郎唯一の翻訳単行本（実際は佐藤春夫・沢田卓爾との共訳）であるワイルドの『ウヰンダミーヤ夫人の扇』が、後に谷崎訳「サロメ」が収録される予定であった『ワイルド全集』（全五巻、大正九（一九二〇）年）を出版することとなる天佑社から刊行されたのだが(9)、谷崎はその「はしがき」に次のように記している。

> 上山氏を始め多くの人は、予を熱心なるワイルド崇拝者、ワイルド党の一人であると認めて居るのではないかと思ふ。若しさうであつたら、予は決してワイルドの崇拝者ではないことを、茲に改めて断つて置く必要がある。成る程予も嘗てはワイルドの好きな時代があつた。高等学校に居た頃、サロメやドリアン、グレイを読んだ時には可なり昂奮させられたものであつた。

谷崎のいう「高等学校に居た頃」、つまり第一高等学校に在籍していた明治三十八（一九〇五）年から四十一（一九〇八）年の間に、英文の「サロメ」のテキストは右に列挙したものが出ていたのだが、ここに挙げたものに関してはそのすべてにビアズレーの挿絵が入っていたのである。これらの書物が当時一体どれだけの数日本にあったかは判然としないが、水島爾保布、そして少なくとも谷崎本人は、丸善を通して、あるいは図書館の蔵書や個人の持ち込みによって眼にしていたことは確実であろう。

しかも、大正時代に入ってからは、このビアズレーの絵は、なにも一部の愛好家のみならず、かなり多方面に知れ渡っていた感がある。[10] ビアズレーの本邦における本格的紹介の嚆矢は、『白樺』明治四十三（一九一〇）年六月号及び四十四年九月号に柳宗悦の解説によってなされたものであるが、[11] この紹介が、明治末から大正期にかけての学芸以外の方面にまで波及した、一種のビアズレー・ブームの端緒となったといってよい。試みに『資生堂宣伝史』第一巻歴史篇を繙いてみると、『婦人画報』大正九年一月号に掲載された資生堂の年賀一頁広告は、「ビアズリーの作品のごく一部分を取って、連続模様化した」ものであることや、「本郷の書店から画集を購入し」ていた当時の資生堂意匠部員矢部季《すえ》が、大正十三（一九二四）年に銀座資生堂の包装紙を一新した際、ビアズレー装幀によるベン・ジョンソンの戯曲『ヴォルポーネ』（Leonard Smithers, 1898）の扉画そのままのデザインにしたこと等の事実を知ることができる。[12]

むろん、先に引用した『ウキンダミーヤ夫人の扇』の「はしがき」にあるように、すでに大正中期、谷崎は「ワイルド崇拝者」というレッテルを拒否している。明治四十三年十一月、「刺青」を発表した『新思潮』第三号の「Real Conversation」なる同人の座談で「ワイルド君」と呼称されている谷崎ではあるが、戦後の「若き日の和辻哲郎」（昭和三十六（一九六一）年三月）にうかがえる如く、全面的なワイルド心酔者とは一概にいいかねるようだ。[13] とはいえ、だからといって谷崎本人の言葉をそのまま鵜呑みにするわけにもいくまい。大正初年の谷崎作品において、ワイルドからの影響を見ることは実に容易いことである。ワイルド心酔者ではないといいつつも、それも世間一般のワイルド党の人間と見方が異なっていたということに過ぎぬのであれば、一時は

「ワイルドの唯美主義、快楽主義に心酔し、元禄袖の着物などを着て得意になっていた」(14)潤一郎である。ワイルドを、そしてその出版物ですら相当に意識していて当然であろう。「人魚の嘆き」本文には、「さうして、たとへばあの、ビアヅレエの描いた“The Dancer's Reward”と云ふ絵の中にあるサロメのやうな、悽惨な苦笑ひを見せて」という人魚を形容した一節が見える。「人魚の嘆き」を執筆した大正五年十二月に、潤一郎にこのような挿絵本出版の意図があったかどうかは定かではないが、作中にまでその名を出すとは、谷崎が如何程ワイルドの英訳本を意識していたかが知れるというものである。

『人魚の嘆き 魔術師』を、単なる作品集としてではなく一種の「詩画集」として、あたかも東洋のワイルドによる日本版『サロメ』として出版しようとしていたのではないかという疑念は、たとえばその広告などを見ても強まるのである。『人魚の嘆き 魔術師』が発売された当時、文芸誌には一斉にその広告が掲載されていたのであるが、それらの文芸誌のなかの一冊、大正八年十二月の『新小説』を繙いてみると、「谷崎潤一郎氏著作」と横書きで銘打った春陽堂の一頁広告が掲載されている。そこには、「画と小説」という角書の下、「人魚の嘆き 魔術師」と白抜きで印刷され、次のような広告文が掲げられている。

> 谷崎潤一郎氏は当代の鬼才、筆下に百段の錦繍を展べ、胸中に萬顆の珠玉を蔵す。殊に其「人魚の歎〔ママ〕き」「魔術師」の二編に至つては、正に天下第一の奇文。（中略）才思は奔放なる事、盤古が混沌の闇を闢くが如く、文章は魂麗なる事、女禍が五色の石を練るに似たり。加ふるに水島爾保布氏の彩管を揮ふや、有声の画と無声の詩と善く相待ち相応じて、沈香亭壮牡丹に香を生じ、未央殿前月輪亦孤ならざるかと疑はる。古往今来此書と比肩すべき者、かのビイアズレエが挿画を加へたるワイルドの神品サロメを措いて、未嘗有らざるなり。（後略）

『人魚の嘆き 魔術師』出版広告（『新小説』大正8年12月）

この「春陽堂主人白」という名の入った文章には、「かのビイアズレエが挿画を加へたるワイルドの神品サロメ」と、英訳『サロメ』を神品と謳い、『人魚の嘆き 魔術師』が「此書と比肩すべき」日本版『サロメ』であるといわんばかりの文句が見える。谷崎の、そして出版社の目論見がどこに狙いを定めていたかをうかがわしめる一文であるといってよいが、この宣伝文の筆者は実は芥川龍之介であった。谷崎と芥川には、この時期テオフィル・ゴーティエの共訳といった仕事もあるが、この広告と出版に関する経緯については詳らかではない。(15) 谷崎と芥川のつき合いは、谷崎の「口の辺の子供らしさ」（大正六年十月）や芥川の「谷崎潤一郎氏」（大正十三年二月）等からうかがわれるが、このように出版物の宣伝文まで執筆しているという事実は興味深いところである。

『人魚の嘆き 魔術師』出版から一年半が経過した大正十（一九二一）年一月に出た潤一郎初の全集である『潤一郎傑作全集』（全五巻、春陽堂）第一巻初版本の奥付裏の頁には、春陽堂から出されている谷崎の出版目録が印刷されている。(16) そこにはたとえば単行本『呪はれた戯曲』が「長短篇集」として、発売中の書目がジャンルの表示をなされて並んでいるのだが、ここで『人魚の嘆き 魔術師』は「絵本」として銘記されている。「画と小説」にせよ、はた「絵本」にせよ、谷崎の挿絵本が単に「短篇集」とされていないことは、この出版に関する谷崎側の意図の裏付けるものとして軽視出来ぬものがあろう。加えて、ビアズレーを彷彿とさせる水島爾保布の挿絵についても、出版社側が独自に企画したものであったわけではなく、谷崎自身が直接水島爾保布に依頼したことが、爾保布の息子である今日泊《きょうどまり》亜蘭《あらん》の回想「父、爾保布を語る」に明らかにされている。

今日ワイルドの「サロメ」といえば、正に世紀末趣味を象徴する作品として誰しもビアズレーの挿絵をまず脳裏に想起するであろうが、このような意味で、英訳『サロメ』は、作家と画家の作品が融合した希有な例として遍く人に知られている作品である。ワイルドのテキストとビアズレーの挿絵は、いわば一にして不可分な存在であるといってよいだろうが、当時の谷崎も、恐らくワイルドの驥尾に付して己の著書にこのような意図を傾けており、その成果が『人魚の嘆き 魔術師』であったと考えられる。また、そこには同時に、西洋十九世紀末の作家ワイルドに比肩する東洋の「作家谷崎潤一郎」という、読者や世間に対する作家自身のイメージをなぞらえたかのような印象さえうかがわれる。

が、それればかりではない。『人魚の嘆き 魔術師』の水島爾保布の挿絵を端緒にして、潤一郎に、「人魚の嘆き」の視覚的イメージが蟠踞し、人魚の系譜とでもいうような一連の作品群が生み出されていくことになるのである。

4 挿絵と人魚の系譜

泉鏡花や江戸川乱歩等の挿絵でも知られる水島爾保布は、[17]『自画像』（春陽堂、大正八年十二月）、『AとBの話』（新潮社、大正十年十月）と、その後も谷崎の著書の装幀挿絵を担当することとなるのだが、[18]『人魚の嘆き 魔術師』については谷崎から依頼があったという。[19] 水島は他方、周知のように随筆家としてもよく知られていよう。

『水島さんの画はどんな画です。』と問ふ人を満足させるのは容易ではありません。『さうですね、深い深い海底に妖艶な人魚が海藻にからんで遊んでゐます。そのまわりに大小無数の水珠が美しく描かれて…………』と云ひかけると、『水の中には何うして水珠が出来ます。』なんて揚げ足を取る奴がある。小学教員らしいのが助け船を出してくれて『それは物理学に所謂気泡といふ奴でせう。』とお里を現はします。知つたかぶりのおせつかいが『水島さんの線は何といふ美しいデリケートの線でせう。殊に或る魔女の髪の毛が三十六萬八千二百四十七本半、こくめいにスーイくと描いてあつたのには驚かされました。』と口を出します。(20)

これは大正十二(一九二三)年に出た水島爾保布の随筆集『愚談』に寄せられた長谷川如是閑による序文の一節であるが、如是閑は、「悪魔美」(21)とまで形容する爾保布の画の代表例として、ここで人魚の絵を挙げている。むろん、ここでいわれている爾保布の画が「人魚の嘆き」の挿絵であり、「魔女の髪の毛」という方も「人魚の嘆き」の神経質に細かく描かれた人魚の毛髪を指しているであろうことは、ほぼ間違いないと見てよい。この随筆集には『人魚の嘆き 魔術師』で使用された絵が収録されているわけでもなく、人魚というモチーフは以前から爾保布が取り上げていた画題ではあったが、当時爾保布は画集を出していなかったことを考慮すれば、谷崎のための挿絵が、当時少なからず爾保布の代表作として知られていたと推察できる。

その後の谷崎作品で、この爾保布の挿絵が、正に『人魚の嘆き 魔術師』の一枚として、会話の話題に出てくるものがある。それは、先に引用した芥川の広告文が掲載される直前、大正八年十一月号の『新潮』に載せられたエッセイ風の小品「秋風」においてであった。

「おい君、ちよいとさうして居たまへ。さうしたところのポオズが馬鹿にいゝね。ねえ、絵になつて居るぢやありませんか。」

S子が湯の中から半身を現はして腰かけながら、両肘を張つて髪の毛をいぢくつて居ると、Tがさう云つて私の方を顧みる。

「兄さん、一つ『人魚の嘆き』をやつてみませうか。」

と云つて、S子はしなしなとした長い手足をひねつて水島君の挿絵にある人魚のやうな形をする。

この作品は、大正八年夏に谷崎が妻子を連れて塩原温泉に滞在していたときの模様を綴ったものである。三人で温泉に入っている場面からの引用であるが、S子というのは谷崎の義妹せい子のことと見られる。ここでは「水島君の挿絵にある人魚」と、あたかも読者が爾保布の挿絵を既知の存在としていて当然との如く谷崎は書いている。発表時点で『人魚の嘆き 魔術師』はすでに発売されており、自己宣伝的に受け取られてしまうこともあったかもしれないが、右の一節は、すでに谷崎のなかで「人魚の嘆き」という作品のイメージが、水島の挿絵によって確固たる形象として脳裡に焼き付けられ、その人魚のイメージを愛人であったせい子の姿に合わせ重ねて固着させていた、という感を抱かせるに足る一節とはいえまいか。

大正活映に招聘され、映画への本格的な取り組みを始めていく潤一郎にとって、水島の挿絵へと定着することによって形象化した谷崎のイメージのなかの人魚という美的形象は、映画という可視メディアの可能性への期待から、必然的に平面的イメージより三次元的イメージへと変貌を遂げたのではないかとしたら、いささか強引に過ぎるかもしれない。だが、映画撮影所を舞台とした長篇小説「肉塊」(大正十二年一〜四月)において、主人公吉之助が撮影しようとする映画というのが「人魚の嘆き」に酷似しているのである。主人公である吉之助の筋書きには、宮殿に住んでいる「一人の若いプリンス」が水槽のなかの人魚に憧れ呼び掛けるが「人魚は狭いガラスの中へ入れられて、自分の故郷のひろびろとした海の底を慕つて」おり、「囚はれの境涯を嗟くやうな」顔つきをしている、とあり、さらには次のようにもある。

人魚は恰も夢遊病に似た表情で、ニコリともせずに、静かに体を藻の褥から起すやうにする。と波のままに漂つてゐた髪の毛が珊瑚の枝に絡まつてゐる。それを両手で梳りながら上半身を起してプリンスの方へ泳いで来る。人魚よ、人魚よと、プリンスが云ふ。人魚も何か云つてゐるが、その言葉は一つ一つ水晶のやうな泡になつてガラスの面を伝はるばかりだ。魚もプリンスも思はずその泡の光に驚いて、不思議さうにそれを見上げる。………

先ほどの如是閑の言葉を想起していただきたい。「珊瑚の枝」(「海藻」)に絡まる髪といい、「泡の光」(「水珠」)といい、爾保布の挿絵そのままである。このように見てくると、爾保布による挿絵のイメージが作家の中でどれだけ尾を引いていたかを示していよう。作中、この泡の光を表現するのに案を練る吉之助は、二次元のイメージを三次元に起こす潤一郎自身の姿にさえ見えてくるようにも思われる。映画から再び文芸に本腰を入れ始めた潤一郎が、己の人魚の観念を映画によって造形化する過程を小説として描いたものが「肉塊」であったとするなら、その観念美の実体化であった白皙の人魚役、混血児グランドレンは、挿絵を真似するS子がその原型であるところの、「痴人の愛」のナオミへ、そして「青塚氏の話」の由良子へと受け継がれていったということができるであろう。グランドレンの体形は西洋人、つまり、「金色の死」で主人公岡村が恋い焦がれた「西洋人」の肉体、潤一郎があられもなく西洋人への肉体憧憬を表白した「創造」での肉体なのであるといってもよい。大正期の谷崎作品においてこうした人魚の系譜はさまざまに変型しながら形象化されたモチーフであったのである。(22)

このような流れを見ていくと、『人魚の嘆き 魔術師』という単行本が、「単行本の形にして出した時に始めてほんたうの自分のもの、真に「創作」が出来上がつた」と感ずるという作者の意図に適ったものであり、作品本文のみでは知り得ない作家のイメージをうかがい知るためにも重要な一本であることが理解されよう。爾保布の挿絵によって視覚的形象としてそのイメージが定着した人魚像が、作家のなかで、千葉伸夫が指摘するようにアンネッテ・ケラーマン主演の映画「海神の娘」でのイメージや、正にそのケラーマンを真似する（「アマチュア倶楽部」撮影時のスチールにせい子がケラーマンのポーズを真似しているものがある）作家の愛人せい子へとつながり、より立体的な、具体的なものとして後々まで継承されていくのである。(23)

『人魚の嘆き 魔術師』という挿絵本を通して、ワイルドの『サロメ』を思わせる谷崎潤一郎の出版の狙いと、谷崎のなかの人魚イメージの形象化の過程とを見てきたわけだが、いわば「詩画集」であった『人魚の嘆き 魔術師』の挿絵の喚起させるイメージが、単に読者に向けてばかりではなく、作家自身にさえも、その観念美の形象化の過程において少なからず力を及ぼしていたと考えてもよいだろう。そして人魚に象徴される美的イメージが、ボードレールの永遠女性、そしてプラトンのイデア説を踏まえながら、次には銀幕のなかに求められていくのである。

◉註

（1） 詳しくは、磯田光一「『近代情痴集』私考」（『国文学』昭和五十三（一九七八）年八月）を参照。なお、関川左木夫「小村雪岱・ビアズレイ・谷崎潤一郎」（『版画芸術』昭和五十四（一九七九）年一月）には、谷崎から、『近代情痴集』を装幀した小村雪岱宛の書簡が写真入りで紹介されている。

（2） 当時の出版広告には「装幀界における浮世絵趣味の復活」とのコピーが出ている（『朝日新聞』大正四年六月十六日、1面）。美装本で知られる版元だが、谷崎がどの程度装幀にかかわっていたかは不詳。

（3） たとえば大正五年九月十二日の『読売新聞』には、「文壇第一の注意人物」という記事が出ており、「当局は気の毒にも谷崎氏を第一注意人物として、容赦なくやつゝける積りとの事で中央公論の滝田君は折角十月号に載せ様として、もう組みまで済んだ原稿をどうしたものかと青息ついてゐるさうである。当局者の一人は、谷崎氏の作はワイルド張りのものでずつとまづいものだから絶対に許さぬ」（7面）云々と書かれている。

（4） 発禁本と言われているが、出版警察資料『禁止単行本目録自明治二十一年至昭和九年』（内務省警保局、昭和十（一九三五）年）に『人魚の嘆き』は記載されていない。斯学の泰斗齋藤昌三による『現代筆禍文献大年表』（粋古堂書店、昭和七（一九三二）年十一月）の大正六年五月の項には、確かに風俗壊乱による発禁本として「人魚の嘆き（風）谷崎潤一郎　春陽堂／挿絵のため」（207頁）とあるのだが、同じ齋藤昌三の『近代文芸筆禍史』（崇文堂、大正十三年一月）の巻頭には「一、筆禍史とは云へ、なかには、当局の好意によつて、禁止に至らず、単に一二頁の削除のみによつて、発行を許されたものもあり、それ等は第三章に於て別に註を加へることゝした」（2頁）とあり、その第三章には「人魚の歎き《ママ》／著者が著者だから直ちに題材や描写の上の欠点と、合点されるのも無理はないが、この書の禁止はおそらく内容に関係なく、本間国雄の挿画の異形なのが問題となつたものであらう」（81頁）と記されている。この件に関する公の書面は存在せず（署長クラスの幹部にのみ配付された秘密文章『出版警察報』は昭和三年から発行。発禁の経緯等が書かれている）、事実は杳としてしれぬが、齋藤が記した如く挿絵削除のみで、出版法第二十七条が執行（軽禁錮又は罰金）されたというわけではなかったようである。

（5） 因みに、短篇集『麒麟』（大正三年十二月）には、「麒麟」横山大観画、「誕生」安田靫彦画、「信西」長野草風画、の三葉がコロタイプ印刷で入り、ほかに「捨てられる迄」「恋を知る頃」平福百穂画の二葉が凸版印刷で本文に入っている。

（6）中井英夫「解説」（谷崎潤一郎『人魚の嘆き・魔術師』中公文庫、昭和五十三年二月）、100頁。現在水島爾保布の「人魚の嘆き」及び「魔術師」の挿絵はこれで見られるが、この文庫本には春陽堂本に入っている二枚の多色刷り巻頭口絵、裏表紙及び奥付裏のカット、扉頁のデザインが収録されていないことを付記しておく。

（7）この副題について先行研究において触れたものとして、細江光「谷崎潤一郎と詩歌——そして音楽・声」（野山嘉正編『詩う作家たち』至文堂、平成九（一九九七）年四月）があり、「成功したとは言い難いが、小説と詩を融合させようとする意欲は明らかであった」（167頁）と述べている。

（8）『サロメ』の出版に関しては以下の資料を参考にした。図録『オーブリー・ビアズリー展』（群馬県立近代美術館ほか、平成十（一九九八）年二月）、図録『ビアズリーと世紀末展』（伊勢丹美術館ほか、平成九年）、Stuart MASON : *Bibliography of Oscar Wilde (New Edition)*, London, Bertram ROTA, 1967、Mark Samuels Lasner : *Selective Checklist of the Published Work of Aubrey Beardsley*, Boston, Thomas G.Boss Fine Books,1995。

しかし右に挙げた文献では、英訳初版（Elkin Mathews & John Lane, 1894）の発行部数を、全部で八百七十部、豪華版百二十五部普及版七百五十五部、豪華版百部普及版五百部、とそれぞれ異なる表記をしている。しかしこれは、青色布装の普及版七百五十五部（内、五百部はイギリス国内での販売）、判型を大きくして本文用紙に和紙を用いた緑色絹装の豪華版百二十五部（内一百部はイギリス国内での販売）という最新版の書誌であるラスナーの表記が正しいと思われる。

（9）「ウキンダミーヤ夫人の扇」については、谷崎「上山草人のこと」を参照。また、谷崎が「サロメ」翻訳を依頼されたことについては、潤一郎の大正八年七月五日付精二宛書簡にうかがわれる。精二によれば、この書簡は「「天佑社」と云う書店でオスカア・ワイルドの全集を出版する計画ができ、私も一冊受持ったが、兄に「サロメ」を訳してもらえまいか、若し多忙でだめなら佐藤春夫に訳してもらって、兄の名前で出版してもいいから頼んでみてくれと云われて、私が兄に依頼したのに対する返書である」（谷崎精二『明治の日本橋・潤一郎の手紙』新樹社、昭和四十二（一九六七）年三月、124頁）という。

（10）明治末から大正初年にかけての、日本におけるビアズレー普及状況については、関川左木夫『ビアズレイの芸術と系譜』（東出版、改訂版昭和五十五（一九八〇）年十一月）が詳しい。

（11）図録『ビアズレイと日本の装幀画家たち』（阿部出版、昭和五十八（一九八三）年四月）の「解説」において、関川左木夫はこの特集号について触れ、「この特集は海外各国におけるワイルドの『サロメ』の上演に刺激され、明治40年、わが国も森鷗外訳で歌舞伎座で上演された『サロメ』についての関心もあって、またブレイク、ムンク、カンディンスキィなど、ラファエル前派あるいはアールヌウヴォの画家に対する関心も重なって、富裕な華族の子弟であった『白樺』同人は、容易に原書を入手して閲読することもでき、特集の挿絵から判断しても、『サロメ』のみならず、少なくともビアズレイの『50葉画集』の2巻、初期、後期、未採集『ビアズレイ画集』3巻と、モダン・ライブラリイ版の『ビアズレイの芸術』などは揃えて所有していたものとみられる」（111～112頁）と述べている。

(12) 『資生堂宣伝史1 歴史』（資生堂、昭和五十四年七月）、40頁、145頁。なお、関川前掲『ビアズレイの芸術と系譜』には、ビアズレーに影響を受けた人物として矢部季が挙げられており、「最近筆者は詩人であり図案家でもある氏を訪問したとき、その身辺には一八九九年に刊行された「ビアズレイ画集」が在り、そこで資生堂意匠部の創設時代、川島理一郎などが欧州から意匠部のために持ち帰った装飾図案の文献のことが話されたが、ここでも「白樺」を通ずるビアズレイの導入路線の存在が明らかになった」（157頁）とある。

(13) 大正初期の谷崎が、どれ程ワイルドに多大な興味を寄せていたか、それはたとえば滝田樗陰の報告からもうかがえるところである。滝田の「谷崎氏に関する『雑談二三』」（『新潮』大正六年三月）では、滝田は当時の谷崎の書棚にあった書目を洋書を中心として紹介しているが、すでに「ワイルドは何だか厭きて来た、其れよりも此方が面白い」（29頁）と、ワイルドに飽きてきた谷崎の言葉を伝えつつ、しかし谷崎がどのようなワイルド関連書をまで読んでいたかを記しており、「氏はワイルドなりポーなりが、面白いとなれば殆んど全人格的に其作家のものを精読する。其人の伝記も読む、論文も読む。其作家の作物なり生涯なりを殆んど身読するまで研究する。氏の書棚には今ワイルドの作物はあまり沢山はないやうだが、例のワイルドの男色騒の御本尊 Lord Alfred Douglas がワイルドと自分との関係を書いた“Oscar Wilde and Myself” を初めロバート・エチ・シエラードの「ワイルド伝」もアーサー・ランゾムの「ワイルド伝」もあつて、ドグラスのとシエラードのは余程精読したものと見えてアンダーラインや書き入れやらがなか〳〵沢山ある」（同）とある。作家がどれだけワイルドに熱中したかがわかるというものであろう（ワイルドは明治末年から大正にかけて日本で一種のブームを引き起こしていたわけだが、伝記の類も多数輸入されたようで、たとえば明治四十二（一九〇九）年三月の『趣味』に掲載されている岩野泡鳴「私行上からみたオスカーワイルド」では、シェラード本を詳しく紹介している）。右で滝田が挙げているワイルドの伝記は、Lord Alfred Douglas : *Oscar Wilde and Myself*, London,

John Long, 1914、Robert Harborough Sherard : *Oscar Wilde ; The Story of an Unhappy Friendship*, London, Greening, 1905、Arther Ransome : *Oscar Wilde: A Critical Study*, London, Martin Secker, 1912 であるが、ワイルド関連書誌については、平井博『オスカー・ワイルドの生涯』（松柏社、昭和三十五年四月）所収の「参考文献書誌」が詳細を極めており（昭和四十六（一九七一）年四月の第四版で増補）、明治から大正にかけての日本におけるワイルド書誌は、同『オスカー・ワイルド考』（松柏社、昭和五十五年七月）の「日本における Oscar Wilde 書誌」が詳しい。

（14）谷崎精二前掲書、117頁。

（15）倉智恒夫は「芥川龍之介とテオフィル・ゴーチエ」（『比較文學研究』昭和四十六年一月）という論考において、芥川がこの翻訳をしていたという証左として大正四年七月二十一日付恒藤恭宛書簡を註で引用しているが、谷崎の名は一切出てはこない。芥川龍之介単独訳の「クラリモンド」については、元々久米正雄訳のゴーティエ短篇集『クレオパトラの一夜』（新潮社、大正三年十月）に収録され、翻訳は久米正雄名義であったが、後に高橋邦太郎が「『クラリモンド』の事ども」（『芥川龍之介全集月報』八号、岩波書店、昭和四年二月）で、「今度『芥川龍之介全集』別冊へ入る事になつたテオフル・ゴオチエの作『クラリモンド』も帝大在学中に試訳せられたもので、アナトオル・フランスの『バルタザアル』と共に芥川氏の仏蘭西文学研究の副産物である。この翻訳は最初、久米正雄氏訳短篇集『クレオパトラの一夜』中に収められて新潮社から上梓せられた。当時すでに名を成してゐた久米正雄氏は芥川氏、成瀬正一氏等と共にこの著訳を為し、久米氏の名にてこれを書肆に売つたのである」（4頁）と証言、以来芥川全集に収録されている。この間の事情については前掲倉智論が詳しいが、倉智によれば、芥川は翻訳の底本はラフカディオ・ハーンによる英訳、*One of the Cleopatra's Night and other fantastic romances*, London, Maclaren and Co.,1907 であるという（因みに、倉智論2頁に記してあるこの英訳書の記述には、恐らく誤植により一九〇七年となるべきところが一八〇七年となっているが、この誤植は関口安義ほか編『芥川龍之介事典』明治書院、（昭和六十（一九八五）年十二月、の項目「クラリモンド」においてもそのまま引き継がれているということに気付いたので一応付記しておく）。しかしその後、細江光「谷崎潤一郎全集逸文紹介1」（『甲南国文』、平成三（一九九一）年三月）が、従来知られていなかった谷崎・芥川共訳「クラリモンド」について紹介し、同「谷崎潤一郎全集逸文紹介2」（『甲南女子大学研究紀要』平成三年三月）では、『社会及国家』大正八年十、十一月、九年一月号に掲載されたこの翻訳について、訳文と仏語原文、芥川が翻訳に用いた英訳文とを比較分析し、「様々な特徴から判断して、久米正雄訳短編集『クレオパトラの一夜』（大三・十刊）に収録された同作品の芥川によるラフカディオ・ハアンの英訳 "Clarimonde" からの重訳をたたき台にして、恐らくは谷崎が単独で、フランス語版 "La Morte Amoureuse" とハアンの英訳をもとに参照しつつ、若干の加筆を行ったものがこれであると推定出来る」（59頁）と述べている。

(16) ここで初版本と銘記したのは、大正十三年十月の「第十版」から『潤一郎傑作全集』が新紙型異装幀で出されており、この新装版の巻末には、潤一郎ではなく、「文芸書類」として漱石の著書目録が印刷されているからである。稿者は初版、十年二月の再版（谷崎目録）、新装された第十版（漱石目録）しか確認できなかった。

(17) まずここに爾保布の画家としての略歴を掲げておこう。水島爾保布（明治十七（一八八四）年～昭和三十三（一九五八）年）東京下谷根岸生まれ。爾保布というのは本名で、『難訓辞典』の著者である父水島慎次郎（鳶魚斎）の命名。明治四十一年東京美術学校日本画科卒業、大正元年、川路誠（柳虹、大正二年卒業）・小泉勝爾（明治四十年卒業）・小林源太郎（明治四十四年卒業）・広島晃甫らと十二名で「新樹社」を結成。大正元年十一月一～七日、赤坂三会堂にて第一回展覧会を開催、十八人七十余点が出品される。水島は「暴王の心臓」「手品」を出品。第二回展は大正二年十一月、虎の門議員会館で二十八名の六十九点を展観、爾保布は「心中未遂」「夜曲」を出品。第三回展は大正三年四月芝公園旧勧業場で、大正五年赤坂三会堂での第四回展で幕を閉じる。爾保布は大正二年、長谷川如是閑に招かれて『大阪朝日新聞』に挿絵を書くことになる。「水島はビアズリの感化を思わせる妖味の空想を弄し、たとえば『暴王の心臓』は縛されて地上に横たえられた女や馬上に相闘う二人の男を描き、後年のシュルレアリスムに似たものがあり、第一回展の『手品』、第二回展の『心中未遂』、『夜曲』等は怪奇の幻影を享楽していた」（森口多里『美術八十年史』美術出版社、昭和二十九（一九五四）年五月、2～8頁）。以前から美術批評や随筆を発表していたが、大正八年の谷崎潤一郎『人魚の嘆き 魔術師』（春陽堂）の挿絵で有名になり、大正九年には、第二回帝展に「阿修羅のおどり」を出品、入選している。また、大正十五（一九二六）年第五回帝展でも「弥次喜多」で入選した。後に爾保布は『大阪朝日新聞』記者になるが、一方、爾保布は随筆家としてもよく知られている。著書に、『東海道五十三次附瀬戸内海』（金尾文淵堂、大正九年年三月）、『愚談』（厚生閣、大正十二年年五月）、『痴語』（金尾文淵堂、大正十三年五月）、『新東京繁昌記』（日本評論社、初版発売禁止改訂版、大正十三年年六月）、『現代ユウモア全集第十五巻 見物左衛門』（現代ユウモア全集刊行会、昭和四年八月）等がある。また、『新文藝』明治四十三年五月号に掲載した「破壊の前」で発禁処分を受けた前歴もある。

さて、爾保布は当時画集を出してはいなかったが、人魚というモチーフに関しては、何も谷崎に依頼されて初めて扱ったというわけではなく、『日本美術年鑑（明治四十五年＝大正元年）』第三巻（画報社、大正二（一九一三）年十一月）によると、爾保布はすでに、明治四十五（一九一二）年十一月一日〜七日に赤坂溜三会堂にて開催された「行樹社第一回絵画展覧会」において、「人魚」という画を出品している。これは後に『美術新報』（大正元年十一月）に掲載され、その後同名の異なる画を『文章世界』（大正四年七月）に口絵として掲載している。谷崎のための人魚の画が爾保布作品としては少なからず有名であるが、爾保布は元々人魚のモチーフを描いていた。

(18) しかしながら、『自画像』及び『AとBの話』の両方とも、書物のどこにも装幀者の名前が記載されているわけではない。しかし、前者は装幀画から、後者は当時の広告から水島爾保布装幀だと思われる。水島爾保布の挿絵、装幀作品については、かわじもとたか編著『水島爾保布著作書誌・探索日誌』（杉並けやき出版、平成十一（一九九九）年年六月）が詳しい。この文献は、大正六年版『人魚の嘆き』の挿絵を爾保布のものと取り違えるなど明らかな間違いも散見されるが、ほかに類書のない爾保布書誌として貴重である。

(19) 今日泊亜蘭「父、爾保布を語る」（『幻想文学』昭和六十三（一九八八）年四月）所収、15頁。今日泊によれば、「その頃、武林無想庵を中心にした芸術家のグループがあって、うちの親父はこっちのはじにいて、谷崎が向こうのはじにいてというような、かなり遠いものだったらしい」（同頁）という。芸術家のグループというのは、同人誌『モザイク』を中心としたグループであろう。同誌は、明治四十五年五月に創刊、大正三年までに全二十二冊を刊行。山本露葉を編集発行人として、同人には、武林無想庵、水島爾保布、太田善夫等がおり、常連寄稿者に生田葵山、昇曙夢、野上臼川、小川未明等がいた。大正四年一月号より六月号まで武林無想庵が編集発行人になったが、その後は続かなかった。佐藤春夫と川路歌子との結婚の仲人を務めたのも水島爾保布夫妻であったことはあまりしられていないが、武林無想庵、辻潤、佐藤春夫などといった人物と谷崎の関係もこの辺りにあるだろう。この辺の事情を伝える文献としては、山本夏彦『無想庵物語』（文芸春秋、平成元年（一九八九）年十月）がある。

(20) 長谷川如是閑「無題」（水島爾保布『愚談』厚生閣、大正十二年五月）、1〜2頁。

(21) 同右、3頁。

(22) ここで言う「人魚の系譜」に関しては、榊敦子「化身の万華鏡」（『比較文學研究』平成元年六月）に示唆を受けた。

(23) アンネッテ・ケラーマン主演の映画「海神の娘」（日本初公開大正六年二月十七日浅草帝国館）は、「痴人の愛」で

「水神の娘」として登場するが、千葉伸夫は『映画と谷崎』（青蛙房、平成元年十二月）で「お伽噺＋肉体美は、谷崎好みであり、『海神の娘』は谷崎を刺激した」（57頁）として、この映画に触れている。この映画の梗概は、『活動画報』（大正六年四月）に掲載されているが、主役のケラーマンは元々水泳選手であり、その後も数篇の映画で人魚役を務めている。因みにケラーマン自身が己の人魚役について語ったものに、『活動倶楽部』（大正九年九月）に翻訳掲載されている、エマリンドセイ・スキール記「美しい人魚の裸身を垣間見んと――ケラーマン嬢の体育増進法」というインタビュー記事がある。

『人魚の嘆き』挿絵考

谷崎潤一郎大正中期の「人魚の嘆き」（『中央公論』大正六年一月）は、後に二種類の挿絵がつけられてそれぞれ上梓されている。春陽堂から出版された作品集『人魚の嘆き』（大正六年四月）と『人魚の嘆き 魔術師』（大正八年八月）である。それぞれ特色のある本であり、前者は縮刷版のような、また後者は絵本のような体裁で、挿絵がどのような役割をそれぞれ果たしていたかということも興味深い。大正八年版『人魚の嘆き 魔術師』についてては以前論じたことがあるが、大正六年版『人魚の嘆き』については、挿絵画家は誰なのかという謎もあり、詳細はわからなかった。が、旧臘『日本古書通信』に掲載された川島幸希「稀覯本の参考古書価（小説―大正篇）」（『日本古書通信』平成十一年十一月）が『人魚の嘆き』を取り上げていることに刺激を受け、その後自分なりに調査した結果、若干の事実が判明したのでそれをとりまとめここで報告したい。

大正六年版『人魚の嘆き』挿絵は、書物のどこにも銘記されてはいないが、従来は本間国雄によるものといわれてきた。それは、橘弘一郎編『谷崎潤一郎先生著書総目録』第一巻（ギャラリー吾八、昭和三十九（一九六四）年七月）という現在谷崎本に関する最もまとまった書影付書誌に「本間国雄画」と掲載されているからでもあろう。また、齋藤昌三『現代筆禍文献大年表』（粋古堂書店、昭和七年十一月）によれば、この大正六年版『人魚の嘆き』が挿絵のために発売禁止となるも、どうやら挿絵削除によって押収はまぬかれ発売が継続されたらし

『人魚の嘆き』初版表紙

「人魚の嘆き」挿絵

い。同じく齋藤の『近代文芸筆禍史』（崇文堂、大正十三年一月）には「人魚の歎き《ママ》／著者が著者だから直ちに題材や描写の上の欠点と、合点されるのも無理はないが、この書の禁止はおそらく内容に関係なく、本間国雄の挿画の異形なのが問題となつたものであらう」とされている。

ということは、すでに大正の頃からこの挿絵は本間国雄画とされていたことがわかる。しかしながら、没後版『谷崎潤一郎全集』の「月報4」では名越国三郎によるものと記されており、これは一体どういうことなのかと以前から疑問であった。

名越国三郎挿絵「人魚の嘆き」

本間国雄に一冊の画文集があることは以前より知っていた。『東京の印象』（南北社、大正三年一月）である（そ

名越国三郎『初夏の夢』（洛陽堂）カバー

名越国三郎「梅雨晴の日」（『初夏の夢』所収）

の後現代教養文庫で復刻）。また、管見によると、本間国雄は明治末年から大正初年にかけて『ホトトギス』『文章世界』の表紙絵や口絵を担当している。このたび改めて実際に雑誌の表紙絵や『東京の印象』に接してみると、本間の太い線によるシンプルで素朴な味わいのある画調と、くだんの「人魚の嘆き」挿絵の、細い、どこかしらビアズレーを思わせる神経質な画調は、画家において画調が変化してゆくことはままあることではあるとしても、同時期の同一人物の筆になるものとは信じられないくらいの間隔があるように思われた。このような疑問にとらわれていたとき、わたしは前掲「稀覯本の参考古書価」によって、「名越国三郎作との説もあるが、知人の所有する谷崎の未発表書簡から、本間の手になることは間違いない」と、谷崎が本間に大正六年版『人魚の嘆き』の装幀依頼をした未発表書簡の存在を知らされたのであった。

後の「装釘漫談」（昭和八年六月）にもうかがわれるように、自著の装幀に細かい神経を行き渡らせていた谷崎は、この頃から装幀・挿絵画家に細かい指示を出していたようである。たとえば、関川左木夫「小村雪岱・ビアズレイ・谷崎潤一郎」（『版画芸術』昭和五十四年一月）に写真入りで紹介されているが、大正八年の『近代情痴集 附り異国綺譚』（新潮社）の装幀挿絵を担当した小村雪岱に宛てて、谷崎は細かい指示を記した書簡を送っている。稿者はむろん眼にはしていないが、たぶん川島論が触れている本間宛書簡も同様なものかと思われる。

しかし、いざこのような書簡の存在を知らされてもなお、依然として大正六年版『人魚の嘆き』挿絵を本間国雄が担当したということには疑問が残るのである。その根拠をここに並べてみよう。

一、「人魚の嘆き」の挿絵が、名越国三郎唯一の画集『初夏の夢』（洛陽堂、大正五年十一月）所収のものと比較したとき、顔や手や髪の毛などという細かいディテールの表現に類似点がみられること。
二、「人魚の嘆き」の挿絵に記されている画家のサインが、名越のサインと同一であること。
三、『人魚の嘆き』発売当時に、『新小説』（大正六年五月）に掲載された春陽堂の新刊広告で、『人魚の嘆き』は本間ではなく「名越氏挿画」とされていること。翌月の同誌には「人魚の嘆き」の挿絵を載せ「名越国太郎氏挿画」とした大々的な広告が掲載されているのである（『新小説』大正六年八月号での『人魚の嘆き』再版の広告も同様）。なお、何故に国三郎が国太郎とされているのかは不明。

これらの事実を念頭に置くならば、大正六年版『人魚の嘆き』の挿絵は名越国三郎によるものと見て、まず間違いない。

とはいいながら、こうなると川島論が知人の所有になるものとして紹介するところの、くだんの谷崎書簡は

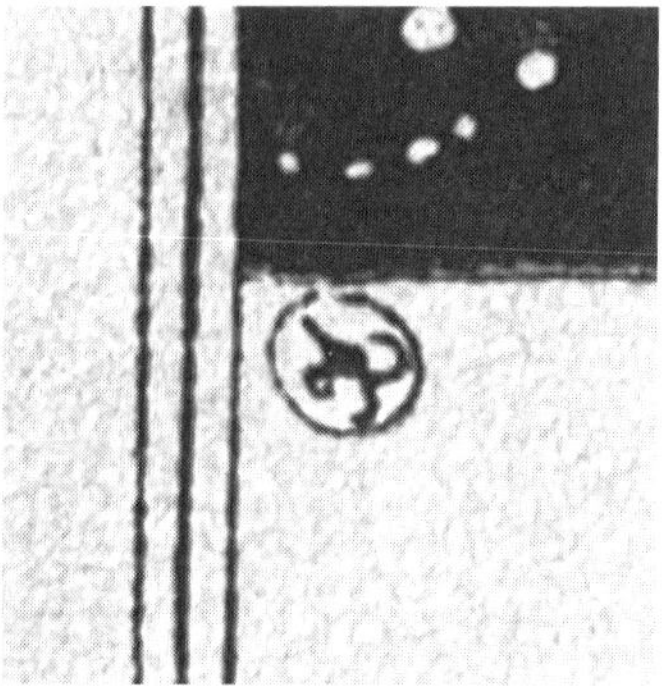

「人魚の嘆き」挿絵の署名部分拡大

「人魚の嘆き」挿絵の人魚の顔拡大

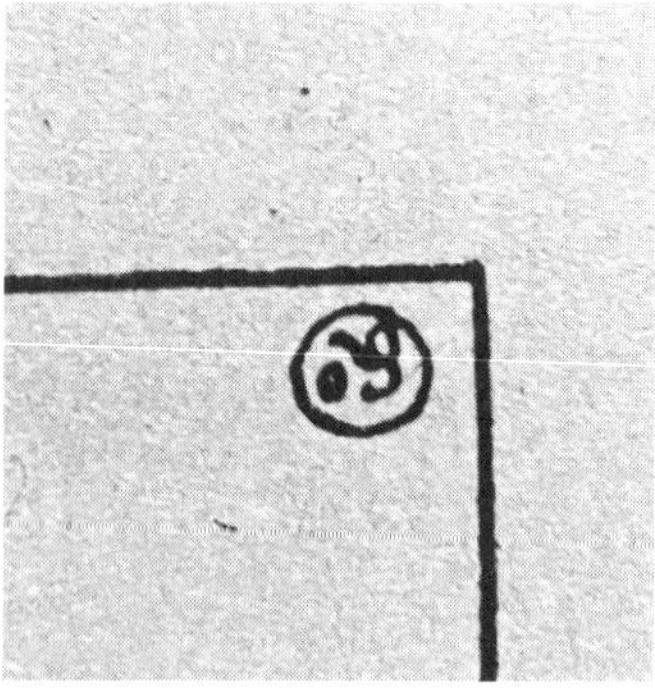

「梅雨晴の日」署名拡大

「梅雨晴の日」顔拡大

谷崎潤一郎著
新刊
名越國太郎氏装畫
人魚の嘆き
多年文壇を風靡せし凡庸主義を打破して光輝ある天才藝術の新旗幟を掲げたる著者が其の作風漸く圓熟の境に入れる新作を集めたるものは本書である。收むる處の諸作みな東方思想と西方藝術との渾熟溶合せるものにして、眞に天才藝術の偉大を傳ふべき華美なる冊子である。
（內容）
□人魚の嘆き □魔術師 □病房の幻想 □鶯姫 □捨てられる迄 □饒太郎
金九十五錢（送料八錢）
（三版）
刺青 外九篇
（內容）
刺青、麒麟、少年、幇間、惡魔、續惡魔、秘密、信西、象、法成寺物語……
九十五錢
送料八錢
東京日本橋通一
振替一六一七
春陽堂
電話本局五一
各書店販賣

『人魚の嘆き』出版広告（『新小説』大正6年6月）

どうなるのか、という疑問が新たに生じる。結論に入る前に、ここで、沈黙に包まれた画家、本間国雄と名越国三郎について少し触れなければなるまい。

本間国雄と名越国三郎

京都市立美術工芸学校卒業後、大阪毎日新聞社に入社した名越国三郎は、『大阪毎日新聞日曜附録』で学芸部部員として挿絵を担当、大正十一（一九二二）年四月に『日曜附録』が『サンデー毎日』として創刊されると同編集スタッフとなり、たとえば同誌連載の江戸川乱歩「湖畔亭殺人事件」（大正十五年一～五月）や小鹿進「双龍」（『サンデー毎日臨増・大衆文芸傑作集』昭和二年四月）等の挿絵を手がけている。編集部員として自ら記事も執筆しているが、『苦楽』『演芸画報』などほかの雑誌や、ゾラ（飯田旗軒訳）『金』（博文館、大正五年一月）の挿絵、また主に『サンデー毎日』発刊当時同編集部部長であった薄田淳介（泣菫）の著書である『お伽噺とお伽唄』（富山房、大正六年十二月）、大阪毎日新聞社刊行の『泣菫詩集』（大正十四（一九二五）年二月）、『泣菫文集』（大正十五年五月）、『猫の微笑』（昭和二年六月）、創元社刊行の『艸木蟲魚』（昭和四年一月）、『樹下石上』（昭和六（一九三一）年十月）などの本の装幀や挿絵も手がけている。画集としては前掲『初夏の夢』がある。

画集もあり、挿絵も多数に及んでいるためか、名越の画業は少し調べただけでこれだけわかったのだが、他方、本間国雄の場合、いままでその画業はほとんど紹介されたことはなかったのではあるまいか。

本間国雄に関しては、先に言及した画業のほかに、『ホトトギス』掲載の挿絵を集めて一本にした高浜虚子編『さしゑ』（光華堂、明治四十四年七月）に、橋口五葉や小川芋銭等の作品と共に本間の作品が収録されており、明治四十五年秋に岸田劉生、萬鉄五郎、木村荘八等と「ヒュウザン会」創立メンバーとして参加、ヒュウザン会第一回展覧会に「せんだく」という作品を出品していたことならわかっていた。当初ここで行き詰まり、本間に関してこれ以上の情報はないと半分諦めかけていた。だが、本間国生名義での画集が存在していたのだった。それは『朝鮮画観』（芸艸堂、昭和十六（一九四一）年三月）、『満州画観』（私家版、昭和十九（一九四四）年一月）の二冊である。

さて、この二冊に寄せられた序文及び跋文によって、本間国雄についていくばくかの事実がわかった。まず、本間国雄は、ワイルド研究で名高かった本間久雄の実弟であったということ。明治末年に白馬会研究所で洋画を学び、第十三回白馬会展覧会に「北国の茶屋」を出品していること。大正初年に岡本一平、北沢楽天等と共に東京漫画社をおこし雑誌『漫画』主宰、また『やまと新聞』『東京日日新聞』で美術記者として活躍していたということ。そして昭和十六年春に朝鮮半島の風景画を中心に第一回個展を、昭和十八（一九四三）年には満州の風景画で第二回個展を開催していたという事実である。それだけではない、先述した本間宛書簡があるにもかかわらず、なぜに挿絵が名越になったのかという理由を推察させるような、ある事実が明らかになったのである。

名越の挿絵と水島爾保布

『朝鮮画観』の坂崎坦「序文」には次のようにある。

元来君は白馬会出身の洋画家であつて、当時世人の視聴を集めた新興美術団体フユーザン会を組織した新知識であるから、その作品はいふ迄もなく、右の『東京の印象』に於ても、普通画人の企及し得ぬ物の見方と、特異の運筆とをもつてゐるのは首肯出来る。しかしこの書の成功が君を駆つて挿絵に、次で漫画に専念せしめ、遂に本来の洋画と絶縁するに至らしめたのは果してよい事であつたらうか。
それから二十五年。杳として消息を断つてゐた同君は、この間筆一管をもつて内地を歴遊し、更に台湾朝鮮に居を移し、只管日本画の研究に余念なかつたといふ事である。

続いて、「そして客冬又、飄然として上京」したとある。この文章の末尾には「昭和十六年二月」と記されているので、本間は昭和十五年末に帰郷したことになる。それから二十五年前というと、大正五年に忽然と東京を去ったということになろう。

となると、川島論での書簡を実際に見たわけでもなく、まして日付もわからないので、あくまで憶測の域を出ないが、次のような仮説が立てられるだろう。谷崎が「人魚の嘆き」を擱筆したのは大正五年十二月だが、すでに大正五年中に潤一郎には短篇集上梓の計画があり、装幀挿絵を本間国雄に依頼、ところが直前になって本間が突然旅だってしまったために、急遽谷崎側が名越国三郎にその矛先を向けた、という推測である。もしこの推測の通りならば、川島論がいう書簡が存在しているにもかかわらず、「人魚の嘆き」の挿絵がどう見ても名越国三郎によるものであるという矛盾は解消されるだろう。

とはいいつつも、単行本『人魚の嘆き』に収録されている絵は、「人魚の嘆き」のほかに、収録されている短篇「魔術師」「病蓐の幻想」「鶯姫」のための挿絵三枚、そして扉絵、表紙絵があるのだが、特に「病蓐の幻想」のための挿絵はほかのものと大幅にその画調を異にしている。これら挿絵を並べて見た印象では、画調も異なり名越のサインも入っていないこの「病蓐の幻想」の挿絵のみ、もしかしたら本間の手になるものかもしれないという疑念も起こる。

また、今回の調査によって、もうひとつ述べなければならないことが判明した。わたしは以前、爾保布が『人魚の嘆き 魔術師』のために描いたビアズレーの影響をありありと窺わせるその挿絵が、はしなくも当時の水島の代表作となっていたようであるという意味のことを書いたことがある。谷崎からの人魚という素材の提供を受けて、爾保布が奔放にその才能を発揮したと稿者は考えていたのだが、実のところ、すでに水島は人魚というモティーフを使った絵を大正六年以前に発表していたのである。それは『文章世界』（大正四年七月）掲載の「人魚」である（不思議なことに水島によるこの人魚は、大正六年版『人魚の嘆き』表紙絵そっくりのポーズをしている）。

この絵の制作年は同誌に記されていないが、明治四十一年東京美術学校日本画科卒業後、四十五年に川路柳虹等と共に「行樹社」を結成した爾保布が、その第壱回展覧会（明治四十五年十一月一〜七日於赤坂三会堂）に「人魚」という同名作品を出品していたことは『日本美術年鑑（明治四十五年＝大正元年）』第三巻（画報社、大正二年十一月）によって確認できる。本間国雄もこの時期の『文章世界』に表紙絵や口絵、挿絵を提供していたこと

「魔術師」挿絵

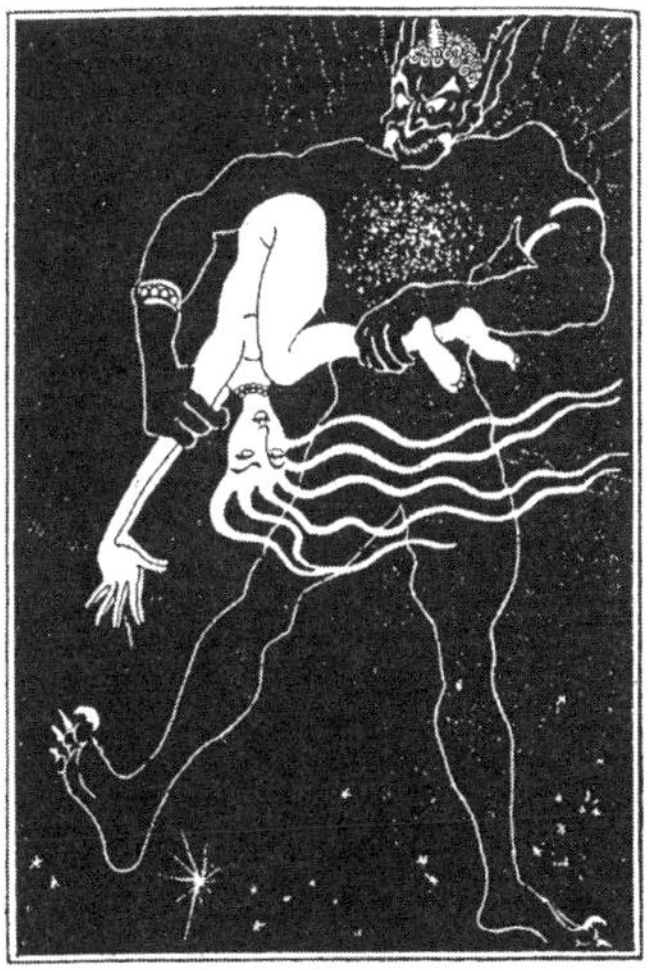

「鶯姫」挿絵 「魔術師」「鶯姫」挿絵が削除されている本があるので、この2枚削除により発売禁止を逃れたと推測される。後述。

水島爾保布「人魚」(『文章世界』大正4年7月、日本近代文学館蔵)

は先述した。谷崎が、なにゆえに本間国雄に挿絵の依頼をしたか、その関係は不明ではあるが、依頼する前にその仕事を見ていた筈である。ここで少し想像をたくましくするならば、潤一郎は本間の仕事が掲載されている『文章世界』を読んでいたおそらくそのときに、裸体の上半身をあらわにしてそのたくましい腕を遊ばせているという水島の「人魚」を見出したのではあるまいか……と考えたくなるのだが、いささか強引に過ぎるだろうか。爾保布の息子、今日泊亜蘭による回想「父、爾保布を語る」(『幻想文学』昭和六十三年四月)によると、大正八年にその挿絵本を上梓するにあたって、谷崎はその絵を気に入っていた水島に挿絵を直接依頼したという。この人魚の絵と「人魚の嘆き」本文中に引き合いに出されているビアズレーが、その後の小説「肉塊」等にも通じてゆく、谷崎における人魚モティーフの源泉であったとするならば、それはそれで面白いことなのであるが、それでは、なぜ大正六年版に水島を使わなかったのかという問題が出てしまう。

さもあらばあれ、「人魚の嘆き」の挿絵の問題について若干憶測を並べ立てたわけであるが、谷崎のうちに「人魚の嘆き」の構想がいつ浮かんだか、そしてこの作品にいつ頃から着手したかは杳としてわからぬし、装幀依頼の書簡の日付も知れないのでは、こうした推理ゲームは似非考証の誹りを受けても当然なのだが、短篇集『人魚の嘆き』の挿絵家をめぐって、謎はまだまだ尽きないようである。

『人魚の嘆き』挿絵考・補遺

「『人魚の嘆き』挿画考——挿画家の謎」は『日本古書通信』(平成十二(二〇〇〇)年三月)に発表、その後に調査して判明したことを加筆してわたしのホームページに掲げていたものである(http://www3.tky.3web.ne.jp/~taqueshi/souga.html)。公開してから二十年も放置していたままであったが、今回本書に収録するにあたって、タイトル表記のほかごく一部文章を改めた。

『人魚の嘆き 魔術師』を論じた拙稿に言及している「初版本の参考古書価」に刺激を受け、図書館に通い一気にまとめたものだが、年も明けて平成十二年一月二十一日、神保町の書肆ひぐらし主人に紹介されて日本古書通信社を訪れ、初対面の八木福次郎社長に原稿をその場で読んでもらって掲載を快諾いただき、誘われるままに喫茶ラドリオでビールを片手に古書界の裏話や佐藤春夫について四時間近くもうかがったことがいまとなっては懐かしく思い出される。

ところで近年、本稿に改訂を迫る新たな研究に接することになった。この補遺ではふたつのそれに触れ、またその後の収集と調査によって判明したことを書いておきたい。

まずは、齋藤昌三『近代文芸筆禍史』や『現代筆禍文献大年表』を参照して、本稿冒頭で「既に大正の頃からこの挿絵は本間国雄画とされていたことがわかる」と書いたことについて訂正しなければならない。執筆当時は図書館で本を参照したのだが、後に同書を実際に入手するに及んで、『近代文芸筆禍史』には「本書校了の後、追補及び正誤を要する個所を左記の如く発見せり」と記した正誤表が挟み込まれており、その正誤表で『人魚の嘆き』当該箇所の記述で本間国雄は名越国三郎の誤りであると明記してあったことが判明した。まことに迂闊な話ではあるが、そうであってみると、もしも橘弘一郎が齋藤の本を参照したとして同じように訂正に気がつかずに本間国雄のものと断じていたのであれば、おそらくそれを参照したであろう紅野敏郎が『近代日本文学誌』（早稲田大学出版部、昭和六十三年十月）で「装幀、扉は本間国雄」としているのもまたそうであろうし、さらにわたしもまさに同じ轍を踏んだというわけである。

それから、新たな研究と述べたが、そのひとつ目が、本稿後半で、名越のサインもなく画調がほかと大きく異なっており、「もしかしたら本間の手になるものかも知れないという疑念も起こる」と書いた「病蓐の幻想」の挿絵についての木股知史の指摘である。

木股は自身のブログ『表現急行』内の平成二十七（二〇一五）年七月十三日付の「大正6年版『人魚の嘆き』の一枚の挿絵」（http://hyogenkyuko.seesaa.net/article/423572871.html）で、本稿を引用しながら、恩地孝四郎「裸形のくるしみⅢ」（私輯『月映』Ⅴ大正三年六月、公刊『月映』Ⅲ同年十二月）を挙げて、「『病蓐の幻想』の挿絵の、人物像の半身は、まったく同じだと言ってよいほど酷似している」と指摘、さらにまた「下部の人体を隠している線は、これまた、恩地孝四郎の《愚人願求》という版画にそっくりである」と、「愚人願求」（公刊『月映』Ⅲ）を挙げる。木股は、「恩地の《裸形のくるしみⅢ》と《愚人願求》を合成すると、『病蓐の幻想』の挿絵ができあがる、といってもよいだろう」として「『病蓐の幻想』の挿絵の作者は、公刊『月映』Ⅲを見ていたのに違いない」と書いている。

実際、比較してみると木股の指摘通りのようであり、恩地が『人魚の嘆き』に関わってはいないとなると、これは名越が当時『月映』を見ていて、つまり身も蓋もなくいってしまえば、いわば盗作的に転用したものともいえる。しかしまた、「病蓐の幻想」における歯痛と感覚の錯乱ともいうべき描写を視覚化するのに、こうした象徴主義的なイメージはピッタリとしたところがあり、同時代の恩地作品へのオマージュと名越による「病蓐の幻想」作品イメージが共振することによって産み出されたものと捉えてみると、転用云々を超えて、谷崎作品と同時代の象徴主義的イメージの交錯と展開の実例を見る思いに駆られる。本書収録「谷崎本書誌学序説」谷崎全集月報のところで触れた投稿コマ絵の作品群と並べてみると、当時の象徴主義版画と草の根的イメージの同時代的展開は極めて興味深いところである。

さて、いまひとつが、水島爾保布の人魚の絵についてである。本稿で、谷崎が『人魚の嘆き 魔術師』の挿絵を爾保布に依頼したのは、「潤一郎は本間の仕事が掲載されている『文章世界』を読んでいたおそらくそのときに、裸体の上半身をあらわにしてそのたくましい腕を遊ばせているという水島の「人魚」を見出したのではあるまいか」と書いた。谷崎の爾保布への依頼は『文章世界』掲載の人魚の絵がそもそもの由来ではなかったかと考えたのである。さらに、「不思議なことに水島によるこの人魚は、大正六年版『人魚の嘆き』表紙画そっくりのポーズをしている」と人魚モチーフのみならず、そのイメージのあり方が名越による表紙絵にも展開されていることについて指摘した。

実は水島爾保布は、本稿で挙げた『文章世界』掲載の「人魚」の前に、『人魚の嘆き 魔術師』の画の源流ともいうべき人魚の画を発表していた。桐原浩「水島爾保布の大正前期『大阪朝日新聞』挿画について」（『新潟県立近代美術館研究紀要』平成三十一（二〇一九）年三月）によると、それは無題画（『大阪朝日新聞』大正四年二月二十一日）で、附録の紙面の四分の一近くを占めるサイズのものである。桐原は、水島爾保布の大阪朝日新聞社入社前後の流れと同紙掲載の画を解説しながら、山名文夫の「そのころ大阪には、水島爾保布が谷崎潤一郎の〈人魚の嘆き〉などの挿画を描き、名越国三郎は〈毎日新聞〉にゾラの〈金〉の挿画を描き、いずれもビアズレー派と目されていた」(『新装復刻版体験的デザイン史』誠文堂新光社、平成二十七年三月)を引き、ここで山名がいう「人魚の嘆き」挿絵は、大正七(一九一八)年十月に大阪朝日新聞社を辞職した後の大正八年の『人魚の嘆き 魔術師』のものではなく、『大阪朝日新聞』掲載の人魚の絵ではないかと指摘。さらに、この無題の人魚の絵が、「一見して後の『人魚の嘆き 魔術師』挿絵を思わせ、それらの表現の原型となったことは間違いなかろう」とし、「谷崎自身が「人魚の嘆き」の挿絵を依頼したというが、この『大朝』挿画が念頭にあったのだろうか」と述べている。

実際、桐原の紹介する絵を見る限り、この絵と『文章世界』の「人魚」、そして『人魚の嘆き 魔術師』の挿

名越国三郎「病蓐の幻想」挿絵(『人魚の嘆き』所収)

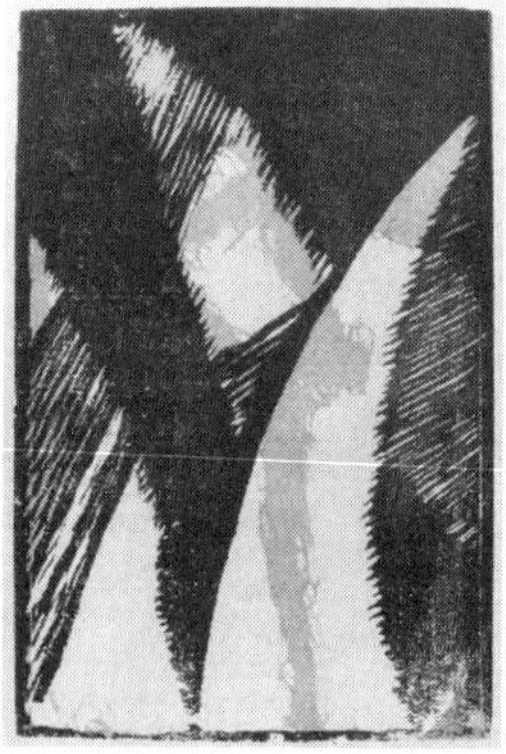

右が**恩地孝四郎「裸形のくるしみⅢ」**(私輯『月映』大正3年6月)『月映』展図録より。左が**恩地孝四郎「愚人願求」**(公刊『月映』大正3年12月)『月映』展図録より。

絵へと爾保布の人魚イメージの連鎖があるのは間違いないだろう。特徴的な線の細さによる毛髪や鱗の描き方、また毛髪や水流、水玉の黒白画面での絶妙な効果は、極めて印象的である。ただし、当時の谷崎が『大阪朝日』のみに掲載された人魚の絵を見ていたかという点については、むしろ『文章世界』で爾保布を見知ったとした方が自然かとも思われるが、あるいは当時の人的交流のなかで『大阪朝日』の絵を知り得た可能性も否定できない。また、桐原は指摘していないが、爾保布による画風の異なる人魚と人魚のような水中の人間（尾鰭ではなく脚がある）の絵が『サンデー毎日』（大正十一年七月十日）に掲載されている。ビアズレー的な画風の女性（「浪」）と、爾保布独特のディフォルメで描かれた人魚（「人魚」）である。なお、桐原には「水島爾保布とビアズリー：行樹社展と『モザイク』を中心に」（『新潟県立近代美術館研究紀要』平成二十九（二〇一七）年三月）もあることを付け加えておく。

また大正六年版『人魚の嘆き』についても、その後いろいろな情報が出てきた。もともとは四枚挿絵があるものだが、初版でそのうち二枚が削除され、四枚揃っている無削除版が珍重されてきた本である。わたし自身も、再版（大正六年四月二十五日）、六版（大正八年九月五日）、八版（大正九年四月二十五日）、十版（大正九年十一月二十五日）、十二版（大正十一年九月三十日）と、現在までにダブりも含めて計六冊を入手した。川島幸希『私がこだわった初版本』（人魚倶楽部、平成二十五（二〇一三）年十二月）によると、重版は十六版まで確認されているが、著者によれば十六版は大正十二年七月十五日発行とのこと。従来この本の初版には同装幀の色味違いのほかに、白表紙でタイトルと著者名が活字体の異装本が確認されている。異装本は初版のみのようだが、本自体は意外なほど重版の息が長く、同じ春陽堂の『刺青 外九篇』（大正五年九月）の続篇的な位置づけの本として重版を重ねていたのだろうと思われる。前掲「初版本の参考古書価（小説―大正篇）」で川島が指摘するように、従来は発売禁止といわれていたが実はそうではなく、「内務省警保局からの事前警告により、あわてての二枚を切

水島爾保布「みなそこ」(『週刊朝日』大正12年7月5日)

水島爾保布による人魚(『大阪朝日新聞』大正4年2月21日)

水島爾保布「人魚」(『サンデー毎日』大正11年7月10日)

水島爾保布「浪」(『サンデー毎日』大正11年7月10日)

って発行許可を得た」のであろう。ただし、わたしが所持する再版本は初版で削除された二枚の挿絵（「魔術師」「鶯姫」）の切除痕がある。また、『扶桑書房古書目録』平成二十一年夏号（平成二十一（二〇〇九）年六月）には、再版本で四枚の挿絵が入っている本が写真入りで掲載されている。再版本について前掲『扶桑書房古書目録』は「なぜ再版本にも無削除版があるのか」「初版本と同時期に削除した、すなわちすでに再版も製本済みだったと考えるのが適当であろう」と解説しているが、おそらくその見立て通りと思われ、初版も再版も同時に刷って初版から製本し出荷、または初版再版共に製本しほぼ同時に出荷していたということになろうか。三、四、五版は未見だが、ほかの実見した六版以降の重版は、表紙の色、表紙の人魚の角度、箔押しタイトルの字間に種々違いがあり、奥付は新組み、印刷所も異なり、奥付後の広告も一頁のみとなり定価や検印も変わる。また函付を確認している。それに比べて再版は、初版と同じで外見では見わけがつかないといったところからも、初版再版同時出荷説を疑わせる。もしそうであれば、初版で削除されたにもかかわらず、無削除の再版が存在するのは、納本後に警告を受けた際、すでに出荷してしまったものが無削除版であり、そのなかには初版と同時に刷って製本していた再版本もあったからだと推測される。

また、本間国雄（国生、逸老庵）について、本稿では「本間は昭和十五年末に帰郷したことになる。それから二十五年前というと、大正五年に忽然と東京を去ったということになろう」と書いた。大正初年に『漫画』を主宰とも記したが、その後、本間が編集発行人に名を連ねたのは大正六年一月に神田駿河台の漫画社より創刊された雑誌『漫画』で、雑誌自体は七、八号で短命に終わったが、主宰でもあり常連寄稿者であったともいわれ（須山計一『日本漫画一〇〇年』鱒書房、昭和三十一年四月）、大正五年ではなく、大正六年半ばくらいまでは東京にいたのではないかと思われる。図録『本間国雄展』（米沢市上杉博物館、平成二十三（二〇一一）年十一月）収録の「本間国雄について」によれば、「大正七年頃を最後に一旦表舞台から遠のいて行く」とあるが、これは『新

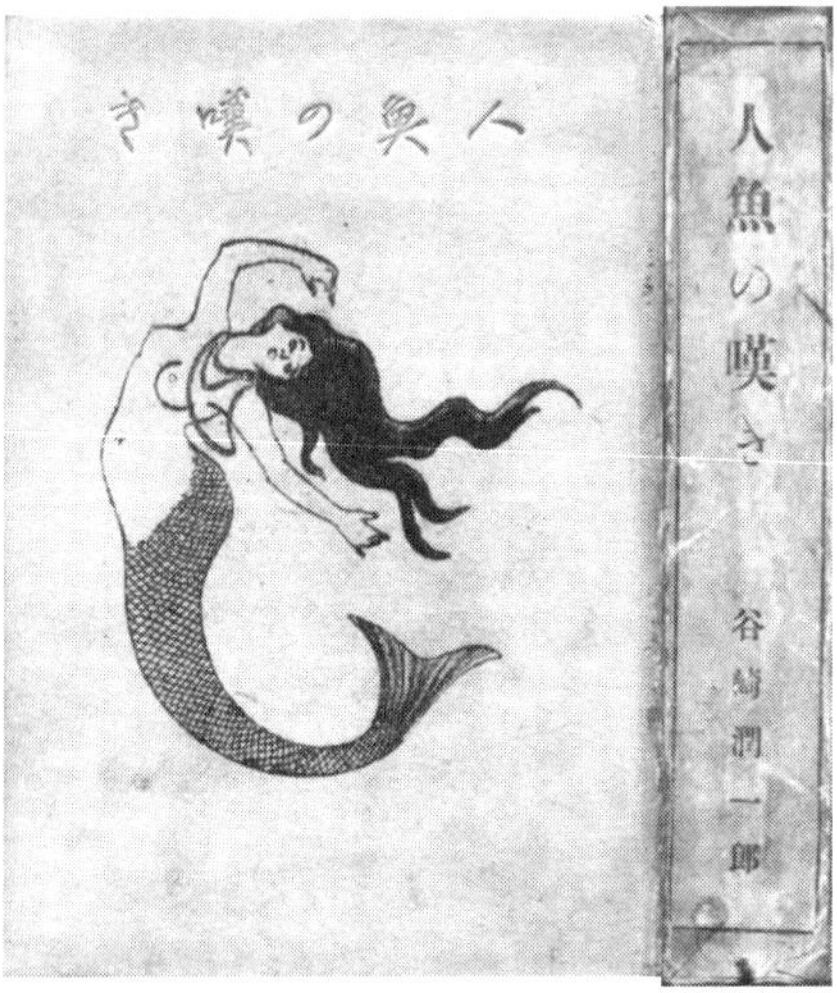

『人魚の嘆き』6版表紙函

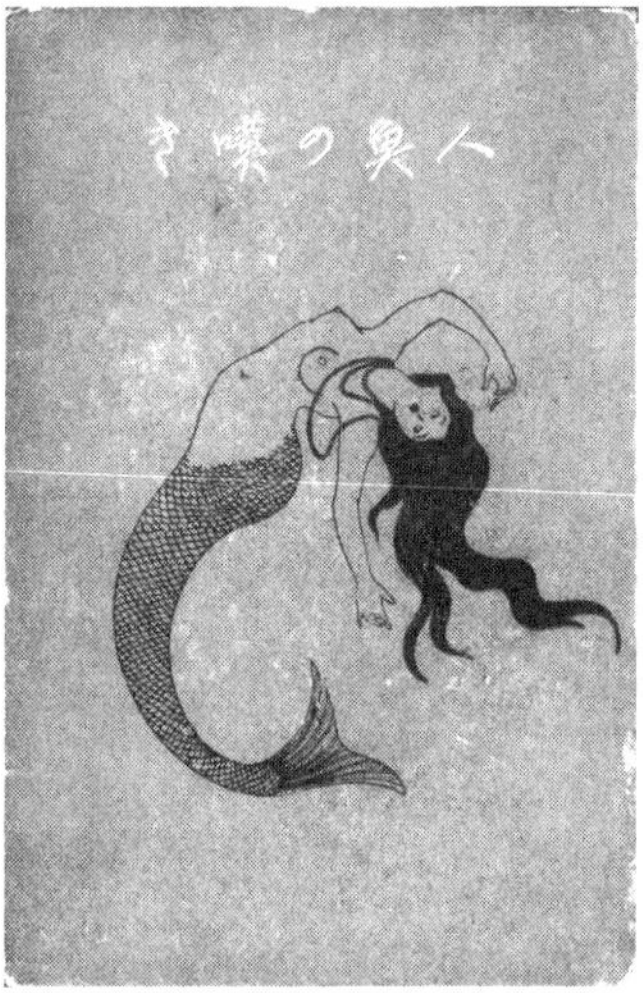

『人魚の嘆き』再版表紙

大正六年四月十六日印刷
大正六年四月二十日發行
大正八年九月五日六版

（人魚の嘆き）
實價金壹圓拾錢

著作者 谷崎潤一郎
東京市日本橋區通四丁目五番地
發行者 和田利彦
東京市京橋區南鍛冶町十一番地
印刷者 川崎安治郎
東京市京橋區南鍛冶町十一番地
印刷所 川安印刷所

發行所 東京市日本橋區通四丁目五番地
春陽堂
振替貯金口座東京一六一七

『人魚の嘆き』6版奥付

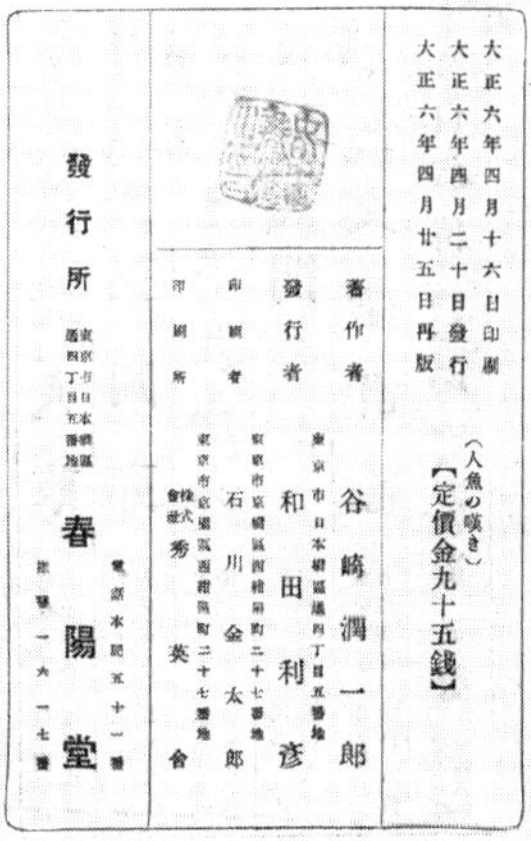

大正六年四月十六日印刷
大正六年四月二十日發行
大正六年四月廿五日再版

（人魚の嘆き）
【定價金九十五錢】

著作者 谷崎潤一郎
東京市日本橋區通四丁目五番地
發行者 和田利彦
東京市京橋區西紺屋町二十七番地
印刷者 石川金太郎
東京市京橋區西紺屋町二十七番地
印刷所 株式會社秀英舍

發行所 東京市日本橋區通四丁目五番地
春陽堂
電話本局五十一番
振替一六一七番

『人魚の嘆き』再版奥付

潮』（大正七年二月）に随筆「夏の旅行地に感想」を寄せているからであろうか。旅先からの寄稿かもしれないが、そうであってみれば、本稿で「大正五年に忽然と東京を去った」がゆえに名越国三郎へバトンタッチされたと書いたこととはいささかニュアンスの異なるものであったわけである。

大正六年になぜ急に『漫画』編集・発行人になったかといえば、本間はそもそも大正元年から六年まで『冒険世界』『日本少年』に断続的に漫画を発表しており、大正四年六月に創設された東京漫画会に参加、同会の創設イベント漫画会（同年同月）、その第二回（大正五年十一月）にも参加しているという経緯があるからである。明治・大正期の漫画は、俳画、コマ絵、挿絵、絵画といったジャンルの未分化のうちに発展の可能性を秘めながらもいわば自律的な境界を確立しておらず、漫画家は、複層的な両義性のなかに置かれていたという状況であったといえよう。今後の漫画家としての本間国雄、雑誌『漫画』の分析などの研究が待たれるところである。

ちなみに、本間国雄の装幀本として、秋田雨雀『幻影と夜曲』（新陽堂、明治四十四年六月）、自身が『東京の印象』を出す南北社の水谷竹紫『熱灰』（大正二年七月）、加藤介春『獄中哀歌』（大正三年四月）があることを付記しておく（広告のみで実物未見のものにモウパッサン作前田晁訳『誘惑』南北社がある）。

III

潤一郎の書棚から

それが誰の何という本であったかは忘失してしまったが、『鵙屋春琴伝』を発見したとかしないとかといった古書エッセイを読んだことがあった。『鵙屋春琴伝』とは、谷崎潤一郎「春琴抄」の冒頭で、語り手が入手したとして出てくる架空の書物である。

もしも『鵙屋春琴伝』が実在したら、谷崎に少なからぬ興味を抱き著書を収集する者としては、研究のためという大義名分を掲げつつも、それこそ徹底的に探求するに違いない。作家が執筆に際して参考にしたであろう本や資料といったものにも大いに興味をそそられてくるのは、正に病膏肓とでもいうべきか。

とはいえ、文学研究者は別として、たとえば漱石の『文学論』に出てくる洋書を漱石の蔵書目録を参考にして、執筆当時漱石が手にしていたであろうと同じ版ですべて収集しようというまでのコレクターなどというのは、やはり限りなく少数派であるだろう。

今回紹介するのは、明治大正期に谷崎潤一郎が影響された、または作品執筆において参照したであろう書物の一部についてである。漱石や芥川など、その旧蔵書目録が一部であれ整備されている作家と異なり、潤一郎の場合たび重なる引っ越しのためか、下書きノートやメモの類は勿論、明治大正期における蔵書は散逸してしまい、それがどのようなものであったのかは詳らかではない。がしかし、作品中に出てくることによってある程度判明しているものもある。

　文学研究の場においては、ある種のネタ本的典拠や影響を与えた書物などを特定、考証していく作業は基本的なものであり、これから触れる書物についても現在の潤一郎研究の場においては別段新しいものというわけではない。だが、ここでは谷崎文学におけるそれらの書物が果たした文学的な意義といった問題はさておいて、いうなればコレクションの余白的知識として、ちょっと毛色の変わったようなものを中心に洋書、訳本併せて紹介していきたい。あるいは明治大正期のある種の知の俯瞰図にもなるかもしれない。

変態性欲心理学

　最初に紹介するのは、「饒太郎」で主人公が大学生時代に読んで衝撃を受けた書物として登場するクラフト＝エビング『性的精神病理（Psychopathia Sexualis）』である。

「饒太郎」の作中には、「忘れもしない大学の文科の一年に居た折の事、彼はふとした機会からクラフトエビングの著書を繙いたのである。その時の饒太郎の驚愕と喜悦と興奮とはどのくらゐであつたらうか？」と、主人公饒太郎が語る一節があるのはよく知られていよう。作中、饒太郎は不良少女お縫を雇い入れ、毒婦のように振る舞ってくれと、自らを縄で縛らせ、鞭で打たせ、放置させるシーンがある。このシーンなどは、『性的精神病理』におけるマゾヒストの症例中そのCase42.やCase52.そのままといってよい。Case52を引用しておこう[1]。

Every three months a man of about forty-five years would visit a certain prostitute and pay her ten francs for the following act. *The puella* had to undress him, tie his hands and feet, bandage his eyes, and draw the curtains of the windows. Then she would make her guest sit down on a sofa, and leave him there alone in a helpless position. After half an hour she had to come back and unbind him. Then the man would pay her and leave perfectly satisfied, to repeat his visit in about three months.

十フラン払って娼婦に自分を縛らせ目隠しをさせるという放置プレイの記録だが、先に述べたように「饒太郎」後半のシーンにそのまま活用されている。谷崎＝変態というイメージや、私小説的類推から、「饒太郎」に描かれたあれこれのエピソードは谷崎が当時実際に経験したことを描いたのであろうと捉える人もいるかもしれない。もちろんいまからでは検証不可能だが、一方でこうした典拠があるということもまた心しておかなければならない。

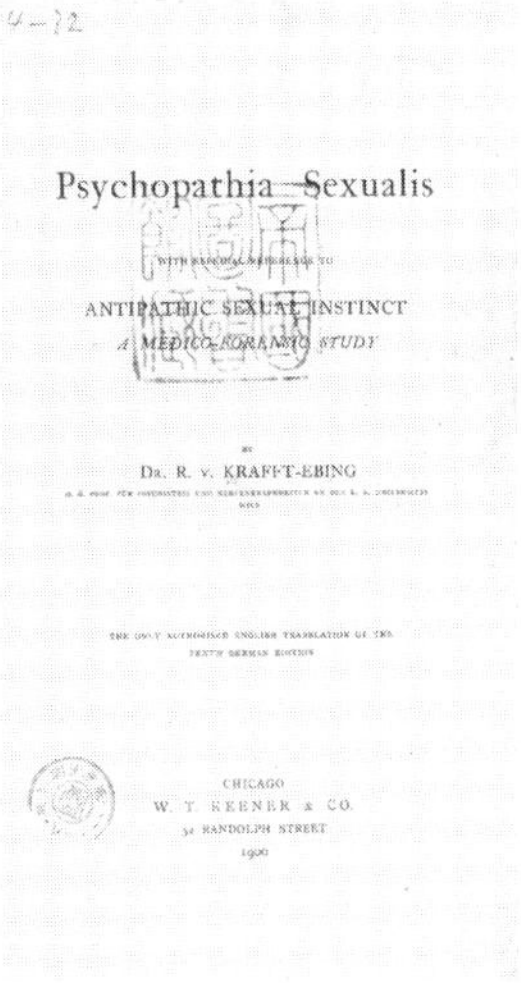

英訳『性的精神病理』W.T.Keener社版扉（国会図書館蔵）　明治35年1月の購求印がある。

『色情狂編』表紙

邦題『変態性欲心理学』として知られているこの本は、サド侯爵の著作から嗜虐傾向をサディズム、マゾッホの著作から被虐傾向をマゾヒズムと命名した性科学の大家クラフト＝エビングの代表的著書であり、いわば変態性欲一覧表ともいうべき症例集である。とりわけ「悪魔」「饒太郎」「富美子の足」などの作品に顕著だが、マゾヒズムやフェティシズムといった初期谷崎作品における性愛をめぐるモチーフ、「変態性欲」の源泉としてこの書物の影響は大きい。

ハヴェロック・エリスの『性の心理（Psychologie of Sex）』などもそうだが、こうしたセクソロジー関連の書籍は、西欧輸入の新しい人間科学として当時の一部文士は読んでいたようだ。まず書誌的事項のみ簡単に概観しておく。明治二十七（一八九四）年四月から『法医学界雑誌』に連載されたものが日本法医学会編訳『色情狂編』（春陽堂、明治二十七年五月）として上梓されたのを嚆矢として[2]、黒沢義臣訳『変態性欲心理』（大日本文明協会、大正二（一九一三）年九月）が出版され、後に戦後になってからは松戸淳訳（紫書房）、平野威馬夫訳（河出書房）と数種の刊本がある。

『変態性欲心理』背と表紙

この原書はそもそもドイツで一八八六年に刊行され、その後英訳などの翻訳が出版されていくわけだが、谷崎が実際に参照したであろう版は（抄訳である邦訳ではないにしても）実は判然としない。そもそも、谷崎自身が所持していたのか、一高時代からの友人で後に精神医学者となる杉田直樹が所持していてそれを借りたのか[3]、一高・帝大の図書館あるいは上野の帝国図書館で繙いたのかすら確証はない。

しかも、である。斎藤光の調査によると、(4)原著は初版から版を重ねる毎に増補改訂を重ねており、第十二版で一応決定版となったようである（前記『色情狂編』は第四版、黒沢訳は十二版からの翻訳）。では谷崎は第何版のものを参照したのか。その増補された症例内容によっては研究上無視できない問題があるかもしれない。

現在、帝国図書館蔵書が移設された国会図書館蔵書は、独語版原書や仏訳版、英訳版など複数冊あるが、たとえば帝国図書館旧蔵である英訳版の一冊には、明治三十五年の購求印が捺されてある。この版（W.T.KEENER & Co.,1900）は、独語原書第十版より英訳されたものだが、当時谷崎は上野図書館で洋書を漁っていたようでもあり、(5)もしそうであるとするならば、自身堪能であった英語訳にてこの書を繙いたのではないかと思われる。

退化論

次に見ていきたいのは、マックス・ノルダウ『退化論（Degeneration）』。これについては、まずは「青春物語」における神経衰弱を語ったくだりを引用する。

あの「巖頭の感」が示してゐるやうに、何処か甘つたるい、センチメンタルなものであつて、恐らくシヨオペンハウエルや佛教哲学などの影響を受けてゐたのであらうが、われ〳〵の時代の神経衰弱は、もつと世紀末的な、廃頽的なものであつた。かのマックス・ノルドオがその著「デゼネレエシヨン」の中で論じてゐるやうな病的な近代思潮が、われ〳〵の頭を支配してゐたので、われ〳〵の煩悶や懊悩の中には、センチメンタリズムの分子は微塵もなかつた。

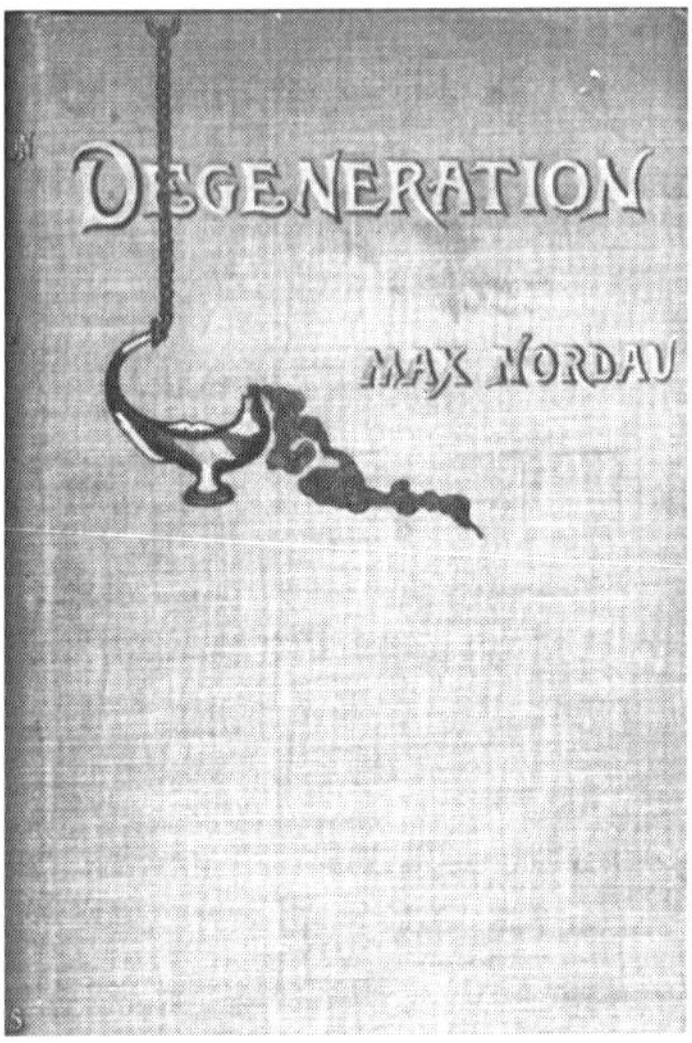

英訳版『退化論』表紙　独語原書2版からの英訳で本書は1902年刊行の9版。

抄訳本『現代の堕落』背と表紙

この書も原書は独語であり、初版が刊行された一八九三年の二年後に英訳版（D.Appleton and Co.）が刊行されている。引用では「デゼネレエション」となっているが、そもそも原書タイトルはEntartungであり、英訳タイトルがDegenerationであったことから、谷崎も英訳書を読んだものと思われる。

この本は、当時流行した一種の文明批判、世紀末論である。一言でいってしまうと、この世紀末、人類は進化ではなく退化しており、ついては堕落の元凶のようなデカダンな作品をものする芸術家どもを排撃すべしというもので、世紀末的な文学者や芸術家を口を極めて非難告発、発表当時から数々の議論を巻き起こしていた。

このノルダウに関しては、漱石（「倫敦塔」には『退化論』と書名が出てくる）などを筆頭に、明治末年あたりには作家や文学青年たちに広く読まれたようで、正宗白鳥などは剣菱の筆名でノルダウのほかの著作「パラドックス」「巴里人の酒癖」を翻訳さえしている。因みに後に単行本化された『パラドツクス』（読売新聞社、明治三十九年（一九〇六）年九月）が、数ある白鳥本の中でもかなりの珍本であることは、近代文学コレクターにはよく知られたところであろう。

さて、この書の翻訳書誌を見ておくと、明治三十六（一九〇三）年六月、桐生悠々が「吁澆季の世」としてごく一部を雑誌『天鼓』に掲載した後、政次名義にて抄訳『現代文明之批判』（隆文館、明治四十（一九〇七）年一月）として上梓、その後大正三（一九一四）年三月に中嶋茂一訳『現代の堕落』（大日本文明協会）が出ている。翻訳としては前者よりはましではあるが、後者もまた抄訳であり訳文も読みづらいのが難点といえよう。なお現在においても邦訳書はこれしかない。(6)

天才論

先述したDegenerationの巻頭にはロンブローゾへの献辞があり、著者はロンブローゾの『天才論』の考え方を基盤としてこの書を問うたという意味のことを述べている。ここでいうチェーザレ・ロンブローゾとは、生来性犯罪者学説を唱えたイタリアの刑法学者だが、いまではわずかに辻潤による最初の単行本がこの邦訳書であったということによって知られているくらいではあるまいか。

この『天才論（The Man of Genius）』は、天才と狂人との生理的病理的同質性を説くもので、犯罪者は生まれながらにして耳が大きいだの、顎が出ているだの身体的特徴があるといったような自らの学説が土台となっている。

谷崎の作品では「饒太郎」「鬼の面」「金と銀」など、負の要素を持ちながらも、それが故に己は天才だと信じ込むという人物造形にその影響は顕著だろう。ほかにもたとえば「熱風に吹かれて」などでは、具体的に登場人物の会話にロンブローゾの名が出てくる。また後に後藤末雄は、谷崎が「悪魔」を執筆するにあたり上野の図書館でロンブローゾを読んでいたという証言を残している。(7)

さて、このThe Man of Geniusは著者の代表的著作だが、(8)ほかにも似たような天才論的著作を数多くものしており、早くは明治三十一（一八九八）年二月、畔柳都太郎訳『天才論』が普及舎の新撰百種の一冊として抄訳されている。その後、大正三年十一月にはロンブローゾのほかの著作から森孫一訳『天才と狂人』（文成社）が出ており、同年同タイトルにて青年学芸社のエッセンスシリーズにも入っている。

しかし、まあこれらがかなりの抄訳またはエッセンスシリーズのようにエッセンス（梗概）のみであったのに対して、先述した辻潤による訳書になると全訳を謳い力を入れた様子がうかがわれる。巻頭に付けられた訳

畔柳都太郎訳『天才論』表紙

中村古峡編述『天才と狂気』3版表紙（大正3年11月12日）

者序文は当時のこうした知のありように対するコンパクトなガイドマップにもなっており、ノルダウの訳書『現代の堕落』や泡鳴訳『表象派の文学運動』ほか、右で触れた先行訳についても触れられており、いまから見ると当時のこの手の知的連関が透けて見えてきてなかなか興味深い。

辻訳の単行本は、谷崎の作品集『麒麟』なども出版している植竹書院の「植竹文庫」として、『全訳天才論』（大正三年十二月）が刊行された。続いてその第五版で版権が三星社に移り、『訂正天才論』として大正五（一九一六）年十一月に訂正五版が発行されている。(9)

偶々手許には大正九（一九二〇）年十二月発行の訂正九版があるが、この手の書物としては売れ行きがよかったようだ。この三星社版が第何版まで出たのかは未確認だが、大正十五（一九二六）年十二月には訳者序文を削除の上で春秋社より装いも新たに『天才論』として刊行、昭和五（一九三〇）年十月には改造文庫に入り版を重ねていった。

男女と天才

次に紹介するのはオットー・ヴァイニンガーの『性と性格（Geschlecht und Charakter）』、明治末期にはワイニンゲル著『男女と天才』として知られた書物である。明治三十九年一月に出た『男女と天才』は、片山正雄（孤村）訳（ただし表記は「著」で、この時代の翻訳書によくあるように、翻訳といっても梗概的抄訳である）だが、その特異な内容と著者が二十三歳の若さでピストル自殺したという話題性によってか一年で七版を重ねたと聞く。(10)

人間には純粋な男女というものはなく、それぞれ幾分か男性要素（M）と女性要素（W）とを併せ持つ存在であるというところから議論を出発させる浩瀚な二元論的哲学書なのだが、このM＋Wという考え方、その後一般に普及した観もなくはない。ふと考えてみれば、たとえば昭和三十年代の一時期「M＋Wブーム」（男性的女性、女性的男性風俗）なるものがあったが、しかしこれなど元をただせばこのヴァイニンガーに由来していると思われる。いまではすっかり忘れ去られた存在だが、先の『天才論』と同じく、後に文庫化され広く一般に膾炙した故のことであるかもしれない。

　このヴァイニンガーについては、谷崎の「羹」で夜中コッソリ読むシーンが出てきたり、性の不確実に悩む主人公が登場する「捨てられる迄」で使われていたりするのだが、しかし谷崎のマイナー作よりも、むしろ鷗外の「青年」で言及されることでご存知の方も少なくないだろう。当時の学生などにもよく読まれた書物のようで、「刺青」等の初出誌でもある谷崎らの同人誌、第二次『新思潮』の明治四十三（一九一〇）年十月刊行第三号には、杉田直樹による「生理学上より見たるオツトオ、ワイニンゲル」などいう論文すら掲載されている。

　書誌的事項に触れておくと、片山孤村による『男女と天才』は大正十四（一九二五）年五月に『男女と性格』

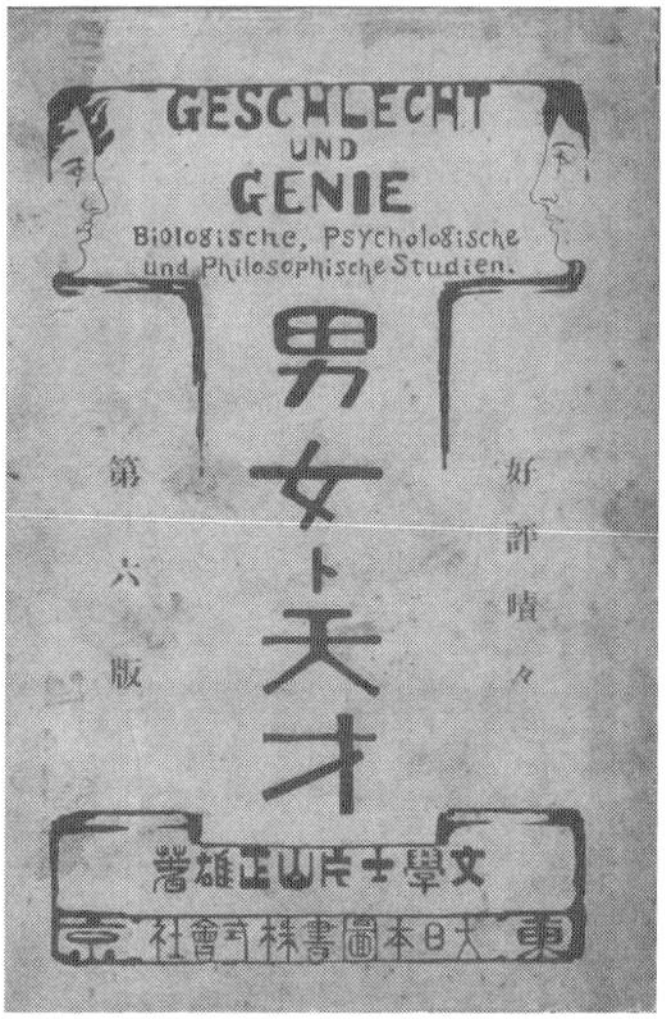

片山正雄『男女と天才』第6版カバー
（明治39年7月20日）

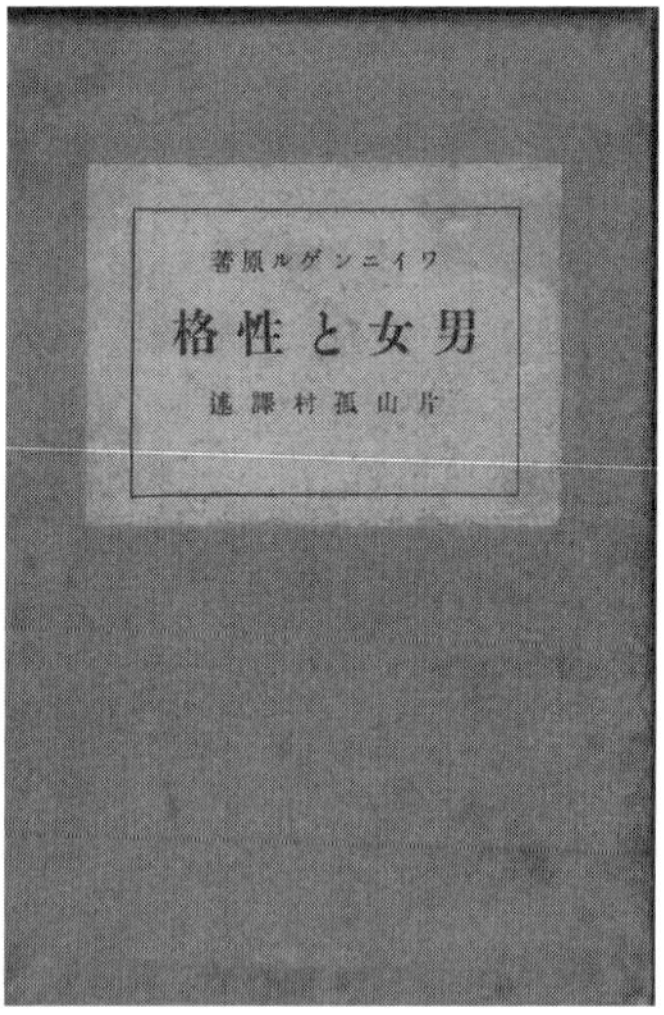

片山孤村訳『男女と性格』函

（人文会出版部）と改題の上再刊された。そして同年九月、アルスより英訳からの重訳である村上啓夫訳『性と性格』が出版され、昭和三（一九二八）年には二巻本として普及版も刊行。その後春秋社の「世界大思想全集」に収録されてから、村上訳は改造文庫などにも入り、戦後も河出書房などから出版されている。そして昭和五十五（一九八〇）年、漸く完訳版として竹内章訳『性と性格』（村松書館）が出た。

ワイルド伝、死後の生命ほか

「谷崎潤一郎蔵書」という蔵書印が捺された性科学の原書を、古書店で購入した人の話をどこかで聞いたことはあるが、稿者はいまだそうした書物にはお目にかかったことがない。が、そもそもいつ頃から谷崎が自分の書物に蔵書印を捺すようになったのかも実は定かではないし、現在においても不明な点は多々ある。明治から大正にかけて、谷崎が実際どのような本を読んでいたのか、その糸口としては作品自体から推し量ることしかできないのだろうか。だが、『中央公論』の名編集長、滝田樗陰の書いた文章に、大正中頃における谷崎の書架の内容を伝えたものがある。少し長いがまずはそれを引いておきたい。

谷崎氏は別に蔵書家でもなく、又読書家でも無い。けれども一風変つた本とか又は古来からのオーソリチーになつて居る書を念入りに精読する人である。（中略）氏はワイルドなりポーなりが面白いとなれば殆んど全人格的に其作家のものを精読する。其人の伝記も読む、論文も読む。其作家の作物なり生涯なりを殆んど身読《〔ママ〕》するまで研究する。氏の書棚にはいまワイルドの作物は余り沢山はないやうだが、例のワイルドの男色騒の御本尊 Lord Alfred Douglas がワイルドと自分との関係を書いた “Oscar Wilde and Myself”

を初めロバート・エチ・シエラードの「ワイルド伝」もアーサー・ランゾムの「ワイルド伝」もあつて、ドグラスのとシエラードのは余程精読したものと見えてアンダーラインや書き入れやらがなか〱沢山ある。

これは谷崎特集の組まれた『新潮』（大正六（一九一七）年二月）に掲載された滝田の「谷崎氏に関する『雑談二三』」と題する文章の一部である。ワイルドが話題になっているが、初期谷崎にワイルドの影響が濃厚であることは周知の事実。谷崎にはワイルドの翻訳『ウヰンダミーヤ夫人の扇』（天佑社）があるが、実際は谷崎自身「上山草人のこと」でいうように谷崎・佐藤春夫・沢田卓爾との共訳であり、天佑社版『ワイルド全集』刊行の際に「サロメ」の翻訳を依頼されたようだがこれも結局実現しなかった。(11)

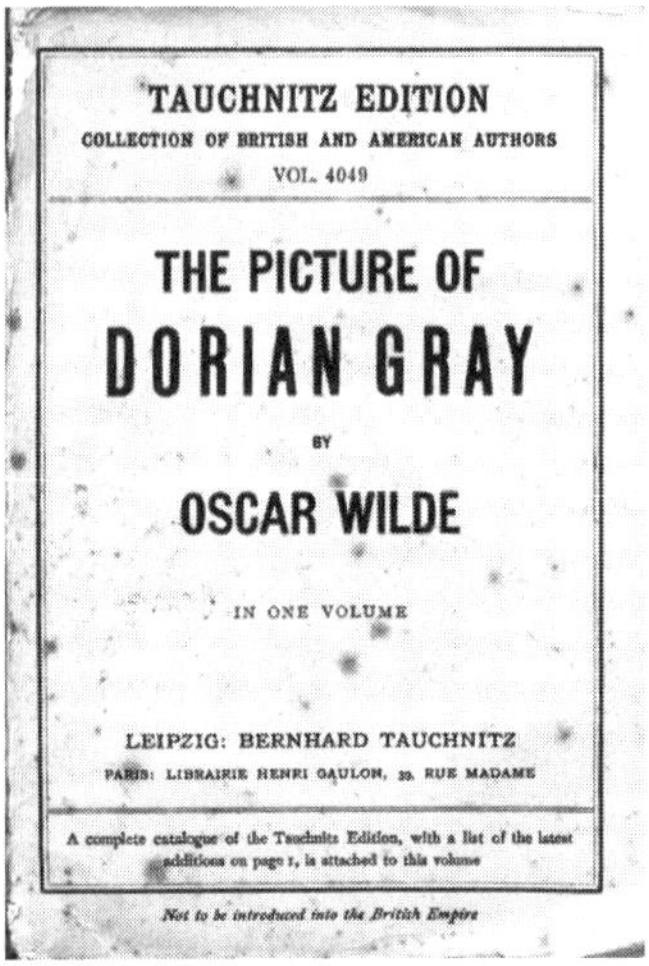

『ドリアン・グレイの肖像』初版表紙
(Collection of British and American authors 版)

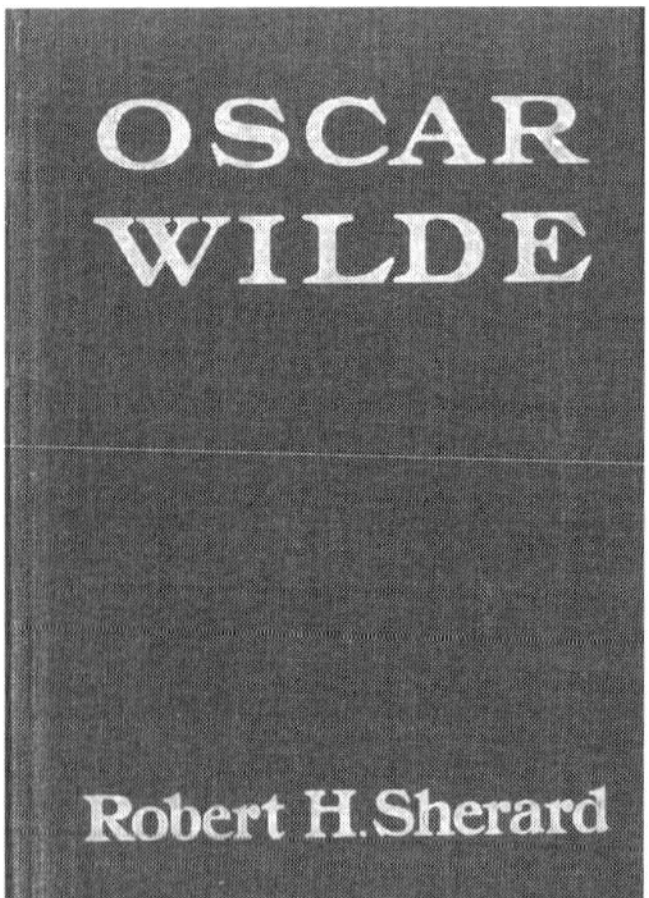

シェラード『ワイルド伝』普及版表紙（1908年）

戦後発表された谷崎の「若き日の和辻哲郎」には、「森川町にゐる時分に、和辻は早くもオスカー・ワイルドの The Picture of Dorian Gray（ドリアン・グレイの肖像）を原文で読んでゐた。尤もその時分は日本語訳などはなかつたので、欧米の小説はすべて大概英文で読んだ」という一節がある。このときに谷崎に貸した原書は、Oscar Wilde : *The Picture of Dorian Gray*, Leipzig, Bernhard Tauchnitz[Collection of British and American authors],1908 というライプチッヒ刊の英米作家叢書の一冊。現在は法政大学図書館の和辻哲郎文庫に所蔵されており、実際に扉に「わつじ」とサインが入った実物を繙くことができる。[12]

また滝田が挙げているワイルド伝とは、Lord Alfred Douglas : *Oscar Wilde and Myself*, London, John Long, 1914、Robert Harborough Sherard : *Oscar Wilde ; The Story of an Unhappy Friendship*, London, Greening, 1905、Arther Ransome : *Oscar Wilde; A Critical Study*, London, Martin Secker, 1912 といった有名どころである。明治末期、ワイルドは当時の青年層の間でブームになっていたこともあり、その伝記類もかなり読まれたらしい。[13]

またちょっと面白いのが、文学書以外のものである。右に引用した滝田の文章の続きには次のようにある。

> ショーペンハウエルの「意志と現識としての世界」（之は姉崎博士の翻訳の文章のクドイのに氏は閉口して私の持つて居る英訳本を譲れ〳〵と云つてゐる）を読み、又プラトーン全集（之は Bohn's Classical Library で揃つてゐる）を読み、更に其のプラトーンを研究する為めにウオルター・ペーターの“Plato and Platonsm”を読み、（ペーターの物は外に“Marius the Epicurian” 2 vol. も読んでゐる）又ロムブルゾーの“After death-What?”の如き権威ある哲学書や科学書等を読んで居る事である。其他ド・クヰンシーの作物や、ゴーチエーのボードレール評伝や、印度の“Aahuntala”や“the Ramayana and the Mahabharata”などと云ふ、一寸普通の若い文学者の読みさうもないものを読んで居る。

デカンショにも入っているショーペンハウエルを一高、帝大を出た谷崎が読んでいるのは小説家でなかったとしても不思議ではない。プラトンは後の「青塚氏の話」を思わせるが、その参考のためにペーターの『プラトンとプラトニズム』を参照していたり、ロンブローゾも先ほどの『天才論』ばかりか、心霊研究『催眠並びに心霊現象の研究』(Ricerche sui fenomeni ipnotici e spiritici, 1909) の英訳書 "After death-What ?" (1909) などを読んでいる。この英訳書は、中村古峡によって邦題『死後の生命』(内田老鶴圃、大正五年十月) として翻訳出版されているが、催眠術や生霊、幽体離脱などの現象が紹介されているもの。邦訳出版当時、福来友吉らの千里眼ブームはとうに過ぎていたが、そのごく一部は邦題を「死後の問題」として、水野盈太郎・加藤朝鳥により『ARS』(大正四年九～十月) に二回に渡って翻訳掲載されており (第二回連載時に一緒に水野盈太郎編「霊怪の実話」という叢書で寄せられた怪談小話の類も併載)、十九世紀末のニューサイエンスに連なる心霊科学が、いわば人間をめぐる文学の世界においていかに受容されていたかを示して興味深い。大正六年一月に発表される「魔術師」における魔術の類などにも影響を与えている可能性もある。また、『ラーマヤーナ』や『マハーバーラタ』などは、後に「ハッサン・カンの妖術」を書く谷崎ならではといったところか。

ボードレール論、ボードレール詩集

「病蓐の幻想」にはボードレールの「人工楽園」やランボーの「イリュミナシオン」が原文で引用されたりしているし、谷崎には大正八 (一九一九) 年に発表した「ボードレール散文詩集」という訳業もある。「鬼の面」には「悪の華」英訳からの引用があったりするのだが、谷崎はThe Walter Scott出版から出たF. P. Sturm英訳『ボードレール詩集』を参照していたらしい。

ただし谷崎は一時期フランス語にチャレンジしていたようなのだが、実際の翻訳にはこの英訳を用いたようだ。谷崎は大正中頃ひとしきりボードレールに凝ったようであり、ワイルド式にあれこれと繙読したのであろう。

さて、ここで述べる「ゴーチエーのボードレール評伝」は、戦後田辺貞之助による邦訳書も出ているが（『ボオドレエル論』創元叢書、昭和二十三（一九四八）年十一月）、谷崎は丸善へ注文して入手したという。エッセイ「ボオドレエルの詩」（『社会及国家』大正五年六月）に以下の文章がある。

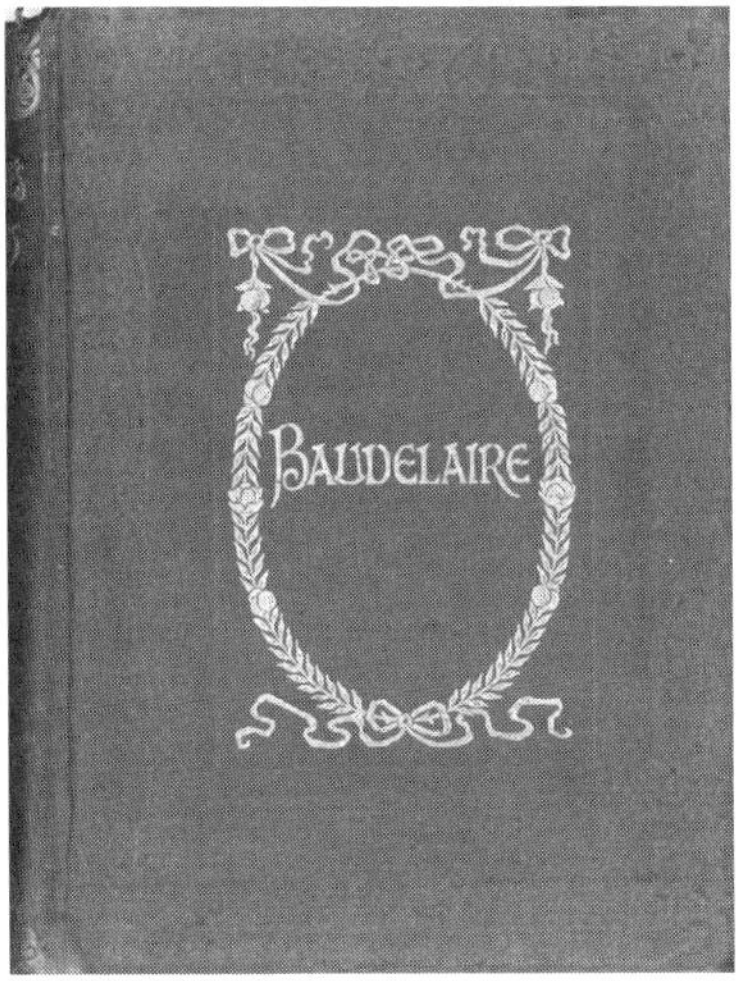

スターム英訳『ボードレール詩集』 同一内容で赤表紙と青表紙の本を確認しているが刊記がなく初版、重版などは不明。

英訳ゴーティエ『ボードレール伝』初版表紙

> ふらんすのデカダンスの詩人として有名なボオドレエルの評伝を、同じ国の同じ時代の文学者のゴオティエが書いて居る。二三年前、漸く私がふらんす語の初歩を習ひ始めた時分に、或る日丸善の二階から其の本を買つて来て、辞書を引き引き読みかけて見たがとても分らないので又古本屋へ売つてしまつた。然るに其の評伝がGup ghorne〔ママ〕と云ふ人の手で英語に翻訳されて、去年始めてロンドンのグリイニング会社から出版された。それを今年の春になつて私は漸く読む事が出来た。

そもそもこの「ボードレール評伝」は、Calmann-Levy版『ボードレール全集』第一巻の序文のような形で発表されたものなのだが、おそらく谷崎のいう仏語原書とは、この『ボードレール全集』を指しているのではあるまいか。そしてロンドンで出版されたというその英訳とは、Theophile Gauthier : *Charles Baudelaire His life,* trans. by Guy Thorne, London, Greening & Co., 1915 である。

因みに、谷崎にはボードレールのほかにスタンダールやトマス・ハーディーの翻訳もあるし、未完ながらポオ「アッシャー家の崩壊」やゴーティエ「クラリモンド」の翻訳を発表してもいる。(14)

今回、谷崎が参照したであろう洋書などを少しく見てきたわけであるが、ここで紹介した書物は、これといって稀覯書もなければそれほど高価なものでもない。とはいえこうしてまとめてみれば、明治大正を駆け抜けた一人の青年作家の知的興味の輪郭がほの見えてくる。(15)

ここではちょっと変わったものを中心に取り上げてみたが、冒頭にも述べたように、文学研究としてはこれらの資料は一読に値もしようけれども、谷崎本コレクターにとっては、あるいはどうでもよいものかもしれない。だが、こうした若かりし頃の谷崎の手許にもあったであろう洋古書を脇に置きつつ、「秘密」の主人公よろしく谷崎の初版本を繙くというのも、またひとつの楽しみ方ではある。

◉註

（1）R. von. Krafft-Ebing : *Psychopathia Sexualis ; with especial reference to antipathic sexual instinct a medico-forensic study*, Chicago, W. T. Keener & Co., 1901, p.149.　本文中の引用は国会蔵書と同じだが版数表記のない一九〇一年版を用いた。

（2）この本邦初訳本は発禁処分を受けたとする文献もあったが（本木至『オナニーと日本人』インタナル出版、昭和五十一（一九七六）年七月）、斎藤光「クラフト＝エビングの『性的精神病質』とその内容の初期移入史」（『京都精華大学紀要』平成十一（一九九九）年十月）の調査に依るとそのような事実はなかったという。

（3）たとえば『文芸』臨時増刊『谷崎潤一郎読本』（昭和三十一（一九五六）年三月）所収の座談会「谷崎文学の神髄」には、クラフト＝エビングやハヴエロック・エリス、ロンブローゾを読んだのは杉田直樹に聞いたからだという谷崎自身の発言がある。

（4）斎藤前掲、および同「Psychopathia Sexualis の初邦訳について」（『京都精華大学紀要』平成十一年十月）、「『性的精神病質』における提示事例の比較」（『京都精華大学紀要』平成十二年（二〇〇〇）年十月）参照。

（5）座談会「谷崎潤一郎研究」（『新潮』昭和十四年（一九三九）年六月）において、後藤末雄が谷崎は「悪魔」を執筆するに際し上野の図書館でロンブロオゾオを読んだと証言している。

（6）ただし松村昌家編『谷崎潤一郎と世紀末』（思文閣出版、平成十四（二〇〇二）年四月）に一部ではあるが新訳が収録されている。

（7）註（4）に同じ。

（8）稿者が所持している英訳書（Walter Scott 社版［The Contemporary Science Series］1898）には英訳者名が記載されていないが、辻潤が翻訳の底本としたものもなかったようであり、英訳者の名がないということは原著者の校閲を経ているだろうということを、訳書序文「おもふまま」に記している。
(9) 植竹書院と三星社については、本書(I谷崎本書誌学序説3　植竹書院小伝)を参照。
(10) これについては、人文会出版部版『男女と性格』に新たに付せられた訳者「はしがき」参照。
(11) 共訳の経緯については、沢田卓爾「谷崎潤一郎の思い出」(『文芸』昭和四十(一九六五)年十月)に詳しい。また「サロメ」翻訳依頼については、潤一郎の谷崎精二宛書簡(大正八年七月五日付)及び谷崎精二『明治の日本橋・潤一郎の手紙』(新樹社、昭和四十二(一九六七)年三月)参照。
(12) 『法政大学図書館蔵和辻哲郎文庫目録』(法政大学図書館、平成六(一九九四)年二月)参照。
(13) たとえば岩野泡鳴「私行上からみたオスカーワイルド」(『趣味』明治四十二(一九〇九)年二月)では、シェラード本を詳しく紹介している。またイギリスでアンドレ・ジイドのワイルド論が限定五百部で英訳刊行された際、早速その英訳を入手した和気律次郎が翻訳、『オスカア・ワイルド』(春陽堂、大正二年十一月)として上梓されている。
(14) 谷崎のゴーティエ翻訳やボードレールへの興味については、すでに細江光「谷崎潤一郎全集逸文紹介1」(『甲南国文』平成三(一九九一)年三月)が調査しており、本稿も細江の調査によるところが大きい。
(15) 本稿の若き谷崎におけるノルダウ、ヴァイニンガー、ロンブローゾなどへの知的アプローチについては、尾高修也『青年期——谷崎潤一郎論』(小沢書店、平成十一年七月)に示唆を受けたことを申し添えておく。

『自画像』私考

〃単行本〃という作品

谷崎の著書の中には、収録作品をそのまま単行本の題名としたものが多い。たとえば最初の単行本である作品集『刺青』（籾山書店）にしても、はた『金と銀』（春陽堂）にしても、同題の小説からそのまま命名している。短篇小説集や、戯曲、エッセイなども含む作品集の場合、単行本のタイトルに冠せられる作品がすなわちその単行本の顔たる作品であることは自明である。自信のある、あるいは評価され名の売れた作品を題名とすることは、著書の販売戦略のみならず、今後の作家としてのあり方や受け取られ方、つまり自らの作家像イメージの構築にも大きく力を及ぼす要素であるといえる。胡蝶本『刺青』を上梓する際、そもそもは収録短篇「少年」から単行本題名を採りまとめようと出版広告まで出していた谷崎が、荷風の「谷崎潤一郎氏の作品」（「三田文学」明治四十四（一九一一）年十一月）で「刺青」こそ第一の傑作という絶讃を受け急遽そのタイトルを変更した、というエピソードについてはすでに周知の事実であろう（1）。

もちろんそうはいっても、『小説二篇』やら『潤一郎戯曲傑作集』、『潤一郎犯罪小説集』といったような、収録作品のジャンル等を指示するような題名の著作もある。また、『近代情痴集 附り異国綺談』（新潮社）のよ

『近代情痴集』初版表紙背表紙　表紙は小村雪岱による石版表紙。

うに、収録作品のある種の傾向、すなわち小説タイトルではない「近代情痴集」という一定のコンセプトのもとに、造本・装幀などの意匠に徹底的に神経を遣い、一冊として出版されてはじめて新たな作品としての単行本となる、といった例もある。(2)

こうした問題を考えるとき、出版広告は見逃すことのできない情報源のひとつである。多少大げさなコピーかもしれないが、そこに出版社サイドの販売戦略は如実に示されている。書物を読者へ如何に宣伝し、イメージさせ、売り上げを促進させるのか。実は『近代情痴集 附り異国綺談』についても、「天下の奇書―内容の奇＝装幀の奇＝全く意表に出でん」、「**明治初年の出版物**に模して、特異の美観をなせるもの」という広告がなされていた。(3)この場合などは、すでに装幀や造本といった要素が、本文に対しての主従関係を超えているとすらいいえよう。それは単なる書物の衣裳であるのではなく、すでにひとつの意匠に統一された単行本の、本文と同列の位階にある一要素にすらなっているとしても過言ではない。

谷崎は、「私は自分の作品を単行本の形にして出した時に始めてほんたうの自分のもの、真に「創作」が出来上がつたと云ふ気がする」（「装釘漫談」昭和八（一九三三）年六月）と述べたが、明治大正期の谷崎の著作を見渡したとき、出版時のコンセプトが重視され、個々に収録された本文とは別に、その一冊がそのままひとつの作品――本文の選択、配列、版面、活字、用紙、装幀、挿絵等々、その全体において一個の書物というオブジ

永井荷風氏序
谷崎潤一郎氏著

近代情痴集

僅に三旬にして早くも 五版發賣

大版四百十頁
價壹圓六拾錢
郵送料拾貳錢

天下の奇書

内容の奇―裝幀の奇―全く意表に出でん

現文壇を二分してその浪漫派の領域に君臨する谷崎潤一郎氏の新著也。題目既に警拔、その内容の尋常のものたらざるは、何人も推想し得ん。即ち、肉に眼覺める少年が、一妖婦の美の魅惑に逢うて、たとへば牡丹の蕋に溺るる蜂の如く、喜んでその毒手に陶酔の死を死ぬる少年悲劇「戀を知る頃」、豊麗の少女に好色の老爺を配してマゾヒズムの極致を盡せる「富美子の足」を始めとして、世の常ならぬ罪と戀とを描ける諸名篇を收め、更に、附するに、「異國綺談」を以てし、怪奇なる幻想を清新なる異國情調に糾《あざな》へる「西湖の月」以下の三傑作を蒐めたり。谷崎氏の作風は瑰麗にして芳醇、しかもまた深刻にして凄愴、たとへば毒草の花の、毒愈々深くして色益々濃かなるに似たり。日本の文壇が生める唯美派藝術として正に世界に誇るに足る可きもの、此の一巻に於て粋をつくす。裝幀と挿畫は、小室雪岱畫伯が苦心に成り、**明治初年の出版物**に模して、特異の美觀をなせるもの、この點、また近時出版界の一驚異たらむ。

東京牛込矢來中の丸
振替東京一七四二番

新潮社

電話番町八〇九番
八九九番

『近代情痴集』5版出版広告（初版発売広告は未見）

エにすらなり得ている作品――となるケースが幾つか見受けられる。
　谷崎の著作を明治期から順々に見ていくと、作品題名を単行本題名としない著作として、すぐに日に付くものに『甍《いらか》』（鳳鳴社、大正三年三月）、先ほど触れた『近代情痴集 附り異国綺談』、そして『白画像』（春陽堂、大正八年十二月）があろう。『甍』については、本文の八割以上を占める小説「熱風に吹かれて」のみならず、わざわざ「憎み」（後に「憎念」と改題）という短篇を書き下ろしている点など、注目すべき点もあるのだが、それについてはいずれ稿を改めるとして、本稿では『自画像』を取り上げ、その特色を見ていきたい。

「鬼の面」と三人の挿絵画家

　『自画像』は、小説「鬼の面」と随筆「筆のすさび」の二部構成。「鬼の面」は別出版社にて『自画像』出版の約二年前にすでに単行本化されており、「筆のすさび」は、もともと種々の雑誌に書いた数篇のエッセイを収録にあたって「筆のすさび」という総タイトルを付しまとめたものである。装幀および「鬼の面」本文中にある挿絵十五葉は、書物に明記はないが水島爾保布《におう》といわれている。たとえば、函の背にあるタイトル文字の独特な書体は、著者自装になる爾保布のエッセイ集『愚談』（厚生閣）や『痴語』（金尾文淵堂）で見覚えのあるものであるし、江戸川乱歩の「心理試験」や菊池幽芳「女の行方」の初出挿絵のほか爾保布の画業に馴染んだ者なら、署名はなくとも装画・挿絵の画調から爾保布の手になるものと判断できよう。谷崎との仕事としては挿絵本『人魚の嘆き 魔術師』（春陽堂、大正八年八月）をはじめ、[4]『自画像』そして『AとBの話』（新潮社、大正十年十月）があり、先に挙げたような洒脱なエッセイやその奇人ぶりでも知られている。

　ところで、小説「鬼の面」には三種の挿絵がある。この爾保布によるもの、そしていま一人は名取春仙（僊）、

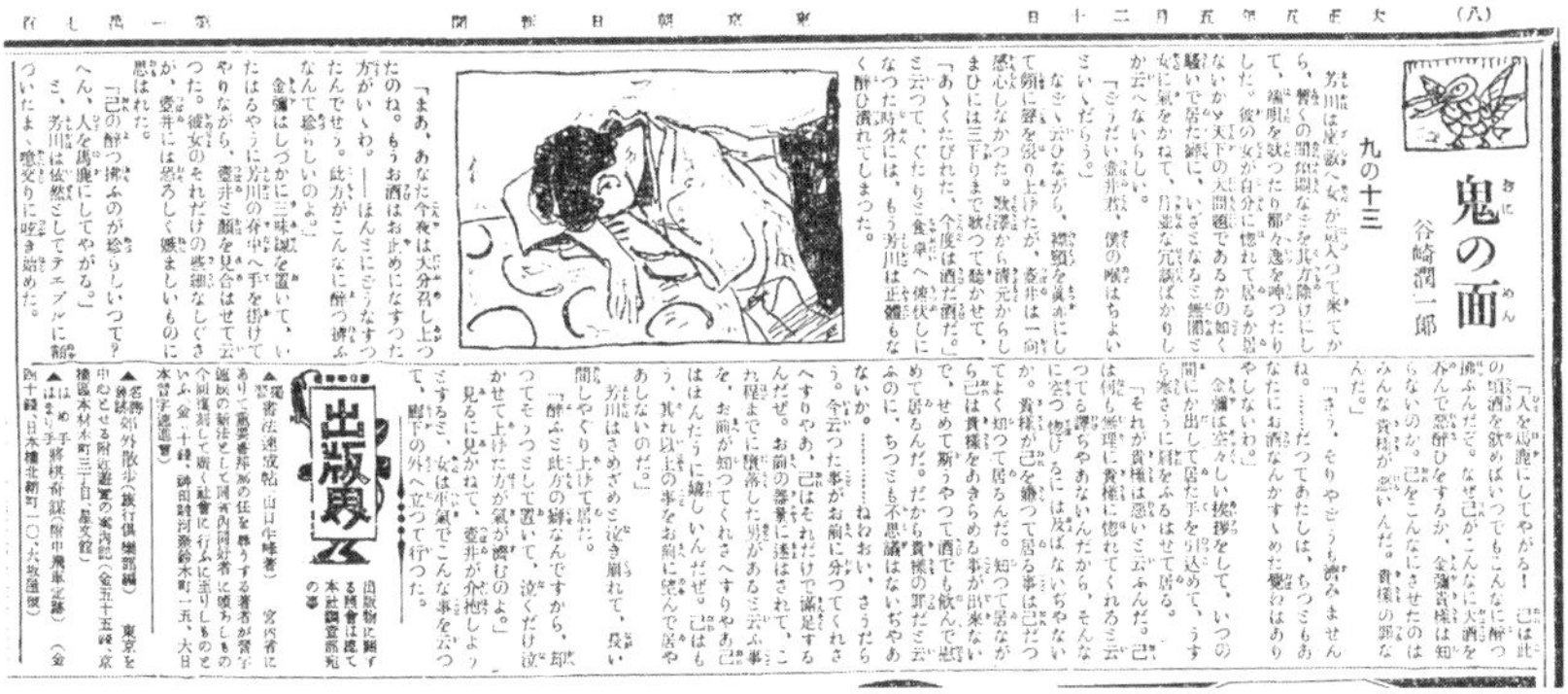

（八）　大正五年五月二十日　東京朝日新聞

鬼《おに》の面《めん》　谷崎潤一郎

九の十三

芳川は座敷へ女が這入つて来てから、暫くの間壺井なぞを其方除けにして、端唄を歌つたり都々逸を呻つたりした。彼の女が自分に惚れて居るか居ないかゞ天下の大問題であるかの如く騒いで居た癖に、いざとなると無闇と女に氣をかねて、月並な冗談ばかりしか云へないらしい。

「どうだい壺井君、僕の喉はちよいといゝだらう。」

など云ひながら、襟頸を眞赤にして頻に聲を張り上げたが、壺井は一向感心しなかつた。歌澤から清元からしまひには三下りまで歌つて聴かせて、「あゝくたびれた、今度は酒だ酒だ。」と云つて、ぐたりと食卓へ俯伏しになつた時分には、もう芳川は正體もなく酔ひ潰れてしまつた。

「まあ、あなた今夜は大分召し上つたのね。もうお酒はお止めになすつた方がいゝわ。――ほんとにどうなすつたんでせう。此方がこんなに酔つ払ふなんて珍らしいのよ。」

金彌はしづかに三味線を置いて、いたはるやうに芳川の脊中へ手を掛けてやりながら、壺井と顔を見合はせて云つた。彼女のそれだけの些細なしぐさが、壺井には恐ろしく嫉ましいものに思はれた。

「己の酔つ払ふのが珍らしいつて？　へん、人を馬鹿にしてやがる。」

と、芳川は依然としてテエブルに縋りついたまゝ、噫交りに呟き始めた。

「人を馬鹿にしてやがる！　己は此の通り酒を飲めばいつでもこんなに酔つ払ふんだぞ。なぜ己がこんなに大酒を呑んで悪酔ひをするか、金彌貴様は知らないのか。己をこんなにさせたのはみんな貴様が悪いんだ。貴様の罪なんだ。」

「まア、そりやどうも濟みませんね。……だつてあたしは、ちつともあなたにお酒なんかすゝめた覺えはありやしないわ。」

金彌は空々しい挨拶をして、いつの間にか出して居た手を引込めて、うすら寒さうに肩をふるはせて居る。

「それが貴様は悪いと云ふんだ。己は何も無理に貴様に惚れてくれると云つてる譯ぢやあないんだから、そんなに空つ惚けるには及ばないぢやないか。貴様が己を嫌つて居る事は己だつてよく知つて居るんだ。知つて居ながら己は貴様をあきらめる事が出来ないで、せめて斯うやつて酒でも飲んで慰めて居るんだ。だから貴様の罪だと云ふのに、ちつとも不思議はないぢやあないか。……ねえおい、さうだらう。今云つた事がお前に分つてくれさへすりやあ、己はそれだけで満足するんだぜ。お前の器量に迷はされて、これ程までに堕落した男があると云ふ事を、お前が知つてくれさへすりやあ己ははんたうに嬉しいんだぜ。己はもう、其れ以上の事をお前に望んで居やあしないのだ。」

芳川はさめざめと泣き崩れて、長い間しやくり上げて居た。

「酔ふと此方の癖なんですから、却つてそうつとして置いて、泣くだけ泣かせて上げた方が氣が濟むのよ。」

見るに見かねて、壺井が介抱しようとすると、女は平氣でこんな事を云つて、廊下の外へ立つて行つた。

出版界

出版物に關する照會は總て本社調査部宛の事

▲獨習書法速成帖（山口半峰著）　宮内省にありて蹟書書拝の任を辱うする著者が習字獨習の新法として同好者に頒ちしものを今回復刻して廣く社會に行ふに至りしものといふ（金□十錢、神田錦河臺鈴木町一五、大日本習字速進會）

▲名勝郊外散歩（旅行倶樂部編）　東京を中心とせる附近遊覧の案内記（金五十五錢、京橋區木材木町三丁目、晃文館）

▲はめ手將棋奇謀（附中飛車定跡）（金四十錢、日本橋北新町一〇、大坂屋號）

「鬼の面」連載時の挿絵（『東京朝日新聞』大正5年5月20日）

三人目は中川修造である。

小説「鬼の面」の初出は『東京朝日新聞』（大正五年一月十五日〜五月二十五日）、初刊は須原啓興社（大正五年九月）。初出の挿絵を名取春仙が担当、単行本も装幀・挿絵をつとめている。春仙は、石川啄木『一握の砂』や岩野泡鳴『放浪』の装幀、夏目漱石作品の新聞挿絵で知られているが、谷崎とは「鬼の面」が初めてのカップリングであった。

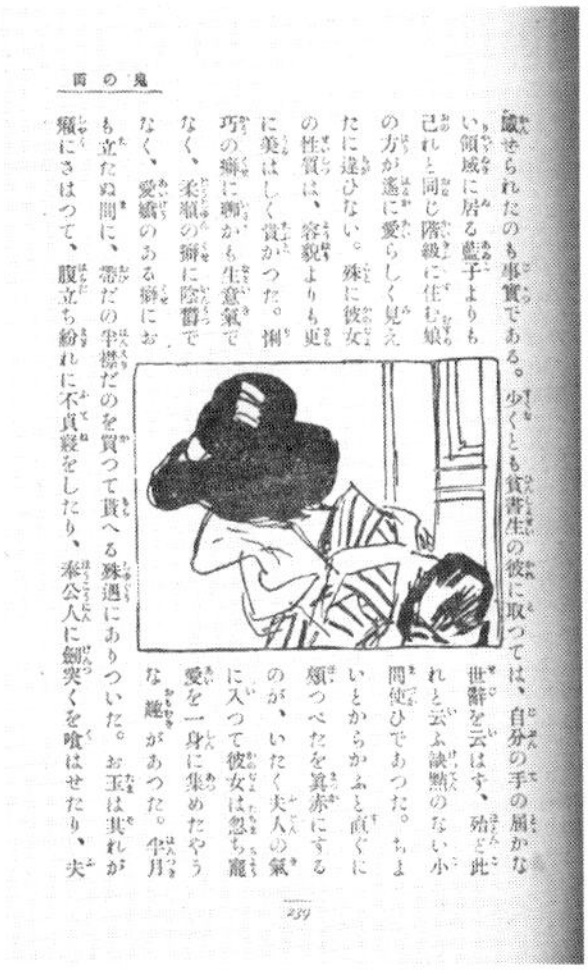

鬼の面

識せられたのも事實である。少くとも貧書生の彼に取つては、自分の手の届かない領域に居る藍子よりも、己れと同じ階級に住む娘の方が遙に愛らしく見えたに違ひない。殊に彼女の性質は、容貌よりも更に美はしく貴かつた。悧巧の癖に聊かも生意氣でなく、柔順の癖に陰鬱でなく、愛嬌のある癖にお世辭を云はず、殆ど此れと云ふ缺點のない小間使ひであつた。ちよいとからかふと直ぐに頬つぺたを眞赤にするのが、いたく夫人の氣に入つて彼女は忽ち寵愛を一身に集めたやうな趣があつた。半月も立たぬ間に、帶だの半襟だのを買つて貰へる殊遇にありついた。お玉は其れが癪にさはつて、腹立ち紛れに不貞寢をしたり、奉公人に劍突くを喰はせたり、夫

239

『鬼の面』本文中の挿絵

これは、特に作家が挿絵画家を指名したというわけでもないようだ。というのも、当時『東京朝日新聞』では、「鬼の面」の連載前は徳田秋声「奔流」、その後は漱石「明暗」と連載物が続いているのだが、そのどちらも春仙が挿絵担当なのである。[5] つまり春仙担当の小説連載枠に谷崎が入ったがゆえの出会いであったわけであり、単行本『鬼の

面』が、本文中に挿絵スペースを作って組むという凝った版面であるのも、あるいは売れっ子挿絵画家とのコラボレーションから出た書肆側の気遣いであったのかもしれない。

　しかし函に比べて本体は随分とシンプルな装幀である。シンプルながら、背表紙上方に鬼面の空捺しや天黒染など小憎らしいスパイスも効いている。「一体小説の挿絵と云ふものは、如何かすると、読者のイリュージヨンを扶けるよりも、却てそれを壊すやうな結果に成り易い。それだから成るべく簡単に一章の感じ、一句の印象を捉へて描くといつた様にして居る」とは、春仙の言だが、(6)「鬼の面」の挿絵を見ていくと、確かに、その挿絵は小さく派手なものではないが、場面を的確に捉えた筆さばきは印象深い。

　次に、「鬼の面」三人目の挿絵画家、中川修造の挿絵とはどのようなものか見ておこう。中川による挿絵が収録されているのは『現代長篇小説全集8 谷崎潤一郎篇』（新潮社、昭和四（一九二九）年十一月）である。収録作「鮫人」「神と人との間」「鬼の面」「黒白」にそれぞれ挿絵を描き、「神と人との間」の三色版カラー口絵まで

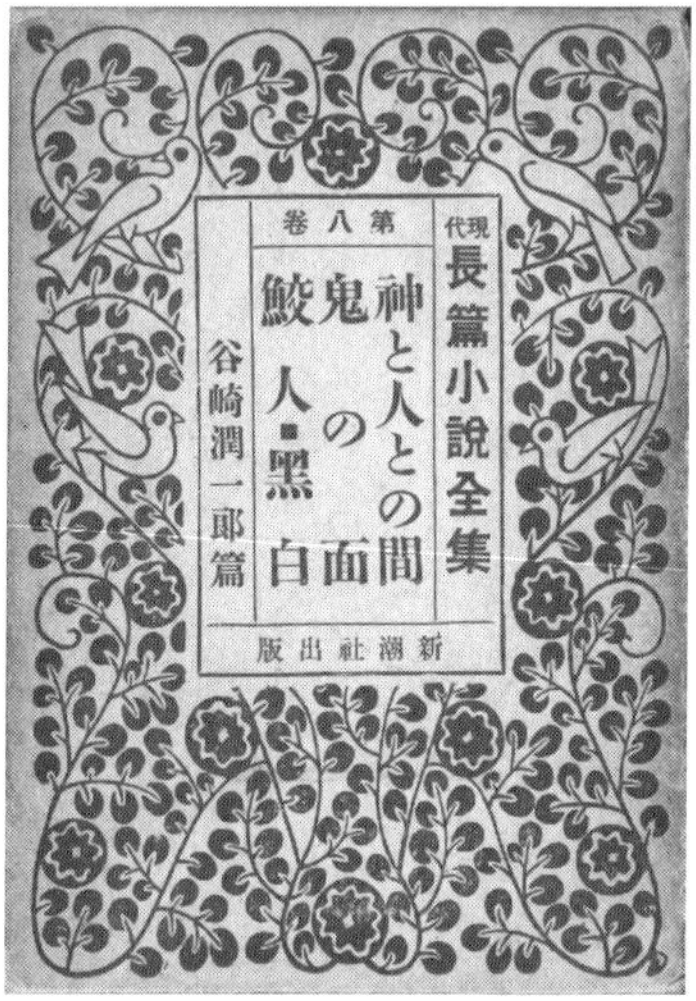

『現代長篇小説全集8 谷崎潤一郎篇』函　装幀は水島爾保布。

「鬼の面」中川修造による挿絵

付いている。つまり丸々一冊挿絵を中川が担当し描き下ろしているのである。とはいえ、やはり円本の一冊たる制限もある。「鬼の面」挿絵は春仙や爾保布とは異なり、一頁大が三葉のみと少ない。その挿絵も、いままでの挿絵とはまた異なる印象ではあるが、作品点数も少なく、前二者に比べ稿者には印象が薄い感じがする。谷崎と中川については、すでに小出龍太郎編著『小出楢重と谷崎潤一郎』（春風社）に詳しいが、中川には谷崎の「ドリス」や「黒白」初出の挿絵、改造社の『卍』（昭和六（一九三一）年四月）、『鶉鶉隴雑纂』（日本評論社、昭和十一（一九三六）年四月）、の装幀という仕事がある。「黒白」連載に際して、「作者谷崎氏が『自分の小説の挿画家』として広く求めて選び出した逸材」（初出紙「黒白」予告文）[7]という中川だが、装幀・挿絵といえば、やはり濃紺の函に朱の表紙、横長の和綴装幀という『卍』の装幀が谷崎の全著作中でも特にインパクトのある本として知られているだろう。谷崎本の装幀としては二冊しかないが[8]、新進挿絵画家として谷崎が迎え入れたほかには、他作家との挿絵・装幀の仕事は聞いたことがない。

『鬼の面』異装

春仙装幀・挿絵の単行本『鬼の面』は、先述のように須原啓興社から出されたものだが、この須原啓興社という出版社について、発行者名義が須原啓三郎という以外稿者はほぼ情報を持たない。谷崎はこの出版社から『鬼の面』のほか、先に近代傑作叢書第一編として『神童』を出しているが、国会図書館の蔵書検索でも大正五〜六年の出版物が二十数件あるばかりであり、出版業はどうも長続きしなかったように思われる。また、それを裏付けるような推測を促すのが、『鬼の面』の重版本の奥付変更である。

橘弘一郎編『谷崎潤一郎先生著書総目録』（ギャラリー吾八）でも紹介されているように、『鬼の面』は、大正

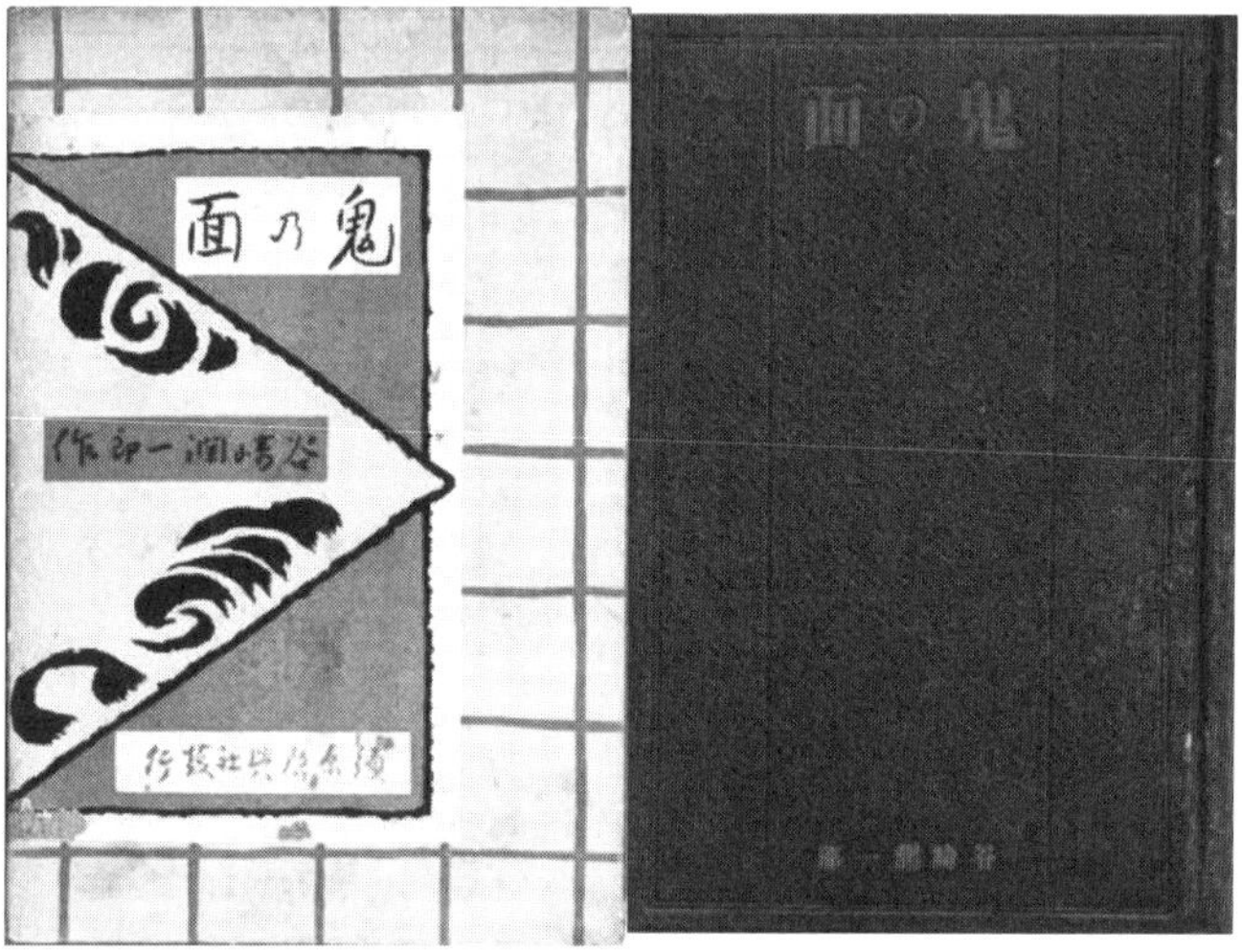

『鬼の面』初版函、表紙

『鬼の面』4版扉　4版では「鬼乃面」となっている。

『鬼の面』初版扉

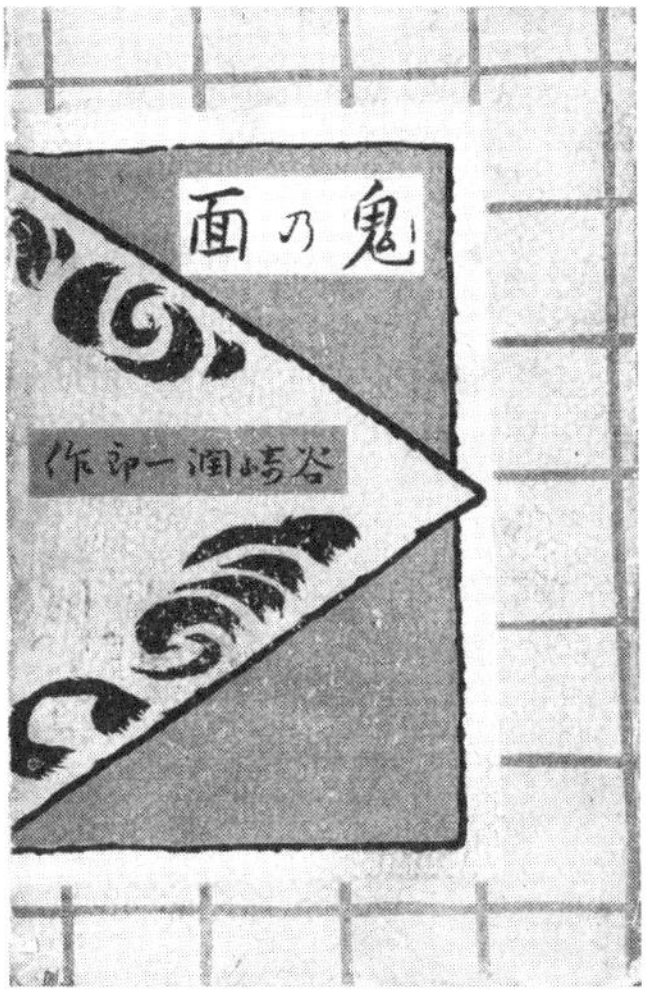

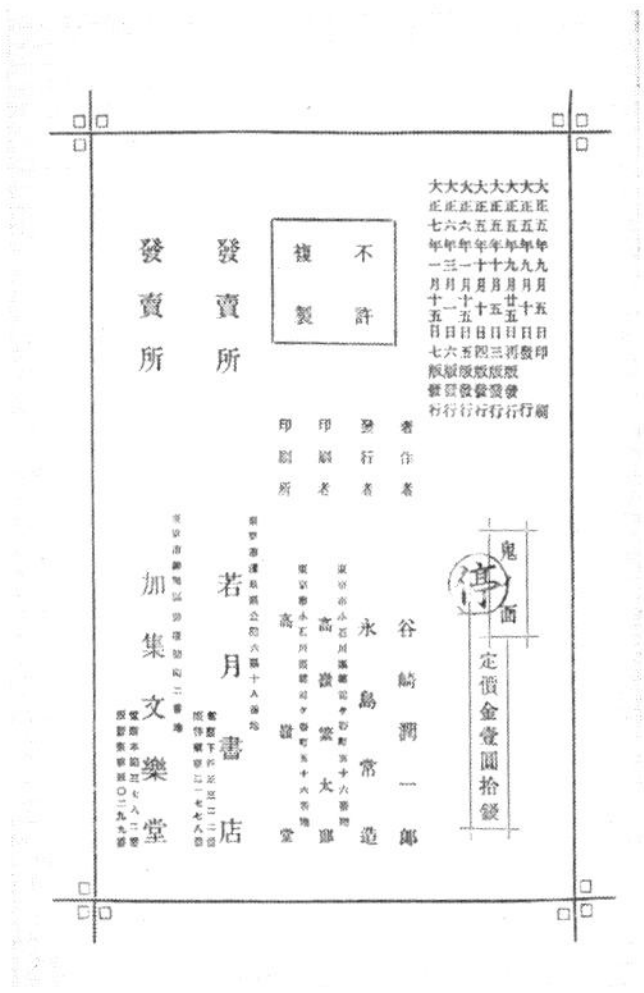

『鬼の面』7版函、奥付

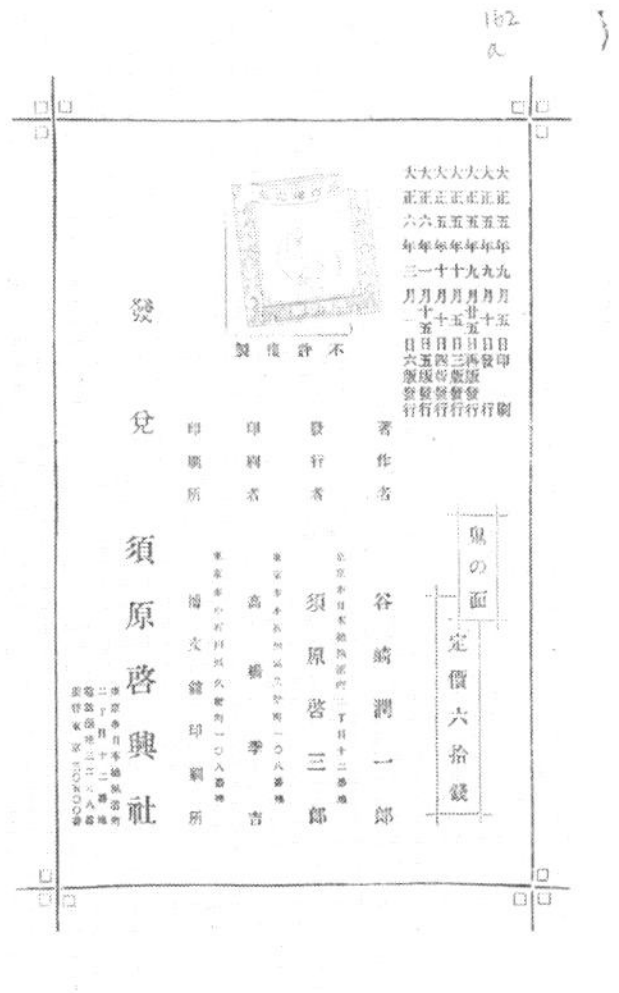

『鬼の面』6版表紙、奥付（日本近代文学館蔵） 現在までに確認したなかで6版のみ角背である。

六年三月一日発行の六版にて函の意匠がガラリと変わり、価格が初版以来の八十五銭から六十銭へ改訂される。だがこれが翌年一月十五日発行の七版になると、外装はほぼ初版と同じでありながら版元の表記が変わる、というのである。しかし、橘は記載してないが、六版を実際に手にしてみると、何も変わったのは函と定価だけではないことがわかる。六版は、初版以来の丸背が角背になり扉も改版され、本文用紙もそれまでより質が落ち、表紙自体も薄くなって、如何にも定価引き下げが反映した造本へと変化しているのである。初版以来版を重ねた『鬼の面』は、六版にいたって出版社側の状況を反映してなのか、こうした形で出版された。それがどういった理由からなのかはわからない。もっとも、初版から五版までの間に、函及び扉の題名、著者名、出版社表記が手書き文字から活字になったりといった微細な差異はあった。だが、この単行本をめぐるもっと根本的な変化が生じるのは、一見初版の装幀に戻ったかに見える七版なのである。ではここで、改めて正確に七版からの変化について述べてみたい。

まず、奥付からは須原啓興社という「発兌」元に代わり、「発売所」として、加［賀］集文楽堂[9]と若月書店が掲げられ、「発行者」も須原から永島常造へと変更、本文の紙型は初版そのままでありながら、本文用紙はまた一段と質の下がったものになり、印刷も博文館から高嶺堂へと移っている。加えて、いままでの春仙による扉も（六版は変則的に活字と罫線のみの扉）、その意匠はそのまま流用されているものの、初版のようにタイトル・著者名の文字が活字から手書き文字になる（しかしよく見ると、初版使用の版下を使ったのではなく、扉をそっくり模写して書き直したもののようだ）。また扉及び奥付の書名にも微妙な差異が認められるといった変化がある。[10]函は初版と同じデザインへと戻るが、出版社表記はベタ塗りにされ消えている。

こうした事例は戦前の出版界には往々にしてあることだが、潤一郎の単行本、特に大正期の重版本などでも例外ではない。重版異装本の僅かな差異は、ものによっては一部の古書マニアに珍重され、書誌作成者の悩みの種となっていくものだ。が、異装といっても、著者や装幀家の意向によるものというよりは、むしろ大概は装幀材料の不足や不良在庫の改装版といったものが多いのが実情だろう。だが『鬼の面』の場合を見ていくと、想像力をたくましくするならば、ひとつのストーリーをすら憶測させるものがある。それというのも、迂闊な話だが、今回初めて気が付いたことがある。それは、六版奥付の検印が、それまでの「谷崎」から「須原」へと変わっているという事実である（七版は検印無し）。すなわち谷崎は『鬼の面』六版以降、版権ごと須原に売却したということだ。当時の谷崎ならば売却も十分に考えられる話だろう。

そうであるならば、つまりこういうことではないか。須原啓興社が何らかの理由で出版業から手を引いたのが大正六年中と仮定して、須原は、版権を買ったからには『鬼の面』を増刷し少しでも稼ごうと、函を多色刷から単色印刷へ変え本文用紙の質を下げ、その分定価を割り引き売り上げ増を狙った。これは権利移譲に伴って、この本はこの装幀でという作者から離れたからかも知れない。そして須原は廃業を機に、版権を紙型込みで永島に譲渡し、永島は元の扉や函デザインを流用しつつ七版を作らせ、賀集文楽堂・若月書店に発売元を依託、ゆえに大正七年一月発行の七版奥付での表記は「発兌」ではなくただ「発売所」と表記された……というものである。もちろん、須原や永島なる人物について稿者が全くの無知である以上、あくまでこれは妄想の域を脱しないわけだが、こう考えてみると、六版から七版までには約九ヶ月ブランクがあることも、この間の事情を物語っているような気すら起こさせる。

『自画像』の謎

さて、『自画像』について改めて考えてみたいのだが、この本に対しては以前より素朴な疑問が稿者にはあった。函に描かれているのは一体何であるのか、という謎である。黄色地に、頭のやけに小さい人影。箸をくわえ、右手（左手か）に棒状のものを持っている。あるいは嘴のある怪物がペンを握っているシルエットか。続く裏表紙面には、消えた蝋燭の燭台に煙草の吸いさし。口の二本の棒状のものは、煙管でもなさそうであるし、何やら蚊男のようにも見える。他方、中身の「鬼の面」の挿絵の方になると、爾保布独特の線の細い仕上がりで、春仙に比べ全く違った印象のものとなっている。

挿絵を見ていて気が付くのは、実は『自画像』収録の「鬼の面」も、須原啓興社が使っていた紙型をそのまま流用していることである（「食後のすさび」の部分は改めてノンブルが始まっている）。だから、本文中春仙の挿絵があった箇所にはそのまま爾保布による絵が挿れてある。二冊を並べ、本文の記述と両者の挿絵を比較していくと、タッチや画調のほかに、画家がどのシーンをどう切り取って挿絵にしているかにそれぞれの特質があらわれており興味深い。またこれと関連していえるのが、函ではなく本体の装幀が表紙クロスの色まで含めて『鬼の面』の装幀をほぼそのまま踏襲しているということだ。しかし、爾保布は意図して春仙の装幀に何ら手を加えず受け継いでこういう装幀にしたのだろうか。

「鬼の面」と挿絵について考察した紅野敏郎は、須原啓興社のもうひとつの谷崎の著作『神童』収録作が「神童」及び「饒太郎」であることに注目、『鬼の面』と『自画像』本体の装幀がほぼ同じであることをすでに指摘しているが、その理由に関しては、「『鬼の面』が、この『自画像』と重なっていること自体、「少年」「神童」「饒太郎」の路線をついだものと判明する」(11)と述べている。

確かに作品内容的に『鬼の面』上梓が出版社にとって『神童』からの系譜を貫いたものというのは自然な見方と思うし、もとより須原啓興社の『鬼の面』出版広告でも小説「鬼の面」は「「神童」「饒太郎」の姉妹篇」と紹介されているわけだが(12)、しかし、果たしてそれが単行本『鬼の面』と『自画像』本体の装幀がほぼ同じであることの唯一の理由かというと、どうもそれだけでは腑に落ちないところがある。出版社も大手の春陽堂になり、挿絵・装画も一新されている。また新たに「食後のすさび」が加わっている変化も見逃してはならないだろう。そして何よりも新たに谷崎の作品にはない「自画像」というタイトルにしたことには、敢えてそうしたという意味がある筈だ。

そもそも『自画像』は「鬼の面」だけを収録した『鬼の面』改題再刊本ではなかった。それは新たなタイトルの下にまとめられた書物＝作品なのである。

『自画像』の意味

谷崎の通例の単行本タイトルから考えれば異例ともいえる、まただからこそそこに明確なコンセプトがうかがえるような「自画像」というタイトルの本が、装幀者として新たに水島爾保布を迎えて春仙と同じく十五葉の挿絵を書き下ろさせ、函の装画も一新させたにもかかわらず、なぜ『鬼の面』と同じ紙型を用い、本体装幀も同様のものにしたのか。すでに『人魚の嘆き 魔術師』で詩画集という谷崎との絶妙なコラボレーションをこなした爾保布である。紙型はともかく、『自画像』という新たな本として、本体の装幀くらいは新たにしそうなものであろう。

だがしかし、今回春陽堂の『自画像』出版広告を調査したところ、新たな事実が判明した。広告によれば、『自画像』は「著者自装」であったのである。(13) これが広告であるという側面を差し引いたとしても、函の装画や本文中の挿絵がどう見ても爾保布であると判断されるのに、何ゆえに爾保布の名を出さなかったのだろうか。書物に装幀家名を一切記さないケースは少なくないが、いままで谷崎の爾保布装幀のものは広告で大々的にそ

『自画像』初版函、表・背・裏表紙

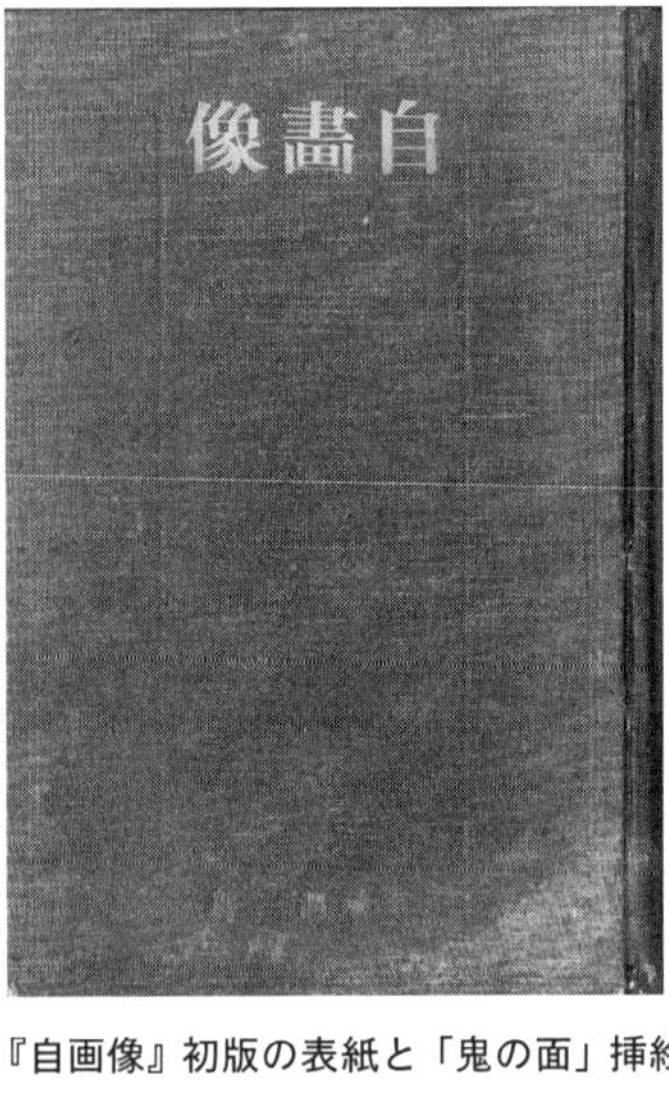

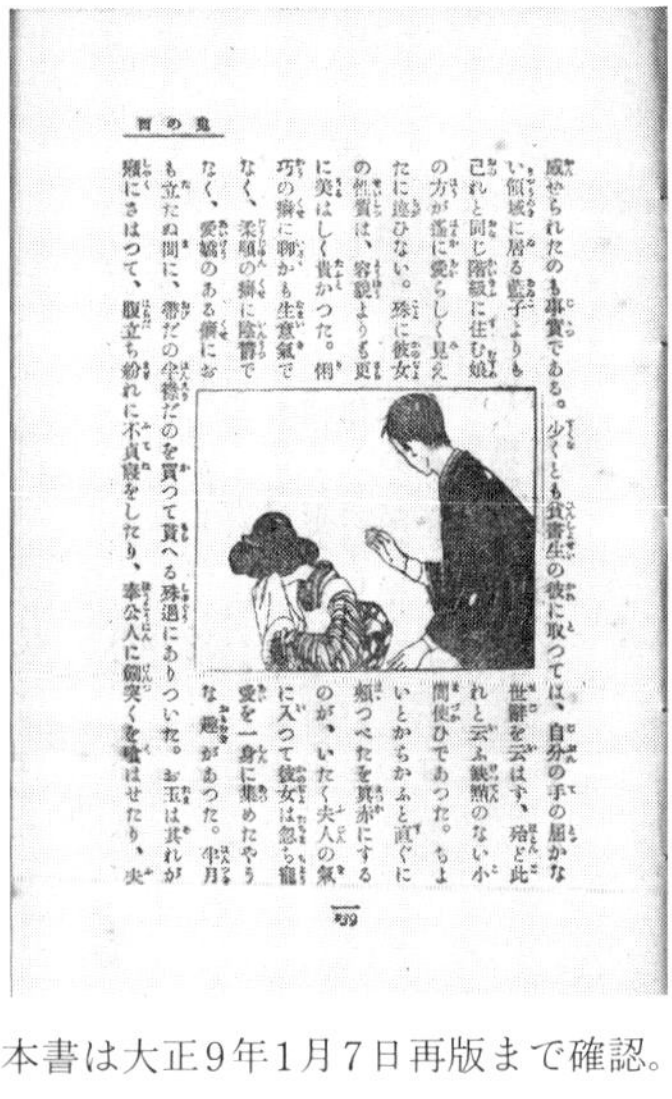

鬼の面

感ぜられたのも事實である。少くとも貧書生の彼に取つては、自分の手の屆かない領域に居る藍子よりも己れと同じ階級に住む娘の方が遙に愛らしく見えたに違ひない。殊に彼女の性質は、容貌よりも更に美はしく貴かつた。悧巧の癖に聊かも生意氣でなく、柔順の癖に陰鬱でなく、愛嬌のある癖にお世辭を云はず、殆ど此れと云ふ缺點のない小間使ひであつた。ちよいとからかふと直ぐに頰つぺたを眞赤にするのが、いたく夫人の氣に入つて彼女は忽ち寵愛を一身に集めたやうな趣があつた。半月も立たぬ間に、帶だの半襟だのを買つて貰へる殊遇にありついた。お玉は其れが癪にさはつて、腹立ち紛れに不貞寢をしたり、奉公人に剛突くを喰はせたり、夫

239

『自画像』初版の表紙と「鬼の面」挿絵　本書は大正9年1月7日再版まで確認。

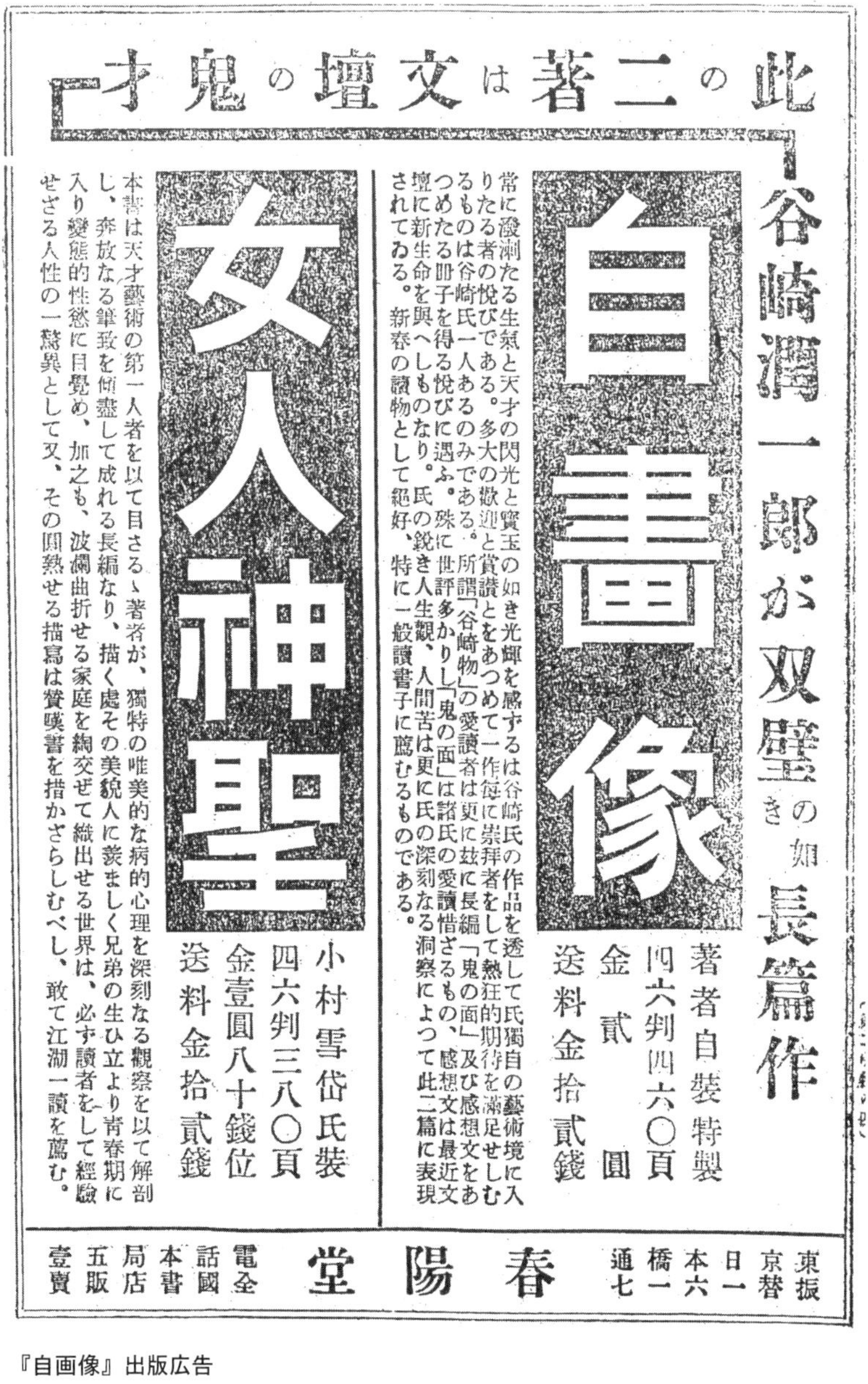
此の二著は文壇の鬼才
谷崎潤一郎が双璧の如き長篇作
自畫像
常に潑剌たる生氣と天才の閃光と寶玉の如き光輝を感ずるは谷崎氏の作品を透して氏獨自の藝術境に入りたる者の悦びである。多大の歡迎と賞讃とをあつめて一作毎に崇拜者をして熱狂的期待を滿足せしむるものは谷崎氏一人あるのみである。所謂「谷崎物」の愛讀者は更に玆に長編「鬼の面」及び感想文をあつめたる冊子を得る悦びに遇ふ。殊に世評多かりし「鬼の面」は諸氏の愛讀惜ざるもの、感想文は最近文壇に新生命を與へしものなり。氏の鋭き人生觀、人間苦は更に氏の深刻なる洞察によつて此二篇に表現されてゐる。新春の讀物として絕好、特に一般讀書子に薦むるものである。
著者自裝特製
四六判四六〇頁
金貳圓
送料金拾貳錢
聖神人女
本書は天才藝術の第一人者を以て目さるゝ著者が、獨特の唯美的な病的心理を深刻なる觀察を以て解剖し、奔放なる筆致を傾盡して成れる長編なり、描く處その美貌人に羨ましく兄弟の生ひ立より青春期に入り變態的性慾に目覺め、加之も、波瀾曲折せる家庭を綯交ぜて織出せる世界は、必ず讀者をして經驗せざる人性の一驚異として又、その圓熟せる描寫は賛嘆書を措かさらしむべし、敢て江湖一讀を薦む。
小村雪岱氏裝
四六判三八〇頁
金壹圓八十錢位
送料金拾貳錢
東京日本橋通
振替一六一七
春陽堂
電話本局五壹
全國書店販賣

『自画像』出版広告

うと謳われてきたし、後の『AとBの話』でも爾保布装と明記されている(14)。それを、著者自装として爾保布の名を一切出さないというのも、爾保布装であることは装画などからあからさまであるだけに不審である。単に表記の手違いか、あるいは、函の装画と本文中の挿絵のみ爾保布に託して本体の装幀流用を敢えてよしと判断したのが著者であり、全体の監修者的な意味での著者自装ということなのか……。

だがしかし「神童」「饒太郎」の姉妹篇である、どこか自伝的側面を含むフィクション「鬼の面」をメインディッシュに据え、食後には文学や都市、映画などについてのリアルな一家言を併せまとめることによって、虚と実の入り混じった、谷崎という作家の現在の「自画像」として改めて読者に提示したのがこの『自画像』だったとするなら、あながち著者自装という広告表記も不審なこととはいえなくなるだろう。ここには、現在の谷崎自身の手になる作家谷崎の肖像＝自画像という揺るぎのないコンセプトがある。単に新版『鬼の面』としなかった所以だろう。それは装幀の名義にすら及び、爾保布を措いてまでも敢えて著者自装としたという背景があったのではあるまいか。

あまりに穿ち過ぎた想像ではあるが、もしもそういうことならば……と稿者は思うのである。爾保布の筆になる謎の装画は、斎藤緑雨の〝筆は一本、箸は二本〟ではないが、ペンを握って作家という怪物《ドゥーブル》へと化した作者自身の妄執の影なのではないか、と。

◉註

（1）中島国彦「作家の誕生」（『国文学』昭和五十三（一九七八）年八月）、瀬崎圭二「永井荷風『谷崎潤一郎氏の作品』の欲望」（『名古屋近代文学研究』平成十（一九九八）年十二月）参照。

（2）磯田光一「『近代情痴集』私考」（『国文学』昭和五十三年八月）参照。

(3)『新潮』(大正八年十月)掲載、頁数刻印なし。
(4)爾保布と『人魚の嘆き 魔術師』については、本書(Ⅱ 『人魚の嘆き 魔術師』挿絵とイメージの展開)参照。
(5)明治四十(一九〇七)年、『東京朝日新聞』連載の二葉亭四迷「平凡」の挿絵で挿絵画家デビューした春仙は、翌々年東京朝日新聞社に入社、以来、藤村「春」、漱石「三四郎」「行人」、草平「煤煙」、鏡花「白鷺」、荷風「冷笑」等々同紙連載の作品で主に活躍した。
(6)森田草平「序文」(名取芳之助[春仙]『デモ画集・戌の巻』如山堂書店、明治四十三年十月)所収、頁数刻印無し。
(7)無署名「次の朝刊長篇小説『黒白』」(『大阪朝日新聞』昭和三年三月十九日)、5面。この文章については前掲『小出楢重と谷崎潤一郎』が紹介している。
(8)河出文庫特装版『卍』(河出書房、昭和三十一年六月)も中川装幀名義だが、カバー画を初版本表紙そのままに活かしたものである。
(9)奥付には加集文楽堂とあるのだが、神田区表猿楽町二番地という住所表記から、これは賀集文楽堂とあるべき誤植である。
(10)今回『鬼の面』については、初版、三版、四版、六版、七版を実見確認したが、たとえば以下のような表記の差異があった。扉のタイトル表記は、初版、七版が手書き文字で「鬼の面」、三版、四版は活字で「鬼乃面」、六版は活字で「鬼の面」。奥付での表記は七版のみ「鬼ノ面」となっている。また七版は本体平の著者名および背の朱箔押しの活字が若干大きく変更され、扉の出版社名が削られている。そのほか、各版の扉頁裏に印刷された名取の表記が、初版は手書き文字で「名取春仙画」、三版四版が手書きで「名取春仙装幀並に挿画」、六版七版が活字で「名取春仙挿画」となっている。また、天小口の黒染は六版、七版にはない。『鬼の面』六版については、日本近代文学館蔵書を参照した。
(11)紅野敏郎『文芸誌譚』(雄松堂出版、平成十二年一月)、621頁。
(12)『神童』(須原啓興社)奥付裏の出版広告より。ただし、たとえば『文章倶楽部』(大正五年十月)掲載の須原啓興社出版広告には、この文言はない。
(13)『新小説』(大正九年一月)掲載の春陽堂元旦初売広告(第二中付の八頁)。春陽堂発行の『新小説』『中央文学』の出版広告を順次調査したが、文面を変えた『自画像』広告(及び重版広告)は見あたらず、広告からは著者自装についてそれ以上の情報は得られなかった。

(14)『AとBの話』の場合、装幀者の記載は本冊のどこにもないが、新潮社の出版広告(『新潮』大正十(一九二一)年十月)から水島爾保布装幀と確認できる。また『人魚の嘆き 魔術師』の広告でも大々的に爾保布装幀挿絵を記していた(註4参照)。

谷崎潤一郎宛三島由紀夫書簡を読む

平成十六（二〇〇四）年四月に刊行された『決定版三島由紀夫全集』三十八巻（新潮社）は、三島の全集で初めて三島書簡を一本にまとめた巻であった。それまで三島の書簡は、川端康成やドナルド・キーン、清水文雄宛に加え十代の頃のものは上梓されてはいた。といっても、それらはむしろ一九九〇年代以降の特例とでもいうべきものであり、それまで三島書簡は断片的に活字化されることがあっても、個人のプライバシーをめぐる著作権関係のトラブルを惹起させるなどの問題が起こったこともあり[1]、ようやく決定版全集によって書簡（といっても一部であろうが）がまとめて読めるような状況になった。全集各巻の売り上げ数のなかでも、殊に当該巻は多く出て版を重ねたと聞く。この書簡の巻のなかに、今回初めてその存在が明らかになった谷崎潤一郎宛三島書簡が三通収録されている。そのいずれもが挨拶や御礼のための書簡に類するもので、いわゆる文学的書簡、すなわち何かしら文学論をたたかわせているような性質のものでもなく、はたまた、作品執筆上の重要な手がかりがある書簡というわけでもないのだが、しかし、昭和三十年代における時代状況や戦後文壇の問題を背景にして両者の関係性を念頭にそれらの書簡を見ていくと、従来あまり取り沙汰されなかった新たな一面が見えてくるものである。

谷崎、三島共に、一般的に耽美主義、芸術至上主義などのカテゴリーに分類されてしまうことが多いが、その実、作品はもちろんのこと、作家的あり方などについても、新しもの好きという側面はある意味共通しているかもしれないが――両者は正に対極的な存在であったといえる。谷崎の方で特に三島について論じた文章などは見あたらないが、三島の方になると、周知のように谷崎を大谷崎と呼び、谷崎文学をかねてより愛好していた旨を折々繰り返し述べ、その作品を論じている。「私はおよそ小説といふものを書かうと決心してから二十七年間、いつも谷崎氏の仕事とともに生き、氏と同時代人たることを誇りにしてきた」（「谷崎潤一郎氏を悼む」昭和四十年七月）というのは追悼文という性質を考えなければならないが、しかし同じ文章での、「私は昭和十三年当時の古本屋をあさつて、各種の円本の谷崎集を買ひ集め、初期作品から「春琴抄」「盲目物語」「蘆刈」などにいたるまで片つぱしから読んでは、影響を受け、模索もした。そしてさういふハダからぢかに吸ひ込むやうな享受の時期がをはつたのちも、谷崎文学は常に身近に感じられ、氏の文学に対する私の忠実は渝ることがなかつた」という箇所には、確かに、作家出発前の三島における谷崎文学の位置が記されているだろう。(2)「世紀末芸術への共感から文学の世界へ歩み入つた少年時代の私は、日本の作家では潤一郎の文学に耽溺した一時期を持つた」（「『刺青』と『少年』のこと」昭和二十四（一九四九）年七月）、という三島は、文学を志してまず最初に買った本は、谷崎とワイルドであったという。こういう三島であったから、谷崎を論じた文章も少なくなく、千葉俊二がいうように「三島は谷崎文学のうちに文学的長寿によってのみ到達し得る、自己とは対蹠的豊饒な文学性をあやまたず見抜(3)」き、殊にその執筆、発表を同時代人として見聞していたであろう。「鍵」「瘋癲老人日記」については、「十八世紀フランス文学の過酷な人間認識とその抽象主義をわがものにしたかのようだ」（「谷崎文学の世界」昭和四十年七月）作品として、つとに賞賛を惜しまなかった。

本稿では、決定版全集に収められた谷崎宛三島書簡を紹介しながら、そこから見えてくる背景を読みとり、改めて両作家の関係を概観しつつ辿りなおしてみたい。

一

谷崎宛の三島書簡は、先にも述べたとおり三通しかない。現在のところそれ以外は発見されていないようである。また、三島宛の谷崎書簡も同様である。むろん、未発表なだけであって現在でも残存している可能性は大いにあり得る。ところで、この三通はいずれも封書で、昭和三十三（一九五八）年七月三日付、三十八（一九六三）年一月三日付、同月十三日付という日付である。

まず昭和三十三年七月三日付書簡は、谷崎が三島の結婚祝いにシャツ生地を送ったことに対する礼状で、文学座で初演された「薔薇と海賊」に興味があれば切符を手配する旨記されているものである。

さて本日は、嶋中氏が来訪されまして、先生よりの結構なお祝ひの品を届けて下さいました。先生御自らの御見立ての品とか、実に気品のあるシャツ地で、早速仕立てまして、第一礼装のシャツに用ひたいと存じます。御心尽しの程厚く御礼申し上げます。（中略）話はちがひますが、本日家族打連れてボリショイ・サーカスを見にまゐりましたが、熊の曲芸が珍中の珍で、笑ひが止りませんでした。ぜひ御一見をおすすめいたします。

新劇など御覧になる折もございませうか？　拙作の愚劇を、七月八日より二週間ほど、文学座でいたしますので、もしお時間のお空きになる御予定でもございましたら、前以て御用命下さいましたら御席をおとりいたしておきます。（後略）

取り立てて注目すべくもない、何気ない御礼の書簡ではあるが、しかし、そもそも谷崎は戦後デビューの何世代も年下の作家へ結婚式のお祝いを贈るほどに三島と交際があったのだろうか、という素朴な疑問がいま改めて浮かぶ。川端康成との文壇的関係などについてはよく知られているが、三島と谷崎については、三島が谷崎にオマージュを捧げ続けたという、文学上の交際はあったとしても、実際の文壇的交際についてはあまり聞かない。また、明治期から常に文壇からは一定の距離を保ち続け、ごく一部の人間としか文学上の交際をしなかった谷崎が、戦後、こういった若い作家とやり取りを交わしていたことはあまり言及されないことであろう。年譜を手繰ると、三島と杉山瑤子の結婚式は昭和三十三年六月一日で、七月三日には手紙にあるように中央公論社社長嶋中鵬二が谷崎のシャツ地を持参し三島家に来宅、その後三島は家族連れでボリショイ・サーカスを見に行く、とある。手紙はその晩に書かれたものであろう。では、こういった手紙を受け取った谷崎の反応はどんなものだったのか。

先年刊行された『谷崎潤一郎＝渡辺千萬子往復書簡』（中央公論新社）のなかに、前掲の三島書簡に対する谷崎側の動きを示した書簡が収録されている。その箇所を抜き出してみると、「昨日大きいばあば、小さいばあば、ゑみ子たちはボリシヨイのサーカスを見にゆきました、僕は日劇ミユージツクホールへ行きました」、「廿五日に文学座の「バラと海賊」を見に行きます、面白かつたら報告します」（昭和三十三年七月二十一日）という記述である。続けて、「昨夜文学座の「バラと海賊」を見て感心しました、三十日（二十九日？）京都で、そのあと大阪で上演の由、是非見ることをおすゝめします」（同年七月二十七日）といった千萬子宛書簡も確認できる。

ボリショイ・サーカスについては、当時話題だったこともあり、三島の勧めに応じてなのか否かはわからないが、文学座の「薔薇と海賊」については、谷崎自ら劇場に出向き、感心していたことがわかる。当の三島への返信ではなく、渡辺千萬子という相手を考えてみても、これが実直な感想であるとみてよいだろう。この

「薔薇と海賊」は、大ヒットして全国巡演も重ねられた昭和三十一年初演の「鹿鳴館」後第一作の本公演として、杉村春子、芥川比呂志が主演した三島の創作劇であった。[4] 歌舞伎や新派、そして日劇ミュージック公演のようなバーレスクなどは、しばしば谷崎は観劇に赴いていたが、新劇それも三島のような若い作家の創作劇を観に出かけ、それなりに満足したということはやはり当時の谷崎にとって珍しいことであるだろう。

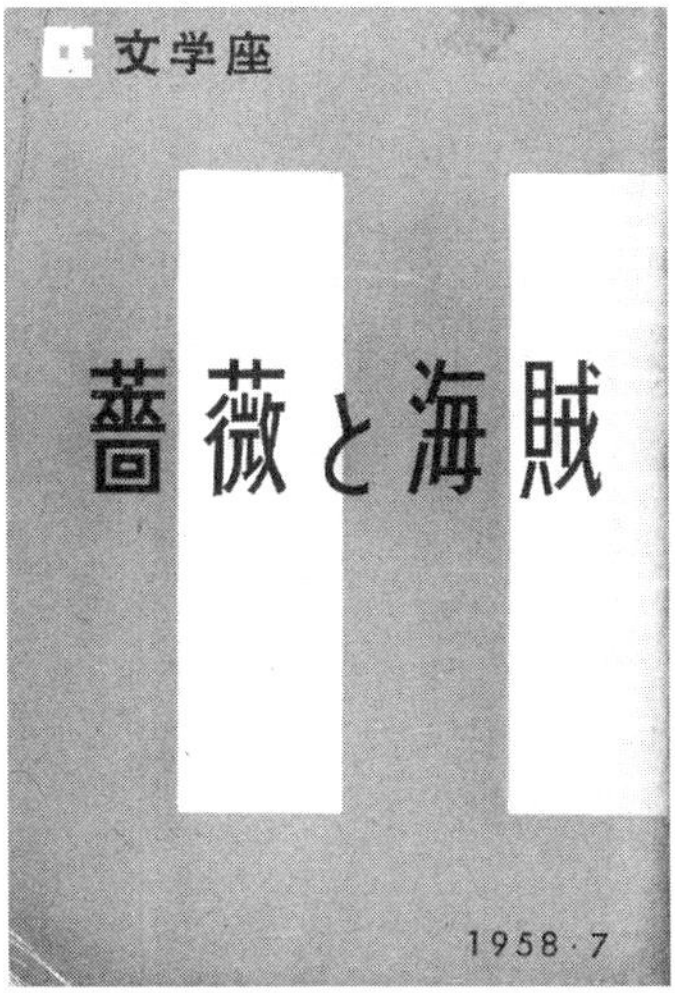

文学座公演『薔薇と海賊』プログラム

　谷崎と三島の手紙のこうした部分のみを見れば、意外に親密そうな間柄が想像されようが、とはいえ、これも次のような背景があったことを知れば、自ずと納得できそうな事柄ではある。というのは、昭和三十二（一九五七）年十二月より、谷崎の戦後最初の本格的全集である、いわゆる新書版『谷崎潤一郎全集』全三十巻が刊行されるわけだが、この新書版全集の刊行開始にあたり、昭和三十三年二月五日、産経ホールにて『谷崎潤一郎全集』刊行記念中央公論社愛読者大会が大々的に催された。その際、講演嫌いを公言する三島は、「美食と文学」と題する講演を行っている。また三島は、新書版全集の広告に「日本文学史のもっとも代表的普遍的天才」（『朝日新聞』昭和三十三年一月二十九日、決定版全集未収録）を、また帯文も執筆、同年七月に刊行された新書版全集二十一巻の帯にそれは掲載された。加えて、全集には関係はないが、この頃、アメリカのクノップ社のハロルド・シュトラウスの依頼により、三島はエドワード・サイデンステッカー訳『蓼喰ふ虫』(Some Prefer Nettles,Knopf,1955）推薦文（英訳掲載予定）を執筆している。[5] 自作英訳に関するサイデンステッカー宛谷崎書簡が没後版『谷崎潤一郎全集』には複数収録されているが、谷崎はこの英訳を喜びつつも気にしており、先に英訳出版でクノップ社に関係のあった三島に推薦文執筆の話が振られたのだろう。谷崎もこの件について当然承知していておかしくはない。

新書版全集に関する講演、執筆については、おそらく嶋中鵬二が間に立っているだろうと想像がつくが、おそらく、何世代も下の三島への谷崎による結婚祝いは、こうした経緯を踏まえてのものと考えてよい。もちろん、それ以前に両者が顔を合わせている機会はなかったわけではない。『文芸』臨時増刊『谷崎潤一郎読本』のための座談会「谷崎文学の神髄」（昭和三十一年三月）には、伊藤整や武田泰淳らと同席している。ただ同席したということであれば、翌年二月五日に日劇ミュージック・ホールにて催された深沢七郎『楢山節考』出版記念会でも同席、三島の隣席が谷崎であったという。余興としてヌードショウが上演されたこの出版記念会については、当時の週刊誌『サンデー毎日』（昭和三十二年三月二十四日）などが記事にしているが、三島は、「深沢七郎氏の本の出版記念会が日劇ミュージック・ホールでひらかれたとき、私は谷崎氏の隣席でショウをみてゐた。ショウがおはつて席を立つた私のあとから、谷崎氏が、「お忘れ物」と云ひながら、席に忘れた私のレインコートを持つて来て下さつたのには恐縮した」

『谷崎潤一郎全集』第３回配本広告（『朝日新聞』昭和33年1月29日）

（「谷崎朝時代の終焉」昭和四十年八月）と書いているが、このほかにも、出版記念会や各種イベント、観劇の際に劇場で、ということならば幾らかあるであろう。

二

年譜を見る限り、昭和三十三年七月三日付書簡のようなやり取りを経た後も谷崎と三島との関係は続いていく。しかしそれは、もちろん両者に直接仕事上の関係があったわけでもなく、たとえば川端康成のように長い関係があったわけでもないので、連続的に継続していたものではなかったようだ。

新書版全集完結（昭和三十四（一九五九）年七月）から数年おいて昭和三十年代後半になると、仕事として直に対面する機会もまた出てくる。昭和三十八年、三島と谷崎は、中央公論社創業八十周年記念『日本の文学』全八十巻の編集委員を川端康成、大岡昇平、伊藤整らと共に務めることとなる。両者は、その企画会議に出席、再び顔を合わせることになる。三島が松本清張の全集入りを強硬に反対したことでいまは知られている会議である。といっても、心臓が弱っていた谷崎が会議に出席したのは同年七月三十日、八月十七日の二回だけであったようだ。前述した座談会「谷崎文学の神髄」以来の座談である、昭和三十九（一九六四）年正月の「初釜清談」（『京都新聞』昭和三十九年一月五日）でも顔を合わせており、同年六月十七日にアメリカ大使公邸にて行われた谷崎の全米芸術院米国文学芸術アカデミー名誉会員会員証贈呈式には三島も参列している。この時の谷崎側の文章はないが、谷崎没後、三島は往時を回想し、「この日の招待客は、全部谷崎氏の選択によるもので、不肖私もその光栄に浴したが、行つてみると、いかにも谷崎氏らしいわがままな選択で、映画女優あり、古典芸能人あり、文士と云つたら、ほんの二、三を数へるだけであつた」（「谷崎朝時代の終焉」）と述べている。小谷

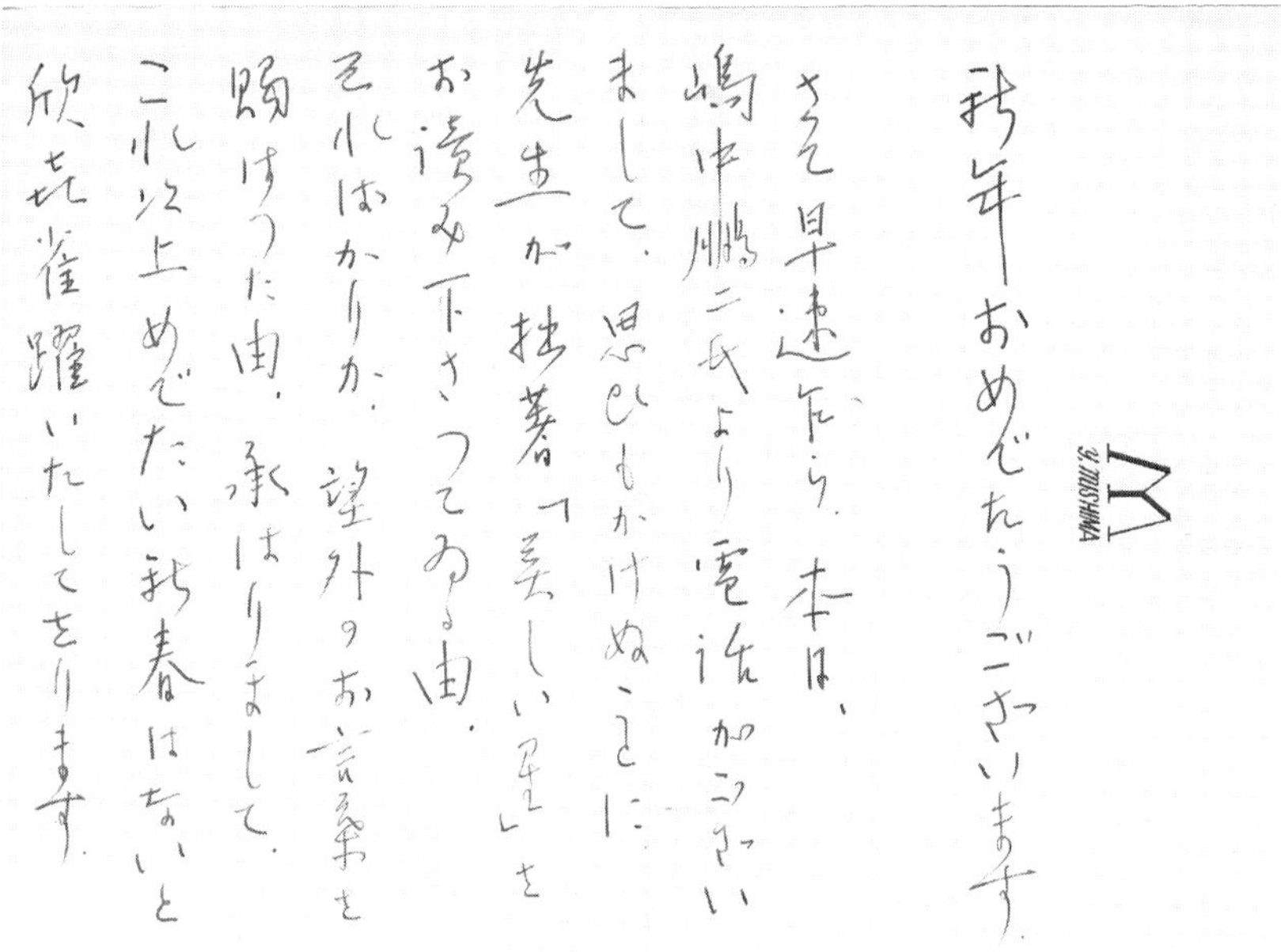
新年おめでたうございます
M
Y. MISHIMA
さて早速乍ら、本日、
嶋中鵬二氏より電話がございまし
て、思ひもかけぬことに
先生が拙著「美しい星」を
お読み下さつてゐる由。
それはかりか、望外のお言葉を
賜はつた由、承はりまして、
これ以上めでたい新春はないと
欣喜雀躍いたしてをります。

野敦の谷崎伝によれば、出席者は、安部能成、武者小路実篤、三島、森戸辰男、山田耕筰、橋本明治、市川寿海、今日出海、林武、ドナルド・キーン、サイデンステッカーであったという。(6)「ほんの二、三」の作家に、つまり武者小路実篤や今日出海と並んで三島が入っていたということは、深いつき合いはなかったものの、やはり谷崎が戦後作家のうちでは三島に注目していたことを裏付けていよう。

むろん、仕事上で数回顔を合わせたというくらいでは、交際とはいえないかもしれない。しかし、新書版全集をめぐってのやり取りの後、両者の交流は谷崎側からの三島への打診によって再び始まっていく。二通目の、昭和三十八年一月三日付書簡は、年始の挨拶もそこそこに、次のような三島の喜びの筆が踊っている。

　さて早速乍ら、本日、嶋中鵬二氏より電話がございまして、思ひもかけぬことに、

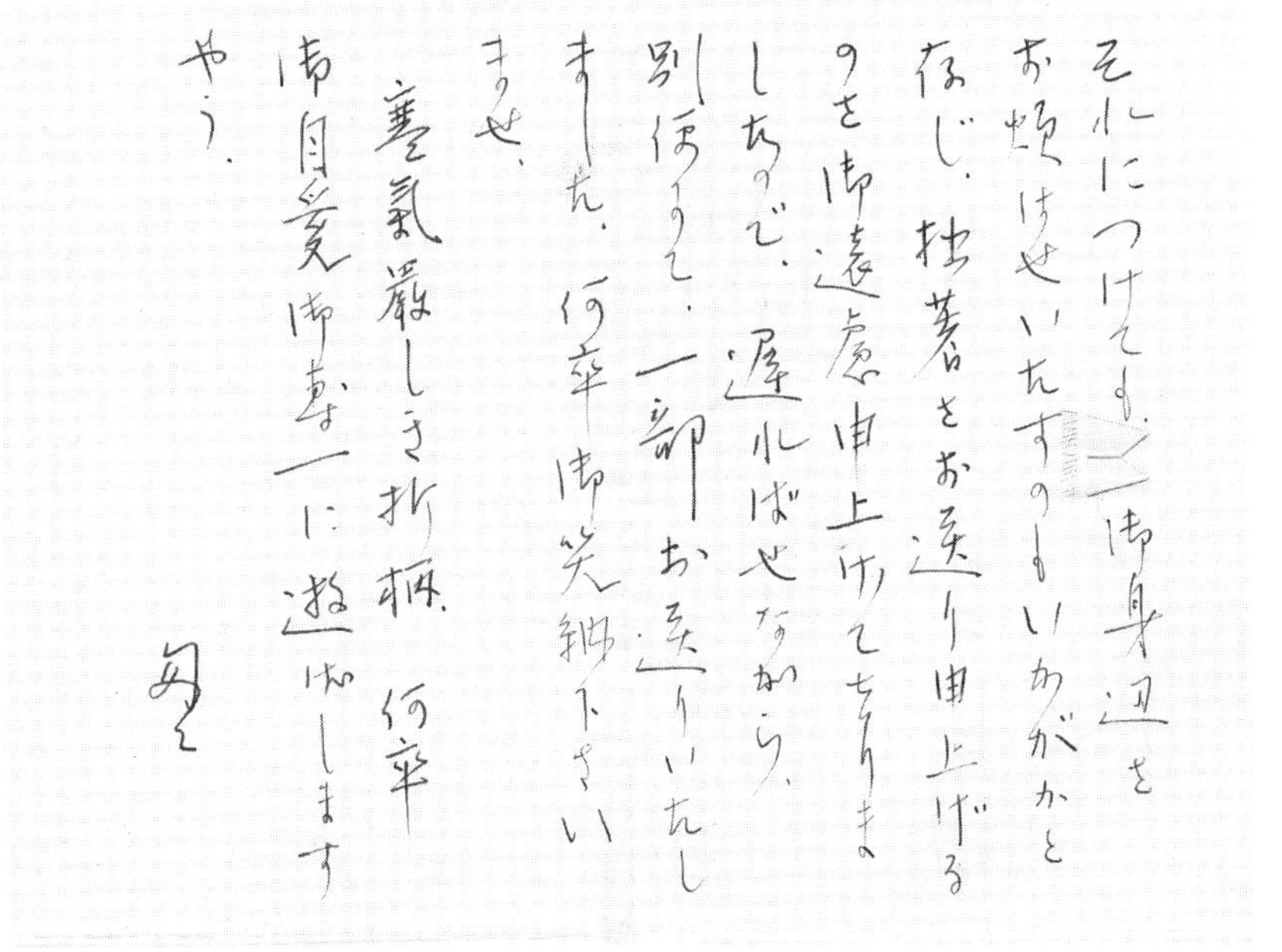
それにつけても、御身辺を
お煩はせいたすのもいかがかと
存じ、拙著をお送り申上げる
のを御遠慮申上げてをりま
したので、遅ればせながら、
別便にて、一部お送りいたし
ました、何卒御笑納下さい
ませ、
寒氣厳しき折柄、何卒
御自愛御専一に遊ばします
やう。　匆々

三島由紀夫書簡（昭和38年1月3日付）部分（個人蔵）

先生が拙著「美しい星」をお読み下さつてゐる由、そればかりか、望外のお言葉を賜はつた由、承はりまして、これ以上めでたい新春はないと欣喜雀躍いたしてをります。

それにつけても、御身辺をお煩はせいたすのもいかがかと存じ、拙著をお送り申上げるのを御遠慮申上げてをりましたので、遅ればせながら、別便にて、一部お送り致しました。（後略）

果たして谷崎がどの程度のことを嶋中を通して三島に伝えたのかは、これだけの文面ではわからないが、それが三島のSF的作品「美しい星」（『新潮』昭和三十七（一九六二）年一～十一月、単行本は同年十月刊）であったということは興味深い。谷崎潤一郎全集を繰ってみると、たとえば大江健三郎『死者の奢り』を読んで、収録作中「他人の足」の文章の批判をしているものがあるが（「気になること」昭和三十四年一月）、若手作家の現代ものにどれだけ谷崎が目配りをしていたのか。水上勉の「越前竹人形」のように絶賛された作品はむしろ例外として目立つが（「『越前竹人形』を読む」昭和三十八年九月）、ロアルト・ダールや松本清張に関する話題も渡辺千萬子宛書簡にはしばしば見受けられる。そしてある種の文学的刺激として戦後の若手作家の作品を種々読んでいたのだろうと思われるが、[7]ここにはそのまま新しい文学を常に吸収しようという谷崎の意欲がうかがわれる。

当時、ＳＦ的意匠を借りながらも、思想小説と評され、いわゆる「政治と文学」論争に改めて火を付けたという三島の意欲作「美しい星」であるが、磯田光一や奥野健男といった評論家からの評価よりも、おそらく三島本人にとっては、ＳＦやら思想などといったものからは離れたところに立脚しているように見える谷崎から受けた賞賛が嬉しかったと見える。この、三島から送られた『美しい星』は谷崎家の本棚にあったと渡辺千萬子が回想しているが、[8]稿者は以前、谷崎宛の献呈署名が入った『仮面の告白』（河出書房、昭和二十四年七月）がオークションで売買されるのを見たことがある。それが礼儀上のある種の文壇的習慣であったとはいえ、三島が毎度毎度著書を献呈する間柄であったのか、「御身辺をお煩はせいたすのもいかがと存じ」送っていなかったのかということは、両者の関係性を考える上で少しく気になるところではある。

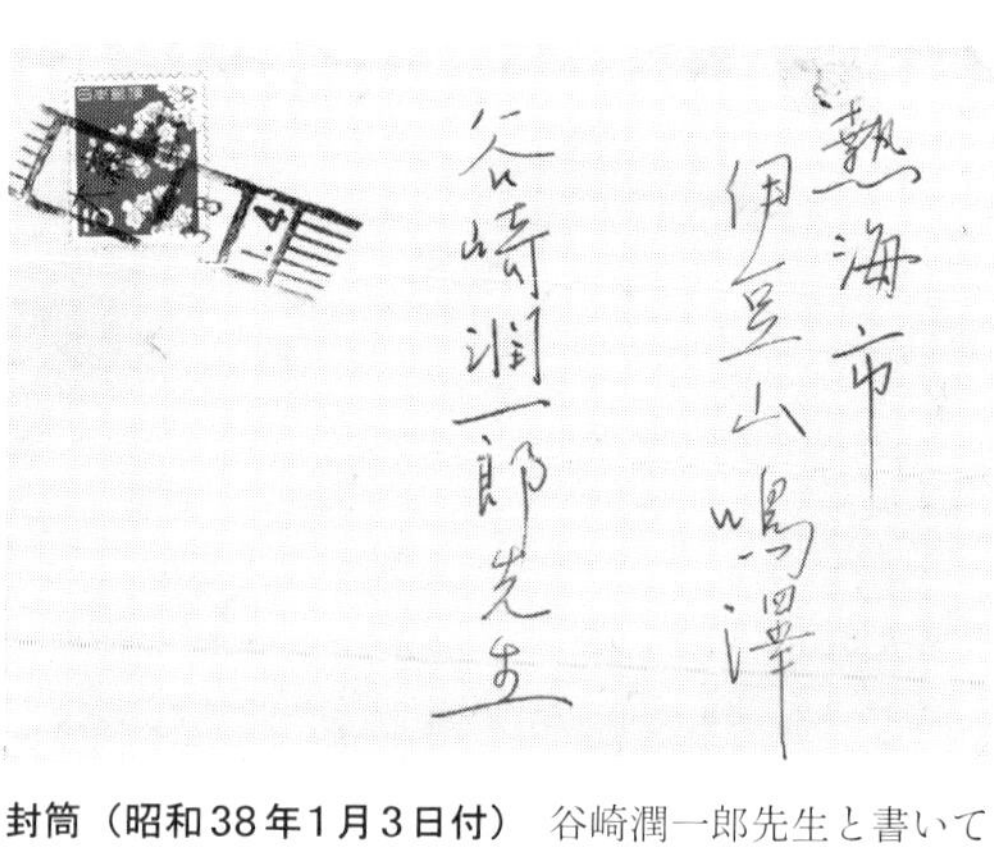

封筒（昭和38年1月3日付） 谷崎潤一郎先生と書いている。（個人蔵）

三

ところで、三島由紀夫が戦後文壇において着実に地位を固め、ある種のスター作家として活躍し始めた一九六〇年代、それは谷崎潤一郎の最晩年にもあたる。三島は映画「からっ風野郎」（昭和三十五（一九六〇）年二月封切）に主演し、タレント的な活動も増え、昭和三十八年には自ら被写体となった細江英公写真集『薔薇刑』を刊行、折から次々と創刊されていた週刊誌というメディアにのって、多角的に活動を拡げていく。

他方谷崎は、健康上の問題を抱え、手のしびれによる口述を余儀なくされながらも、三島と共にノーベル文学賞の候補となったと伝えられ、作品としては、晩年の代表作「瘋癲老人日記」（昭和三十六（一九六一）年十一月～三十七年五月）をものするにいたる。「鍵」（昭和三十一年一、五～十二月）では、それが少なからぬ物議を醸し、国会法務委員会でその猥褻性が取り沙汰され、昭和三十一年末に刊行されると、翌年すぐに石川達三「自由の敵」がこの作品を「不潔な非芸術」、「もうろくした老大家の排せつ物みたいな作品」であると書き、波紋を呼んだ(9)。このとき、三島は石川の言辞を「これは文明開化思想であり、この議論の根底にあるものは芸術の政治化です。石川氏が中共に毒されたことの深さを悲しみます」として、批判した（「『自由の敵』について」昭和三十二年三月）。

そして谷崎宛三島書簡最後のものは、次の書簡である。

　本日は御芳書並びに御署名入り御高著を賜はり、厚く御礼申し上げます。（中略）それから申し遅れましたが、毎日芸術大賞の御受賞、心からお慶び申し上げます。瘋癲老人日記はかねてより、昨年度第一の傑作と存じておりましたので、最も当を得たる選定と、御同慶のいたりに存じます。

昨今はこれといふ芝居にも接しませぬが、昨夜演舞場にて、寿海の石切梶原を見、久々に大皿盛りの御馳走に接した思ひがいたしました。昔のあんなにつまらなかった寿美蔵が、よくもこんなにコクのある芝居をするやうになつたと愕かれました。小生も芝居書きはきらひではございませんが、一人の役者を目標に書くうちに、一作ごとにその役者の魅力が薄れることと、幕内のゴタゴタのいやらしさとには、閉口いたします。小説家が本業でよかつたと思ふのは、さういふ時でございます。（後略）

右は、先に引用した「美しい星」に関する書簡から十日後の、昭和三十八年一月十三日付の谷崎宛三島書簡である。引用の後半部は、谷崎の寿海ひいきを知った上での話題であろうが、「幕内のゴタゴタのいやらしさとには、閉口いたします」という部分は、実は生々しい。正にこの手紙の書かれた翌日の一月十四日、文学座から芥川比呂志、岸田今日子らが大挙脱退、福田恆存を中心に劇団「雲」を結成するという事件が起こるのである。当時三島は文学座座員で文学班委員でもあった。大挙脱退の前日夜になって初めて「雲」に誘われ、三島は福田と袂を分かつにいたるのであるが、[10]この「ゴタゴタのいやらしさ」という言葉は、正にその渦中のただなかにいた三島から思わず洩れたものであろうか。

また文面からは、谷崎が署名入りの著書を三島に献呈したことが知られるが、『瘋癲老人日記』（中央公論社、昭和三十七年五月）以来、翌年四月の『台所太平記』まで、谷崎に上梓した書物はないので、この年一月に発表された、昭和三十七年度毎日芸術大賞受賞を受けて、改めて三島に『瘋癲老人日記』を署名入りで送ったものであろう。

そもそも三島は『瘋癲老人日記』出版に際し、「『瘋癲老人日記』は正真正銘の傑作であるのみならず、谷崎連峰の、「刺青」「痴人の愛」「蓼喰ふ虫」「卍」「春琴抄」「細雪」「少将滋幹の母」につづく、否そのなかで最高峰を占めるかもしれない完璧な芸術的達成である。老境にいたつてこの大文豪が、かくも強い筆致と濃い艶情を持し、衰へを見せぬどころか、却つて芸術の奥殿へ跳躍したその力には瞠目の他はない」（「谷崎文学の最高峰」）という文章を草していた。これは単行本刊行時の内容見本及び帯文（抜粋）に使用されたもので、宣伝用の広告文という性質を顧慮しなければならないだろうが、しかしむろん、三島による当該作の賞賛はこの文章執筆以前から漏らされており、昭和三十七年六月号『群像』掲載の、三島由紀夫・花田清輝・福永武彦による「創作合評」（昭和三十七年四月二十日実施）で三島は、「仏足石のクライマックスのところの死とエロティシズムが、谷崎さんの場合にこんなにサスペンスをもつて相争つたことは今までなくて、谷崎さんの青年時代の二元論というのはかなり浅薄なものだつた。だけどこれは谷崎さんの二元論の完成ですね。死とエロティシズムが完全に同じ分量で争つていて、日本人の文学でも前人未踏のものだと思う」(11)として、すでに絶賛している。

特に谷崎の場合、晩年は、若年の作にはなかった身に迫り来る老境と死という要素が作品に盛り込まれ、独自の文学世界を花開かせていくわけだが、それが三島流の死とエロティシズムといった問題意識に直に響いたのだろう。右に掲げた谷崎宛三島書簡の約二ヶ月前、三島は『朝日新聞』紙上に「谷崎潤一郎論」（昭和三十七年十月十七～十九日）を三日に渡って連載している。ここで三島は、谷崎文学の本質を、「現実を変容させて、自分の好むがままの形を現実にとらせ、そこへ自分の内面を投射して（自分は何ら責任を問はれずに）、対象をわがままで意地悪な存在だと夢見ること」とした上で、そこへ新たに老いというモチーフが加味され、「死の恐怖がエロティシズムと完全に拮抗」しはじめた、とする。

そして「鍵」にはじまり「瘋癲老人日記」にいたつて高度に開花した「老い」のモチーフは、氏の文学に微妙な変化をもたらした。それはおそらくフランス十八世紀文学にしか類縁を求めえないやうな、小説の特殊な機能の獲得であつて、氏の文学は、それまでの、いはば作品全体の美的構造が状況を創造しかつ保障してゐるやうな小説（「細雪」がその極致であらう）から、作品の内部において登場人物が刻々状況を設定し創造して行かざるをえないやうな動的な小説に変つた。

三島はこの「微妙な変化」に注目する。それまでの三島の谷崎文学観は、「潤一郎の美学は意志の喪失によつて得られる種類の客観性を要求し」ているのであり、「現実を仮構に変造するやうな詩人の才能に徹底的に欠けた潤一郎は、現実に対する対抗手段として、唯ひとつのものを持つた。美の意志の抹殺である。美は意志されずに存在しなければならない」（「『刺青』と『少年』のこと」）と論じていた。三島は「瘋癲老人日記」にいたって、谷崎に「死の恐怖がエロティシズムと完全に拮抗」するさまを見出すが、谷崎没後、三島の最晩年にこの作品は、谷崎の「金色の死」（大正三年十二月）と一種皮肉な照応関係にあると論じられることとなる。周知のように、『新潮日本文学6 谷崎潤一郎集』（新潮社、昭和四十五（一九七〇）年四月）は、三島が編集したもので、「刺青」や「春琴抄」「細雪」などといった有名作と共に、三島が没後版谷崎潤一郎全集にて初めて読んだという「金色の死」が特に収録されている。この本の末尾にある三島による解説文は、ほかの収録作品をほとんど論ぜず、もっぱら「金色の死」分析に費やされた、というものであった。その特殊三島的ともいえる「金色の死」論は、すでに多くの研究者が指摘するように、三島が自らの死を意識しながら、「金色の死」という作品を借りて自己解説しているようにも見える。三島の「金色の死」論については、生前の谷崎と三島の関係ということからも離れ、かつまたその含むところの問題も大きいので、いまは措く。

こうして、この度三島全集に収められた三通の、しかも特に内容の濃い文学的書簡というものではない書簡を見てきたわけであるが、それによって幾分か知られることは、ただ一方的に三島が文学的オマージュを谷崎に捧げていたわけではなく、日本の文壇に生きる者としての現実的な交際というものがわずかではあるがあったということである。もちろんそれは、谷崎文学の、そして三島文学の本質になにほどか影を落としているといった性質のものではない。谷崎は文章として三島評価を残さなかったが、自分に好意を持つ戦後作家として意識していたことは書簡の背後からうかがわれる。三島の方はといえば、戦前谷崎がものした「文章読本」を、戦後改めて自ら著し（『文章読本』昭和三十四年六月）、谷崎が初期入れ込んだワイルド「サロメ」を、文学座で自らの演出で上演（昭和三十五年四月）したほか、武智鉄二演出になる「恐怖時代」[12]の流血趣味をそのまま受け継ぐようにして、切腹と拷問の血まみれの歌舞伎「椿説弓張月」（昭和四十四（一九六九）年十一月上演）を演出するなど、谷崎のあれこれの作品を少なからず意識していた部分があったといえる。谷崎と三島というそれぞれ対極的な作家の、同時代的な交流と、影響ということに関しては、従来あまり注目されなかったが、こういった側面から今後改めて見直していく必要があるだろう。

◉註

（1）たとえば、紀平悌子「三島由紀夫の手紙」（『週刊朝日』昭和四十九（一九七四）年十二月十三日〜五十（一九七五）年四月十八日）や、三谷信『級友三島由紀夫』（笠間書院、昭和六十（一九八五）年七月）、福島次郎『三島由紀夫――剣と寒紅』（文藝春秋、平成十年三月）などにおける書簡引用の事例が有名であろう。特に註がない場合、三島の引用は『決定版三島由紀夫全集』による。

（2）島崎博・三島瑤子編『定本三島由紀夫書誌』（薔薇十字社、昭和四十七（一九七二）年一月）収録の「蔵書目録」には、谷崎の著書が複数見えるが、三島の述べていた昭和戦前期の円本の谷崎集は見あたらない。この書誌が編まれたのが三島最晩年から没後にかけてで、その当時に三島家の書棚にあったものをもとにしており、当然ながら重なる引っ越しでの紛失や譲渡売却の可能性も考えなければならないが、あるいは、この書誌に見える『新版 春琴抄 附・芦刈、吉野葛、盲目物語』(創元社、昭和十年(一九三五)年二月重版)のことを円本と三島が取り違えているのかもしれない。
(3) 項目「谷崎潤一郎」(千葉俊二執筆)(松本徹ほか編『三島由紀夫事典』勉誠出版、平成十二年十一月)、525頁。
(4) 「鹿鳴館」の後には、三島が修辞を担当したラシーヌ「ブリタニキュス」があり、文学座アトリエ公演として「大障碍」などの公演があったが、本公演としての創作劇は「薔薇と海賊」が最初となる。
(5) ただし、稿者が調べた限りでは当の Knopf 社版英訳書に掲載はされていないようである。
(6) 小谷野敦『谷崎潤一郎伝――堂々たる人生』(中央公論新社、平成十七(二〇〇五)年六月)、418頁。
(7) 小谷野前掲書に、この大江のことに触れつつ、「谷崎の許へは当然ながら新人の小説がたくさん送られてきたが、読んでいないようなふりをしつつ読んでいたという」(377頁)という伝聞調の一文がある。
(8) 渡辺千萬子『落花流水』(岩波書店、平成十九(二〇〇七)年四月)に、「谷崎には多くの作家からの贈呈本がたくさん来ました。三島由紀夫の『美しい星』も石原慎太郎の『太陽の季節』もありました。それは熱海の家(後の雪後庵)では書斎に行く途中の廊下の本棚に溢れんばかり並んで詰め込まれていました」(131頁)という箇所がある。
(9) 『東京新聞』(昭和三十二年一月二十二日)。石川論の骨子は、「谷崎氏の「カギ」が大変売れているらしいが、困った事だと思う。評論家がどんな註釈をつけようが、こういう作品には私は賛成できない。永井荷風氏の作品も同様、いずれも一種のもうろく現象だ。(中略)これらの作家は言論表現の自由を行使しているつもりかもしれないが、こんな不潔な非芸術が横行して行くとすれば、官憲が検閲法を作りたくなるのは当然だし、また必要にもなって来る。つまりこういう小説は言論表現の自由を守る上に大きな障害となる。つまりは自由の敵ということになりはしないか」というもの。
(10) 経緯に関しては、北見治一『回送の文学座』(中公新書、昭和六十二(一九八七)年八月)および加藤新吉「あの頃、そしてあの時――二つの脱退事件」(『文学座五十年史』文学座、昭和六十二年四月)参照。
(11) 『群像』(昭和三十七年六月)、224頁。
(12) 武智演出による「恐怖時代」は、京都南座で昭和二十六(一九五一)年八月興行として初演されたが、三島が見に行ったのは新宿第一劇場で昭和三十五年四月興行として上演されたものであると思われる。澁澤龍彦『三島由紀夫おぼえがき』(立風書房、昭和五十八(一九八三)年十二月)、に、「恐怖時代」を見に行ったら劇場で三島と出会ったことが回想されている。三島が絶賛したという武智演出「恐怖時代」については、徳岡孝夫『五衰の人』(文藝春秋、平成八(一九九六)年十一月)を参照されたい。

IV

書物の生態学・『春琴抄』の展開

はじめに

谷崎潤一郎「春琴抄」（『中央公論』昭和八（一九三三）年六月）は、谷崎中期の代表作のひとつとしても知られているが、その初刊本（創元社、同年十二月）も近代文学装幀史上異例の漆塗表紙を用いた装幀によって知られている。しかもその装幀は作者自身の手になるものであり、その意味では、『春琴抄』初刊本は、ただテキストのみならず書物という形態含めて渾然一体と化したそれこそ己の作品であるという谷崎の芸術観を体現した典型的な書物であるといえよう。

ただし初刊本刊行後、「春琴抄」は何度も装幀を変えて刊行が続いてゆく。初刊本の一年後には『新版春琴抄』（昭和九（一九三四）年十二月）、さらに翌年に『改装新版春琴抄』（昭和十（一九三五）年九月）、そして『春琴抄』（創元選書、昭和十四（一九三九）年一月）、『新槧《ざん》春琴抄』（昭和十六（一九四一）年三月）と、立て続けに「春琴抄」と冠した単行本が装いを改め、収録作品を変更しつつ刊行されているのである。これに加え、文学全集ものの一冊である新選大衆小説全集十八巻『盲目物語・春琴抄』（非凡閣、昭和九年八月）、戦争悪化のために結局は未刊に終わったが豪華本・潤一郎六部集の一冊として予定されていた『春琴抄』をも入れるならば、戦前だけで七種にものぼることになる。なぜこれだけ「春琴抄」という作品をタイトルとした本が、約七年という短期間の間に目論まれ、実際に六冊までは刊行されるにいたったのか。

文学全集物の『盲目物語／春琴抄』を除き、ほかはすべて創元社による刊行である。一見して、売れ線であるところの「春琴抄」をタイトルに手を変え品を変えていく版元の商魂のたくましさのようにも見える。もちろん作者が「春琴抄」という自作によほど自信があり、また実際、『春琴抄』を読んだ瞬間は、聖人出づると雖も、一語を挿む能はずと云つた感に打たれた」（正宗白鳥）という評価[1]を代表として、世評も良かったということも要因としてあろう。ただし、それだけではない。選書というある種の廉価版的な位置づけにあるといえる創元選書版は別としても、それはただ商業的理由というだけでも、またこれらがただパッケージ変更しただけということでもなかった。

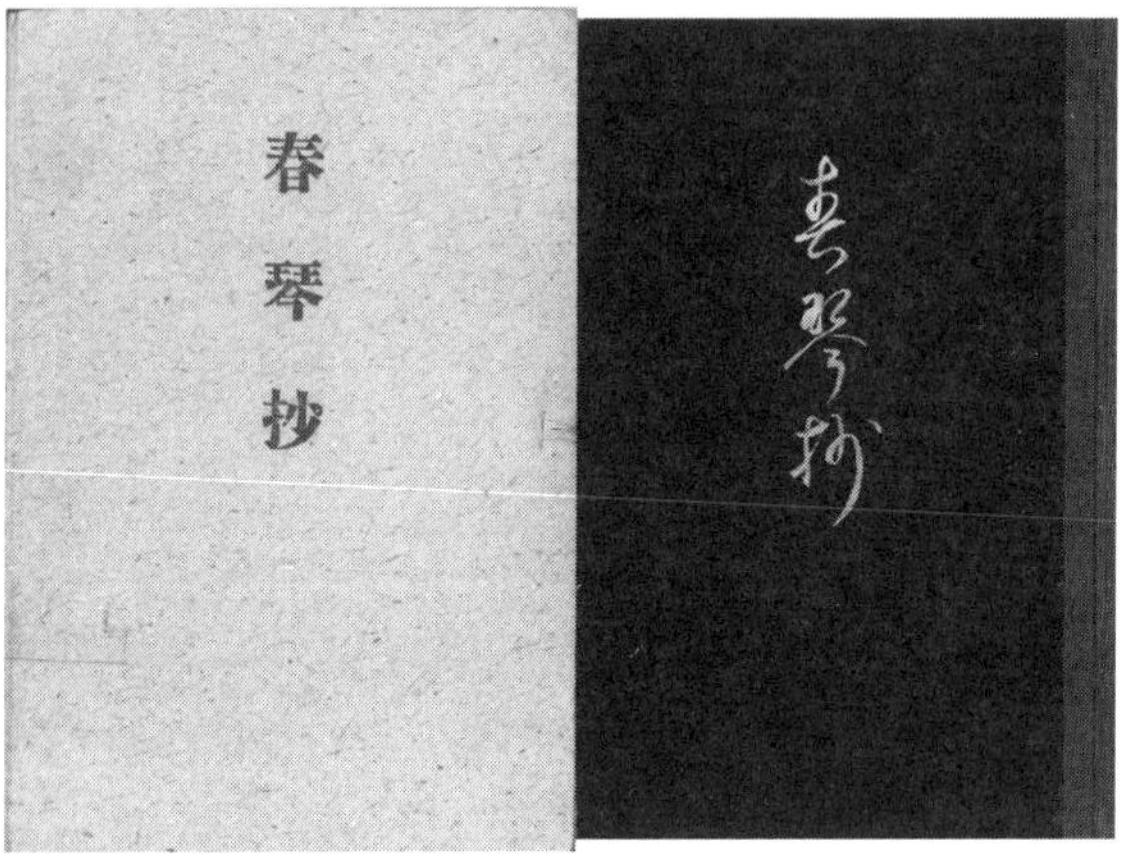

『春琴抄』帖、表紙

話題になった漆塗装幀をやめて、次に刊行された『新版春琴抄』も、和紙の紙束を二つ折りにして紐で綴じる形態という特殊なものであった。なぜ短期間でそのように次々と装幀を変えるのか。その都度装幀を変え内容を変える、いわば「春琴抄」は初刊以後数年の間は立て続けにその装幀と収録作品を更新され世に問われていくというあり方をしていたわけである。初刊にせよ新版にせよ、それぞれの刊本は、「作者が一つの著書を己の意に満ちるまで何回でも装釘を変へて出版することは、決して無意味の業ではない」（「潤一郎六部集について」昭和十一（一九三六）年六月）と、装幀に一家言持ちこだわり続けた当時の谷崎の装幀美学が通底していよう。だが、では具体的にどの程度谷崎は関わっているのか。

またここで見方を変えて、改めて当時の「春琴抄」受容に目を転じてみると、興味深いことに気がつく。初刊以降、『新版』、『改装新版』の時期は、映画、新派、歌舞伎、ラジオドラマ、朗読レコードと、各メディアを横断するような形で種々「春琴抄」のアダプテーションが集中している時期でもあった。その後現在にいたるまでさまざまにアダプテーションされていく「春琴抄」だが、時代は映画のトーキー化を受けて文芸映画で盛り上がりを見せる時期でもあり、発表直後からこのようなメディアミックス展開がなされていたのである。つまり、『春琴抄』という書物は、装幀や収録作を変え単行本として新たに更新されるのと相即するようにアダプテーションされるという、作品と書物とアダプテーションの有機的な関係がそこにあるといえる。

以下、『春琴抄』をめぐって、テキストのみならず書物という形で実践されていく谷崎の作品と、その書物の更新ごとにあれこれとアダプテーションされ他ジャンルの地平へと拡散、受容されていく作品の展開を、作品を宿した書物の変態、いわばひとつの生態学として基軸に据え、改めて考えてみたい。

1　谷崎の自装熱

初刊本は先にも記したように漆塗表紙だが、西野嘉章の指摘するように「文学書の普及版にまで漆平を使った例は、谷崎以前に見出し難」(2)く、前代未聞の装幀といってもよかった。当時、後に見るようにこの装幀をめぐっては賛否両論が巻き起こり、読書界に相当のインパクトを与えたものであったと推測される。ではなぜそもそも漆塗などという装幀となったのか。まずは、当時の谷崎の装幀についての考え方を改めて確認しておきたい。

谷崎は「装釘漫談」（昭和八年六月）で、「私は自分の作品を単行本の形にして出したときに始めてほんたうの自分のもの、真に「創作」が出来上つたと云ふ気がする。単に内容のみならず形式と体裁、たとへば装釘、本文の紙質、活字の組み方等、すべてが渾然と融合して一つの作品を成すのだと考へてゐる」と記している。[3]若い頃の谷崎は、装幀はもっぱら画家まかせであり、たとえば橋口五葉や小村雪岱、山村耕花、水島爾保布といった画家たちによるそれらは、現在では美装本としても知られている。では自装本はといえば、大正期までには『異端者の悲み』（阿蘭陀書房、大正六（一九一七）年九月）くらいしか知られていなかったが、[4]しかし昭和に入ってから、「此の三四年来自分の本の装釘は自分が考へることにして、新しい出版をする毎に本の出来上るのを楽しんでゐる」（同）として、谷崎は自著の装幀に本腰を入れるようになっていく。谷崎は「此の三四年」と記すが、いまその裏付けが確実に取れるのは『盲目物語』（中央公論社、昭和七（一九三二）年二月）からで、出版広告には「著者装幀定本」[5]とあり、「はしがき」には「此の書の装幀は作者自身の好みに成るものだが、函、表紙、見返し、扉、中扉の紙は、悉く「吉野葛」の中に出て来る大和の国栖村の手ずきの紙を用ひた」と素材に対するこだわりを書き連ねていた。

ちょうどこの頃出版界では、大正末の円本ブームや文庫本の創刊などへの反動として「手作り的な造本を心がけ、限定本・豪華本の刊行を試みる」[6]ムーヴメントがあった。「円本に対する反動とはつまり、大量生産の商品として書物が、装丁の美意識に対する良心を欠くことへの反発」[7]である。伝統工芸品的なテイストのある、和装本を意識した谷崎の自装熱もちょうどこうしたムーヴメントと時期的に符合するもので、当時から「装幀界一部の動向と、日本的装幀の方向を暗示したものといへないことはない」[8]と指摘されていた。いわば谷崎の自装熱に火を付けた『盲目物語』の次に出したのが、同じく谷崎自装の『倚松庵随筆』（創元社、昭和七年四月）

であった。大阪の地方新興出版社であった創元社は、「大阪出版界のために気焔を揚げ唯一の文芸文化的出版屋として」(9)、関西在住の著名作家谷崎の本を出版することを希望し、印刷、装幀にうるさかった谷崎の要望にもよく応え、信頼を勝ち得ることとなる。(10)

連続して出した『自筆本　蘆刈』は、谷崎の望みのままに、紙や印刷にこだわり、横長の和綴本を桐板に挟むという凝った装幀で、限定五百部、自筆署名入定価十円という豪華本であった。

「春琴抄」も近いうちに大阪の創元社から売り出すが、これは創作集のことでもあり、是非菊判にと思つてゐたところ、矢張中央公論社と全く同じ理由を述べて四六判にしてくれろ、菊版ならば豪華版の限定本にするより外仕方がないが、「蘆刈」が出た後ですから此れは四六にしてたくさん売らして下さいと云ふ。創元社では此の前「倚松庵随筆」を四六と菊の間のやうな横幅の広い型にして出したら、あれでは書棚へ並べられない、あの本だけ一つ飛び出して外の書物と不揃ひになると云ふ苦情が来たとか云ふのである。

（「装釘漫談」）

中央公論社と同じ理由というのは、菊版では売れないと営業的理由から断られたことをいう。「装釘漫談」では初刊本装幀についてはこれ以上言及されていないが、営業的な制約のなかで、創元社は谷崎の希望を最大限に取り入れて『春琴抄』に臨むこととなる。これについては、創元社社長の矢部良策を描いた評伝、大谷晃一『ある出版人の肖像』での記述を引用しておきたい。

創元社はついに『春琴抄』を手に入れた。谷崎が良策や和田（引用者註、和田有司は谷崎担当編集者）の誠意にほれたのだった。しかし、造本の注文が難しい。

「書物というのは、中身と装丁が渾然としていなければいけないよ」

谷崎は和田に宣告した。阪急岡本に近い、本山村北畑西ノ町の家である。『蘆刈』と『顔世』を加えて一冊とする。本文は変体かなを使い、装丁は漆塗りに金文字を配し、題字は松子に頼む。凝りに凝った異色の著者自装である。和田が帰社して報告すると、

「先生の小説を大阪で出すからには、個性的でないといかん」

良策は軒昂として答えた。東京をあっと言わせたい。谷崎と良策の意気込みが合うた。漆表紙の芯になる材料に苦しみ、和田が駆け回る。

「いくら金がかかってもいい」

と、良策の目の色も変わってくる。校正もひどく厳しい。一字一画にも谷崎は気を抜かない。七校まで全ページを刷る。井下書籍印刷所の井下もよく付き合う。で、遅れに遅れる。(11)

こうして初出から約半年が経過した昭和八年十二月、「蘆刈」(昭和七年十一～十二月)、「顔世」(昭和八年八～十月)を併録した『春琴抄』初刊本が刊行される。新聞に掲載された発売広告には、「著者独創装幀／金蒔絵黒漆塗表紙」と記され、「氏は本書の装幀を創案する為に、殆ど創作と同じ苦心を払ひ、漸く此の独創の装幀芸術を大成された(12)」という文章が並んでいる。矢部良策の回想によれば、「圧倒的な人気を博し、初版一万冊からの本がまたたく間に売切れ」、漆塗職人の手間もかかり、「翌年の一月二十日頃にようやく再版が出来上がり、それも忽ち売切れた(13)」という。発売から約二ヶ月後の「今や重刷製本成れり」とある広告を見てみると、さらに大々的に「むかし光悦本ありいま谷崎本ありいづれも装幀芸術の極致なり几上に本書の豪華を加へざるは貴

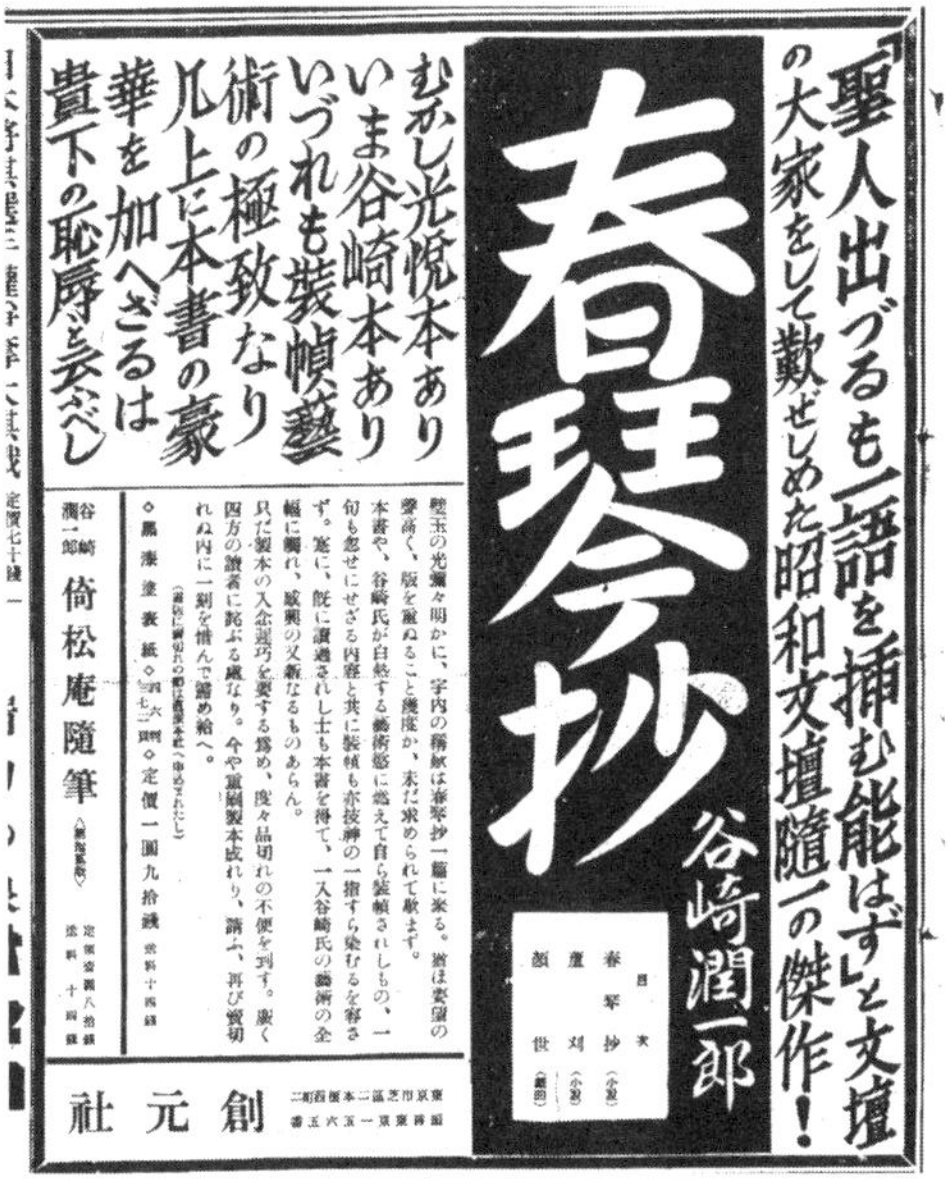

重版広告（『読売新聞』昭和9年2月9日）

20版重版広告（『読売新聞』昭和9年4月28日）

下の恥辱と云ふべし(14)」とまで謳っている。こうした大仰な広告は当時としては営業的な常識かもしれないが、ここで確認しておきたいのは、版元がただ小説のみならず、セールスポイントとして積極的に著者自装であることを前面に出していたことである。

人気を博した反面、装幀への非難もあった。とりわけ寿岳文章は「書物と装幀」（『新潮』昭和九年六月）で、「装幀への関心がありながら、装幀の本質を全然わきまえていない最近の例」として初刊本を挙げ、谷崎が小説と同程度の苦心を払って装幀をしたという広告を「売らん哉主義から出た本屋の反古同様な広告」と一蹴、『春琴抄』の装幀のどこがいけないか。どこもみないけないのである」として実用美の観点から徹底批判する。確かにどの程度谷崎が装幀に関与しているのか、谷崎に漆塗表紙への言及はないし、具体的なことは伝えられていない。谷崎のある程度のイメージを版元側が具現化したというところだとすれば、初刊本の谷崎の自装とは、厳密には意匠原案とでもいったところであろうか。また、一度繙読しただけで「漆塗りの角角は剥がれてボール紙の生地が醜くはみだし、金蒔絵の金はところどころ剥落」したと訴え、その装幀を「病的な歪んだ美しさである。寧ろそれは醜に境を接すると言ってもよい(15)」とその脆弱さを言挙げするのだが、確かに耐久性の面からすると初刊本はかなり脆弱で、背表紙と平を薄布で覆うような継目が傷みやすく、現在流通している古書のほとんどが背表紙の継目が切れてしまっている。初版一万部であることからもわかるように、版元としても大量に売りたいがために素材的にも造本的にも現実的な制約があったことであろう。

西野嘉章のいうように、それは「結果的に見ると、着想が実用を超えていた(16)」のかもしれない。ただし、ただ実用面からの書物の耐久性や造本といった面からのみではなく、逆接的めくが、書物というものが作品と一にして不可分なボディであってみれば、物質としての滅び行く書物によって、より毀損されることのない作品の精神性が際立つという捉え方もできるだろう。現実世界を断ち切り、盲目の世界での桃源郷に生きる「春琴抄」の佐助を考えてみれば、むしろ美的で脆弱な初刊本の装幀は作品に似つかわしい。何も作者は装幀家ではない。しかし自らの小説が一冊の書物となって初めて己の創作として現前するという谷崎の考え方に従うなら、「春琴抄」最初の刊本として、実用性よりもオブジェとしての現前がまずは先行したのであろう。

2　重版表記の謎

初刊本刊行約半年後の昭和九年四月末の出版広告には「二十版」[17]との表記があり、前記大谷本には「翌九年末までに二十一版を数える」[18]とある。初版半年で「二十版」、さらに半年で「二十一版」とすると、職人仕事による遅延があったにせよ、初動に比べ売り上げも落ちて来たようだが、初版一万部であったとすると、「二十一版」で少なくとも十万部近くは売れたのではないかと根拠もなく推測したくなる誘惑に駆られる。ただし、ここに大きな謎がある。

現在、古書市場では初刊本自体はとくに稀覯本というわけではなく、かなりの部数が古書として流通していると思われる。稿者はこの二十年で初刊本の古書を十冊購入し、古書市場や図書館なども含めると数十冊を手に取ってきた。しかし一度たりとも初刊本の重版あるいは重刷表記の本を見たことがなく、すべて奥付での発行日は昭和八年十二月五日印刷同年同月十日発行と記載されているのみで、初版とも初刷とも表記はされていない。単に稿者がたまたま接することがなかったということなのか。日本近代文学館や谷崎潤一郎記念館の各種所蔵目録にもなく、古書店主やコレクターに聞いても誰も見たことがないという。それにしても、二十一版も版を重ねた割にはあまりにも重版本の古書流通がなさ過ぎる。初刊本は、奥付表記を変えることなく重版を繰り返していたということなのだろうか。

日本近代文学館で初刊本を復刻した際の担当者である倉和男の「活字の周辺――文芸初版本復刻あとさき」には、次のようにある。

谷崎潤一郎『春琴抄』（昭和8・創元社）でも何冊も照合している中で妙なものに気付いた。収録されている戯曲「顔世」のセリフの部分で、「兄」と「姉」の活字が二箇所差し違えられて刷られている。正しく直されたものが一種と差し違えのものが二種ある。順序としては最初間違えて刷り、途中で気がついて差し替えたのがまたミスで、三度目に正されたということだろうが、それが何故廃棄されずに製本にまで廻されたのだろうか。この際印刷は原版刷りだったのか鉛版（ステロタイプ）になっていたのか。現場は騒がないで秘かに差しかえまたは象嵌して知らぬ顔をしたのか。谷崎は知っていたのか。(19)

重版表記のない初刊本には三種類の本文を持つ本が存在している。もちろん、印刷途中で本文を訂正したことで同一刷本に複数の本文バージョンがあったとしても珍しいことではない。とはいえ、重版表記本の見当たらない初刊本の場合、この事実をどう捉えるべきなのか。実際にこれら三種の初刊本を入手して調べてみると、正確には次のような違いがあることがわかった。まず最初に刷られたと思われる本は、倉のいうとおり、本文二百六十四頁、本来「姉」となるべきところが「兄」と誤植されている①。誤植に気がつき①の誤植を訂正した際、同頁数行後の「兄」という正しい文字もなぜか一緒に「姉」としてしまった本②。そして②で誤った「姉」の部分を改めて「兄」に直した本③。また、今回それぞれを精査してみると、倉の指摘以外にも②の本文二百九十頁に、ノンブル表記が「一百九十頁」と、セリフで「ぢや」が「ちや」になっていることを発見した。これは③では①と同じく正しく戻っている。

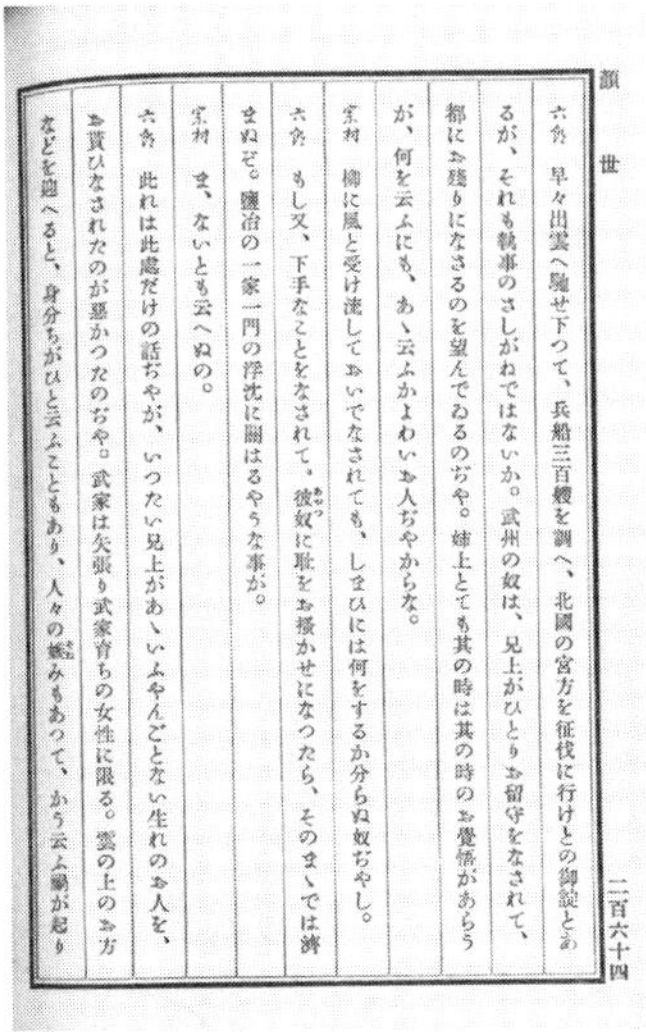
顔世

六合　早々出雲へ馳せ下つて、兵船三百艘を調へ、北國の宮方を征伐に行けとの御諚とあ
るが、それも執事のさしがねではないか。武州の奴は、兄上がひとりお留守をなされて、
都にお殘りになさるのを望んでゐるのぢや。姉上とても其の時は其の時のお覺悟があらう
が、何を云ふにも、あゝ云ふかよわいお人ぢやからな。
宗村　柳に風と受け流しておいでなされても、しまひには何をするか分らぬ奴ぢやし。
六合　もし又、下手なことをなされて、彼奴《あやつ》に恥をお掻かせになつたら、そのまゝでは濟
まぬぞ。鹽冶の一家一門の浮沈に關はるやうな事が。
宗村　ま、ないとも云へぬの。
六合　此れは此處だけの話ぢやが、いつたい兄上があゝいふやんごとない生れのお人を、
お貰ひなされたのが惡かつたのぢや。武家は矢張り武家育ちの女性に限る。雲の上のお方
などを迎へると、身分ちがひと云ふこともあり、人々の嫉《そね》みもあつて、かう云ふ禍が起り

二百六十四

①「姉」とあるべきが「兄」となっている誤植（右から2行目）

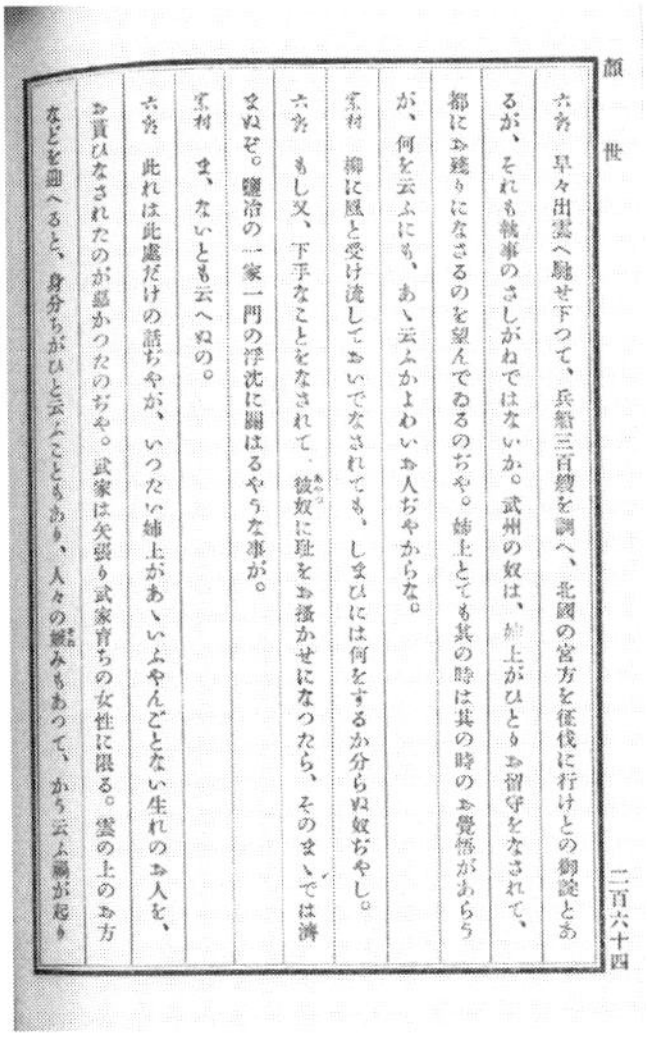
顔世

六合　早々出雲へ馳せ下つて、兵船三百艘を調へ、北國の宮方を征伐に行けとの御諚とあ
るが、それも執事のさしがねではないか。武州の奴は、姉上がひとりお留守をなされて、
都にお殘りになさるのを望んでゐるのぢや。姉上とても其の時は其の時のお覺悟があらう
が、何を云ふにも、あゝ云ふかよわいお人ぢやからな。
宗村　柳に風と受け流しておいでなされても、しまひには何をするか分らぬ奴ぢやし。
六合　もし又、下手なことをなされて、彼奴《あやつ》に恥をお掻かせになつたら、そのまゝでは濟
まぬぞ。鹽冶の一家一門の浮沈に關はるやうな事が。
宗村　ま、ないとも云へぬの。
六合　此れは此處だけの話ぢやが、いつたい姉上があゝいふやんごとない生れのお人を、
お貰ひなされたのが惡かつたのぢや。武家は矢張り武家育ちの女性に限る。雲の上のお方
などを迎へると、身分ちがひと云ふこともあり、人々の嫉《そね》みもあつて、かう云ふ禍が起り

二百六十四

②後ろの行の「兄」も「姉」としてしまった誤植（左から3行目）

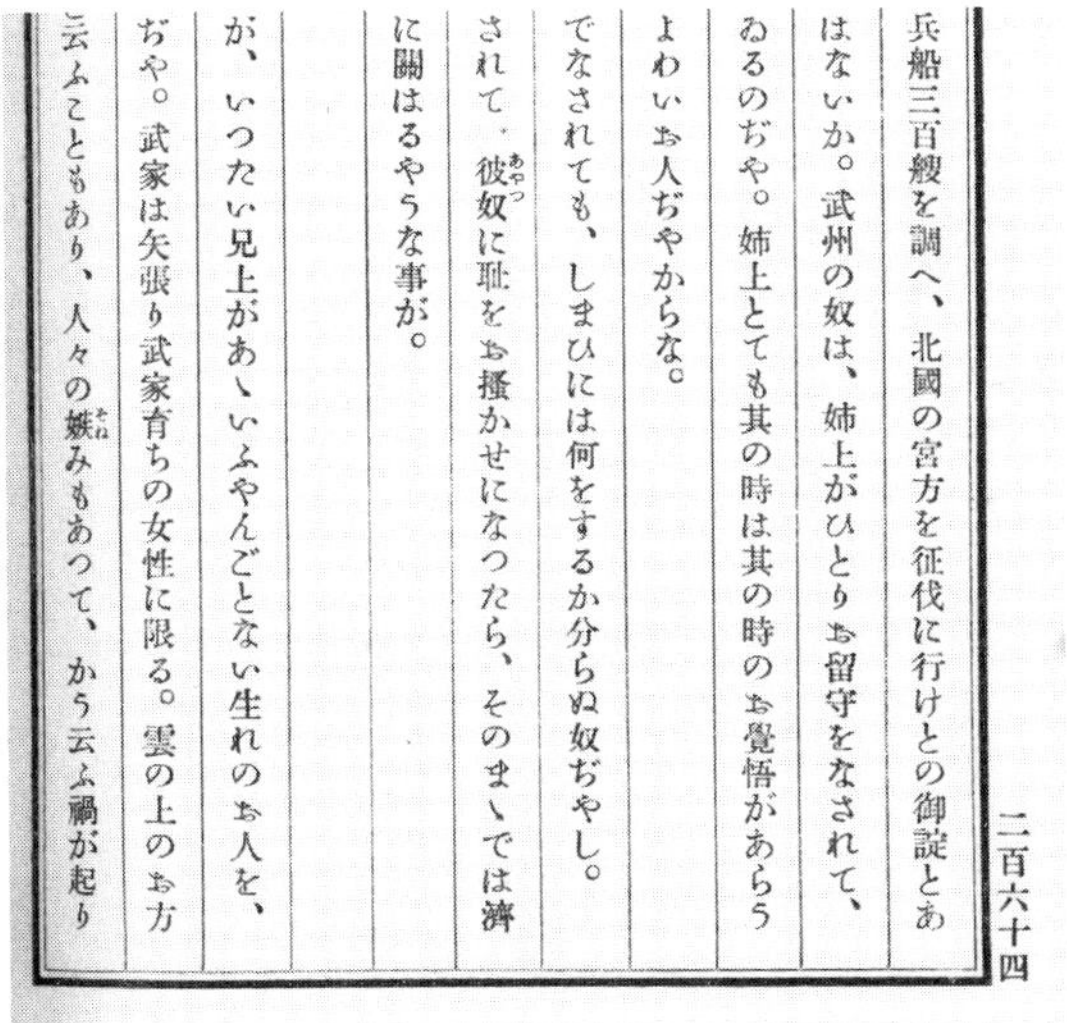
兵船三百艘を調へ、北國の宮方を征伐に行けとの御諚とあ
はないか。武州の奴は、姉上がひとりお留守をなされて、
ゐるのぢや。姉上とても其の時は其の時のお覺悟があらう
よわいお人ぢやからな。
でなされても、しまひには何をするか分らぬ奴ぢやし。
されて、彼奴《あやつ》に恥をお掻かせになつたら、そのまゝでは濟
に關はるやうな事が。

が、いつたい兄上があゝいふやんごとない生れのお人を、
ぢや。武家は矢張り武家育ちの女性に限る。雲の上のお方
云ふこともあり、人々の嫉《そね》みもあつて、かう云ふ禍が起り

二百六十四

③誤植を訂正したもの

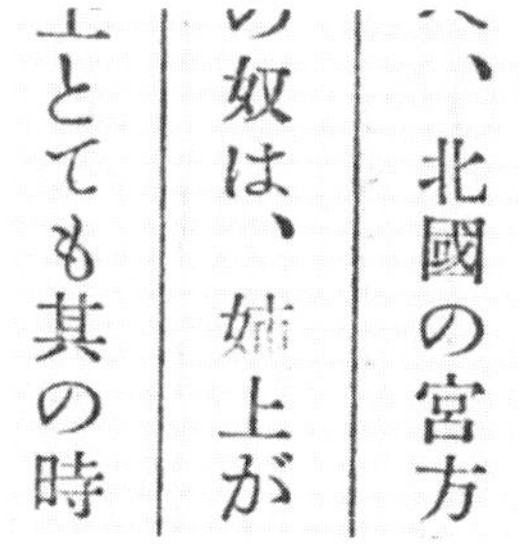

②の「姉」拡大。字が擦れている。

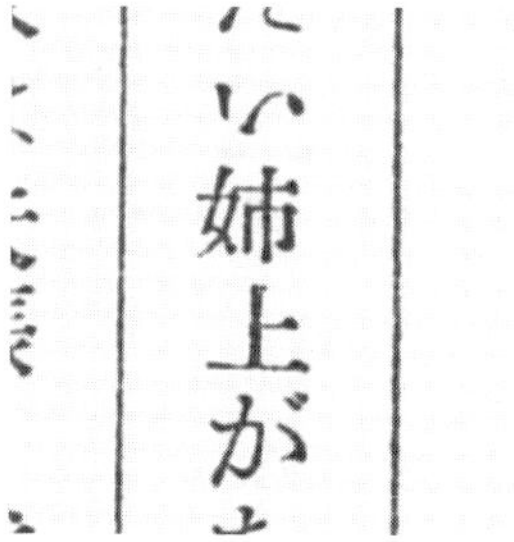

②の「姉」のみ中心線からズレている。

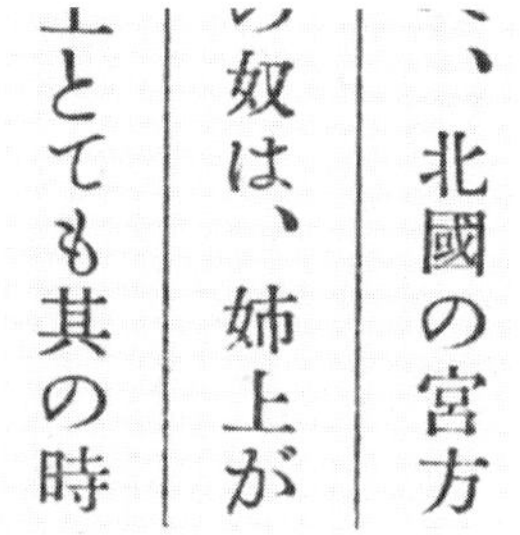

③の活字拡大。擦れは見られない。

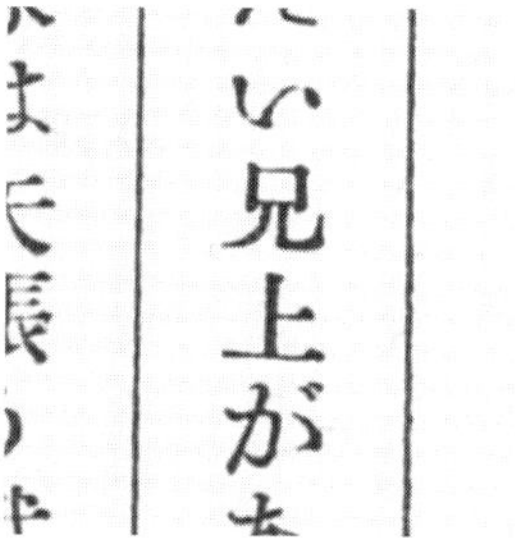

③の活字拡大。ズレは見られない。

まず右の誤植訂正の過程推測を見ても、①が最初に刷られたものであることは確かであろうと思われる。稿者が確認した限り、国会図書館蔵書[20]、また朱色表紙本も本文が①だからである。朱色表紙本とは、従来「数十部[21]」存在しているといわれてきた表紙色違い本で、なぜこのような色違いがあるかといえば、「表紙の漆の色を「黒」と「朱」の二種類見本を作ったが、朱色の方は金文字が鮮明に乗らず、最終的に黒に決まった。しかし見本に作った数冊の朱色表紙本が流布され、後に希少価値で古書界を賑わせ[22]」たという[23]。装幀の試作見本であれば、まず①が初刷であることは間違いないだろう。むろん朱色表紙本が①であることは実見確認した。となれば、①②③の順で印刷されたと見てよい。ただし倉のいうように、どういう印刷形態だったのかは判然としない。ここからはあくまで可能性の話である。①を活版で刷り②や③は鉛版で刷った可能性もなくはないが、初刷は本文三百三十八頁を一万部である。仮に、①から鉛版で刷ったとして、訂正は、鉛版に象嵌したのか、紙型のその部分に訂正を施して新たに鉛版を作って刷ったのか。
②の活字を拡大して見てみると、「姉」の字体のみかすかに擦れ、中心線からずれているのが確認できる。②にはまた「一百九十頁」「ちゃ」というのがあるのは、拙速な紙型象嵌訂正で急ぎ鉛版を作成したゆえの甘さであったとすれば、②に余計な誤植が増えてしまっていることも説明がつく。③の活字拡大を見れば、その時点でさらに間違いに気がつき、新たにこの頁の活字を組んで紙型を作成し保存版としたような次第であったと考えるのが順当なところであろう。これをどう捉えるべきなのか。仮に②で急ぎ紙型に象嵌訂正し、③で新たに活字を組んで新たに紙型、鉛版と作成して刷り直したとしても、些細な訂正であり、刷りは改めたかもしれないが、これで版を新たにしたとはいえないだろう。だが、少なくとも確認しうる限り、重版については広告が出て、証言もあり、この三種の本文を持つ初刊本が流通している。版は変えていないが刷りは改めており、さらにやっかいなことに当時の創元社では版と刷とが厳密には峻別されず使われていたようなのだが、後の『新版』などでは重版表記された本が流通しているので、なぜ重版表記すべき奥付の初刊本がそれをせずに流通しているのか、ほかに契約上の問題があったのか、その理由は杳としてわからない。

3　変態する装幀・収録作品

昭和九年十二月、装幀も収録作品も一新した『新版春琴抄』が刊行される。矢部良策の回想を引いておく。

取次店からの注文は殺到するが、漆塗の表紙が一向に出来ず、これには全く困ってしまった。しかしこれも数版を重ねたが、ついに漆屋が悲鳴をあげて、

「これではいくら注文を頂いても出来ません」とおじきして来た。それで先生とも相談した結果、『新版春琴抄』が計画された。この内容も変更して、当時傑作中の傑作といわれていた「春琴抄」「蘆刈」「吉野葛」「盲目物語」をまとめて一冊とし、昭和九年夏《〔ママ〕》に『新版春琴抄』として売出した。この中の「盲目物語」は昭和七年に中央公論社から単行本として出されていたが、先生は中央公論社の嶋中雄作社長と掛け合われて、その諒解を得られたのだった。（中略）

先生はかねてからの主張である、寝ころんで自由に読める楽しい本を作りたい、といっておられたが、その御希望に応じようではないかということで、社内一同相談の結果、小学校の習字に使用する薄黄色の和紙を別漉きにして、表紙は檀紙を使い、製本は真中から折本にした。実は製本上非常に困難な本を作り上げたのである。(24)

新版は、初刊本から「顔世」を抜いて、代わりに単行本『盲目物語』収録作中同名作と「吉野葛」を組み合わせ、古典の引用やそれをモチーフとした評価の高い作品を合わせて当時の谷崎の近作ベスト盤的な一本とした。そしてまた装幀も漆塗表紙に勝るとも劣らない特異な仕立てで、機械函の天部から差し込む函となっている。「かねてからの主張」とあるように、谷崎はすでに前年新版造本の原案ともいうべき考えについて「装釘漫談」で語っていた。

四六判は携帯に便利であると云ふ、併しその目的から云へばラツフやコツトン紙のやうな和紙に近い柔かい紙を用ひ、表紙にもしんを入れないで、なるべく薄い本を作れば、菊でも四六倍版でも二つに折るなり

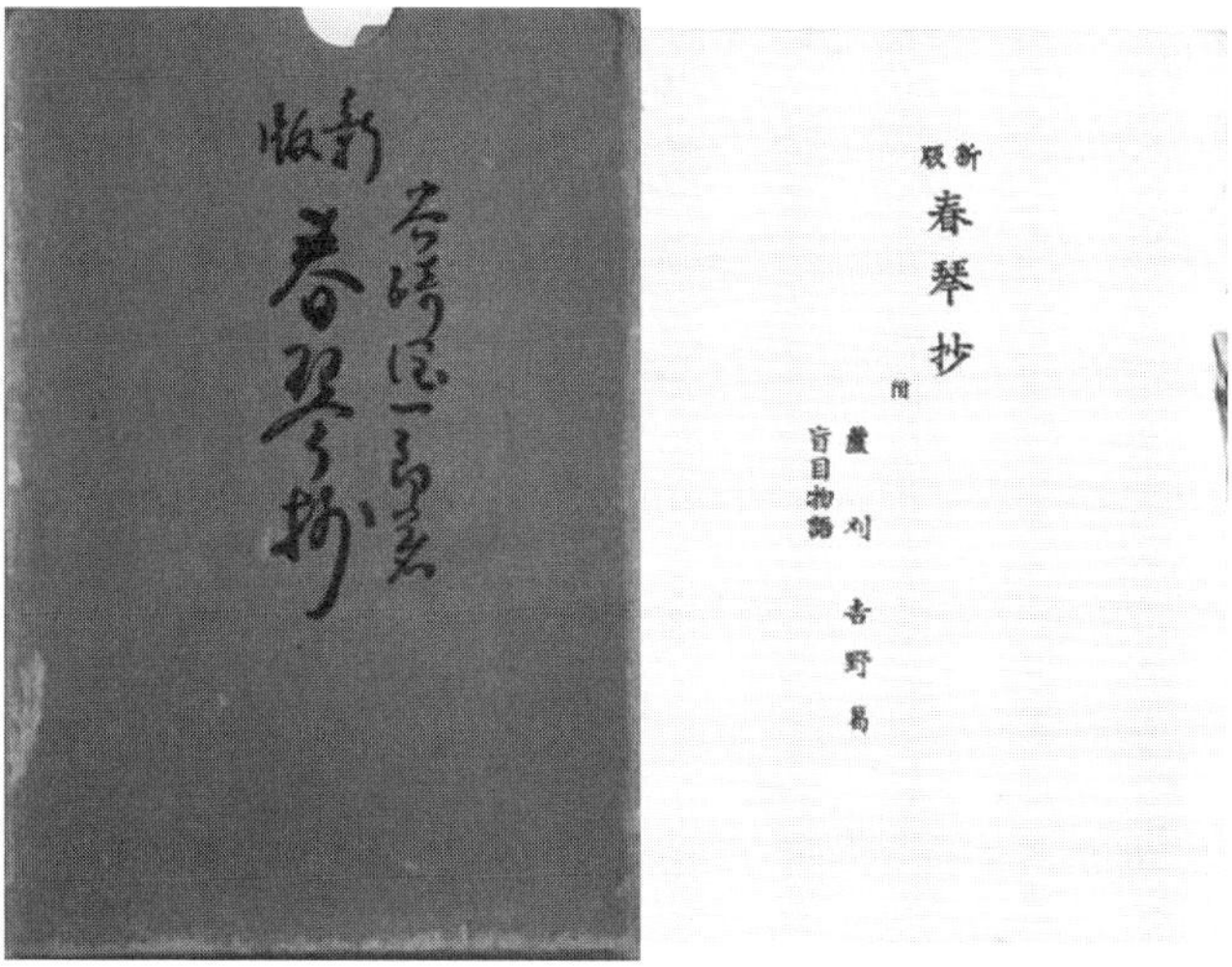

『新版春琴抄』初版函、表紙

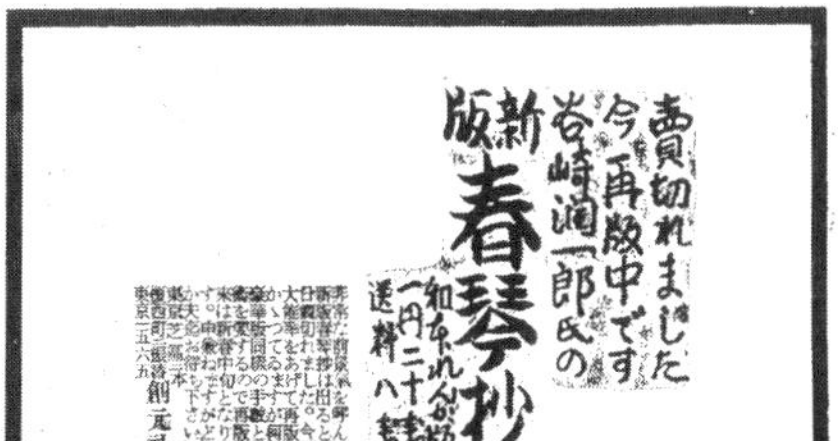

和本れんか版『新版春琴抄』再版中広告（『読売新聞』昭和9年12月30日）

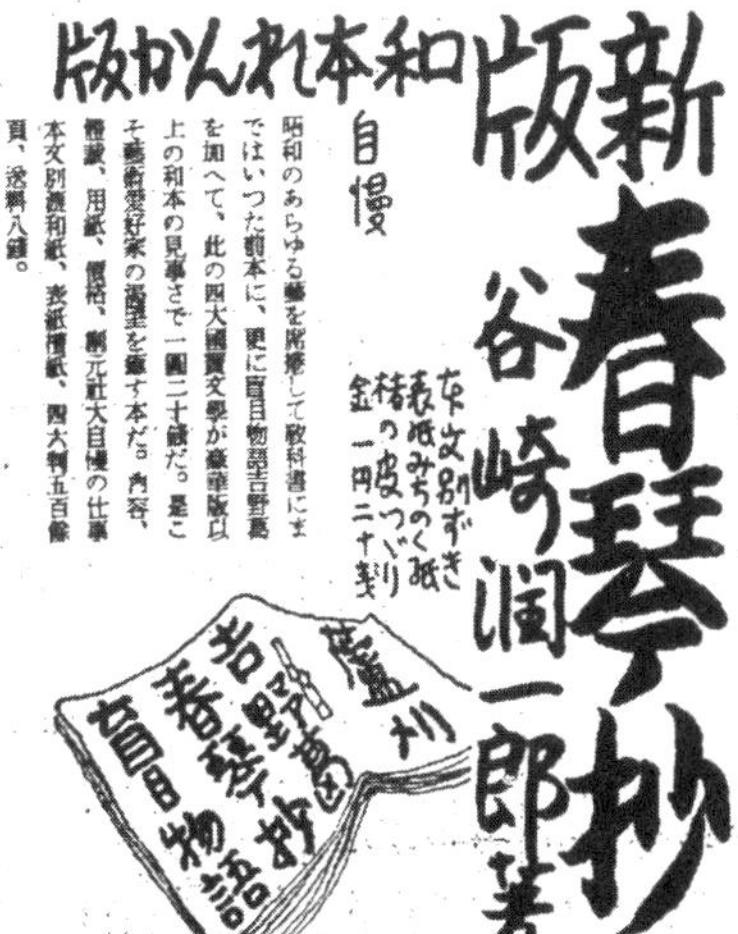

和本れんか版『新版春琴抄』広告（『読売新聞』昭和9年12月25日）部分

丸めるなりして、軽便に持つて歩けるのである。元来私の考へを云へば、日本文は上から下へ読み下すのであるから、書物の形も縦より横幅を長くした方が読み易い。（中略）さうして今も云つたやうに柔かい紙で柔かい本を作ると、どんなに幅の長い書物でも、片手で支へて順々に丸めながら読んで行ける。私が腰の強い西洋紙を嫌ふのは、さう云ふ紙で本を作るとペーヂがピンと突つ立つて来るので、それを押さへるために指を挿し込まなければならず、且さう云ふ紙は目方が重いので、支へてゐる手がくたびれる。

正に初刊本とは真逆の意匠といえる。耐久性という実際の読書での実用を無視した装幀であった初刊本に対し、新版は己の読書経験から実用に徹しているのである。横長の判型は『卍』（改造社、昭和六（一九三一）年四月）、『盲目物語』、『自筆本 蘆刈』、昭和十一年からの潤一郎六部集で実践しているが、そこは版元との妥協があったのか新版では採用されていない。これを創元社は広告で「和本れんか版」[25]と称して売り出した。ただし、「著者会心の名装釘」[26]と謳いながらも実際これは初刊本と同じく意匠原案谷崎とでもいったものか、

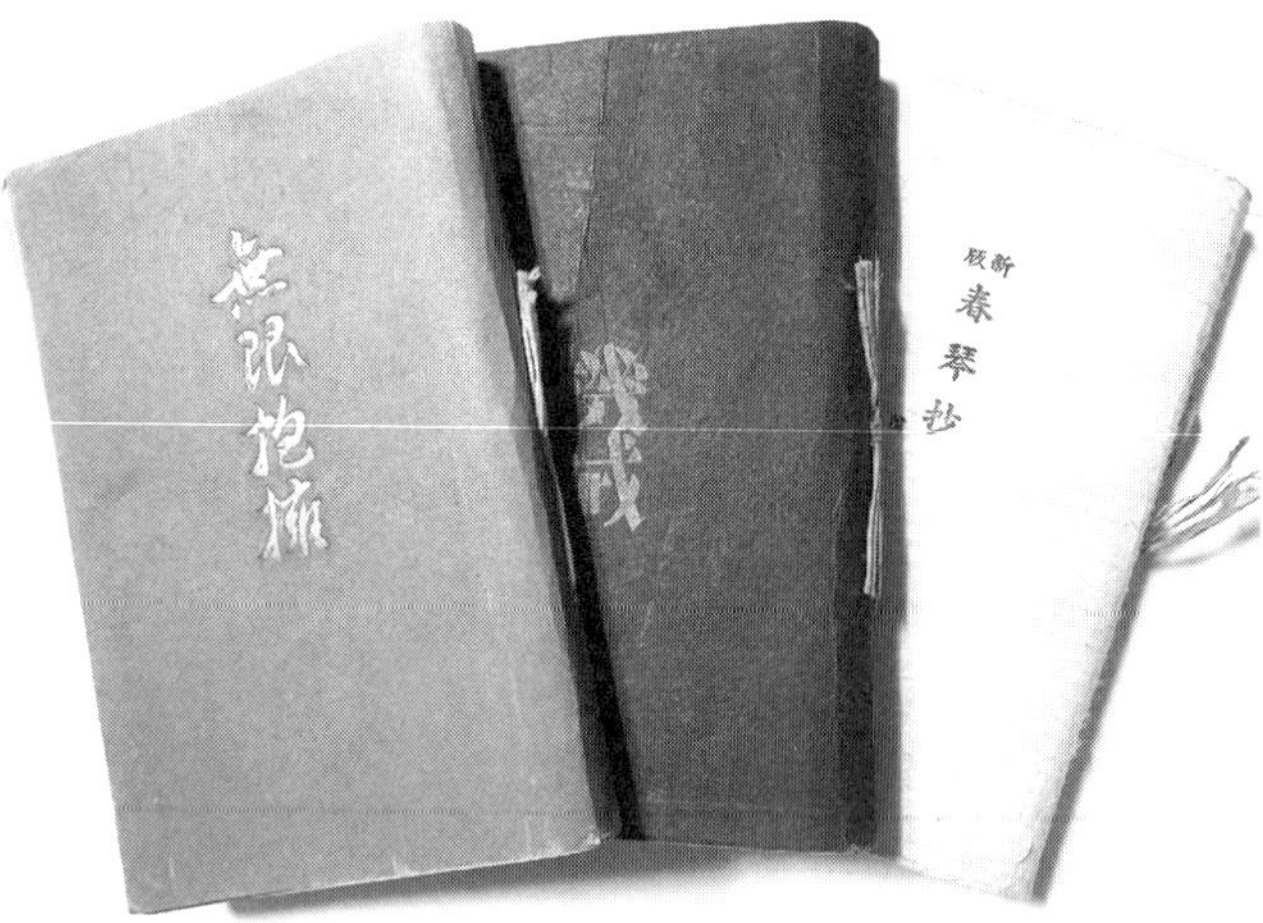

滝井孝作『無限抱擁』、横光利一『機械』、『新版春琴抄』 『新版春琴抄』は綴じに楮の皮、滝井と横光のものは絹糸を使用。

矢部の回想にあるように具体化したのは版元側であるようだ。というのも、同じく「和本れんか版」を謳って同じ造本で横光利一の短篇集『機械』を翌十年三月に刊行、さらに同年九月には同じ造本で滝井孝作『無限抱擁』を刊行しているからだ。同じといっても、中綴式和本ではあるが本文用紙は洋紙を使用し、滝井のは新版と同じく縦型の機械函だが、横光のものは和紙カバー装となっており佐野繁次郎装幀と明記してある。装幀といっても、新版と同じ造本であることを思えば、佐野の装幀とは題字と表紙の色、カバー装ということだけを指すのだろう。

　しかし野田書房や江川書房など、同時代の限定本ブームの革装本や純粋造本、または煌びやかな木版装幀といった志向性のなかで、谷崎の横長の判型で折って持ち運べるという観点からの装幀は異色であるといってよい。本冊を折り曲げるなどという発想は装幀＝作品という捉え方からは出てこないだろうからだ。とはいっても、近代文学装幀史の観点からすると、たとえば谷崎が青春時代を過ごした明治中頃から後期にかけての出版物にそうした装幀の書物が散見される。横長判型で大和綴製本の薄田泣菫の『暮笛集』（金尾文淵堂、明治三十二（一八九九）年十一月）や『紅葉書翰抄』（春陽堂、明治三十九（一九〇六）年一月）といったところである。ま

『緑雨集』初版函、表紙　本体を二つ折りにして収納するので函が壊れやすい。

た、横長判型の本冊を二つ折りにして函に縦に収めるという斎藤緑雨『緑雨集』（春陽堂、明治四十三（一九一〇）年二月）もある。とりわけ『緑雨集』はほぼ菊版であり、本文が洋紙であり些か重いことを除けば「装釘漫談」[27]でいうところの谷崎の理想の装幀に近い。「装釘漫談」または『新版春琴抄』に際して谷崎の念頭には、ノスタルジーと共にこの『緑雨集』があったであろうことはまず間違いないと思われる。

新版は「和本れんか版」といっても、頁を進めていくに従って束の厚さ分版面をずらしていかなくてはならず、初刊本に対して廉価版的な外見ではあるが印刷製本には相当凝っていることを大貫仲樹が検証している。大貫は、創元社から三冊出た中綴式和本を論じながら、「いったい誰がこの特殊な製本である中とじの単行本をやろうと思ったのか」と問いつつ、谷崎は後に『新槧春琴抄』で装幀を新たにしているので「この造本を気に入っているとは思えない」[28]としているが、別に谷崎は気に入らなかったわけではない。大貫は言及していないが、「春琴抄」は『新槧春琴抄』の前に『改装新版春琴抄』として版元の事情で背綴式和本から装幀を新たに出版されているのである。

新版発行から約九ヶ月後の昭和十年九月、新聞紙上に「60版」との表記を伴う『改装新版春琴抄』の広告が掲載された。そこには版元による「改装版発行に際して」という一文が記されている。

初版漆塗本は、相当珍重がられたが、製作に手数を要するので、本書のやうな大量に出る出版はその需めに応じきれないので、絶版にしてしまつた。

次の新版春琴抄は、装釘としては雅味があつて好評であつたが、表紙が脆弱なのと、本文の紙が薄くて裏に透るので、谷崎氏のやうな凝つた文章をあんな紙で読まされては神経衰弱になるとの読者からの非難が出た。

これらの抗議に対してこゝに改装版を上梓することにした。[29]

これには谷崎も苦々しく思ったことであろう。自分の読書スタイルからのアイデアであったが、確かに実際に手に取って繙いてみると、薄い和紙への活版印刷によって文字が裏写りして読みづらくもある。また函へ縦に入れるタイプであることから、柔らかい表紙が途中で引っかかり傷みやすい。これにより、紙型はそのまま流用しながら本文用紙を変え、貼函入り薄表紙上製本として改装新版が刊行されたわけである。手許にある改装新版の六十五版の奥付を確認すると、「昭和八年十二月十日発行／昭和九年十二月廿日二十一版発行／昭和十年九月一日六十版発行／昭和十一年三月廿日六十五版発行」とある。つまり初刊、新版、改装新版と数えて、この六十五版という版数は、初刊本からの版数なのである（因みに実見確認した最後の版は昭和十三年四月三日六十七版）。とすれば、二十一版は新版の初版であり、六十版が改装新版の初版ということになる。ここから、いろいろなことが見えてくる。先に引いた大谷の矢部伝記で初刊は二十一版まで出たとあったが、これは大谷が改装新版の奥付を見てそう記述したのではないか。もしそうだとすれば、初刊本二

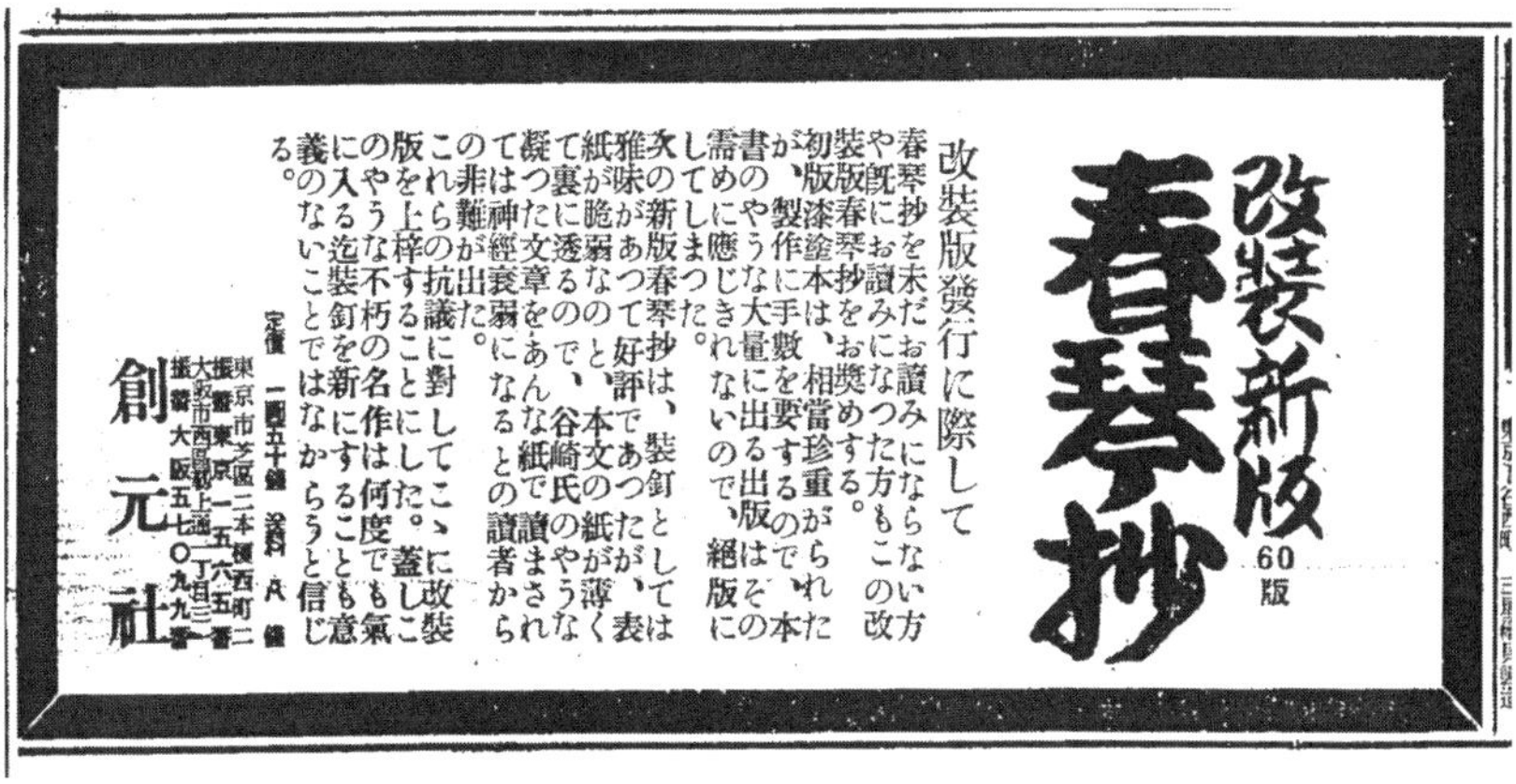
改装新版
春琴抄
60版

改装版發行に際して

春琴抄を未だお讀みにならない方や既にお讀みになつた方もこの改装版春琴抄をお奬めする。

初版漆塗本は、相當珍重がられたが、製作に手數を要するので本書のやうな大量に出る出版はその需めに應じきれないので、絶版にしてしまつた。

次の新版春琴抄は、装釘としては雅味があつて好評であつたが、表紙が脆弱なのと、本文の紙が薄くて裏に透るので、谷崎氏のやうな凝つた文章をあんな紙で讀まされては神經衰弱になるとの讀者からの非難が出た。

この抗議に對してこゝに改装版を上梓することにした。蓋しこのやうな不朽の名作は何度でも氣に入る迄装釘を新にすることも意義のないことではなからうと信じる。

定價　一圓五十錢　送料　六錢

東京市芝區二本榎西町二
振替東京一五六五番
大阪市西區靱上通一丁目三
振替大阪五七〇九九番

創元社

『改装新版春琴抄』60版広告（『読売新聞』昭和10年9月5日）

十版の広告は確かに出ているけれども、大谷は新版初版を初刊の最終版と取り違えていることになる。しかしそれも致し方ないミスかもしれない。

いままで見てきたように、創元社の「春琴抄」諸刊本では、初刊本においては重版・重刷表記がなぜか全くされず、新版は新版初版として出ているが、改装新版にいたって初刊本からの通しの版数となるという全くの不統一ぶりだからである。この改装新版、広告上では「95版」[30]を確認しているが、これでは改版新版が九十五版も版を重ねたように見える。この誤解を生じさせかねない表記は、躊躇なくいってしまえば、営業方針による意図的なものなのか、版も刷りも混同してしまっている上に本によって表記が不統一という当時のいい加減さによるものなのかは判然としない。新版も、改版新版が六十版からとすると約四十回版を重ねている筈だが、管見によれば、新版は初版（昭和九年十二月廿日）、再版（昭和十年一月廿五日）、三版（昭和十年二月廿五日）以外の版は全く見たことがない。改装新版でも目にするのは六十五版、六十七版ばかりである。もちろん、

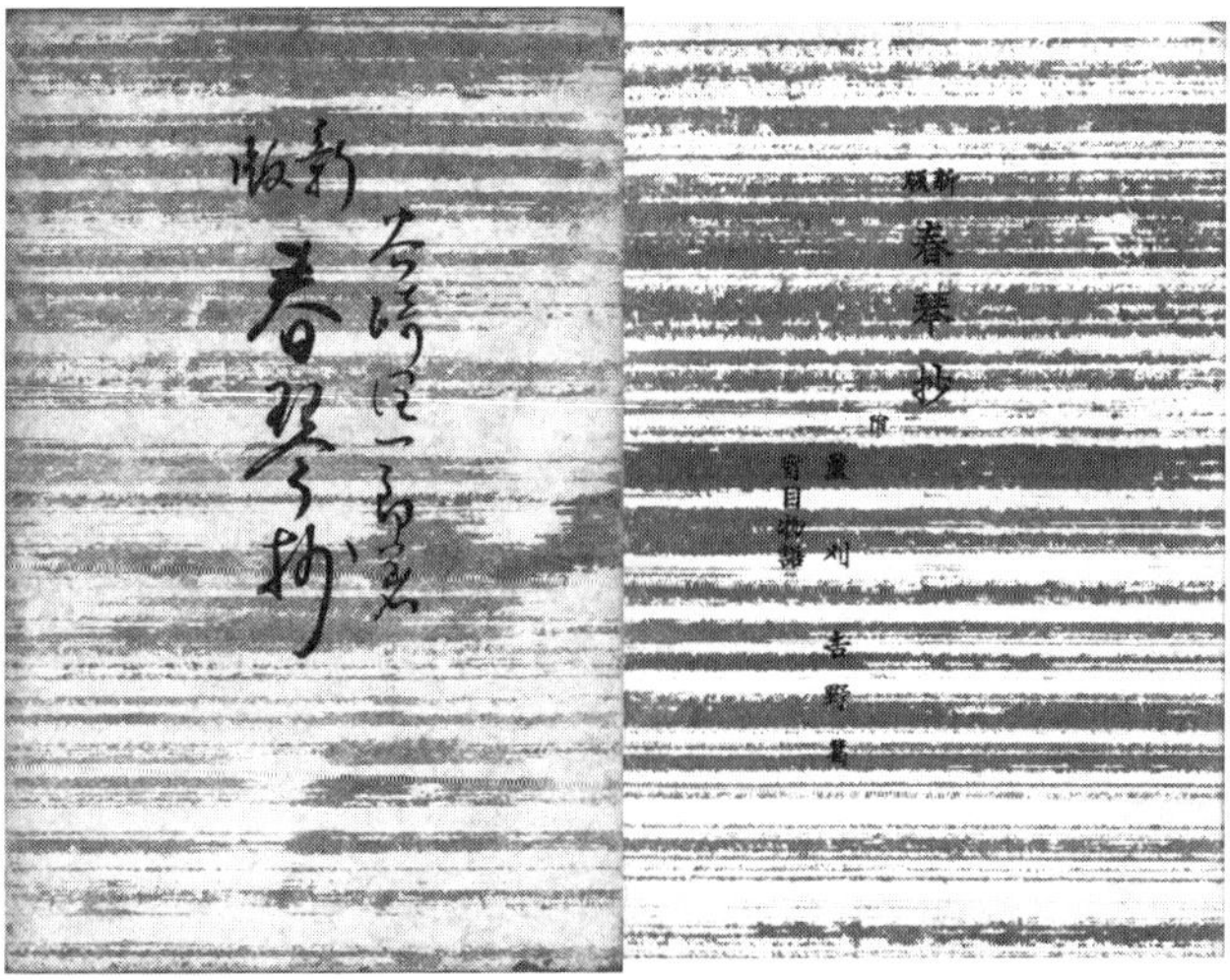

『改装新版春琴抄』67版函、表紙（昭和13年4月3日）

実見サンプルの母数が少ないだけかもしれないのだが、それまでの奥付重版表記のいい加減さを見てきたいまでは、右に列挙した重版以外は存在しないのではないかと疑わしくもなる。

あるいはまた、新版、改装新版では、ある程度版を重ね一定部数に達したときのみに重版表記をいれているのか。いずれにせよ、広告が誇大なのか、版と刷が厳密には使い分けられているわけでもない現場で何か特殊な数え方をしているのか、これが創元社という一出版社の特殊事例というよりは当時の時代的な常識であったのか、これ以上の資料がなければ憶測の域を出ない。

創元社の「春琴抄」はこの後、創元選書版（昭和十四年一月）として「春琴抄」のほかに「蘆刈」「覚海上人天狗になる事」（昭和六年九月）を収録して定価一円で刊行される。これは同選書で『吉野葛』（昭和十四年十月）に「吉野葛」「盲目物語」を収録しているので、頁数など一定のフォーマットのある選書刊行のための分割であろう。選書版『春琴抄』は順調に重版され続けていくが、

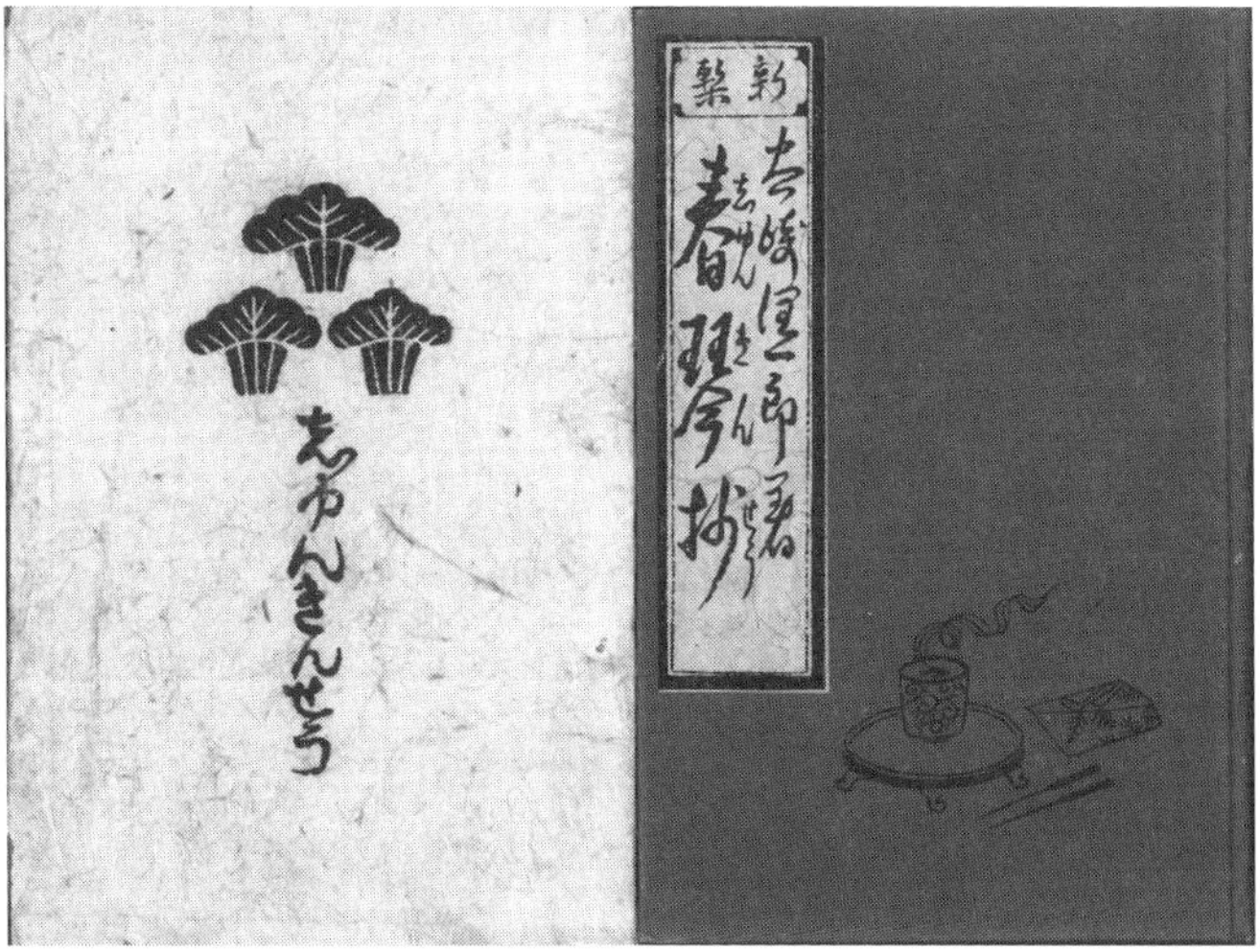

『新槧春琴抄』初版函、表紙（樋口富麻呂装幀）

それに平行するように昭和十六年三月には樋口富麻呂の装幀によって『新槧春琴抄』が選書版の「覚海上人天狗になる事」を「三人法師」（昭和四年十〜十一月）に入れ換えて刊行される。選書版に併行しながら「名作を盛るに適はしい典雅な装幀」[31]と装幀を一新し、定価を二円として刊行することから見えてくるのは、先の大貫の指摘のように新版を気に入らなかったのではなく、版元へのクレームにより装幀を改められた改版新版にあきたらない谷崎のあくまで装幀にこだわる姿勢である。

ところで、「春琴抄」が初刊、新版、改装新版と装いを改め出されてきた背景には、谷崎の人気と作品の好評があるのはいうまでもないだろうが、「春琴抄」という作品自体のアダプテーションの流れと重ねてみると、種々のジャンルにアダプテーションされるある種のブームのただ中に刊行が繰り返されていたことが見えてくる。果たしてこのことは、「春琴抄」の刊行と相関関係があったものであろうか。

4 アダプテーションとの相関

従来、「春琴抄」のアダプテーションとして、とくに映画化についてはさまざまに語られてきたし、劇化についても調査されている[32]。ただし初刊本以後、ある種のブームのような形で出版と前後しながらラジオやレコードなど、派生的なアダプテーションも含めて盛り上がりを見せていた状況があったことはいま

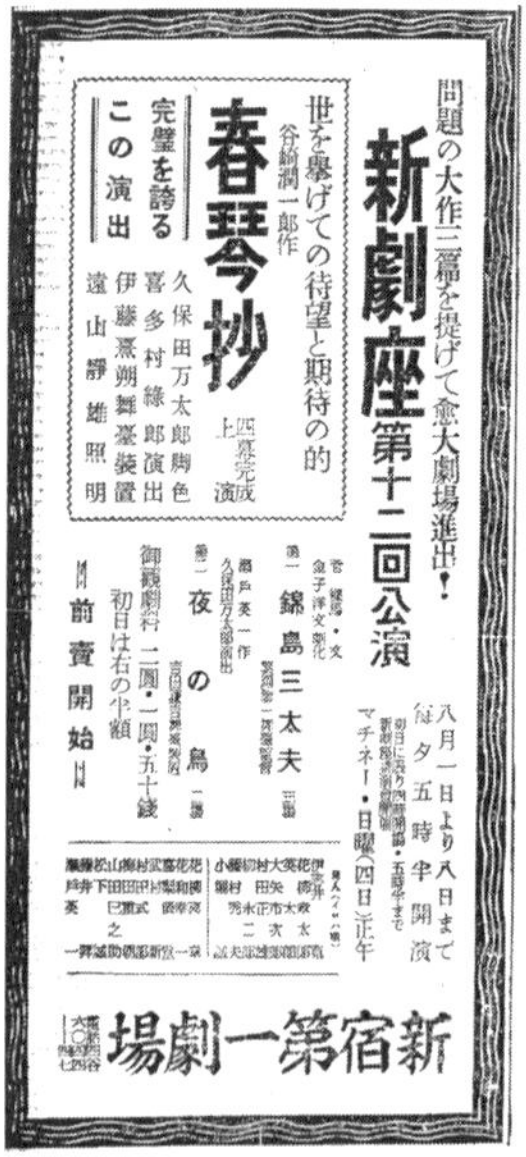

新劇座第12回公演広告（『読売新聞』昭和10年7月28日）

改めて注目されてよい。まずは、管見の及ぶ限りでそれらを調査し、種々の刊本とアダプテーションがどういう位置にあったのかを年表として掲げたい。

昭和八年六月　初出（『中央公論』）
十二月　初刊『春琴抄』（創元社）
昭和九年五月　新劇座「春琴抄」（久保田万太郎脚色・演出、帝国ホテル演芸場）
六月　久保田万太郎「春琴抄」（『文芸』）一幕目
八月　新選大衆小説全集『盲目物語／春琴抄』（非凡閣）
十二月　『新版春琴抄』（創元社）
十二月　ラジオドラマ「春琴抄」（ＪＯＢＫ文芸課脚色）
昭和十年四月　レコード「春琴抄」（語り・伏見信子、松本真一監督、タイヘイレコード）
六月　松竹キネマ「春琴抄　お琴と佐助」（島津保次郎脚色・監督）
六月　島津保次郎『音画脚本集　春琴抄〝お琴と佐助〟』（映画世界社）
六月　久保田万太郎「鵙屋春琴」（『三田文学』）一〜三幕目
八月　新劇座「鵙屋春琴」（久保田万太郎脚色、喜多村緑郎演出、新宿第一劇場）
八月　ラジオ中継・新劇座公演「鵙屋春琴」三・四幕のみ
八月　久保田万太郎『鵙屋春琴』（劇と評論社）

映画『春琴抄 お琴と佐助』広告（『読売新聞』昭和10年6月8日夕）

九月　久保田万太郎「鵙屋春琴後日」（『三田文学』）四幕目

九月　改装『新版春琴抄』（創元社）

九月　新派公演「春琴抄」（川口松太郎脚色、喜多村緑郎演出、東京劇場）

九月　東西合同歌舞伎「春琴抄」（鳥江銕也脚色、野淵昶演出、大阪歌舞伎座）

昭和十一年一月　東京新派大合同「春琴抄」（川口松太郎脚色、喜多村緑郎演出、神戸松竹劇場）

九月　Roy Humpherson・沖田一共訳『ASHIKARI AND STORY OF SHUNKIN』（北星堂）

昭和十二年八月　レコード「春琴抄」（歌・高田浩吉、語り・田中絹代、日本ポリドール）

十月　三絃楽譜「春琴抄」（菊原琴治作曲校閲、大日本家庭音楽会）

昭和十四年一月　創元選書『春琴抄』（創元社）

七月　大歌舞伎「春琴抄」（巖谷三一脚色・演出、歌舞伎座）

昭和十五年一月　「春琴抄」（川口松太郎脚色、京都南座、名古屋御園座）

四月　「春琴抄」（宝塚中劇場）

七月　「春琴抄」（巖谷三一脚色・演出、大阪歌舞伎座）

昭和十六年一月　久保田万太郎『歌行燈 その他』（小山書店）「鵙屋春琴」収録

三月　『新槧春琴抄』（創元社）

四月　松竹キネマ「春琴抄　お琴と佐助」（東宝四階劇場）(33)

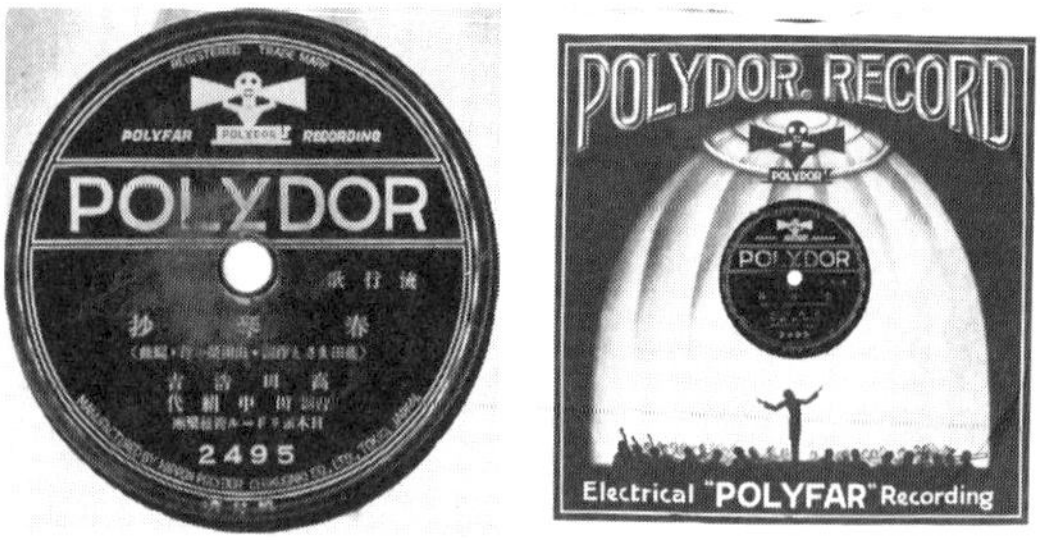

SPレコード『春琴抄』（日本ポリドール）　高田浩吉の歌のなかに、映画から流用したと思われるお琴役田中絹代の語りが入るという構成。

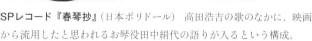

この後、終戦まで「春琴抄」がアダプテーションされることはなかった。創元選書版は昭和二十（一九四五）年の第二次非常用文芸図書に選出され[34]、絶版にされることなく戦後まで重版されることとなる。戦後も、久保田万太郎、川口松太郎、巖谷三一らの脚色舞台は再演され、ラジオドラマや朗読レコード、日舞やミュージカルへとアダプテーションは盛んになっていく。それはそうと、いま右の年表を見て気がつくのは、特に新版刊行以後、一気にアダプテーションがなされ、改版新版刊行後、川口脚色の神戸公演あたりまでブームが続いているということだ。おそらくそこには、観客を取り込んでいくアダプテーション原作としての相乗効果があったであろう。原作ファンはラジオや舞台に興味を持ち、ラジオや舞台で興味を持った者は原作を買うわけである。そう考えてみれば、広告での九十二版というのも、あながち誇大なものではなかったのかもしれない。上演に際しては谷崎に許諾を取りにくるわけで、『新輯春琴抄』も、刊行前年の流れや実現はしなかったが上演の予定があっての新たな刊行だったという想像もあり得ない話ではない。

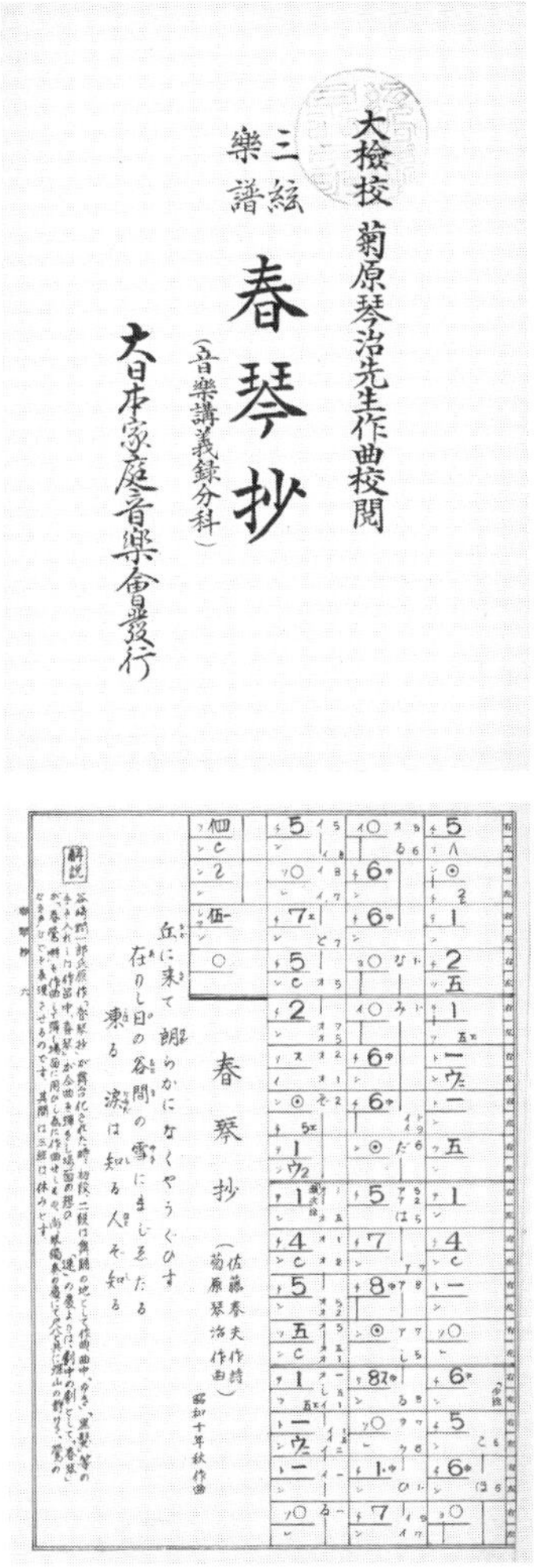

三絃楽譜『春琴抄』4版（大日本家庭音楽会、昭和16年6月20日）　表紙と「春鶯囀」の歌詞掲載部分。

初刊本刊行後すぐの帝国ホテル演芸場での上演は、久保田万太郎の台本執筆が間に合わず一幕のみの上演。その後断続的に続きが雑誌発表され、ようやく昭和十年八月に全四幕で上演されたものである。

私が初めてこの春琴抄を芝居にしたいと思つたのは、新劇座第九回公演の折「新しき縄」と云ふ作品を上演した時に初つてゐる。（中略）その後、ちようど昨年お正月であるが、本興行で大阪へ行つた際、この作品の原作者である谷崎潤一郎先生にお目にかゝる機を得て、是非とも「春琴抄」をやらせていたゞきたい旨を申し述べた。（中略）流石の谷崎先生も、しばし私のこの無謀な申出にあきれて居られた様子で、「春琴抄が一体芝居になるか」と云はれた。私は即座に私の堅い決心の程を披瀝して「なります。是非やらせていたゞきたい」と先生を慫慂して懇請した。先生も私のこの熱意を漸く汲んで下さつたものか、「そりや、それ程やりたければやつてもいゝが、しかし結局、脚色者の問題だ」と云ふことであつた。[35]

右は、花柳章太郎の回想である。「新しき縄」は昭和八年の年末に上演されたもので、花柳は初出の『中央公論』で「春琴抄」を読んですぐに上演を思い立ったのであろう。正月に許諾を得て、脚色は久保田万太郎になった。「ところが、その後肝心の久保田先生が御病気になられて、遂に五月公演には第一幕だけしか間に合はなかつたが、この意外の蹉跌は却つて「春琴抄」の名を彌が上にも有名にした様なものであつた」（同前）。舞台は「中心人物の一ト言も口をきかない、ものゝ二分と舞台に存在しない不思議な一ト幕」[36]というものだったのだが、早々の舞台化と一幕のみという不完全な上演が却ってその後のアダプテーションの呼び水となっているのが興味深い。ちょうど漆塗表紙の初刊本が順調に版を重ねていた頃である。そして十二月十四日、日本放送協会ラジオ第一で「物語」としてラジオドラマが放送された。当時の新聞には、「谷崎潤一郎氏の傑作

「春琴抄」を新たに物語風にＢＫ文芸課で脚色し、これに新しい試みとして富田砕花氏作る所の題詩を付し、菊原琴治氏新作曲の地唄の伴で岡田嘉子が筋を運ぶのである、そして題詩の作曲は宮原禎次氏で、歌ふのはミス・コロムビアのマスクをぬいだ松原操嬢、さらに地唄は三味線菊原琴治、箏曲菊原初子の両氏といふすばらしい出し物」と紹介されている。[37]新版刊行は十二月二十日で、まさに踵を接するような放送である。

この放送については、内田百閒による「放送された『春琴抄』」という手厳しい批判もあったが、[38]富田砕花による詩や菊原琴治による作曲など副産物を産んだ。おそらく翌年四月のレコードは、実物未確認ではあるがラジオに刺激を受けて、脚色された台本を語り聞かせるようなものであったろう。続けて六月には松竹キネマ製作の初期本格的トーキー映画の「春琴抄　お琴と佐助」が封切られヒットする。主演に当時人気絶頂の田中絹代、高田浩吉を迎えた映画化だが、これは後にポリドールから発売されるレコードにつながる。そして八月、満を持して久保田万太郎脚色「鵙屋春琴」の全幕が上演される。劇中で春琴が作曲し演奏する曲「春鶯囀」は、佐藤春夫が詩を書き、菊原琴治が作曲したものだが、菊原の作曲はラジオ放送からの縁があったからであろう。楽譜は現在まで版を重ねている。[39]続いて翌月には川口松太郎脚色の「春琴抄」が上演される。春琴を花柳章太郎、佐助を小堀誠と、主役は万太郎脚色と同じなのだが、同じメインキャストによる「春琴抄」特集のような連続上演も、次のような事情があってのことであった。

ところが、今年の三月になつて、一寸したところから、川口氏が「春琴抄」を書かれて、新劇座にかけるといふ噂を、内田氏が聞いてこられた。（中略）

一方松竹蒲田では、島津監督の手で、田中絹代主演として、春琴抄が「お琴と佐助」なる題名で映画化されることが五所氏から聞き、小村雪岱氏が一切の考証に努めてゐられるといふことが伝へらられて来た。

新興キネマでもやるといふ噂も聞こえて来た。（中略）
事のおこりをいへば、勿論久保田氏が書かないから悪いといふことには議論の余地はないのであるが、花柳君が原作者の希望によつて、一日も早く芝居にする必要があるから、川口氏に執筆してもらうから御諒解を願ひたいといひ、又川口氏は久保田氏が承知したからと、花柳君がいふので書きますから御諒承を願ひます、といふやうなことを申出られたさうである。花柳君には、どう返事をしたか聞かなかつたが、川口氏には「君は君で書き給へ、僕は僕で書きます」といつたさうである。(40)

今年の三月とは昭和十年のこと。万太郎の遅筆に業を煮やした花柳が川口松太郎に改めて脚色依頼し、花柳らの勉強会的な位置づけにある新劇座ではなく、新派の本興行のひとつとして上演されることとなり、そうしたところで前からの依頼の万太郎脚色が完成して、タイミング的に被ったという次第であった。そして評判はといえば、久保田脚色も川口脚色もともに花柳の春琴は話題となったものの、芝居全体はあまり芳しいものではなかったようだ。脚色の比較検討については稿を改めたいが、久保田脚色は小説のストーリー自体をアレンジしたものであり、川口脚色では春琴が刀で顔に傷を負い、ラストには春琴と佐助の間の子が二人登場する。「登場者の面々から大阪らしい雰囲気は矢張醸し得なかつた事などを挙げて、此の芝居の演出上に於ける微瑕とも致しませう」(41)という新劇座上演の劇評の言葉は、はしなくもさらに翌月に大阪で上演された歌舞伎につながっている。大阪歌舞伎座での上演で脚色した鳥江銕也は、次のように語っている。

映画といひ、東京の花柳、小堀君らの新劇座のそれが直截な刺激になつた事も正直に云はなければならない。原作者の谷崎潤一郎氏も「大阪言葉」の上演に賛意を表されたといふ事実を仄かに聞いて、早速交渉すると即座にお許し下すつたので、いろく御相談して一幕物に纏め上げる事にした。（中略）すでに「大阪の出来事」であるこの作画「大阪言葉」を「大阪の味」で表現される事は、東京のそれよりも遥かに好条件である事はいふまでもない。自分は成功を予期した。[42]

たとえば「原作通り上方弁の出来る上方役者だけで演る処に力強さもあり、誇もあるといふ次第だ」[43]など、関西を舞台とした関西在住作家の小説を関西弁で上演した脚色は好評のうちに迎えられた。[44]昭和九年五月の久保田万太郎による一幕のみの上演から、昭和十年の大阪歌舞伎座での上演までを急ぎ足で見てきたが、演劇界や映画界での噂が飛び交い、意図したものではなかったにせよ、上演があたかも意図して競い合うように組まれたかのごとく連続で上演されていくさまが垣間見えてくる。小説自体は非常に観念的な部分もあり、決して脚色しやすいものではない。ベストセラーになると共に益々と喧伝される作品は、商業的な論理によってアダプテーションされていく。当時においても、すでに川口松太郎が「「春琴抄」通俗版」として、自らの脚色を弁明するかのごとく新聞に次のように書いている。

それほど芝居にはやりにくく、脚色のむづかしいものならば、敢へて上演の必要もなかりさうなものであるが、そこが近代ヂヤナリズムの恐ろしい影響であつて、演劇企業家が「春琴抄」の一般性や、宣伝価を見逃すことなく、内容の演劇性よりむしろ普及せる題名の一般性を利用し、企業としての演劇に成功させようといふ下心なのである。さういふ方法は従来でもずゐぶん功を奏してゐるのであつて、世間的に問題になつた小説の演劇化や映画化は、大抵の場合に多くの観客を集めることが出来て、芝居としては随分いかゞはしいものがあるにもかゝはらず企業的には成功してゐる。[45]

アダプテーションとは、もちろん単に別ジャンルへと移植すればよいというものではない。小説であるものを舞台化、映画化するとは、言葉のみで構築されたものを可視化、立体化するということであり、読者それぞれの想像力に任せられた人物像がある個別的な俳優に置き換わってしまうものである。また、どうしても物語の省略や描ききれない部分は脚色者の解釈によって変更を余儀なくされる。脚色者がどう解釈し、噛み砕いて再構築し、己の脚色作品としてものにするのか。アダプテーションが、リンダ・ハッチオンの定義するように「複製なき反復のひとつの形式(46)」であるならば、原作の完全なコピーはあり得ず、必然的にズレを抱え込みながら、何度も異なった脚色を施されていくものであろう。原作がありながらそれがオリジナリティを保持し、決して原作よりも価値的に下に位置しないのは、アダプテーションが脚色者の創造的批評とでもいうべきものであろうからだ。そうした観点からすれば、その創造的批評が成功しているか否かは、川口の指摘するように興行的成績だけで判断できるものではない。ただし、脚色作それぞれの評価は別として、とりわけ昭和九年から十年にかけてのアダプテーションのそれぞれは、時代のフェーズのなかで当時の作品イメージや話題性とも有機的に連関しているのも確かであり、その展開において書物としての「春琴抄」各版も、売り上げという側面のみならず、作品イメージ構築や話題性に寄与しつつ連関しているのである。

5 まとめ

創元社の単行本『春琴抄』は、なぜ装幀を変え、収録作品を変えて立て続けに刊行されていたのかという問いが本稿の出発点であった。それぞれの刊本について見て行くと、谷崎の装幀美学による造本の苦労があり、またそれゆえの装幀変更という事情が見えて来た。時あたかも限定本ブームのなかで、意欲的に自装本にこだわった谷崎の『春琴抄』は、特異な装幀で衆目を集め好調に重版されながらも、しかし、重版表記の本が存在しないという謎を孕み込んだものであった。現物はあくまで初版表記のものばかりであるにもかかわらず、広告では重版を謳い、また初版であるにもかかわらず本文の刷りを改めていたことを実物から検証した。本稿では、敢えて「春琴抄」という作品の中身には踏み込まず、装幀された書物としてでき上がってこそ自分の作品が完成したと感じるという谷崎の言葉を念頭に、一冊の書物がどう姿を変え、時代の流れのなかで広告され重版され、何度も生まれ変わるかのごとく更新されていったのかというそのあり方、いわば書物の生態学を追いかけ、考察したものである。実際の装幀というよりも、それが装幀意匠アイデアの提供であったにせよ、『春琴抄』は正に、「作者が一つの著書を己の意に満ちるまで何回でも装釘を変へて出版する」という、谷崎の装幀美学の実験的なともいうべき実践であった。

むろん、それは小説「春琴抄」と関わりのないものではない。ひとつのテキストが形としてどう現象し、商品として流通するなかでヒット商品としてのイメージを形作り、アダプテーションの隆盛と共に有機的に協働していったのかは、作品の受容と浸透、その展開を考える上でも見過ごすことのできないものである。本稿後半で見てきたのは、あくまで初刊本刊行後数年という限定的範囲でのものであったが、アダプテーションが刺激となりまた新たなアダプテーションを誘い、そうした連関のなかで書物もまた変態を繰り返していく様相であった。そこでは書物が書物として更新されながら、作品もまた種々の側面を見せながら当時のブームというべき時代的な地平のなかで展開していった。文学研究の場では見過ごされてしまうことのある書物というオブジェそのものから出発しながら、『春琴抄』の立て続けの刊行は、アダプテーションを含む複合的な作品受容とイメージの拡散のひとつのありようを示していたのである。

◉註

(1) 正宗白鳥「文芸時評」(『中央公論』昭和八年七月)、182頁。

(2) 西野嘉章『装釘考』(平凡社ライブラリー、平成二十三(二〇一一)年八月)、218頁。初刊は玄風舎、平成十二(二〇〇〇)年五月。

(3) 谷崎潤一郎「装釘漫談」(初出は「装幀漫談」上下、『読売新聞』昭和八年六月十六日、十七日)。初刊本である『攝陽随筆』(中央公論社、昭和十年五月)収録の際に「装幀」は「装釘」に改められた。本稿では引用文を除き「装幀」を用いたが、装幀、装釘、装丁など、その用字にはいくつかの議論がある。田中栞「「そうてい」用字用語考」(『ユリイカ』平成十五(二〇〇三)年九月)参照。

(4) 『異端者の悲み』が自装であることは、齋藤昌三『閑板諸国巡礼記』(書物展望社、昭和八年十二月)、『書淫行状記』(同、昭和十年一月)などで知られている。ただし稿者の調査によれば、『自画像』(春陽堂、大正八(一九一九)年十二月)も広告では著者自装を謳っている。本書(Ⅲ『自画像』私考)参照。また『小さな王国』(天佑社、大正八年六月)も広告では「著者意匠本」を謳っているものがある。

(5) 『読売新聞』(昭和三年七月一日)、1面。横綴じ和装という造本から、中川修造装幀になる『卍』(改造社、昭和六年四月)もすでに谷崎が造本について何らかの指示を出した可能性がある。

(6) 庄司浅水「日本装丁小史」(『定本庄司浅水著作集書誌篇7』出版ニュース社、昭和五十七(一九八二)年二月)、226～227頁。

(7) 長沼光彦「昭和初期の書物装丁を支えた美意識――円本・限定本・商業美術」(『京都ノートルダム女子大学研究紀要』平成二十八(二〇一六)年三月)、74頁。

(8) 齋藤昌三「装幀界の一考察」(『帝国大学新聞』昭和九年六月二十七日)、前掲『書淫行状記』、65頁。

(9) 湯川松次郎『上方の出版文化』(上方出版文化会、昭和三十五(一九六〇)年四月)、373頁。

(10) 創元社は、横光利一『時計』や川端康成『雪国』の刊行で文芸出版社として確固たる立ち位置を獲得するが、それも『春琴抄』初刊本のヒットで「たちまち関西唯一の文芸書出版社として独自の地盤」(今井龍雄「上方出版今昔その四」『高知県人』昭和六十二(一九八七)年四月、11頁)を築いたことに端を発している。

(11) 大谷晃一『ある出版人の肖像――矢部良策と創元社』(創元社[私家本]、昭和六十三(一九八八)年十二月)、105～

106頁。
(12)『読売新聞』(昭和八年十二月十四日)、1面。
(13)大谷前掲、106頁。
(14)『読売新聞』(昭和九年二月九日)、1面。
(15)寿岳文章「作家と装幀」(『書物の道』書物展望社、昭和九年十二月)、73〜75頁。
(16)西野前掲、220頁。
(17)『読売新聞』(昭和九年四月二十六日)、1面。
(18)大谷前掲、107頁。
(19)倉和男「活字の周辺――文芸初版本復刻あとさき」(『アステ』昭和六十二年十一月)、25頁。
(20)当時の出版法によれば、奥付発行日の三日前までに内務省へ納本され、検閲後に発行許可を受け、帝国図書館へと納本される。
(21)橘弘一郎編『谷崎潤一郎先生著書総目録』二巻(ギャラリー吾八、昭和四十(一九六五)年四月)、85頁。その後、数十部という橘の記述は、最新版の谷崎全集の解題(宮内淳子「解題」『谷崎潤一郎全集』十七巻、中央公論新社、平成二十九(二〇一七)年九月)まで踏襲される。
(22)矢部文治「谷崎潤一郎と創元社(一)」(『芦屋市谷崎潤一郎記念館ニュース』平成九(一九九七)年六月)、7頁。
(23)見本に作った数冊と矢部は記したが、橘は数十冊と記しており、数冊作成の見本ではないような印象だが、これを裏付ける証言や物証は現在のところ見当たらない。なお付言すれば、橘書誌では「二、三部のみといわれる」(同前掲)桐箱入金蒔絵署名入本だが、川島幸希氏のご教示によれば、六冊を現物確認されたという。
(24)矢部良策「「春琴抄」前後の思い出」(『谷崎潤一郎全集月報16』中央公論社、昭和四十三(一九六八)年二月)、5頁。
(25)『読売新聞』(昭和九年十二月二十五日)、1面。
(26)谷崎潤一郎『新版春琴抄』(創元社、昭和十一年三月、65版)、奥付裏広告頁。
(27)正確には、菊版より若干小さい。
(28)大貫伸樹「佐野繁次郎の装丁本と横光利一『機械』『時計』の装丁」(『本の手帖』平成二十一(二〇〇九)年三月)、4頁。

(29) 『読売新聞』(昭和十年九月五日)、1面。
(30) 『読売新聞』(昭和十三(一九三八)年三月三十日)、1面。
(31) 『朝日新聞』(昭和十六年三月二十日)、2面。
(32) 関礼子「谷崎潤一郎と映画――1930年前後」(『亜細亜大学学術文化紀要』平成十八(二〇〇六)年)、城殿智行「映画と遠ざかること――谷崎潤一郎と『春琴抄』の映画化」(『日本近代文学』平成十一(一九九九)年十月)などがある。昭和十年前後の舞台化に関しては赤井紀美「谷崎潤一郎「春琴抄」の劇化について――〈大衆〉化の一地平」(『日本文学』平成二十三年十一月)が当時の状況をまとめている。
(33) 映画「お琴と佐助」の再上映が封切以後に全国でどの程度の回数おこなわれたかについてはつまびらかにしないが、『朝日新聞』(昭和十六年四月三日、2面)には東宝四階劇場(後の日比谷スカラ座)での上映広告が出ている。あるいは『新槧春琴抄』発売を受けてのものか。
(34) 大谷前掲、187頁。
(35) 花柳章太郎「春琴抄の上演」(『劇と評論』昭和十年八月)、24頁。
(36) 久保田万太郎「作それぐ」(『八重一重』小山書店、昭和十四年十二月)、254頁。
(37) 無署名「電波にのる「春琴抄」」(『東京朝日新聞』昭和九年十二月十四日)、8面。
(38) 内田百閒「放送された『春琴抄』」上下(『東京朝日新聞』昭和九年十二月十六~十七日)、8面。
(39) 文中の年表では三絃楽譜のみ掲げたが、このほかに未確認のものとして『箏曲楽譜春琴抄』も三絃楽譜に記されている刊行ラインナップに記されている。
(40) 槇金一「久保田万太郎氏脚本「鵙屋春琴」について」(『春泥』昭和十年六月)、23~25頁。
(41) 小池孝子「鵙屋春琴その他」(『演芸画報』昭和十年九月)、40頁。
(42) 鳥江銕也「大阪の「春琴抄」」(『劇と評論』昭和十年十月)、54頁。
(43) 森ほのほ「大阪歌舞伎座を見る」(『演芸画報』昭和十年十月)、59頁。
(44) 劇評としては、山口廣一「九月の歌舞伎座」(『大阪毎日新聞』昭和十年九月七日)ほかがある。
(45) 川口松太郎「「春琴抄」通俗版」(『東京日日新聞』昭和十年九月五日)、9面。川口の同文章は、九月四日から六日にかけて三回に渡って連載された。

（46）　リンダ・ハッチオン（片淵悦久ほか訳）『アダプテーションの理論』（晃洋書房、平成二十四（二〇一二）年四月）、xii頁。

◉主要参考文献一覧

・原則的に主要な単行本（ムック、展覧会図録含）に限り、大まかに分野別にまとめた。新聞記事、雑誌収録論文については本文の各註を参照されたい。

谷崎潤一郎の著作

各種刊本

『谷崎潤一郎全集』全二十八巻、中央公論社、昭和四十一（一九六六）年十一月〜昭和四十五（一九七〇）年七月

『谷崎潤一郎全集』全二十六巻、中央公論新社、平成二十七（二〇一五）年五月〜平成二十九（二〇一七）年六月

品川清臣編『鼎談餐』柏書房、昭和五十八（一九八三）年八月

『雨宮庸蔵宛谷崎潤一郎書簡』芦屋市谷崎潤一郎記念館、平成八（一九九六）年十月

『日本近代文学館資料叢書　文学者の手紙３ 大正の作家たち』博文館新社、平成十七（二〇〇五）年十月

『谷崎潤一郎＝渡辺千萬子往復書簡』中公文庫、平成十八（二〇〇六）年一月

水上勉・千葉俊二『増補改訂版谷崎先生の書簡』中央公論新社、平成二十（二〇〇八）年五月

谷崎評伝、証言、谷崎論関係

橘弘一郎編著『谷崎潤一郎先生著書総目録』一〜四、別巻、ギャラリー吾八、昭和三十九（一九六四）年七月〜昭和四十一年十月

『橘弘一郎収集 谷崎潤一郎文庫目録』日本近代文学館、昭和五十七（一九八二）年九月

『谷崎潤一郎資料目録 図書・逐次刊行物篇』芦屋市谷崎潤一郎記念館、平成十四（二〇〇二）年三月

『北川真三収集 谷崎潤一郎資料目録』芦屋市谷崎潤一郎記念館、平成十七年三月

『近藤良貞収集 谷崎潤一郎資料目録』芦屋市谷崎潤一郎記念館、平成十七年三月

後藤末雄『科学と文学』北隆館、昭和十八（一九四三）年四月

谷崎精二『明治の日本橋・潤一郎の手紙』新樹社、昭和四十二（一九六七）年三月

野村尚吾『新装版 伝記谷崎潤一郎』六興出版、昭和五十二（一九七七）年五月

紅野敏郎・千葉俊二編『資料谷崎潤一郎』桜楓社、昭和五十五（一九八〇）年七月
稲沢秀夫『谷崎潤一郎の世界 新装版』思潮社、昭和五十六（一九八一）年十月
国立文楽劇場調査養成課調査資料係編『春琴抄読本』国立劇場、昭和六十一（一九八六）年七月
雨宮庸蔵『偲ぶ草――ジャーナリスト六十年』中央公論社、昭和六十三（一九八八）年十一月
千葉伸夫『映画と谷崎』青蛙房、平成元（一九八九）年十二月
宮内淳子『谷崎潤一郎――異境往還』国書刊行会、平成三（一九九一）年一月
稲沢秀夫『秘本谷崎潤一郎』一～五巻、私家版、平成三年十二月～平成五（一九九三）年一月
千葉俊二『谷崎潤一郎――狐とマゾヒズム』小沢書店、平成六（一九九四）年六月
永栄啓伸『評伝 谷崎潤一郎』和泉書院、平成九（一九九七）年七月
尾高修也『青年期――谷崎潤一郎論』小沢書店、平成十一（一九九九）年七月
明里千章『谷崎潤一郎――自己劇化の文学』和泉書院、平成十三（二〇〇一）年六月
松浦昌家編『谷崎潤一郎と世紀末』思文閣出版、平成十四年四月
野崎歓『谷崎潤一郎と異国の言語』中央公論社、平成十五（二〇〇三）年六月
山口政幸『谷崎潤一郎――人と文学』勉誠出版、平成十五年十二月
細江光『谷崎潤一郎 深層のレトリック』和泉書院、平成十六（二〇〇四）年三月
永栄啓伸・山口政幸『谷崎潤一郎書誌研究文献目録』勉誠出版、平成十六年十月
小出龍太郎編『小出楢重と谷崎潤一郎』春風社、平成十八年六月
小谷野敦『谷崎潤一郎伝――堂々たる人生』中央公論新社、平成十八年六月
渡辺千萬子『落花流水――谷崎潤一郎と祖父関雪の思い出』岩波書店、平成十九（二〇〇七）年四月
尾高修也『壮年期――谷崎潤一郎論』作品社、平成十九年九月
尾高修也『青年期――谷崎潤一郎論』作品社、平成十九年九月
張栄順『谷崎潤一郎と大正期の大衆文化表象――女性・浅草・異国』語文学社（ソウル）、二〇〇八年六月
『芦屋市谷崎潤一郎記念館・記念誌09』編集委員会編『谷崎潤一郎交遊録』芦屋市谷崎潤一郎記念館、平成二十年十二月
五味渕典嗣『言葉を食べる――谷崎潤一郎』世織書房、平成二十一（二〇〇九）年十二月

佐藤淳一『谷崎潤一郎 型と表現』青簡舎、平成二十二（二〇一〇）年十二月
日高佳紀『谷崎潤一郎のディスクール』双文社出版、平成二十七年十月
尾高修也『谷崎潤一郎 没後五十年』作品社、平成二十七年十一月
田鎖数馬『谷崎潤一郎と芥川龍之介――「表現」の時代』翰林書房、平成二十八（二〇一六）年三月
千葉俊二他編『谷崎潤一郎 中国体験と物語の力』勉誠出版、平成二十八年八月
五味渕典嗣他編『谷崎潤一郎読本』翰林書房、平成二十八年十二月
中村ともえ『谷崎潤一郎論――近代小説の条件』青簡社、令和元（二〇一九）年五月
図録『谷崎潤一郎と画家たち――作品を彩る挿絵と装丁』芦屋市谷崎潤一郎記念館、平成二十年三月
図録『谷崎潤一郎展――絢爛たる物語世界』県立神奈川近代文学館、平成二十七年四月
図録『新資料から見る谷崎潤一郎――創作ノート、日記を中心にして』日本近代文学館、平成二十九年四月

他作家論、文学関係

アンドレ・ジイド（和気律次郎訳）『オスカア・ワイルド』春陽堂、大正二（一九一三）年十一月
水島爾保布『愚談』厚生閣、大正十二（一九二三）年五月
宇野浩二『文芸草子』竹村書房、昭和十（一九三五）年十一月
久保田万太郎『鴫屋春琴』劇と評論社、昭和十年八月
久保田万太郎『八重一重』小山書店、昭和十四（一九三九）年十二月
久保田万太郎『歌行燈 その他』小山書店、昭和十六（一九四一）年一月
宇野浩二『文学の青春期』乾元社、昭和二十八（一九五三）年六月
宇野浩二『文学の三十年』中央公論社、昭和十七（一九四二）年八月
平井博『オスカー・ワイルドの生涯』松柏社、昭和三十五（一九六〇）年四月
武林無想庵『むさうあん物語』四十巻、無想庵の会、昭和四十二（一九六七）年三月
斎藤光次郎『青騎士前後』名古屋豆本、昭和四十三（一九六八）年五月
島崎博・三島瑤子編『定本三島由紀夫書誌』薔薇十字社、昭和四十七（一九七二）年一月

野村尚吾『週刊誌五十年』毎日新聞社、昭和四十八（一九七三）年二月
宮川淳『引用の織物』筑摩書房、昭和五十（一九七五）年三月
根岸正純『森田草平の文学』桜楓社、昭和五十一（一九七六）年九月
紅野敏郎『本の散歩　文学史の森』冬樹社、昭和五十四（一九七九）年一月
巖谷大四『瓦板・戦後文壇史』時事通信社、昭和五十五年五月
平井博『オスカー・ワイルド考』松柏社、昭和五十五年七月
澁澤龍彦『三島由紀夫おぼえがき』立風書房、昭和五十八年十二月
関口安義他編『芥川龍之介事典』明治書院、昭和六十（一九八五）年十二月
匠秀夫『日本の近代美術と文学』沖積舎、昭和六十二（一九八七）年十一月
日本児童文学学会編『児童文学事典』東京書籍、昭和六十三年四月
紅野敏郎『日本近代文学誌』早稲田大学出版部、昭和六十三年十月
山本夏彦『無想庵物語』文芸春秋、平成元年十月
和田利夫『明治文芸院始末記』筑摩書房、平成元年十二月
ロジェ・シャルチエ（福井憲彦訳）『読書の文化史――テクスト・書物・読解』新曜社、平成四（一九九二）年十一月
田村紀雄『鈴木悦――カナダと日本を結んだジャーナリスト』リブロポート、平成四年十二月
『法政大学図書館蔵和辻哲郎文庫目録』法政大学図書館、平成六年二月
中島国彦『近代文学にみる感受性』筑摩書房、平成六年十月
徳岡孝夫『五衰の人』文藝春秋、平成八年十一月
野山嘉正編『詩う作家たち』至文堂、平成九年四月
紅野敏郎『大正期の文芸叢書』雄松堂出版、平成十（一九九八）年十一月
三島由紀夫『決定版三島由紀夫全集』一～四十二巻、新潮社、平成十二（二〇〇〇）年十一月～平成十七年八月
松本徹他編『三島由紀夫事典』勉誠出版、平成十二年十一月
山本芳明『文学者は作られる』ひつじ書房、平成十二年十二月
ジェラール・ジュネット（和泉涼一訳）『スイユ』水声社、平成十三年二月

宗像和重『投書家時代の森鷗外』岩波書店、平成十六年七月
日比嘉高『〈自己表象〉の文学史――自分を書く小説の登場』翰林書房、平成二十年八月二版
北海道の出版文化史編輯委員会編『北海道の出版文化史』北海道出版企画センター、平成二十年十一月
盛厚三『「挽歌」物語――作家原田康子とその時代』釧路市教育委員会、平成二十三（二〇一一）年十月
蓜島亘『ロシア文学翻訳者列伝』東洋書店、平成二十四（二〇一二）年三月
リンダ・ハッチオン（片淵悦久他訳）『アダプテーションの理論』晃洋書房、平成二十四年四月
Robert Harborough Sherard : *Oscar Wilde ; The Story of an Unhappy Friendship*, London, Greening, 1905
Oscar Wilde : *The Picture of Dorian Gray*, Leipzig, Bernhard Tauchnitz[Collection of British and American authors], 1908
Theophile Gauthier : *Charles Baudelaire His life*, trans. by Guy Thorne, London, Greening & Co., 1915
図録『思いがけない文藝復興――戦後北海道出版事情』市立小樽文学館、平成十一年二月
『解説『奇蹟』復刻版別冊』日本近代文学館、昭和四十五年十二月
マイクロ版近代文学館5「文章倶楽部」別冊『文章倶楽部総目次・執筆者索引』八木書店、平成七（一九九五）年三月
井原あや編『コレクション・都市モダニズム詩誌第23巻　名古屋のモダニズム』ゆまに書房、平成二十四年十月
『鷗外全集』三十五巻、岩波書店、昭和五十年一月
『広津和郎全集』十三巻（普及版）、中央公論社、平成元年六月

出版、書物、古書関係

齋藤昌三『近代文芸筆禍史』崇文堂、大正十三（一九二四）年一月
齋藤昌三『書痴の散歩』書物展望社、昭和七（一九三二）年十一月
齋藤昌三『現代筆禍文献大年表』粋古堂書店、昭和七年十一月
齋藤昌三『閑板諸国巡礼記』書物展望社、昭和八（一九三三）年十二月
寿岳文章『書物の道』書物展望社、昭和九（一九三四）年十二月
齋藤昌三『書淫行状記』書物展望社、昭和十年一月
島屋政一編『近世印刷文化史考』大阪出版社、昭和十三（一九三八）年十一月

主要参考文献一覧

齋藤昌三『少雨荘交游録』梅田書房、昭和二十三（一九四八）年十二月
ウィリアム・モリス（庄司浅水訳）『理想の書物』細川書店、昭和二十六（一九五一）年四月
湯川松次郎『上方の出版文化』上方出版文化会、昭和三十五年四月
『中央公論社の八十年』中央公論社、昭和四十（一九六五）年十月
『日本出版百年史年表』日本書籍出版協会、昭和四十三年十月
鈴木敏夫『出版　好不況下興亡の一世紀』出版ニュース社、昭和四十五年七月
今村秀太郎『江川と野田本』古通豆本、昭和四十五年十一月
八木福次郎『明治文学書の稀本』古通豆本、昭和四十五年十一月
出版事典編集委員会編『出版事典』出版ニュース社、昭和四十六（一九七一）年十二月
外山滋比古『エディターシップ』みすず書房、昭和五十年二月
岡野他家夫『袖珍本』古通豆本、昭和五十年五月
布川角左衛門『出版の諸相』日本エディタースクール出版部、昭和五十年十月
長沢規矩也『理想的な著者・出版社・印刷所・書店』私家版、昭和五十二年十月
庄司浅水『日本の書物』美術選書、昭和五十三（一九七八）年六月
高橋啓介『珍本古書』保育社、昭和五十三年八月
布川角左衛門『本の周辺』日本エディタースクール出版部、昭和五十四年一月
関川左木夫『本の美しさを求めて』昭和出版、昭和五十四年二月
渡辺宏『アカギ叢書』古通豆本、昭和五十四年四月
小寺謙吉『宝石本わすれなぐさ』西澤書店、昭和五十五年一月
寿岳文章『書物とともに』冨山房百科文庫、昭和五十五年三月
荘司徳太郎・清水文吉編著『資料年表日配時代史』出版ニュース社、昭和五十五年十月
岩切信一郎『橋口五葉の装釘本』沖積舎、昭和五十五年十二月
岡野他家夫『日本出版文化史』原書房、昭和五十六年一月
『定本 庄司浅水著作集 書誌篇 七巻』出版ニュース社、昭和五十七年二月

下村亮一『雑誌記者五十年』経済往来社、昭和五十九（一九八四）年九月
石堂清倫『わが異端の昭和史』勁草書房、昭和六十一年六月
矢作勝美『活字＝表現・記録・伝達する』出版ニュース社、昭和六十一年十二月
秋朱之介『書物游記』書肆ひやね、昭和六十三年九月
大谷晃一『ある出版人の肖像』創元社、昭和六十三年十二月
『寿岳文章と書物の世界』沖積舎、平成元年七月
ポール・ヴァレリー（生田耕作訳）『書物雑感』奢灞都館、平成二（一九九〇）年八月
久米康生『和紙文化誌』毎日コミュニケーションズ、平成二年十月
大屋幸世『書物周游』朝日書林、平成三年四月
コブデン＝サンダスン（生田耕作訳）『この世界を見よ』奢灞都館、平成三年九月
清水文吉『本は流れる――出版流通機構の成立史』日本エディタースクール出版部、平成三年十二月
永嶺重敏『雑誌と読者の近代』日本エディタースクール出版部、平成九年七月
曽根博義『岡本芳雄』エディトリアルデザイン研究所、平成九年十二月
松山猛編『日本の名随筆別巻87 装丁』作品社、平成十年五月
川島幸希『署名本の世界――鷗外・漱石から太宰・中也まで』日本古書通信社、平成十年六月
田中薫『書籍と活字』書肆緑人館、平成十一年三月
かわじ・もとたか『水島爾保布著作書誌探索日誌』杉並けやき出版、平成十一年六月
紅野謙介『書物の近代――メディアの文学史』ちくま学芸文庫、平成十一年十二月
紅野敏郎『文芸誌譚』雄松堂出版、平成十二年一月
永嶺重敏『モダン都市の読書空間』日本エディタースクール出版部、平成十三年一月
嶋中鵬二『日々編集　嶋中鵬二遺文集』私家版、平成十三年四月
清水徹『書物について――その形而下学と形而上学』岩波書店、平成十三年七月
宮下志朗『書物史のために』晶文社、平成十四年四月
川島幸希『初版本講義』日本古書通信社、平成十四年十月

主要参考文献一覧

鈴木一誌『ページと力』青土社、平成十四年十二月
大貫伸樹『装丁探索』平凡社、平成十五年八月
谷沢永一『日本近代書誌学細見』和泉書院、平成十五年十一月
臼田捷治『装幀列伝』平凡社新書、平成十六年九月
片塩二朗『秀英体研究』大日本印刷、平成十六年十二月
新潮社編『新潮社一〇〇年』新潮社、平成十七年十一月
川島幸希『署名本は語る』人魚書房、平成十七年十二月
長谷川郁夫『美酒と革嚢 第一書房・長谷川巳之吉』河出書房新社、平成十八年八月
小尾俊人『出版と社会』幻戯書房、平成十九年七月
木股知史『画文共鳴――『みだれ髪』から『月に吠える』へ』岩波書店、平成二十年一月
八木福次郎『[新編] 古本屋の手帖』平凡社ライブラリー、平成二十年八月
小宮山博史『日本語活字ものがたり――草創期の人と書体』誠文堂新光社、平成二十一年一月
今福龍太『身体としての書物』東京外国語大学出版会、平成二十一年三月
柴野京子『書棚と平台――出版流通というメディア』弘文堂、平成二十一年七月
川島幸希『初版本伝説』人魚書房、平成二十一年十月
浅岡邦雄『〈著者〉の出版史――権利と報酬をめぐる近代』森話社、平成二十一年十二月
大屋幸世『日本近代文学小径――小資料あれこれ』日本古書通信社、平成二十二年二月
吉川登編『近代大阪の出版』創元社、平成二十二年二月
アダナ・プレス倶楽部大石薫編『VIVA! カッパン♥』朗文堂、平成二十二年五月
外山滋比古『異本論』ちくま文庫、平成二十二年七月
桂川潤『本は物である――装丁という仕事』新曜社、平成二十二年十月
林哲夫編『書影でたどる関西の出版100 明治・大正・昭和の珍本稀書』創元社、平成二十二年十月
西野嘉章『装釘考』平凡社ライブラリー、平成二十三年八月
川島幸希『私がこだわった初版本』人魚倶楽部、平成二十五(二〇一三)年十二月

林洋子他編『テキストとイメージを編む――出版文化の日仏交流』勉誠出版、平成二十七年二月
矢口進也『漱石全集物語』岩波現代文庫、平成二十八年十一月
山本和明『近世戯作の〈近代〉――継承と断絶の出版文化史』勉誠出版、平成三十一（二〇一九）年二月
臼田捷治『〈美しい本〉の文化史――装幀百十年の系譜』Book&Design、令和二（二〇二〇）年四月
小田光雄『近代出版史探索Ⅱ』論創社、令和二年五月
図録『明治大正昭和挿絵文化展記念図録』日本電報通信社、昭和十六年七月
図録『誌上のユートピア――近代日本の絵画と美術雑誌 1889-1915』神奈川県立近代美術館、平成二十年一月
郡淳一郎企画構成「日本オルタナ出版史」「日本オルタナ文学誌」「日本オルタナ精神譜」（『アイデア』平成二十四年九月、平成二十六（二〇一四）年十一月、平成二十七年一月）

美術、性科学そのほか

クラフトエビング（日本法医学会訳述）『色情狂編』春陽堂、明治二十七（一八九四）年五月
ロムブロゾオ（畔柳都太郎訳）『天才論』普及舎、明治三十一（一八九八）年二月
片山正雄『男女と天才』大日本図書、明治三十九（一九〇六）年一月
名取芳之助『デモ画集・戌の巻』如山堂書店、明治四十三（一九一〇）年十月
高浜虚子編『さしゑ』光華堂、明治四十四（一九一一）年七月
クラフト・エビング（黒沢義臣訳）『変態性欲心理』大日本文明協会、大正二年九月
マックス・ノルダウ（大日本文明協会編訳）『現代の堕落』大日本文明協会、大正三（一九一四）年三月
ロンブロゾオ（中村古峡編述）『天才と狂気』青年学芸社、大正三年十月
ロンブロオゾオ（辻潤訳）『天才論』植竹書院、大正三年十二月
羽太鋭治・澤田順次郎『変態性慾論』春陽堂、大正四（一九一五）年六月
ロンブローゾ（中村古峡訳）『死後の生命』内田老鶴圃、大正五（一九一六）年十月
名越国三郎『初夏の夢』洛陽堂、大正五年十一月
オツトオ・ワイニンゲル（村上啓夫訳）『性と性格』アルス、大正十四（一九二五）年九月

主要参考文献一覧

ロンブロオゾオ（辻潤訳）『天才論』春秋社、大正十五（一九二六）年十二月
本間国生『朝鮮画観』芸艸堂、昭和十六年三月
本間国生『満州画観』私家版、昭和十九（一九四四）年一月
クラフト・エービング（松戸淳訳）『変態性欲心理』紫書房、昭和二十六年五月
森口多里『美術八十年史』美術出版社、昭和二十九（一九五四）年五月
須山計一『漫画１００年』鱒書房、昭和三十一（一九五六）年四月
クラフト＝エビング（平野威馬夫訳）『変態性欲心理学』河出書房、昭和三十一年十一月
棟方志功『板極道』中央公論社、昭和三十九年十月
須山計一『日本の漫画一〇〇年』芳賀書店、昭和四十三年八月
本木至『オナニーと日本人』インタナル出版、昭和五十一年七月
近藤啓太郎『大観伝』中公文庫、昭和五十一年十一月
永瀬義郎『放浪貴族』ネオアカシヤ出版企画、昭和五十二年五月
スーザン・ソンタグ（近藤耕人訳）『写真論』晶文社、昭和五十四年四月
『資生堂宣伝史１　歴史』資生堂、昭和五十四年七月
オットー・ヴァイニンガー（竹内章訳）『性と性格』村松書館、昭和五十五年五月
下中邦彦編『名作挿絵全集　第三巻』平凡社、昭和五十五年十月
関川左木夫『ビアズレイの芸術と系譜（改訂版）』東出版、昭和五十五年十一月
柏木隆法『伊東証信とその周辺』不二出版、昭和六十一年十月
『文学座五十年史』文学座、昭和六十二年四月
北見治一『回送の文学座』中公新書、昭和六十二年八月
細野正信『竹久夢二と抒情画家たち』講談社、昭和六十二年十二月
茂山千之丞『狂言役者――ひねくれ半代記』岩波新書、昭和六十二年十二月
栃木県歴史人物事典編纂委員会編『栃木県歴史人物事典』下野新聞社、平成七年七月
複製版『日本美術年鑑　第三巻』国書刊行会、平成八年八月

洲之内徹『帰りたい風景　気まぐれ美術館』新潮文庫、平成十一年八月
五十殿利治他編『モダニズム／ナショナリズム』せりか書房、平成十五年一月
東京文化財研究編『大正期美術展覧会の研究』中央公論美術出版、平成十七年五月
岩切信一郎『明治版画史』吉川弘文館、平成二十一年七月
中川剛マックス『峯尾節堂とその時代――名もなき求道者の大逆事件』風詠社、平成二十六年一月
峯島正行『新版ＳＦの先駆者 今日泊亜蘭――韜晦して現さずの生涯』青蛙房、平成二十九年十月
真田幸治編『小村雪岱随筆集』幻戯書房、平成三十（二〇一六）年一月
Cesare Lombroso : *The Man of Genius*, London, Walter Scott, 1898
R. von. Krafft-Ebing : *Psychopathia Sexualis ; with especial reference to antipathic sexual instinct a medico-forensic study*, Chicago, W. T. Keener & Co., 1901
Max Nordau : *Degeneration*, N.Y., D.Appleton and Co. , 1902
Stuart MASON : *Bibliography of Oscar Wilde* (New Edition), London, Bertram ROTA, 1967
Mark Samuels Lasner : *Selective Checklist of the Published Work of Aubrey Beardsley*, Boston, Thomas G.Boss Fine Books, 1995
図録『ビアズレイと日本の装幀画家たち』原美術館、昭和五十八年四月
図録『ビアズリーと世紀末展』伊勢丹美術館、平成九年十一月
図録『オーブリー・ビアズリー展』群馬県立近代美術館、平成十年二月
図録『田中恭吉展』町田市立国際版画美術館、平成十二年四月
図録『安中安規の夢――シネマとカフェと怪奇のまぼろし』渋谷区立松濤美術館、平成十五年十二月
図録『生誕１２０年橋口五葉展』千葉市立美術館、平成二十三年六月
図録『本間国雄展』米沢市上杉博物館、平成二十三年十一月
図録『月映』東京ステーションギャラリー、平成二十六年十一月
図録『恩地孝四郎展』東京国立近代美術館、平成二十八年一月
図録『生誕一三〇年小村雪岱――「雪岱調」のできるまで』川越市立美術館、平成三十年一月

後記

本書は、わたしの最初の単著である。考証的エッセイに加え、院生時代や最近の論文、また序論の古書論など書き下ろしも含む。わたしは三島由紀夫と谷崎潤一郎を専門としているが、いままで発表した谷崎関連のもので書物に関係するもののみを集めた。谷崎の初版本といえば、胡蝶本をはじめ『お艶殺し』や『近代情痴集』、または『蓼喰ふ虫』やら『卍』といったような美装本のあれこれがあるにもかかわらず、幾つかは言及しながらもメインに取り扱ったものはどちらかというと渋い本ばかりになった。わたしの古書に対する考えは序文後半に尽きているが、美装本の頌歌はまた別の機会に譲り、ここでは地味であるがゆえに見過ごされてきた「意味」を追いかけたつもりである。十年以上前の原稿とごく最近のものと収録したものに開きがあるが、いま振り返ってみればまことに不経済なやり方で、谷崎と三島と共に考えつつ、その時々の問題意識に沿って焦点を定め直して論考を執筆していたいわば蛇行運転の軌跡のようなものである。なお、一本にまとめるにあたり、装釘は「装幀」に、挿画は「挿絵」とした。「装幀」をめぐる語源的解釈をはじめとする喧しい議論を蒸し返すつもりもなく、また挿画は装画と同じ発音をすることもあるため敢えて挿絵としたもので他意はない。

以前より単行本のために論文をまとめておくようアドヴァイスをいただいたこともあったが、生来の怠惰からそのままになっていたことはいまさらながら慚愧に堪えないことである。院生時代の論文など、いま見るとまさに冷汗ものではあるが、ある意味で業績などということを考えずに好きなものを好きなだけ追いかけようという一心で書いたもので、拙いながらもところどころ文章をなおして収録することにした。ほかのものも、基本的に論旨はおおむねそのままだが、このたびの収録にあたって初出時の原稿に大幅に手を入れてある。次に初出を掲げておく。

◉序にかえて――書物あるいは古書という視座………前半・書き下ろし＋五味渕典嗣ほか編『谷崎潤一郎読本』（翰林書房、平成二十八年十二月、初出題名「谷崎と装幀」）、後半・書き下ろし

◉谷崎本書誌学序説………『日本古書通信』（初出題名「谷崎本書誌の余白に」①〜⑪）

1 谷崎本から見えてくるもの………平成二十八年五月（初出題名「『谷崎潤一郎先生著書総目録』追補のために」）

2 植竹書院版『麒麟』の位置………平成二十九年四月

3 植竹書院小伝………平成二十九年六月

4 改訂版『武州公秘話』について………平成二十八年九月

5 『文章読本』版数のゆくえ………令和二年五月

6 改造社版全集月報と谷崎作品投稿イラスト………平成二十九年九月・十月（初出題名「改造社版『谷崎潤一郎全集』月報①②」）

7 札幌版『春琴抄』特製本………平成三十年五月

8 谷崎本唯一の謄写版刷本………平成三十年四月（初出題名「梅田書房版『月と狂言師』」）

9 全国書房の和紙限定本………令和元年十月（初出題名「全国書房の署名印刷本」）

10 『鍵』イメージの流転………令和二年八月

◉『人魚の嘆き 魔術師』挿絵とイメージの展開………『藝文攷』四号、平成十一年一月（初出題名「挿画本『人魚の嘆き・魔術師』考――書誌学的視点より見たる潤一郎大正中期の審美観について」）

◉『人魚の嘆き』挿絵考………『日本古書通信』平成十二年三月（初出題名「『人魚の嘆き』挿画考」、その後HPに改訂改

題のうえ掲載）
◉『人魚の嘆き』挿絵考・補遺………書き下ろし
◉潤一郎の書棚から………『初版本』二号、平成十九年十二月（初出題名「潤一郎の書棚から――作家の参照した関連文献」）
◉『自画像』私考………『初版本』三号、平成二十年六月（初出題名「谷崎潤一郎著『自画像』私考」）
◉谷崎潤一郎宛三島由紀夫書簡を読む………『江古田文学』平成十九年七月（初出題名「潤一郎宛三島書簡・考」）
◉書物の生態学・『春琴抄』の展開………書き下ろし

そもそも古書に取り憑かれたのは大学二年の頃であったろうか。当初は好きな作家の初刊本を重版で安く買い揃えるのが目的だったものが、段々と深みにはまり初版完本や署名本、周辺資料といった方面にまで発展していった。

大学院では尾高修也先生に谷崎文学の指導を受け修論、博論の準備を進めつつも、他方で三島文学に惹かれ論じ、仲間たちと文学のみにとらわれない読書会に参加し、同時に劇場や美術館に通い、神田神保町や中央線沿線の古書店に日参する日々を送っていたのだが、思えば呑気なものである。とはいえ、学部では演劇学科に入学し小劇場演劇に入れあげていたわたしにとって、ある意味古書目録は文学の教科書であり身銭を切って一喜一憂する古書店・展は第二の学校だったといってもよい。それから二十年、貧書生にとってはまさに遅きに失した感はあるが、古書が縁で知り合ってかれこれ二十年近くのお付き合いになる川島幸希さんより今回お声がけいただき、晴れて谷崎と書物関連の論考を一本にまとめることになったのは何より幸運なことであった。出版不況の叫ばれる昨今、こうした仕事を取り上げていただけたことはいくら感謝してもしきれない。

文学研究のためのネタ漁りとしての古書蒐集とも割り切れず、といって閉鎖的なコレクターの自慢合戦に沈潜するのにもあきたりず、絵空事かもしれないが、古書趣味を古書趣味として追究することでひらけてくる展望がそのまま学問的視座と重なってくるようないまだ模糊とした薄明の領域、文学研究ともいわんや書誌学や書物学ともつかない越境的なアマルガムというものは可能であろうかということは、いままでも折に触れて考えていたことではあった。これまた古書の縁で知り合った編集者の郡淳一郎さんに数年前にオルタナ文学誌の企画（『アイデア』）に誘われ、その過程で、郡さんと書物論、古書論を交わしたことは、いまにして思えばただ趣味であることを超えたところで古書について考えていく本書のためのステップであったのだろう。川島さんや郡さんとの古書談義が、間接的に「谷崎本書誌学序説」連載の動機となっている。

「書物の生態学」は某学会誌に投稿し査読もパスしたものの、コロナウイルスの影響で編集がストップしたために、こちらに収録する決断をしたものである。査読論文をふいにすることになるが、本書のしんがりにやはりこれはどうしても収録しておきたかった。読者に関係のない不必要な余談ではあるが一言申し添えておく。

本書の装幀は院生時代からのつき合いである装幀家の畏友・真田幸治に担当してもらった。だいぶ前から自著は必ず頼むと話していたことであったので、いまようやくこうした素晴らしい形となったことはきわめて感慨深い。彼もまた小村雪岱研究をライフワークとする古書仲間である。

最後になったが、コロナ禍のなか遅々と進まぬわたしの筆に辛抱強く付き合っていただいた秀明大学出版会の方々にも感謝申し上げたい。

令和二年水無月

著者しるす

著者略歴

山中剛史（やまなか・たけし）

1973年東京都生まれ。日本大学大学院芸術学研究科博士後期課程修了（芸術学博士）。中央大学大学院ほかで非常勤講師。専門は谷崎潤一郎と三島由紀夫、現在は作家のヴィジュアルイメージやアダプテーションに興味がある。三島由紀夫文学館研究員、『三島由紀夫研究』編集委員。共著に『決定版三島由紀夫全集42 書誌・年譜』（新潮社）、『映画と文学』（弘学社）ほか、共編著に『同時代の証言 三島由紀夫』（鼎書房）、『混沌と抗戦——三島由紀夫と日本、そして世界』（水声社）ほか。

谷崎潤一郎と書物

令和二年九月二十日　初版第一刷印刷
令和二年十月　一日　初版第一刷発行

著　者　山中剛史

発行人　町田太郎
発行所　秀明大学出版会
発売元　株式会社ＳＨＩ
〒一〇一—〇〇六二
東京都千代田区神田駿河台一-五-五
電　話　〇三-五二五九-二一二〇
ＦＡＸ　〇三-五二五九-二一二二
http://shuppankai.s-h-i.jp

印刷・製本　有限会社ダイキ

ISBN978-4-915855-38-2